Henry de Monfreid (1879-1974) quitte la France à trente-deux ans, lorsque l'appel de la mer le jette définitivement dans l'aventure. Celui qu'on a appelé l'« écrivain-corsaire », encouragé par Joseph Kessel, a composé une œuvre propre à faire rêver, digne des plus grands conteurs d'autrefois, inspirée par son vécu.

POINTS AVENTURE
un esprit de liberté

UNE COLLECTION DIRIGÉE PAR PATRICE FRANCESCHI

Il y a 2500 ans, Pindare disait : « N'aspire pas à l'existence éternelle mais épuise le champ du possible. » Cette exhortation à un dépassement de la vie était aussi un appel à la liberté et aux liens qui l'unissent à l'esprit d'aventure.
Vingt-cinq siècles plus tard, l'énergie vitale de Pindare ne serait-elle pas un remède au désenchantement de nos sociétés de plus en plus formatées et encadrées ? Et l'esprit d'aventure l'un des derniers espaces de liberté où il serait encore possible de respirer à son aise, d'agir et de penser par soi-même ?
C'est sans doute ce que nous disent les livres qui, associant aventure et littérature, tentent de transformer l'expérience en conscience.

Patrice F.

Henry de Monfreid

MES VIES D'AVENTURES

L'homme de la mer Rouge

Robert Laffont

Cet ouvrage est paru pour la première fois en 1973
sous le titre *Le Feu de Saint-Elme. Ma vie d'aventures.*

TEXTE INTÉGRAL

ISBN 978-2-7578-3841-9

Note de l'auteur

L'histoire complète de ma vie ? Mais elle est contée tout au long au fil de mes aventures africaines et dans les onze volumes de *L'envers de l'aventure*. J'ai été amené à écrire *Le feu de Saint-Elme* [1] pour réunir en un seul volume ce que fut ma vie, de ma naissance au jour où j'ai planté mon ancre à terre.

En évoquant à nouveau certains épisodes écrits en leur temps sous le feu de l'action, je n'en ai pas altéré la forme originale pour que le lecteur éventuel de l'ouvrage où ils figurent retrouve ainsi ce qu'il a aimé.

1. Il s'agit du titre de la première édition de cet ouvrage, parue en 1973.

Préface

Ce qu'on pourrait appeler mon œuvre littéraire n'est autre que le récit de ma vie, écrit au jour le jour dans un présent absolu où les phases de mon existence se succèdent dans une apparente indépendance, comme autour d'un centre instantané de rotation.

Aujourd'hui, en regardant derrière moi mon sillage, ce sillage où j'ai fixé par le pinceau ou la plume ces images éphémères, je leur découvre un sens dans une continuité qui en fait la raison d'être de ma vie, en expliquant ce que je fus et ce que je suis, tout au moins ce que je voudrais être.

Peut-être ces amis inconnus, mes lecteurs, qui m'ont accompagné dans ma vie errante, mes aventures, comme on se plaît à dire, peut-être ces fidèles compagnons de voyage comprendront-ils mieux celui qu'ils aiment parce qu'ils aiment l'Aventure.

Mais, qu'est-ce que l'Aventure ? Un accident que j'ai toujours cherché à éviter.

Beaucoup de jeunes qui se disent écœurés d'une vie trop monotone, me demandent où peut encore se trouver l'Aventure ? Mais c'est en nous-mêmes qu'elle est, l'*Aventure* ; le même événement, qui passera inaperçu, insignifiant et banal pour certains, sera émouvant pour celui qui saura y découvrir ce qui l'émeut, c'est-à-dire ce qui correspond à ses affinités.

J'ai conté ce que fut ma vie pendant quarante ans, aux rives de la mer Rouge, en Éthiopie, au Kenya et autres lieux, en plus de cinquante volumes.

Je m'y suis montré dans l'action, tel que les circonstances m'y ont contraint pour pénétrer au cœur de régions interdites, et voir l'envers des décors. Des « Aventures », comme on dit aujourd'hui, en ont forcément résulté, bien que je misse toujours tout en œuvre pour les éviter sans cependant me laisser arrêter par les hésitations d'une sage prudence à la Sancho Pança, que je porte aussi en moi quelquefois.

Dans cette vie hors série, affranchie des contraintes sociales, seul dans les solitudes, au milieu de races souvent hostiles, dans cette lutte sans haine contre les éléments, j'apparais seulement sur une face, celle de l'Homme d'action, et bien que je l'ai montré sans en rien travestir, ce n'est là qu'un aspect de moi-même adapté à l'ambiance.

Les faits, les aventures, si l'on préfère, qui en fin de compte forment le destin d'un homme n'expliquent pas sa vie, c'est l'homme qui l'expliquera.

Il en est responsable par sa nature, et le plus souvent par ses côtés les plus obscurs, mystérieux rappels de lointains atavismes. En chacun de nous revivent des éléments d'êtres disparus, oubliés ou ignorés. Ils s'épanouissent comme s'ils tentaient leur chance dans le rejeton qui les porte.

C'est à l'orée de la conscience qu'apparaissent les germes de l'individualité d'un être humain. Que deviennent-ils par le contact de l'ambiance, avec l'éducation, la culture ?... Beaucoup seront détruits ou faussés pour obtenir le modèle courant, le seul acceptable pour entrer dans le troupeau.

À sa naissance, l'enfant est en contact avec un chaos que ses sens ne savent pas encore interpréter. Il en est aussi prisonnier que dans le placenta maternel ; mais peu à peu, les rapports avec l'ambiance s'établissent, s'ordonnent, se classent et se fixent par des réflexes.

L'espace se limite et se façonne, à mesure que le toucher régit les mouvements qui font apparaître la profondeur et la durée. C'est l'univers Temps-Espace, où rien ne se conçoit hors de la limite et de la durée.

Le miracle de la création se renouvelle ainsi, en chaque individu tel qu'on le prête à Dieu. Peu importe le cadre de cette révélation, elle est également splendide pour tous dans l'égalité de la petite enfance, taudis d'un faubourg ou jardins d'un palais. Seul compte pour l'enfant le prodige de la lumière et de l'espace.

Au bas de l'échelle sociale, les déshérités sentiront plus tôt la douleur de vivre. Les autres, entourés de luxe et de confort, jouiront plus longtemps de cet enchantement et pour ce sursis, ils n'auront jamais assez de gratitude, mais ils l'ignorent, et peut-être est-ce là un élément de légalité.

Je vais donc commencer cette histoire de ma vie à ma naissance, au lieu-dit « La Franqui », où peut-être quelques-uns de ces germes dont j'ai parlé trouvèrent, au contact de la Nature, la force et la résistance capables de les faire passer, sans être anéantis, dans le laminoir de l'éducation.

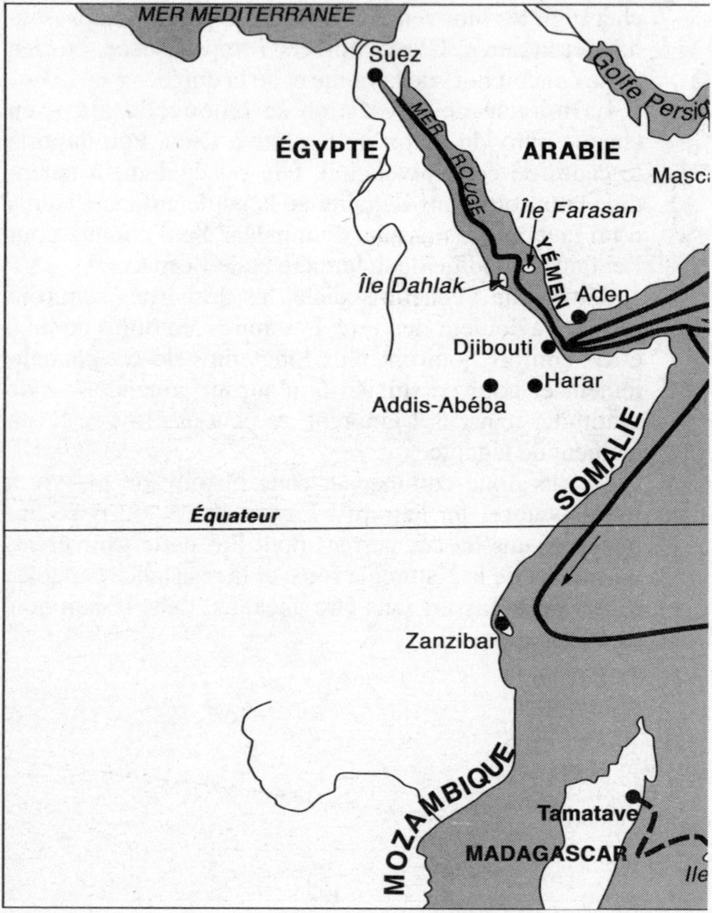
MER MEDITERRANEE
Suez
Golfe Persiq
MER ROUGE
ÉGYPTE
ARABIE
Masc
Île Farasan
YÉMEN
Île Dahlak
Aden
Djibouti
Harar
Addis-Abéba
SOMALIE
Équateur
Zanzibar
MOZAMBIQUE
Tamatave
MADAGASCAR
Ile

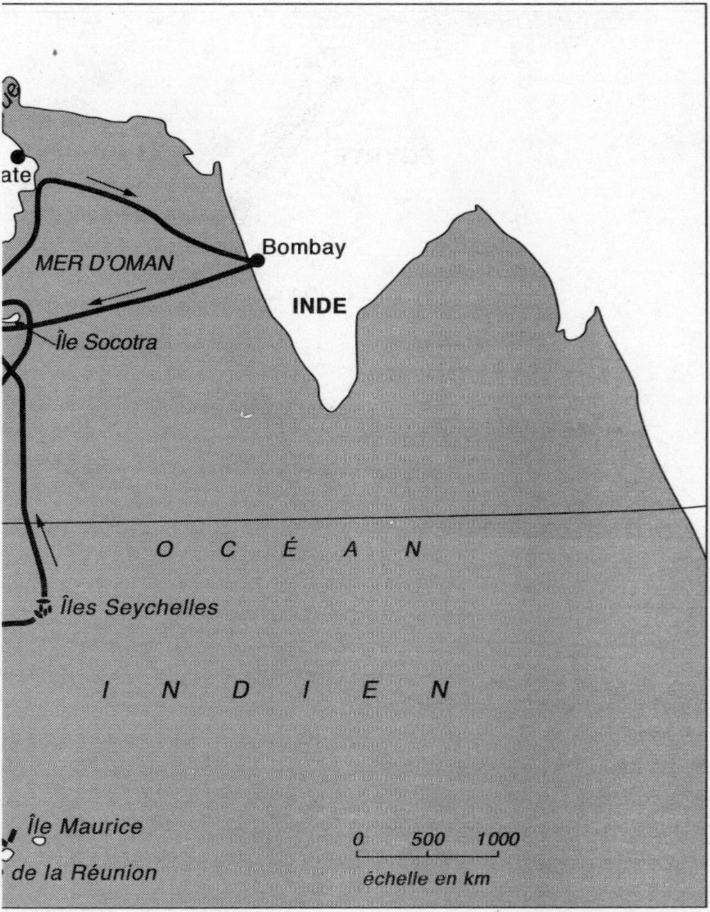

ate
Bombay
MER D'OMAN
INDE
Île Socotra
O C É A N
Îles Seychelles
I N D I E N
Île Maurice
de la Réunion
0 500 1000
échelle en km

La Franqui

Le domaine de La Franqui est une sorte d'oasis au pied du plateau de Leucate. Il couvre de sa pinède la zone comprise entre une falaise de cinquante mètres et un étang, qui pénètre dans l'intérieur des terres jusqu'aux Corbières. Ce plateau de Leucate est une presqu'île isolée du monde, entre le vaste étang de même nom et la mer, le golfe du Lion, où le cap des Trois-Frères s'avance comme la proue d'une trirème antique.

Des sources abondantes firent le miracle de sa végétation, bien inattendue dans cette contrée battue par le vent, où ne poussent que les amandiers amers et les vignes entre les murs de pierre sèche.

Les établissements que créèrent mes grands-parents, Anna et Esprit Bertrand, comprenaient trois bâtiments principaux : l'un, dit l'« Hôtel », à un seul étage. Puis, deux phalanstères, dits grands et petits ménages. Le premier comportait de petits appartements pour la clientèle bourgeoise. L'autre, à trois étages, était destiné aux paysans. Il ne comprenait que des chambres blanchies à la chaux, meublées d'un lit à paillasse, d'une table et de deux chaises. Toutes ces chambres s'alignaient à raison de cinquante par étage de part et d'autre d'un couloir central. Au milieu était une vaste cuisine commune, où une femme surveillait les « toupis » (petites marmites en terre) des familles, pendant qu'elles accompagnaient les enfants à la plage.

Ce domaine, que mes grands-parents achetèrent vers 1855, à l'état sauvage, si je puis dire, n'était visité qu'aux mois d'été par des familles de vignerons, venus en charrettes camper sur la plage. Au temps des vendanges, tous ces rustiques baigneurs s'en allaient.

Mon grand-père, Esprit Bertrand, modernisa par la construction des bâtiments rudimentaires dont j'ai parlé plus haut. Mais à cela se bornèrent ses initiatives. Ma grand-mère, Anna, femme de tête, en assura l'exploitation tandis que son époux courtisait les servantes.

Peut-être devait-il à sa nature volage l'inquiétude constante que lui donnait la beauté de sa fille Amélie, plus tard ma mère. Magnifique brune aux yeux bleus, la fraîcheur de ses quinze ans faisait l'admiration de tous. Un pharmacien de Narbonne s'en éprit, en dépit de ses quarante ans. Certes, il était bel homme, infiniment séduisant par son esprit supérieur que ne gâtait pas son érudition. Mais hélas, un vice incurable se cachait sous ces belles apparences : il était alcoolique, à la manière de ceux qui ne sont jamais ivres.

Le père Bertrand, flatté de sa demande, et obsédé par la crainte que la jeunesse et la beauté de sa fille n'en fissent la proie d'un indésirable galant, donna son consentement au mariage d'une enfant de quinze ans avec un homme de quarante.

Anna eut beau protester, Esprit fut inflexible. En ce temps-là, un père mariait sa fille sans tenir compte de ses sentiments. J'ai conté[1] quel drame poignant brisa toutes les illusions d'Amélie dès la première nuit, et sur quel calvaire la pauvre enfant dut porter sa croix pendant quatre ans.

1. *L'Envers de l'Aventure*, tome II.

Veuve à vingt ans, elle retourna à La Franqui. C'est là qu'une certaine Mme de Monfreid conduisit son fils George, un jeune peintre parisien auquel le médecin de la famille avait ordonné les bains de mer.

Cette femme, Caroline Barrière, fut ma grand-mère paternelle. Sans doute est-ce à elle, à son caractère fantasque qui la tint toujours dans le mépris des conventions et des usages sacro-saints, que je dois mon aversion du troupeau. Ce hautain mépris pour tout ce qui s'impose au « vulgum pecus » par la crainte et le respect de l'Autorité alla même jusqu'à négliger de déclarer la naissance de son fils, auquel elle donna un nom de son choix, car M. de Monfreid n'a jamais existé.

Elle avait cependant un époux légal, un certain Jacobi, que lui imposa son père quand, au grand désespoir de la famille, elle résolut de faire du théâtre pour exploiter sa voix magnifique de contralto.

La bague

Au cours d'une tournée théâtrale, Caroline rencontra un Américain, fondé de pouvoir d'un grand bijoutier de Boston, la Maison Tiffany, homme au grand cœur à qui je dois peut-être ce que je me suis efforcé de devenir. On l'appelait l'oncle Read.

L'immense fortune de l'Américain et son amour doublé d'affection, assurèrent à Caroline une vie large et facile, surtout à la naissance du garçon, qui devait être mon père.

L'autorité et l'ascendant moral de Read protégèrent Caroline des conséquences de ses caprices : il était toujours là, « Deus ex machina », pour arranger les choses. En Amérique, tout s'arrange avec des dollars ; ce n'est qu'une question de prix.

Le mari légitime, Jacobi, qui au début de la liaison de sa femme avec Read ne pensa qu'à profiter de sa complaisance, devint à tel point odieux que Read le força à s'expatrier. L'histoire vaut la peine d'être contée, bien qu'elle ne concerne pas directement celle de ma vie.

Un soir que Caroline avait été particulièrement applaudie, Read vint dans sa loge lui baiser la main, et lui annoncer qu'il s'absentait pour quelques jours. Il retint sa main un moment dans la sienne, et glissa à son doigt une bague où brillait un magnifique diamant.

Elle se récria, tout à coup effrayée d'un gage qui allait aliéner sa liberté.

– Eh bien, si vous ne voulez pas ce soir accepter mon offrande, gardez-la au moins jusqu'à mon retour. Je vous la confie. Je voudrais que cette pierre limpide et inaltérable vous rappelle toujours mes sentiments.

– Dans ces conditions, j'accepte, cher grand ami.

Restée seule, Caroline poussa un soupir de regret en songeant qu'il faudrait rendre le magnifique bijou ; mais après ce qu'elle avait dit, elle ne pouvait agir autrement.

Jacobi remarqua tout de suite la nouvelle bague de sa femme, mais s'abstint de toute réflexion, sachant bien comment de tels cadeaux se paient.

Peu ordonnée, confiante dans le personnel de l'hôtel qui l'aimait bien, et faisant fi de précautions d'avare, elle laissait tout simplement ses bijoux dans son coffret, sans clé, perdue depuis longtemps.

La veille au soir, ayant tout perdu à la roulette, Jacobi résolut de tout tenter pour se refaire. Il songea alors au diamant de sa femme.

Ce matin-là précisément, Caroline était partie sur le yacht d'un ami de Read. Jacobi entra délibérément dans la chambre de sa femme, et prit la bague.

Il négocia la vente du diamant en le faisant remplacer par un morceau de verre.

Bien entendu, Caroline ne s'était pas aperçue de la substitution, mais au dîner, Jacobi mal à son aise, ne quittait pas la bague des yeux, craignant que l'imitation ne soit par trop voyante.

– Je ne vous connaissais pas cette bague, chère amie…

– En effet, je ne l'avais pas mise en dehors des représentations, mais elle ne m'appartient pas. M. Read me l'a simplement confiée pour la durée de mon rôle. Je dois la lui rendre demain, à son retour…

Jacobi ne put avaler son blanc de poulet tant l'émotion lui serrait la gorge.

Il s'esquiva avant le dessert, fit sa valise, et s'enfuit par le rapide de Paris.

Caroline regagnait sa loge après une représentation alors que les applaudissements persistaient. Read l'y attendait.

– J'arrive à l'instant, Madame, mais j'ai suivi votre triomphe par les journaux.

– Je suis contente de n'avoir pas démenti les éloges que vous aviez faits de mon talent pour me faire engager ici… Non, ne protestez pas, vous avez été mon bon ange…

– Non, l'ange, c'est vous.

– Dites plutôt le diable, mais bon diable pour ceux que j'aime.

– Je préfère ainsi.

Tandis que le dialogue se poursuivait sur le ton badin de franche camaraderie, Caroline pensa à la bague.

– Rappelez-vous nos conventions. J'ai accepté cette pierre, qui m'a porté bonheur ; il ne faut pas maintenant rompre le charme en manquant à notre parole.

Elle enleva la bague, et Read la mit dans sa poche les yeux embués de larmes.

De retour dans son appartement, il retira de sa poche cette bague qui lui avait appris le désintéressement de Caroline, et fit le geste de la baiser, mais son œil restait toujours celui du professionnel : il s'aperçut que ce n'était pas un diamant. On l'avait changé contre une verroterie. Il chancela sous la brutalité du coup, qui venait de faire crouler toutes ses illusions.

Quelle odieuse comédie ! Avec quel cynisme cette femme l'avait berné !…

Mais aussitôt, l'homme d'affaires, logique et positif, raisonna :

Avec sa droiture habituelle, il résolut d'agir franchement avec Caroline pour bien la convaincre qu'il la mettait d'emblée hors de tout soupçon.

Le matin, quand il apprit par le portier de l'hôtel la fuite de Jacobi, il ne douta plus de sa culpabilité. Mais Caroline était-elle complice ?

Il se fit annoncer, tandis que Caroline, souriante, prenait son chocolat sur le balcon ensoleillé de sa chambre.

Tout de suite, en le voyant entrer, elle comprit que quelque chose s'était passé.

– Quelle affaire importante vous donne cette mine de procureur impérial ? Asseyez-vous, et déjeunez avec moi tout en faisant votre interrogatoire.

– Oui, je voudrais que vous m'aidiez, je vous en saurais gré. Je suis étranger, je ne comprends pas les subtilités du français.

Ce disant, il posa la bague sur la table ; sa main tremblait, tandis qu'il appuyait son regard sur les yeux étonnés de Caroline. Il n'y discerna pas le moindre trouble ; elle restait interrogative, sans plus.

Alors, déjà rassuré, il reprit :

– Je vous avais donné un pur diamant à l'image de mon cœur, et vous m'avez rendu ce qui n'est que son apparence trompeuse : un morceau de verre.

Cette fois, Caroline pâlit, et son trouble acheva de convaincre Read de sa sincérité totale. Il tenta de réparer le mal qu'il venait de lui causer par sa franchise.

– Je n'ai pas douté un seul instant de vous, sinon, je ne vous aurais jamais revue, mais en mettant cette affaire au clair, je veux vous défendre contre ceux qui ont beaucoup plus cherché à vous perdre qu'à vous voler.

Après un silence, il reprit :

– Votre mari connaissait cette bague ?

– Naturellement, et de plus, il savait qu'elle n'était pas à moi…

Cette affirmation accusait Jacobi d'un vol qualifié.

– Me permettez-vous, Caroline, de poursuivre mon enquête ?

– Je ne permets pas, je l'exige.

Le destin met ainsi quelquefois sur notre route des obstacles où une mine attend, prête à sauter pour rendre la voie libre. Il suffit d'avoir le courage d'y mettre le feu.

Read fit arrêter officieusement Jacobi à Paris. Deux policiers le conduisirent au Grand Hôtel, où il avait son appartement.

– Vous ne pouvez pas rendre le diamant volé pour désintéresser la maison Tiffany, mais je pourrais peut-être en prendre personnellement la charge, ce qui réglerait complètement le délit de vol, mais reste le crime envers l'honneur de votre femme. C'est ce crime que vous devez expier. Cependant, je veux vous laisser encore une chance non d'éviter tout à fait ce châtiment, mais de le rendre moins pénible. Il y a ce soir un train pour Bordeaux, et demain un paquebot pour l'Argentine. Votre place y est retenue, et voici un passeport américain au nom de Jhonson, car celui de Jacobi ne doit plus être le vôtre. À Buenos Aires, mon agent fera en sorte de vous donner le moyen d'y refaire votre vie par votre travail.

Si ma proposition ne vous convient pas, les deux inspecteurs ici présents vous conduiront au Cabinet du Procureur. Vous aurez perdu votre chance, vous serez un homme à la mer. Vous avez cinq minutes pour choisir.

Voilà comment le mari légitime disparut à jamais.

Jusqu'à ce jour, les relations de Read et de Caroline étaient restées strictement amicales, sans plus.

Ce n'est qu'après le départ, ou plus exactement, la disparition de Jacobi, qu'ils devinrent amants, car Read était marié. De cette union naquit un fils, George, qui fut mon père.

Louisette

L'arrivée de Mme de Monfreid à La Franqui ne pouvait pas être celle de n'importe quel baigneur arrivant de la gare par le petit omnibus de l'établissement.

Elle arriva de son château de Saint-Clément, près de Vernet-les-Bains, avec sa calèche conduite par son domestique, Simon, qui quarante ans plus tard, m'apprit toute l'histoire de Caroline.

Le jeune George tomba éperdument amoureux de la jeune veuve, bien qu'elle fut de sept ans son aînée. Sa mère, Caroline, fit porter la demande en mariage, comme au Grand Siècle, par un héraut à cheval, en l'espèce toujours le Maître Jacques Simon.

Le mariage se fit à Paris, où l'oncle Read sut juger ma mère, sa belle-fille, digne de toute son affection par ses qualités qui en feraient pour son fils non seulement une compagne, mais une conseillère, un soutien nécessaire à son caractère faible, car il avait jugé George en toute objectivité. Il lui donna une dot de cent quarante mille francs, qui fut employée à moderniser La Franqui.

Le père Bertrand signa une reconnaissance de dette, qui rendait sa fille Amélie maîtresse du domaine. Il ne pouvait prévoir les conséquences de ces lettres de change, car il avait aussi un fils, Émile, qui avait à ce moment-là dix-huit ans.

C'est ainsi que le 14 novembre 1879, par une nuit glaciale où l'eau salée de l'étang était en partie gelée, je vins au monde, en ce monde trop vieux, où je venais trop tard.

Il va de soi qu'à cet âge, je ne pouvais avoir des aventures, mais j'en causais par ma seule présence.

D'abord avec une succession de nourrices, que mon père s'en allait chercher dans les hameaux perdus des sauvages Corbières ; il partait à cheval, sans pouvoir les ramener en croupe, car il fallait aussi emmener la famille. Tel fut le cas de la Louisette, arrivée en charrette avec le mari Pierrounet, les beaux-parents, le cochon et les poules.

Dès la fin août, La Franqui reprenait sa vie normale comparable à celle du Moyen Âge, où les besoins simplifiés permettaient une magnifique indépendance. Tout se faisait à la maison.

Mais avant de décrire cette vie rurale et primitive si proche dans le temps et si lointaine par ses coutumes, je raconterai non ma première aventure, mais celle qui advint avec ma nourrice Louisette. Elle avait vingt ans ; amplement « gorgiasée », comme aurait dit Rabelais, ce qui seyait à ses fonctions nourricières. Chaque jour, elle me conduisait l'après-midi à la plage dans ma petite voiture, et la mer me berçait du déroulement de sa houle. Mon père, au retour de son motif, vit la petite voiture de son fils abandonnée là, toute seule. À ses appels, Louisette sortit en rampant de sous une barque échouée, tandis que le père Bertrand émergeait du côté opposé, courbé en deux, rajustant ses chausses.

La pauvre femme, cramoisie et tremblante, n'arrivait pas à boutonner le dernier bouton de son corsage. Hélas, ce n'était pas ce débraillé qui l'accusait, une large tache de goudron dans le dos, ramassée sur le sable.

– Quand on se couche si volontiers sur le dos, ma fille, on prend garde à la peinture… Allons, rentrez…

De retour au chalet, il raconta l'incident à ma mère.

– Vraiment, ton père se conduit comme un polisson. A-t-on idée de telles frasques de collégien à son âge, et avec la nourrice de son petit-fils !…

L'affaire en resta là… pour le moment. Le père Bertrand était sans rancune, mais le destin lui préparait une revanche : la vidange de la fosse d'aisance allait en être l'instrument.

Chaque année, après la saison, dès les premiers froids capables, croyait-on, de tuer les miasmes malodorants, on procédait à cette cérémonie.

Elle se faisait très simplement, avec un matériel des plus primitifs : un seau emmanché au bout d'une longue perche pour puiser la chose dans la fosse. La difficulté était de trouver l'opérateur. D'ordinaire, un clochard ou un Espagnol de bonne volonté résolvait le problème. Mais cette année-là, on ne trouva personne. On pensa alors à Pierrounet, qui n'avait rien des freluquets qui vont se faire friser et parfumer chez le coiffeur. Il accepta, en effet, alléché par les cinquante francs qui, eux, n'auraient pas d'odeur, et par tous les spiritueux qu'on dispensait dans ces circonstances.

Cette vidange consacrait un des grands jours de la saison d'hiver, avec la « ménagerie » des cochons, les confitures de figues, le rétameur ambulant, le rémouleur, le cardeur de matelas, etc. !

Aussitôt la mystérieuse dalle descellée, tous étaient silencieux comme si ce trou noir se fut ouvert sur un gouffre peuplé d'esprits maléfiques. Dans ce silence, on entendait la chose tomber dans les « comportes » qui étaient là, sur la charrette.

Quand le niveau dans la fosse découvrait une corniche, l'opérateur devait pénétrer dans cet hypogée. Il va sans dire que le rhum n'était pas épargné au héros de l'aventure, avec d'autant plus de générosité que celui qui était dehors compatissait au sort de celui qui était dedans, en équilibre sur l'étroite corniche glissante à souhait. Tout le monde, d'ailleurs, compatissait au malheureux qui risquait l'asphyxie en respirant à la source même la puanteur qui empestait la campagne à une lieue à la ronde.

Pierrounet, d'ordinaire sobre comme tous les paysans de ce pays qui ne boivent que leur vin, à force d'avaler des verres de rhum, perdit le sens des réalités. Il se mit à chanter au moment où, au premier étage, la délicate Mme Baixas, la lingère en journée, se présentait à la garde-robe. On imagine l'effet de cette voix souterraine, sortie de l'accueillant orifice !... La pauvre femme faillit s'évanouir.

Quand il fallut sortir Pierrounet, il tomba ivre-mort aussitôt à l'air libre...

Assuré de l'absence de ce redoutable mari jaloux, le père Bertrand pensa à Louisette qu'il savait là-haut, sous les pins, à l'ombre de la chapelle. Elle devait chanter des berceuses en patois à son nourrisson. L'occasion était magnifique. En approchant de la chapelle, il aperçut la casquette blanche de son gendre, abandonnée sur une haie, non loin de la petite voiture du bébé, abandonnée elle aussi.

– Pendant que j'étais à respirer de la merde, voilà à quoi le gaillard s'occupait !...

Certain de tenir une revanche, il appela d'une voix tonitruante :

– Ohé, Louisette !...

Un froissement de branches, et il entrevit George bondir et disparaître dans le taillis d'acacias. Il trouva Louisette dans un éloquent débraillé.

– Je m'étais endormie… dit-elle.

– Tu en as tout l'air, et avec de mauvais rêves, si j'en crois ton corsage déboutonné, et ta chemise défaite…

Tandis que Louisette s'en allait soigner son époux, il ramena la voiture d'enfant, sans oublier d'emporter la casquette blanche.

– Eh, bonjour George, vous jardinez ?… C'est bien de planter à votre âge. Je vous ramène le petit parce que Louisette a dû aller soigner son mari… et… voilà votre casquette, que le vent a dû faire voltiger jusque là-bas…

Puis, tout en bourrant sa pipe, il dit en souriant :

– Barque, ou chapelle, voyez-vous, George, c'est tout un…

Dès le début de novembre, mon père et ma mère regagnaient Paris, me laissant à la garde de mes grands-parents. Mon père voulait que son fils se développât de corps et d'esprit à même la Nature, sans les contraintes d'un dressage prématuré. Il savait Anna capable de le comprendre, et d'agir, s'il le fallait, à l'encontre de tous les usages et de tous les préjugés. La haute estime dont elle jouissait n'empêcha pas le blâme tacite envers cette ancienne institutrice laissant grandir son petit-fils sans un dressage de petit prodige.

Elle laissait dire, placide et souriante, tandis que l'enfant, seul, sans petits camarades, s'en faisait à sa convenance avec toutes les merveilles que lui offrait la nature.

Étrange enfant, qui surprenait par des réactions inconcevables : par exemple, sa prédilection pour les miséreux, telle qu'elle se manifesta alors que j'avais dix-huit mois : un de ces mendiants errants, qui imposent les aumônes par la crainte, un de ces loqueteux passa à La Franqui, croyant sans doute y trouver un village. À peine avais-je aperçu ce pauvre diable en haillons que je fis une scène mémorable pour qu'on me mit dans ses bras. On en fut quitte pour me changer de vêtements et le pauvre gueux, tout éberlué, s'en fut avec un litre de rouge et une pièce blanche.

Comme je l'ai dit, tout, autour de moi, me devenait ami parce que j'y projetais ce qui convenait à ma jeune imagination. Peut-être était-ce le meilleur de moi-même ?

La source, qui faisait à cette époque la fortune de La Franqui, cette eau fraîche qui sortait de la falaise, me fascinait. Que de choses avait-elle à raconter, cette eau limpide, en surgissant à la lumière après un si long voyage aux mystérieuses profondeurs de la terre ?

Les grenouilles au ventre gris, attentives sur les pierres chaudes de soleil, les libellules suspendues sur leurs ailes vibrantes, et même les plantes aquatiques, tous semblaient écouter l'interminable récit de la fontaine, bien que ce fût à moi, à moi son ami, qu'elle parlât.

Oublieux des vulgaires préoccupations d'un petit garçon sage et ordonné, je voulus saisir une des impassibles grenouilles. Au premier geste, elle bondit, avec une nuée de rainettes vertes, et je pataugeai dans la boue sans plus me soucier du joli tablier et des recommandations de ma grand-mère :

– Et surtout, ne te salis pas…

Rentré dans un pareil état, je fus couché pour tout de bon, avec chemise de nuit et volets clos…

Qu'il est donc difficile de vivre heureux ! Toujours, ce qui plaît est défendu, et sous prétexte de faire votre bonheur, on vous impose ce qui, précisément déplaît.

Je faisais également de l'animisme avec les grands phalanstères, surtout celui dit « Petits Ménages », où les vieux Bertrand, mes bisaïeuls, s'obstinaient à demeurer tout l'hiver.

Ce grand bâtiment m'avait toujours effrayé, avec ses longs couloirs où s'alignaient les portes des cinquante chambres. Quand le vent du nord faisait rage, on entendait dans l'obscurité des corridors, des bruits étranges, plus sinistres encore dans cette odeur, que les Allemands nomment : *Armeleute Geruch* (odeur de pauvres gens). Cette odeur, qui persistait après la saison, me semblait être celle d'un être mystérieux, dont mon imagination entretenait la peur. Il y avait pour moi un esprit des Petits Ménages qui m'en interdisait l'entrée autrement que cramponné à la jupe de ma grand-mère. Sans doute portais-je en moi l'horreur du troupeau, qui donnait à ces alignements de portes closes l'aspect des choses captives, condamnées à être toujours enchaînées les unes aux autres. Plus tard, cette absence d'instinct grégaire allait me mener loin…

Entre deux étages, sur un étroit palier, une antique pendule à caisse m'impressionnait par son tic-tac majestueux, et le disque de cuivre du balancier, qui passait et repassait devant le trou noir. Ma grand-mère étant occupée à l'étage supérieur, je voulus me hisser à la hauteur de cette mystérieuse ouverture, mais toute la face s'ouvrit, et la majestueuse horloge bascula dans le vide. Elle s'abattit à grand fracas dans l'escalier où l'on me trouva blotti entre les deux marches, qui me protégèrent de l'écrasement.

Naufrage de la « Marietta »

Depuis que je m'étais aventuré « de l'autre côté de l'étang », j'y allais sans cesse, comme à la découverte. À l'équinoxe, une violente tempête inonda la plaine sablonneuse, où les dunes émergeaient comme un archipel. Je partis sur le cordon littoral, où se brisait l'assaut des vagues.

Je chantais ou, plus exactement, je hurlais ma joie de vivre au milieu du fracas des éléments déchaînés, dans l'ivresse de me sentir animé de leur souffle comme un lambeau d'écume emporté par le vent.

Tout à coup, la silhouette d'un voilier émergea de la brume. En travers de la lame, il roulait bord sur bord. Le vent était tombé et la houle le drossait à la côte, en dépit de tous les efforts de son équipage. La vision disparut à nouveau dans la brume…

Je rentrai trempé, tout bouleversé de la vision du navire en détresse. Grondé, pour la forme, ma grand-mère me coucha mais, trop énervé pour dormir, j'écoutais le grondement de la mer, quand un coup sourd, étouffé et sans écho, retentit : c'était le canon d'alarme, dernier appel du navire…

Bientôt après, j'entendis des voix en bas, dans la cuisine. J'y arrivai au moment où Corentin, le baigneur qui, l'hiver, habitait aux cabines, faisait entrer deux rescapés, et derrière lui, un corps sur une civière portée par deux douaniers. C'était le patron. Resté le dernier à bord, à cause du mousse, son neveu, un enfant comme moi !…

J'écoutais raconter : de tout l'équipage, seuls les deux hommes qui étaient là réussirent à passer la barre. Quand le bateau talonna, le patron sauta à la mer en soutenant son neveu.

Ce fut Corentin qui réussit à saisir son corps, que les vagues lançaient et reprenaient sur la grève. Quant à l'enfant, il avait disparu au moment où une lame déferlante l'avait arraché à son oncle. Peut-être, disait-on, son petit corps serait rejeté à la côte après la tempête…

Comme je l'admirais, cet enfant qui avait lutté contre la mer toute-puissante, tandis que moi, j'étais douillettement tenu au chaud comme un petit poulet…

Le matin, le temps avait changé, la tempête était finie. Quand ma grand-mère ouvrit la fenêtre, le soleil illuminait la plage couleur d'or : le navire brisé sur les hauts-fonds venait d'Espagne, chargé d'oranges.

Je courus à la plage voir de plus près cette offrande de la mer, mais aussi dans l'espoir de retrouver le corps de mon petit ami.

Mon cœur bondit quand j'aperçus une chose noire comme un corps couché sur le tapis blanc de l'écume. Non, ce n'était pas l'enfant que j'avais tant pleuré, mais la figure de proue du navire « La Mariette », une femme très belle, la main sur la poitrine, elle me souriait. Son imaginaire regard me sembla exprimer la sereine résignation à la défaite après la lutte sans haine, dans la quiétude de mourir en ce qu'on a aimé…

Depuis ce jour, j'appartins à la mer.

Le philosophe

Peu de temps après ce naufrage de la *Mariette*, qui fixa en moi la nostalgie de la mer, un étrange et mystérieux personnage fit sur mon jeune esprit, déjà enclin à chercher à voir l'envers du décor, une impression profonde, en ce sens qu'il reçut la graine, le germe si je puis dire, qui allait plus tard me mettre en garde contre les leurres, sans doute nécessaires à la pauvre humanité. De plus, j'appris la valeur de la volonté dans la persévérance à rebâtir l'œuvre anéantie, fût-elle celle de toute une vie.

Un soir d'hiver, on frappa à la porte principale du bâtiment de l'hôtel où nous habitions après la saison avec mes grands-parents. Dans le pays, tout le monde savait que cette entrée ne servait que l'été, donc, seul un étranger pouvait y venir frapper.

Mon grand-père, fort peu courageux, prit son fusil, et resta sur le seuil de la petite salle à manger, tandis que ma grand-mère, bougie en main, allait vers la porte. À sa question, une voix à l'accent picard répondit :

– Je venions demander à coucher à nuit, rapport que je me suis perdu en allant à Leucate…

À peine la porte ouverte, le vent souffla la chandelle.

– Entrez vite… dit ma grand'mère.

– Bonsoir, M'sieurs Dames et la compagnie… Cré coquin d'temps !…

Apparut alors un crâne un peu chauve et un visage en lame de couteau, prolongé par un nez de priseur. En dépit de la tenue de parfait trimardeur, le personnage n'avait rien d'inquiétant. Ma grand-mère le mena à la cuisine, où elle lui donna un restant de soupe.

Tandis qu'il mangeait avec la lenteur de ceux qui savent la valeur d'une croûte de pain, ma grand-mère, intriguée, lui dit :

– Vous saviez sans doute où vous alliez, puisque vous cherchiez Leucate ?

– Oh non, je ne cherchais pas plus Leucate que vot' maison, al' s'est trouvée su ma route, voilà tout.

– Mais, vous avez bien un métier ?

– Bien sûr, ma bonne dame, et j'espère trouver de quoi m'occuper… Je suis jardinier fleuriste…

Comment ne pas éclater de rire, à l'annonce d'un pareil métier dans un pays sans eau, brûlé de soleil, rocailleux et désolé par le vent furieux trois cents jours par an.

Mais ma grand-mère n'éclata pas de rire, sentant en cet homme un esprit exceptionnel et des profondeurs inaccessibles au vulgaire.

Elle lui donna une paillasse dans une pièce au-dessus de la souillarde, où couchait le « chef » pendant la saison.

Le matin, la chambre était vide ! Il s'était enfui, sans doute par crainte des gendarmes, qu'il avait dû confondre avec les douaniers.

Mais non, il n'était pas loin ; mon grand-père l'aperçut, occupé à tailler un massif de rosiers.

Il se retourna sans se troubler comme s'il eut été là dans l'exercice de sa fonction.

– C'est pitié, mon bon Monsieur, de ne pas tailler convenablement ces roses Polnéron…

– Eh bien, si vous voulez, nous pourrions nous arranger…

– P'tête bien que oui… je dis pas non, d'ici à quéque jours…

Il continua à parler aux fleurs, et s'en alla.

Près des cabines, au pied de la falaise, cet homme parvint à se bâtir une maison et à la meubler avec tout ce que la mer rejette à la côte. Il s'en allait le long du littoral pêcher à la ligne pour avoir de quoi s'acheter ce qu'il ne trouvait pas parmi les épaves et dans la nature.

Cette maison et son parterre fleuri, où il avait, pour ainsi dire, « apprivoisé » les plantes sauvages, était devenue une sorte d'attraction pour les baigneurs désœuvrés.

Un Juge au Tribunal de Foix, Me Pédéaros, grand ami de mes parents, le surnomma le Philosophe, à cause des idées fort originales et inattendues chez un homme sans autre culture que ce qu'il avait su apprendre et voir à même la Nature.

J'assistai un jour à une de ces conversations, dont je sentais la profondeur, sans bien les comprendre.

Ces énigmatiques propos restèrent en ma mémoire jusqu'au jour où, instruit par la vie, j'en pus trouver la clé.

Aux conseils de Pédéaros sur sa manière de vivre, il répondit :

– Chacun a le droit de choisir son bonheur. Celui qu'on vous impose ne vaut rien. Ceux qui veulent vous rendre heureux à leur manière vous apprennent simplement que vous ne l'êtes pas, et ça fait des révolutions.

On dit que le diable a perdu l'homme en lui faisant manger une pomme, comprenne qui voudra. Moi, je dis que c'est en inventant le système de l'argent, parce que les hommes se sont pourris en voulant jouir de tout sans peiner, au moyen de cet argent qui le leur donne, sans la satisfaction de l'avoir conquis par l'effort. Alors, de déceptions en dégoûts, ils arrivent dans ce désert où le milliardaire, dépouillé de toutes illusions, se laisse mourir d'ennui, comme le Bédouin crève de soif dans le désert.

Après une période de pluies abondantes, un éboulement de la falaise engloutit la maison du philosophe alors que là-bas, très loin sur l'immense plage, il pêchait en chantant à la ligne volante…

À son retour, il croisa des gens aux faces hilares qui attendaient le spectacle de son désespoir. Ces âmes charitables furent déçues. Pas un mot, pas une plainte. À l'instant même, il chercha une autre place, mais cette fois loin de la falaise, et trois mois plus tard, la maison était reconstruite.

C'est là que dix ans plus tard, j'accompagnai ma mère, qui aurait voulu le faire transporter à l'hospice de Narbonne, depuis qu'une crise de rhumatismes le clouait sur sa couche de varech.

– Voyons, père Louis, soyez raisonnable, avec des soins, vous vous remettrez…

– Non, laissez tous ces boniments, ma bonne dame, je vous ai dit que depuis soixante-dix ans, j'ai l'habitude de m'abandonner au sommeil quand le soleil, lui aussi, s'en va coucher. Pourquoi voulez-vous qu'aujourd'hui, je me tourmente de savoir si demain je m'éveillerai ou non ? Le sommeil, c'est un petit passage dans l'Éternité. La nature nous y trempe pour nous rafraîchir, mais vient un jour où elle nous y laisse, et comme dans l'Éternité, y a pas de temps qui compte, cette nuit sans réveil est une nuit comme toutes les autres.

Le surlendemain matin, on le trouva mort sur son lit d'algues. La porte était ouverte et les moineaux jouaient dans le soleil. Il avait eu la force de rouvrir, en prévision de la visite de son ami le soleil, qu'il ne voulait pas laisser dehors, au cas où il dormirait… pour toujours.

L'express de Paris

Cette histoire m'a entraîné hors de ma petite enfance pour faire comprendre son rôle éducatif. Revenons maintenant à La Franqui autour des années 1886. J'allais partir en exil à Paris. J'en voulais presque à ma pauvre grand-mère d'être si triste, alors que je devais dissimuler ma joie pour ne pas ajouter à son chagrin une telle preuve d'indifférence.

Quel abîme entre l'amour maternel, fait d'abnégation et de sacrifices et les sentiments de l'enfant, qui devraient être nommés égoïsme filial. L'amour filial vient beaucoup plus tard, quand la raison lui donne la mesure de ce qu'il a reçu, et pris, comme chose due, inconsciemment si je puis dire.

Enfin, le grand jour arriva. Très fier de mon costume marin, que j'imaginais être la tenue d'un mousse authentique en dépit de mes jambes nues, j'avais soin de me tenir à côté de nos bagages étiquetés « Paris » pour que nul n'ignorât le grand voyage de ce jeune marin.

Enfin, le train arriva. Baisers mouillés, moitié larmes, moitié sourires, de ceux qui restent, retenant leurs sanglots.

À Toulouse, où on changeait de compagnie, mon père me fit admirer les étincelantes locomotives de l'Orléans, toutes recouvertes de cuivre jaune, avec leurs deux grandes roues couplées, qui en faisaient les plus rapides coursiers de cette époque. La vapeur fusait aux soupapes de sûreté, tandis que la pompe des freins Westinghouse haletait comme piaffe le coursier impatient. C'était, à cette époque, un des derniers perfectionnements qui permit de supprimer les serre-freins, ces pauvres diables juchés dans leur guérite sur le toit de chaque voiture des trains express.

Le mécanicien et son chauffeur m'apparurent tels des demi-dieux, maîtres de cet étincelant coursier qui allait emporter le convoi à travers la nuit. Je béais d'admiration. Le costume marin ne m'intéressait plus, je venais de découvrir ma véritable vocation : je serai mécanicien.

Je m'endormis sur les genoux de ma mère, mais le froid m'éveilla ; les bouillottes n'avaient pas été changées depuis Limoges. En effet, à cette époque, le chauffage était réalisé tant bien que mal par des cylindres de cuivre d'environ 1,50 mètre de long, remplis d'eau bouillante. Ils étaient remplacés à chaque arrêt important, c'est-à-dire toutes les deux heures environ. On était brutalement réveillé par cette injonction :

– Attention les pieds !

et on lançait ladite bouillotte entre les jambes des pauvres voyageurs, bleus de froid.

À peine le jour paru, le nez collé à la vitre, je regardais ces paysages nouveaux, avec leurs arbres dépouillés de toutes leurs feuilles, et ces prés humides où traînaient des lambeaux de brouillard…

Alors, je pensais aux garrigues odorantes et lumineuses, où il n'y avait pas de brouillard, et je revoyais le cap des Trois-Frères s'allonger comme la proue d'une trirème sur la mer toute bleue. Une sourde angoisse me gagnait peu à peu, seule la curiosité de voir ce qui allait suivre me tenait au bord de la nostalgie.

Enfin, le train stoppa, et ce fut le brouhaha sur le quai.

– Et Paris, maman ?

– Mais, nous y sommes, mon chéri.

Devant l'effondrement de tous mes rêves, conscient maintenant de ce que j'avais perdu, je fondis en larmes juste au moment où mon père revenait avec un fiacre à galerie. Agacé de ces larmes, il me dit, selon la formule habituelle :

– Il va pleuvoir

et, sans attendre, la pluie annoncée s'abattit en une gifle magistrale.

Ma mère me prit dans ses bras, et s'engouffra dans ce fiacre, qui sentait le cigare refroidi.

J'entendis tomber la malle sur le toit, comme la dalle d'un tombeau.

Pension Poupon

Notre appartement, 31 rue Saint-Placide, mit le comble à mon désarroi, au milieu de cette ville aux maisons-falaises, où personne ne se souciait du « Monsieur Henri » laissé à La Franqui. Là-bas, il était roi, la Nature entière lui appartenait, tant il l'avait peuplée d'amis ; tout en elle lui souriait dans la lumière. Ici, plus rien. Ma mère, croyant me distraire, me fit sortir sur le balcon.

Sous le crachin, les toits luisaient à perte de vue, et en bas, tout en bas, la rue, au fond d'un gouffre, avec les passants comme des champignons noirs sous les parapluies… J'avais cru que ce 31 rue Saint-Placide, vers lequel allaient toutes les lettres, était la propriété de mes parents comme La Franqui.

Quelle poignante déception, d'être ainsi au rang de ces étrangers qu'à la saison mon père chassait impitoyablement hors des lieux où nous habitions !…

Il fallut songer à me sortir de la totale ignorance où m'avaient laissé six ans de vie en toute liberté. Un petit sauvage, disait ma mère, en manière de présentation.

Elle me conduisit un matin rue de Vaugirard, en face du Luxembourg, où un panonceau annonçait :

– Pension enfantine dirigée par Mlle Poupon.

Cette vieille demoiselle était bossue, mais un regard pétillant d'intelligence, et un sourire où s'exprimaient beaucoup d'indulgence et de bonté, faisaient aussitôt oublier la disgrâce de la nature.

Les présentations terminées, elle passa aux questions d'ordre pratique, relatives au dressage du « petit sauvage » en question.

– Je vais vous présenter ma surveillante, chargée des plus jeunes élèves dans tous les détails d'hygiène. Madame Ténèbre a une grande expérience…

Ma mère, croyant avoir mal entendu, fit répéter ce nom.

– Ténèbre. Oui, en effet, ce nom ressemble plutôt à un sobriquet, comme le mien, d'ailleurs…

La titulaire de ce nom ténébreux avait une taille de cuirassier, et son bonnet de linge me la fit aussitôt classer dans la catégorie des « bonne-mama-la-vieille ».

À la vue d'un martinet pendu à sa ceinture, à côté d'un trousseau de clés, je lui demandai :

– Qu'est-ce que vous faites avec ça, Madame ?

– Voyez-vous le petit curieux ! Eh bien, c'est pour épousseter le derrière des enfants qui ne sont pas sages.

Et comme l'allusion à ce genre d'enfants me parut être adressée en particulier à Monsieur Henri, je la foudroyai du regard, avec un véhément autant que méprisant :

– Vous êtes méchante, Madame…

Bien entendu, je fus mis à la classe enfantine, avec des moutards de quatre ans, alors que mes six ans et demi et ma taille m'en faisaient paraître largement le double, que dis-je, le triple, tel le hanneton tombé sur le dos au milieu des fourmis.

On imagine quelle pénible adaptation m'imposa une telle ambiance. N'ayant jamais eu de petits camarades, j'ignorais tous leurs jeux, qui auraient pu servir d'introduction, de liaison, et quand je tentai de les apprendre, ils me parurent ridicules et puérils. Celui qui a joué avec le vent, la mer, et tout ce que j'avais animé pour en être le maître incontesté, le monsieur Henri de La Franqui, celui-là peut-il se divertir en jouant au « sabot », à chat-perché, etc. ?

Au Luxembourg, je préférais me glisser dans les massifs au milieu des pelouses interdites, pour narguer le garde. Les chaises et les fauteuils, qu'une désagréable femme à sacoche faisait payer à qui voulait s'asseoir, m'exaspéraient. Une vieille dame à petit chien constipé, dont j'avais interrompu la laborieuse cérémonie, me traita un jour de petit voyou.

Elle louait toujours un fauteuil, et ce fut l'instrument de ma vengeance. À l'aide d'un fil noir attaché au dossier dudit fauteuil, je pus le faire basculer de loin, au moment où elle s'abandonnait pour s'asseoir.

Voilà comment j'agrémentais les récréations au grand air de la classe enfantine de ma première pension.

L'École alsacienne

L'année suivante, j'entrai à l'École alsacienne, où j'évitai de justesse une autre classe enfantine. On me mit en dixième. Là, j'étais devenu un écolier, avec sac au dos, et ce fut l'adaptation avec des gamins un peu plus près de mon âge.

Ce fut mon premier contact avec le troupeau, auquel rien ne m'avait préparé.

Moi, qui avais connu ces amis magnifiques et si puissants, la mer, le vent, le soleil, les rochers de la falaise, les pins tordus par la tramontane, en un mot tout ce qui était sauvage, fidèle et libre, moi qui en avais senti la grandeur comme si j'en eus porté le reflet, je fus révolté d'être ainsi méconnu, tourné en ridicule, par ces gamins pâles qui ignoraient toutes les splendeurs de mon royaume.

Jusqu'ici, isolé dans le cercle étroit de la famille, j'avais été le seul bénéficiaire de la sollicitude commune. J'avais vécu dans la satisfaction de moi-même, sans le moindre désir de rien changer à ma nature. J'avais ainsi en moi tout ce qu'il fallait pour me rendre insupportable et odieux. Heureusement, ces déplorables éléments avaient leurs antidotes : mon amour-propre, et une faculté d'observation, qui me permettaient de voir en moi-même les défauts qui me choquaient chez les autres.

Pendant mon enfance à La Franqui, je fus comparable à l'embryon enclos dans la coquille de l'œuf, où tout est fait pour lui. Je venais maintenant de rompre l'enveloppe protectrice pour tomber dans l'indifférence du monde nouveau où je devais pourvoir moi-même aux éléments de ma vie.

C'est ainsi que la plus grande partie de notre existence se consume dans le dur labeur, souvent douloureux, d'apprendre à vivre.

Passées la première stupeur et la révolte de me sentir traité avec mépris, comme tombé au rang de quantité négligeable, mon amour-propre blessé me donna la volonté de m'en relever.

Je ne veux pas pousser plus loin cette introspection qui se fera d'elle-même d'ailleurs, avec le récit des souvenirs de ce que je pourrais appeler mes aventures de collégien.

Aussitôt que mes efforts d'adaptation m'eurent fait admettre dans la société des gamins de mon âge, j'y trouvai des sympathies et des aversions. J'eus des amis et des ennemis, et conformément à l'instinct de toutes les créatures, les différends se réglèrent par la force.

J'aurais été batailleur si mon courage eut été à la hauteur de mes rodomontades. Peut-être étais-je poltron par nature, ou plus exactement, une sorte de prudence instinctive, une logique de sauvage, se refusait aux coups inutiles ; mais toujours ce diable d'amour-propre m'obligeait, malgré ma frousse, à faire tête sans reculer. Nul ne pouvait savoir combien de fois j'avais esquivé une provocation devant un adversaire que je sentais plus fort. Cependant, je ne pouvais voir un « grand » abuser de sa force sur un faible, un petit, sans me dresser tout de suite en défenseur. Sans doute d'instinct avais-je senti qu'il y avait là un lâche pour s'adresser ainsi à plus faible que lui, et alors, j'avais le courage de l'affronter.

Dès la première classe à l'École alsacienne, édifié sur mes mérites par mon ignorance, le professeur me relégua au dernier rang, à côté d'un cancre notoire nommé Hollard, qui se désintéressait complètement de ce qui se passait là-bas, chez les bons élèves autour du tableau. Je fus émerveillé tout de suite de ses nombreux talents pour se divertir avec des boulettes de papier mâché, par exemple, qui permettaient de suspendre au plafond tout ce qui peut distraire les plus attentifs.

À la fin de la classe d'allemand, on nous faisait chanter des chansons alsaciennes, debout et bien alignés. J'étais à côté d'Hollard, naturellement, alors au moment où je reprenais mon souffle et gonflais mes poumons, il éleva sa main fermée jusqu'à hauteur de mon nez et l'ouvrit pour faire éclore le pet qu'il avait sournoisement capté derrière lui. Suffoqué par ce gaz asphyxiant, un coup de poing en pleine figure préluda à un pugilat où mon adversaire, toujours ricanant, encaissait les coups sans paraître les sentir. Il devait cette immunité au long entraînement réalisé par les corrections quotidiennes de son saint homme de père, le Pasteur Hollard. Après les fessées, ce fut le martinet, puis la cravache, pour en arriver au nerf de bœuf.

Cette algarade n'eut pas de suites fâcheuses en raison des précédents, car à peu près tous les élèves avaient subi la même brimade. Quant à l'auteur, il resta, non pas mon ennemi, mais mon adversaire toujours prêt à recevoir une raclée en ricanant, sans jamais s'avouer vaincu.

Le Savoureux

Peu de temps après mon entrée à l'École arriva un nouveau, timide, et habillé comme sorti d'une vitrine de la Belle Jardinière. Une servante bretonne, en costume du pays, le conduisait et le ramenait, en le tenant par la main.

Peut-être fût-ce en vertu de la loi des contrastes qu'une sympathie spontanée nous lia d'une amitié, où se mêla de l'admiration quand j'appris qu'il arrivait de Madagascar, où son père était consul. La Grande Île en ce temps-là était encore indépendante sous la reine Ranavalo.

De plus, Le Savoureux habitait au 64 de la rue Saint-Placide, de sorte que nous faisions chaque jour route ensemble.

Invité un jour chez lui, je fus bouleversé du nombre de jouets dont il était comblé. On se serait cru au magasin du « Paradis des Enfants » dont j'avais bien souvent contemplé les vitrines. Mon petit camarade fit marcher un chemin de fer magnifique, avec des gares, des tunnels, des aiguillages, sans paraître s'y intéresser. Quant à moi, je tremblais d'émotion devant cette merveille. Il me regarda alors en souriant et me dit d'un air détaché :

– Oh, tu sais, je te le donne. Tu pourras l'emporter. Moi, vois-tu je suis dégoûté de ces jouets ; c'est toujours la même chose, une apparence ; on ne peut rien faire de tout ça, rien faire de nouveau ; un tour de clé, et ça marche jusqu'à ce que le ressort casse, et alors, ce n'est plus rien.

Du coup, les jouets perdirent tout leur prestige. Mon petit camarade venait de tuer la seule chose qui leur donnât de l'attrait : l'Illusion. Me voyant ainsi tout à coup décontenancé, il imagina pour me distraire une évocation de sa vie à Madagascar, et me montra comment on s'habillait légèrement là-bas, ou plutôt, comment on ne s'habillait pas. Alors, retroussant sa chemise, il me découvrit son derrière. Comme je me détournais, il insista :

– Mais regarde donc… essaye, quand je te regarderai, ça te donnera comme un petit frisson…

Pour lui faire plaisir – je n'oubliais pas le chemin de fer – je mis bas ma culotte, et très vite, je lui montrai mes fesses, sans autre frisson qu'une honte évidente.

Sans doute comprit-il mon peu d'enthousiasme, car il haussa les épaules, et dans une excitation étrange, il ouvrit la fenêtre et exhiba son derrière face à la rue…

Il est certain qu'à un troisième étage, l'innocente nudité d'un gamin de dix ans ne dut être remarquée de personne.

Cette fois, la chambre me parut sinistre. Ma vie saine de petit sauvage ne m'avait pas préparé aux turpitudes secrètes, dont je venais de voir le germe en cet enfant si bien élevé. Je ne compris le sens de cette découverte que bien plus tard, mais je n'en restai pas moins effrayé par son mystère.

À l'École, je m'étais révélé bon élève en chimie, une chimie à l'usage des bambins de dix ou douze ans, nommée « leçon de choses ». Elle se bornait à de petites expériences qui nous amusaient, à la manière de Robert Houdin. J'avais retenu le mélange détonnant du soufre et du chlorate de potasse. J'en fis l'essai à la récréation de dix heures, derrière le bâtiment des cabinets, où il n'y avait personne. C'était précisément à l'époque des attentats anarchistes. Sans doute avais-je trop forcé la dose, la détonation répercutée par les couloirs vides ébranla toute l'école. La main légèrement brûlée, je m'enfuis à travers la salle de gymnastique, qui était déserte et à deux issues.

L'École avait eu un instant de panique. Très fier de mon exploit, je ne pus résister à m'en vanter à Hollard, ce gamin que rien n'étonnait.

Me dénonça-t-il ? Je n'ai jamais su. Mais le soir, je fus reconduit à la maison par le concierge de l'École avec un « avertissement », chose grave, car au troisième, c'est le renvoi définitif.

Le duel

Bien que persuadé de la trahison d'Hollard, je renonçai à la raclée, qui n'aurait eu d'autre résultat que son exaspérant ricanement. Le Savoureux, l'enfant sage, proposa le duel avec les fleurets de la panoplie de son père. C'était le seul moyen disait-il d'aboutir à un vainqueur et un vaincu.

Nous choisîmes le jeudi, pour aller dans les caves de la rue Saint-Placide. Le Savoureux était très ferré sur les règles du duel, sans doute au souvenir des récits de son père, qui ne plaisantait pas avec le point d'honneur, ainsi que l'attestaient plusieurs duels, dont deux mortels pour ses adversaires.

Au fond, j'aurais souhaité que l'affaire se terminât à l'amiable par des excuses de l'offenseur Hollard, mais il se contenta de ricaner quand, selon les règles, mon témoin, en l'espèce Le Savoureux le lui suggéra. Je me rassurai au souvenir de ces fleurets, que j'avais vus parfaitement mouchetés, mais Le Savoureux l'enfant modèle, me détrompa. Par ses soins, ils avaient bel et bien retrouvé leurs pointes pour nous embrocher sans aucun effort.

J'étais furieux. Je l'avais choisi, croyant qu'il ferait avorter cette affaire, et voilà que tout au contraire, il se passionnait avec une déplorable sollicitude pour lui maintenir toutes ses rigueurs.

Les quatre autres gamins, très excités par ce jeu inédit, ne concevaient pas qu'il put en résulter un accident mortel.

J'avais un trac intense, mais personne ne s'en serait douté. Eh oui, j'avais le trac : Songez donc, il y avait les vacances à La Franqui. Si j'étais tué, au lieu de monter dans l'express de Toulouse, je m'en irais sur un ridicule corbillard à plumet, pourrir au fond d'un trou…

Dans la crypte où allait avoir lieu la rencontre, le système diviseur (il n'y avait pas alors le tout-à-l'égoût) faisait entendre dans ses tinettes d'étranges borborygmes. Plusieurs bougies éclairaient le terrain, où Hollard et moi étions là dos à dos, le fleuret en main. Le Savoureux, selon l'usage, fit la dernière tentative de conciliation, mais pour me punir de la frousse dont j'avais honte, je m'écriai aussitôt :

– Non ! je n'accepterai aucune excuse !...

Le Savoureux n'en demandait pas davantage. Avec un sourire intérieur, il éleva la bougie et prononça le sacramentel :

– Allez, Messieurs...

J'allais m'élancer comme un poltron se précipite aveuglément sur l'objet de sa terreur, quand une lumière insolite éclaira la voûte et une grande ombre s'allongea sur le sol au sortir d'un des couloirs...

M. Joly, le concierge, ce tonnelier géant, arrivait lanterne en main voir où étaient passés ces gamins qui n'avaient pas pris l'escalier allant aux étages.

Il resta médusé devant ces personnages portant bougie en manière de cierge, et ces deux gamins face à face, l'épée en main.

– Mais qu'est-ce que vous foutez là ? A-t-on idée de venir faire le guignol dans la cave des vidangeurs !...

Ainsi fûmes-nous sauvés d'un danger mortel, car il n'est pas douteux que nous nous serions embrochés du premier coup.

Buffalo Bill

L'Exposition de 1889 se préparait fiévreusement. Cette tour comme une charpente de fer n'était qu'à son premier étage... On la nommait du nom de son auteur, M. Eiffel. Je contraignais ma mère à me conduire chaque jour à ce chantier pour regarder, à travers les palissades, ces petits chemins de fer, autrement dit les Decauville. Elle me montra M. Eiffel, l'inventeur de la future Tour, peut-être pour me donner une leçon de simplicité : devant ce petit monsieur, qui s'incorporait et s'effaçait dans la foule. Devant ce petit bourgeois, qui ne se moquait de personne comme les camarades de papa, les efforts de singularité de ceux qui n'étaient rien par eux-mêmes, me parurent alors bien ridicules, pitoyables même. J'étais incapable de m'expliquer et d'approfondir ces réflexions, mais elles laissèrent leur trace.

Ma grand-mère paternelle, Caroline, nous arriva un beau matin pour voir l'Exposition, mais, bien entendu, sous un prétexte totalement étranger, qui écartait toute allusion aux moutons de Panurge.

En veine de sollicitude maternelle qu'elle se plaisait à jouer de temps en temps, elle me conduisit à Neuilly voir Buffalo Bill, alias colonel Cody, venu en personne diriger ce cirque colossal, et sa troupe d'Indiens et de cow-boys.

J'en revins bouleversé d'avoir vu des enfants de mon âge montés sur des poneys, tirer au revolver pour attaquer la diligence.

Que valaient mes excursions dans la falaise de La Franqui ? J'avais beau les corser d'imaginaires aventures, je n'étais qu'un bébé dans un square aux pelouses interdites, comparé à ces enfants du Far-West. Et puis, ces vantardises correspondaient-elles à mes capacités ? Aurais-je eu le courage de les réaliser ? Il me fallait imaginer une prouesse qui me donnât la preuve indiscutable d'un courage et d'une audace capables de pareils exploits.

J'avais déniché dans la table de nuit un petit revolver, et faute de tirer sur des Indiens, je brandissais l'arme devant l'armoire à glace, contre d'imaginaires ennemis, quand le coup partit à l'improviste, cassant le globe de la lampe.

J'en restai suffoqué d'émotion. Heureusement, ma mère, grâce au grésillement de la friture là-bas, dans la cuisine, n'avait rien entendu. Vexé de n'avoir pas eu le courage d'appuyer volontairement sur la détente, je vidai le barillet dans la cheminée.

Mais il n'y avait là aucune preuve, aucune prouesse qui justifiât d'imaginaires aventures. C'est alors qu'un moineau sautillant sur la balustrade du balcon me suggéra « l'épreuve » décisive : aller d'un bout à l'autre de cette balustrade en équilibre, comme je l'avais vu faire à des funambules.

Je mis huit jours à me familiariser avec cette idée. D'un côté, il y avait la rue, avec ses passants-champignons, et de l'autre, le sol du balcon pour me rassurer.

Ce balcon passait devant quatre portes-fenêtres, dont les deux du salon où ma mère cousait.

Bras étendus, fixant mon regard sur le pilier d'arrivée, je me lançai sur l'étroite bande de fer. En passant devant la fenêtre du salon, mon ombre sans doute fit lever la tête à ma mère. Pétrifiée, le souffle arrêté, comme si le moindre geste m'eût fait perdre l'équilibre, elle me crut devenu fou.

Sans penser le moins du monde à l'émotion que j'avais ainsi causée, j'atteignis le pilier. Tout joyeux, je sautai sur le balcon et je courus annoncer ma victoire à ma mère. Je la trouvai claquant des dents et incapable de parler.

La concierge était montée, alertée par ceux qui avaient assisté d'en bas à ma prouesse.

Personne ne pouvait comprendre le mobile de cet acte de fou. Je renonçai à tenter une explication…

Leçons de patinage

L'hiver devint brusquement rigoureux, avec de fortes gelées. Mon père, d'ordinaire, ne s'occupait guère de distraire son fils autrement que par la cravache quand le « zéro de conduite » illustrait mon carnet de notes. Il semblait ainsi déverser sur moi le trop-plein de sa mauvaise humeur devant la tristesse de ma mère. Solo de corbillard, disait-il. Quelle ne fut pas ma surprise quand, un matin, il m'annonça qu'il m'emmenait avec lui pour me donner, disait-il, une leçon de patinage sur le lac de Saint-Mandé. Ma mère, tout heureuse, nous regarda partir du haut du balcon.

À Saint-Mandé, des camarades d'atelier étaient déjà arrivés, avec une fille aux cheveux roux, maîtresse d'un dessinateur et, à l'occasion, modèle de Gauguin. Elle s'appelait Annette, et personne ne l'accompagnait, de sorte que mon père fut à ses petits soins. J'eus l'impression d'avoir été amené en manière d'alibi, et je compris que cette belle fille de dix-huit ans était à l'origine des fameux « solos de corbillard ». La leçon de patinage fut uniquement pour elle. Quant à moi, je me débrouillai tout seul. Une chute déchira le fond de la culotte, et Annette la recousit de telle sorte que, par mégarde, le pan de ma chemise le fut aussi.

Le soir, ma mère en me déshabillant, s'aperçut de cette maladresse. Mes réponses à ses questions, hésitantes et contradictoires, achevèrent de lui révéler le rôle que j'avais joué dans cette escapade. Il s'ensuivit au retour de mon père une scène violente » où il brisa deux chaises, et sortit comme un homme qui sait ce qui lui reste à faire…

Je crois que la liaison de mon père avec cette fille débuta ce jour-là.

Enfin, le bienheureux départ pour La Franqui me délivra des contraintes de Paris.

Enterré vivant

La liberté des vacances, avec la bande de gamins dont j'étais le chef, me firent vite oublier le jardin du Luxembourg et ces autres gamins, qui ignoraient La Franqui. Il y avait bien ces odieux devoirs de vacances, qui me condamnaient à écouter voler les mouches pendant qu'au-dehors le vent m'appelait.

Je ne m'attarderai pas à raconter les exploits de ma bande, armée d'un vieux pistolet trouvé au grenier. Parmi ces compagnons d'imaginaires aventures, je m'étais lié avec Bousquet, un gamin des Petits Ménages, des gens de peu, mais il était intelligent ; il devait avoir un peu de sang nègre comme Alexandre Dumas. Nous étions inséparables, et à cela peut-être – certainement même – dois-je d'être encore de ce monde. J'avais onze ans, et ce fut mon premier contact avec la mort.

Le 15 août, le curé de Leucate venait dire une messe à la chapelle qui, en la circonstance, devait être parée de fleurs blanches telles que des lis. Précisément, à cette époque, fleurissaient dans les dunes une belle variété d'asphodèles, comme si la nature les eut offertes à l'Immaculée Conception. J'aimais particulièrement la solitude de ces dunes, où j'allais souvent m'amuser à creuser des tanières dans le sable compact.

Ce jour-là, j'emmenai Bousquet. À cette époque, venait de s'achever le percement de je ne sais plus quel tunnel transalpin. Nous eûmes tôt fait d'imaginer des montagnes à l'aspect de ces hautes dunes, dont l'une, qui pouvait bien avoir six mètres, représenta le mont Blanc.

Je montrai à mon petit camarade comment le sable bien durci se creusait aisément.

Chacun à notre tour, nous disparaissions à plat ventre dans l'étroite galerie. Quand ce fut mon tour, le tunnel atteignait déjà au centre de la dune. J'y disparus tout entier, tandis que Bousquet s'en allait cueillir les fleurs destinées à la Vierge.

Je travaillais appuyé sur les coudes, la tête touchant le sommet de la voûte, quand tout à coup je sentis un souffle en même temps qu'une étreinte brutale me saisissait depuis les jambes jusqu'aux épaules. Je restai coi, les oreilles bourdonnantes, dans un silence de mort. La galerie venait de s'effondrer.

Par miracle, la partie où était ma tête n'avait pas cédé, et grâce à la position de mes coudes, ma poitrine pouvait respirer le peu d'air de ce minuscule alvéole.

J'étais bel et bien enterré vivant au centre de la dune, c'est-à-dire, à environ trois mètres de l'entrée de la galerie. Je me sentis irrémédiablement perdu, mais je n'éprouvai – ou plutôt, je ne concevais pas de frayeur. L'idée de la mort, qui me terrifiait et m'obsédait quand j'étais parmi les vivants, ne se formait plus ici, où j'en étais séparé. J'étais instantanément devenu passif dans une inconsciente résignation. Cependant, j'étais parfaitement conscient de ma situation et, en un temps très court, je l'envisageai sous toutes ses faces : je me disais que Bousquet, après avoir cueilli des asphodèles, constaterait la catastrophe. Il tenterait de me dégager, mais ce serait long, trop long pour la minime provision d'air dont je disposais et puis, il y aurait peut-être un autre éboulement pour l'enterrer avec moi.

Cette idée ne me terrifiait pas. Je pensais à la manière des bêtes, dans un présent strictement immédiat. Mon calme venait précisément du fait que mon esprit restait bloqué à ce présent, sans la moindre notion d'avenir.

Par contre, le passé surgissait avec une intensité fulgurante, s'incorporant à l'instant présent comme si le temps eût cessé d'exister.

Je ne repris conscience qu'au moment où je perçus dans ce silence de tombeau un faible cri humain. Alors, je me sentis perdu. Cet appel venait de disperser le brouillard qui me cachait l'avenir.

La résignation m'avait abandonné, et je retrouvai la douleur, comme celui dont l'anesthésie se dissipe.

Brusquement, ce cri si faible, si lointain, fit irruption dans ma tombe : la main de Bousquet venait de rencontrer le vide où étaient mes épaules.

Après une heure d'efforts dans l'angoisse d'un nouvel éboulement, Bousquet me tira hors de ma tombe, et nous tombâmes dans les bras l'un de l'autre.

Le lendemain, dans la chapelle toute parfumée des fleurs offertes à la Vierge, j'assistai à la messe avec une ferveur dont nul ne pouvait deviner la cause. La statuette de la Vierge en manteau bleu semblait me sourire… Il y avait un secret entre nous, maintenant.

Chant de la sirène

Après le 15 août, l'exode des baigneurs rendait La Franqui à sa solitude, et je retrouvai mes vrais amis, ceux qui ne déçoivent pas, je veux dire tout ce qu'offre la nature à ceux qui savent et peuvent la comprendre. Avant tout, pour moi, c'était la mer avec l'énigme de son horizon.

La perspective de la rentrée flétrissait toutes mes joies, qui s'en allaient, en ces jours d'automne, comme tombent les feuilles jaunies. Partir, m'en aller sans esprit de retour sur cette mer aujourd'hui toute bleue, qui semblait me sourire… m'appeler. Ce n'est pas en vain que fut inventé le mythe des sirènes.

J'étais dans cet état d'esprit quand le Ramonet (homme à tout faire de la maison) vint montrer à ma mère une nasse où s'était prise une nichée de rats. Il allait les brûler, dit-il en souriant.

– Non, laissez-les-moi, je préfère les noyer…

Ma mère eut un énigmatique sourire, se doutant bien que j'avais d'autres intentions, plus conformes à ma sympathie pour les bêtes, fussent-elles réputées nuisibles. En effet, ces rats, coupables de vivre selon leur nature, allaient réaliser mon premier voyage et répondre pour moi à l'appel des sirènes.

Sur une large plaque de liège brut trouvée sur la plage après une tempête d'équinoxe, j'installai une caisse en manière de cabine avec toutes les provisions nécessaires à une longue croisière.

J'y ajoutai un mât pour une petite voile carrée destinée au vent arrière. Après y avoir transféré mes rats, j'abandonnai cette arche de Noé à la brise de terre, et mon ami le vent l'emporterait peut-être jusqu'en Algérie.

Ainsi embarqué par mon imagination, je suivis à la lorgnette la petite tache blanche de mon premier navire en son premier voyage…

Antonin

Cette année-là, nous partîmes pour Paris un peu plus tôt, pour aller aux environs de Carcassonne rendre visite aux deux sœurs de ma grand-mère, les tantes de Villallier, Hortense et Émilie. Cette dernière élevait un petit-fils, Antonin, à peu près de mon âge, qui tout de suite m'intéressa par son sens très aigu de l'espièglerie et de la désobéissance, en dépit de son regard sournois et de sa manière de ronger ses ongles. C'était le type parfait du petit paysan, instruit de tout ce que mon enfance solitaire ne m'avait pas appris. Au cours de jeux avec la pompe de l'abreuvoir, nous fûmes trempés des pieds à la tête. Lui s'en moquait, il n'avait rien à craindre de son indulgente grand-mère, mais moi, j'avais à compter avec mon père, et la cravache…

Alors, Antonin me conduisit à la grange à fourrage, chaude comme une étuve, pour nous y sécher, disait-il. Voyant mon hésitation à me dévêtir, il haussa les épaules en ricanant et me donna l'exemple.

Ma pudique timidité n'ayant d'autre cause que l'instinct qui répugne à la nudité, je l'eus vite oubliée dans le parfum chaud du foin, où nous rivalisions de cabrioles. Cependant Antonin remarqua qu'en tous ces exercices, j'évitais de montrer mon derrière et le reste. Alors, riant de plus belle, il prit des poses provocantes avec des gestes que j'avais vu faire aux singes du jardin des Plantes. J'en avais ri, alors, sans en comprendre le sens, mais en voyant ces mêmes gestes répétés par un petit garçon, j'en fus effrayé.

Installé sur le foin, jambes écartées, il continuait à me narguer de cet étrange divertissement. Bouleversé, je m'enfuis me rhabiller à l'autre bout de la grange, et je voulus partir.

Ma mère m'avait toujours dit qu'il ne fallait pas toucher à certains organes, sous peine d'en rester infirme ou d'en mourir. J'étais donc très inquiet pour mon petit camarade, que je suppliai de cesser ces dangereux attouchements. Il éclata de rire, en me proposant de me montrer la manière de n'en pas mourir. Cette fois, je m'enfuis, mais il m'eut bien vite rejoint, et, comme si rien ne se fut passé, il me proposa d'aller manger des azerolles, une espèce de petites pommes sauvages, au jardin de M. Doux. Ceci me plaisait mieux : sauter des murs et courir l'aventure en plein air, je me retrouvais dans mon élément.

Étrange forêt vierge que ce verger abandonné. Je fus émerveillé par ce coin sauvage, séparé du monde par un mur de briques rouges, que nous dûmes escalader. Un vieux monsieur somnolait à l'ombre d'un saule.

– N'aie pas peur, c'est M. Doux… Il me permet de sauter le mur, et il me donne des bonbons, dit Antonin. Allons, viens, il va nous en donner…

Une figure rose et poupine encadrée de légers cheveux blancs un peu frisés apparut, souriante.

– Tiens, tiens ! qui m'amènes-tu donc Antonin ? Il n'est pas d'ici… Viens là, mon mignon, n'aie pas peur.

Une main molle caressa mon cou et descendit jusqu'au bas des reins. Je n'attendis pas qu'elle s'égarât plus bas, une involontaire répulsion me jeta en arrière.

– Il faut que je m'en aille, Monsieur, mon père m'attend… pour… enfin je veux dire…

Antonin, assis sur le bras du fauteuil de M. Doux, coupa court à mon bafouillage.

– Eh, couillon, reste donc un peu, tu verras comme on s'amuse…

– Non, viens… je m'en vais…

– Eh bé, va-t'en, mais ne dis pas que je suis ici. Tu n'es pas malin, pour un parisien…

Je partis à toutes jambes. En me voyant arriver seul, la tante Émilie s'inquiéta.

– Et Antonin, où l'as-tu laissé ? Vous ne vous êtes pas battus, au moins ?

Tandis que je bredouillais, la tante Hortense me regardait de son petit air moqueur.

– Qui est donc ce vieux monsieur ? demande ma mère.

– Oh, un saint homme, s'empressa de dire tante Émilie. Il aime beaucoup les enfants. De plus, il s'occupe de l'Église et quand Monseigneur vient confirmer, il loge chez lui. C'est un saint homme.

Hortense eut une petite toux sèche, et baissant la tête, elle enfouit son sourire dans le nœud de sa coiffe blanche.

Son fils Marinou, un beau gars de dix-huit ans, se dandinait d'un air gêné. Peut-être étant gosse, avait-il goûté le vin doux de M. Doux, mais il avait une autre nature que le malingre et vicieux Antonin, ce genre de douceur lui était restée sur l'estomac.

La veille de notre départ, tante Émilie me conduisit à la messe. Les enfants de chœur en surplis et toque rouge, allaient et venaient devant l'autel autour du prêtre vêtu de brocard d'or. Antonin était parmi eux, mais plus du tout le même dans cette tenue séraphique. Je les admirai ces enfants de chœur, et tout à coup, je me pris à les envier avec tant de violence que ma gorge se serra.

Mon cœur battit sous l'émoi du désir, un désir sensuel comme l'attrait d'une volupté dans un rêve où je me voyais semblable à ces gamins au milieu d'un nuage d'encens. Comment était-il possible que le gamin qui se roulait dans le foin avec des gestes impudiques, comment Antonin m'apparaissait-il si beau ?…

Si l'aventure du grenier à foin se fut passée après cela, qui sait si je ne me serais pas abandonné, non pas à une curiosité vicieuse, mais à un étrange sentiment où le mysticisme aurait travesti et fait triompher le désir sexuel ignoré.

J'ai compris plus tard qu'une telle crise d'apparence mystique puisse donner l'illusion d'une vocation religieuse. Engagés sur la foi d'un leurre à se retirer du monde, ces êtres endureront des souffrances de damnés pour vaincre leur chair trop tard réveillée.

Mort de ma grand-mère

Le retour à Paris fut, comme toujours, un déchirant exil loin des contrées où m'appelait la nostalgie d'un paradis perdu. Nostalgie d'autant plus cruelle par l'effondrement du ménage de mes parents. Mon père, sous l'influence d'Annette, ne dissimulait plus son désir de tout abandonner sous prétexte de retrouver la liberté qui, seule, pouvait sauver l'œuvre de l'artiste.

Ma mère, bien que frappée à mort dans son unique amour, se ressaisit pour tenter de relever La Franqui, écrasée de lourdes hypothèques dont les intérêts absorbaient le peu que rapportaient les deux mois de juillet et août. Le phylloxéra avait ruiné le vignoble français, et ma grand-mère, épuisée par plus de vingt ans de travaux et de soucis, mourait en septembre 1892.

Cette mort fut pour moi mon premier grand chagrin. J'avais accueilli l'amour de ma grand-mère sans me rendre compte de la profondeur de mes sentiments à son égard. En sortant de cette chambre où elle se mourait, j'emportais un sentiment d'isolement et de détresse que je prêtais à toutes les choses qui m'entouraient : le soleil qui mourait, les feuilles jaunies jonchant les allées sous le vent froid qui soufflait déjà l'hiver, tout me disait que ce soir finissait ce qui jamais plus ne reviendrait.

Mon père qui, toujours, avait estimé cette femme supérieure, vint à La Franqui. Ce fut une cruelle épreuve pour ma pauvre mère.

Au moment de son départ, quand le break fut attelé, ma mère, pâle comme une morte, eut la force de sourire et comme mon père hésitait devant le choix de la formule d'adieu, elle lui tendit très simplement son front pour garder l'attitude de deux époux indifférents, qui partent chacun de leur côté.

Quand la voiture eut disparu, elle courut s'enfermer dans sa chambre, brisée d'avoir contenu si longtemps son désespoir, tandis que mon père s'en allait, comme un collégien en vacances.

La pauvre femme s'abattit sur son lit, étouffant son cri de détresse dans l'oreiller de plume…

Quant à moi, je partis dans la falaise, confier ma peine aux immortels amis, et le vent emporta ma plainte vers la mer consolatrice.

Au lycée de Carcassonne

J'entrai comme pensionnaire au lycée de Carcassonne, très fier de l'uniforme à boutons d'or et des pantalons longs. Et puis, je venais de Paris, de l'École alsacienne, ce qui ne manquerait pas d'en imposer à tous ces gamins sortant de l'école de leur village, car, vu mon âge, je devais entrer en classe de sixième, début de l'enseignement dit secondaire.

À force d'entendre vanter mon intelligence par les braves gens de La Franqui, je me croyais vraiment destiné à étonner le monde. Mon entrée au lycée allait être un triomphe et les pauvres petits professeurs de province seraient flattés de m'avoir pour élève.

Oui, mon entrée au lycée fut sensationnelle, mais pas du tout dans le sens que je l'imaginais. Mon père avait souvent parlé devant moi des pions au temps où il était au lycée de Montpellier. Or, aujourd'hui, il n'y a plus que des « maîtres répétiteurs ». Charitable euphémisme dans le genre d'« artiste capillaire », pour oublier le « barbier ».

À une observation dudit maître répétiteur, faite d'un ton fort inconvenant à mon avis pour un personnage tel que Monsieur Henri, je dis en aparté, mais assez fort pour que tous entendissent :

– Qu'est-ce qu'il a donc après moi, ce « pion »…

Je fus incontinent mis à la porte de l'étude, et déféré au censeur. Celui-ci exigea des excuses devant tous les élèves témoins de ce crime de lèse-répétiteur. Alors, je commençai, ainsi d'une voix tremblante :

– Je m'excuse de vous avoir appelé « pion », parce que je ne savais pas qu'il n'y avait plus de pions depuis le temps où papa me parlait des pions de son collège. Si j'avais su qu'il était défendu de dire « pion », je n'aurais pas dit « pion »…

Les rires fusaient.

– Taisez-vous ! intervint le censeur pour arrêter la répétition du mot défendu.

Au dortoir, le lendemain matin, je fis scandale en arrivant devant les lavabos où une vingtaine de petits becs versaient de minces filets d'eau comme des compte-gouttes sur un coin de serviette pour se débarbouiller à la manière des chats. J'arrivai torse nu, et j'essayai de m'asperger les épaules. Ce fut un scandale. Le surveillant accourut.

– Qu'est-ce que c'est que cette tenue ? Vous n'êtes pas ici aux bains de mer !…

– Mais, je me lave…

– On se lave comme tout le monde…

Quand je voulus tenter de me laver les pieds, je mis le comble à l'indignation.

– Cette fois, vous vous fichez du monde ! Il y a un bain de pieds tous les quinze jours, vous pouvez l'attendre…

Dès la première classe, je fus reconnu inapte à suivre la sixième, et je fus immédiatement conduit au petit lycée, de l'autre côté de la rue, où j'échouai en septième, avec les gosses de huit à neuf ans !…

L'orgue

J'étais au lycée depuis quinze jours quand on m'appela au parloir. Ma mère m'y attendait. Elle arrivait de

Paris, après avoir liquidé notre appartement et toutes les formalités relatives au divorce que lui imposait mon père. Elle sortait de cette cruelle épreuve anéantie, brisée, vieillie au point qu'en l'apercevant au fond du parloir, je faillis ne pas la reconnaître.

Elle me conta par quel calvaire elle avait dû passer, et je compris que désormais, j'étais sa seule raison de vivre. Hélas, quelle consolation pouvais-je lui apporter, avec ma régression en septième ?

Dès lors, la réaction me dessilla les yeux ; je me vis tel que j'étais, avec tout le ridicule d'un Monsieur Henri digne du bonnet d'âne. Je me sentis tellement humilié que je doutai alors de mes capacités.

Dans ces conditions, le découragement joint à la paresse eussent fait de moi le cancre total sans la perspicacité du père Bécus le professeur, qui sut me repêcher à temps.

À douze ans, ce fut le premier tournant de ma vie, tournant définitif qui l'orienta.

L'année suivante, je quittai l'internat. Ma mère s'installa à Carcassonne, et je fus externe.

Nous habitions un petit appartement en face du square Gambetta, où le dimanche venait jouer la musique militaire… sous un kiosque…

Dans cette douce intimité, nous défendions jalousement notre mentalité un peu particulière, pour réagir contre l'enlisement provincial.

Le dimanche, nous montions à la Cité, sous le prétexte d'assister à la messe, mais en réalité pour écouter Béchaire, mon professeur de musique, organiste de la vieille église de Saint-Nazaire, où se trouvait l'orgue le plus ancien de France (il datait du quinzième siècle).

Je montais toujours rejoindre Béchaire aux claviers, sur cet étroit balcon derrière le « Récit ». On y accédait par d'étroites échelles, dans une obscurité où flottait une odeur de poussière et de cuir, qui me semblait être l'odeur même du passé. Je respirais le Moyen Âge.

Au premier palier, une sorte d'entresol, était la soufflerie. Là, dans la pénombre, s'alignaient trois énormes soufflets de forge, chargés de contrepoids en pierre.

Quand Béchaire voulait du vent, il tirait un petit anneau et un mystérieux fil de fer agitait une clochette de bois. On aurait dit le macabre cliquetis d'un squelette, et aussitôt un nain, une sorte de gnome à grosse tête, sortait on ne savait d'où. Il soulevait lentement les leviers et derrière lui, les étranges machines s'abaissaient avec un long gémissement. Dans le silence, cette respiration régulière semblait être celle d'un monstre qui se préparait à chanter.

Béchaire était assis sur un haut tabouret, éclairé par des morceaux de cierges plantés sur d'antiques chandeliers à pointe. Avec sa tête à l'expression douloureuse, lui aussi appartenait à un autre temps. Vu ainsi, au milieu de ces anges à l'expression naïve, qui souriaient en mépris du temps, le pauvre et timide Béchaire représentait vraiment le rêve éternel de l'artiste, qui flotte sur la vulgarité des foules comme la brume matinale, pure et impolluée, voile de sa blancheur les laideurs terrestres, la gadoue des faubourgs sur la terre esclave.

Tout à coup, les deux mains touchèrent le clavier et, fidèles au maître qui les éveille, les tuyaux sonores chantèrent. La cathédrale entière vibrait, et au centre de cette surhumaine symphonie qui emportait toutes les âmes vers Dieu, il y avait seulement les deux mains amaigries du pauvre artiste ignoré…

J'étais transporté, et dès ce jour, j'eus la passion de l'orgue. Le vieux souffleur, le soir, pour quelques sous, manœuvrait les soufflets, et tout seul dans la vieille église obscure, j'improvisais de rudimentaires harmonies. J'oubliais totalement le reste du monde.

Initiation

Deux années passèrent dans une vie réglée et monotone, sans que j'en éprouvasse d'ennui tant j'étais absorbé par mes études pour arriver à sauter la classe de quatrième. J'y réussis et ainsi, je rattrapai le temps perdu par ma régression en septième.

Ma voix avait mué, et je m'intéressais aux fillettes. Mais, faute d'expérience, je n'osais pas me laisser entraîner au gré de ces velléités galantes. Je me contentais de laisser croire à d'imaginaires aventures.

Ce ne fut qu'après mon entrée en troisième que mes nouveaux camarades organisèrent une sorte de « tournée des grands ducs » dans les maisons closes.

Sans doute, fallait-il se sentir en nombre pour affronter ce mystérieux quartier derrière les casernes » et encore aux heures creuses.

J'avais raconté des aventures érotiques avec tant de conviction que nul n'en avait douté, mais en dépit de ma réputation donjuanesque ainsi acquise, je savais bien qu'au pied du mur, je serais fort embarrassé.

Honteux de paraître ce que je n'étais point, je résolus d'aller faire mes premières armes là où s'en allaient rhétoriciens et philosophes à la barbe naissante. Seul, je n'en aurais eu le courage. Je me joignis donc à une de leurs escapades en groupe.

Le cœur battant sous les plus désinvoltes apparences d'un habitué, je me glissai au crépuscule le long des murs d'une des rues mal famées.

Une arrivée de potaches est pour ces dames une petite fête, car il y a toujours un néophyte à dessaler. Elles se le disputent, aussitôt repéré.

Le puceau, en effet, se révèle à l'œil exercé d'une professionnelle en dépit de tous ses efforts pour ne le point paraître.

Devant la porte bardée de fer sous le signe d'un flamboyant « 6 » je m'imaginais au seuil d'une infernale officine. Un instant, j'eus le lâche espoir que la porte allait rester close, mais elle s'ouvrit…

Dans la pénombre de cet antre, une femme outrageusement fardée nous dévisageait de ses yeux meurtris de charbon. Pris de trac, comme dans le salon d'attente du dentiste, je me tins en arrière, espérant m'esquiver. Mais le verrou poussé me donna l'impression d'être pris…

Un coup de cloche me fit sursauter et un essaim de peignoirs aux couleurs tendres dégringola l'escalier.

En une seconde, nous fûmes entourés de la troupe de nymphes, exhibant par l'ouverture des peignoirs dégrafés, des corps livides, plus ou moins avachis.

J'eus un éblouissement, fait de pudeur, de crainte et de dégoût. Je me cramponnai désespérément à l'attitude du monsieur blasé venu par désœuvrement accompagner des camarades… Évidemment, je flanchais et peut-être serais-je parti Gros-Jean comme devant si une grosse blonde aux seins de nourrice, devinant la cause de ma froideur, ne m'eut empoigné par surprise en me serrant contre son ventre et ses mamelles. De crainte du ridicule, je ne protestai pas. Alors, sans me consulter, elle m'entraîna à travers les couloirs, et tout éberlué, je me trouvai dans la chambre du sacrifice, et la femme laissa tomber son peignoir…

Sans souci de sa nudité, inconsciente à force d'habitude, elle se fit maternelle. Vaincu par cette débonnaire indulgence, et mis en confiance par l'âge, je me sentis très petit garçon et lui avouai mon innocence, comme on se confie au chirurgien qui va vous ouvrir le ventre.

Alors, ce fut touchant. Elle me dorlota comme un tout petit, et ainsi cette pitoyable créature flétrie, usée, désabusée, trouva peut-être un instant la joie de se sentir une vraie femme.

Je sortis de l'épreuve très fier, comme toutes les fois qu'on a surmonté un trac épouvantable.

Cependant, je ne pouvais me défendre d'une profonde tristesse, un mécontentement fait de dégoût.

L'acte sexuel envisagé par l'adolescent vierge comme la réalisation de ses rêves lubriques m'apparaissait maintenant sous son véritable aspect, et il me vint le vague remords de l'avoir abordé comme une turpitude en ce lieu de débauche où le vice fausse les instincts ?

Anna

Je partis pour les vacances à La Franqui peu de temps après cette initiation. Mes petits camarades, eux aussi, avaient changé, et comme eux, je m'intéressais davantage aux fillettes, mais ces oies blanches bientôt demoiselles à marier, ne répondaient pas aux fins très précises que maintenant j'envisageais en toute connaissance de cause.

Je préférais les petites servantes, jeunes paysannes qui hier encore menaient la vache au taureau et l'aidaient très ingénument à obéir correctement à la loi de nature.

C'est ainsi que je remarquai une petite brunette de quinze ans à peine qui, chaque jour, passait sous le balcon de la chambre de mon grand-père en allant à la fontaine emplir sa cruche. Quand le père Bertrand était à la terrasse du café à l'heure de l'apéritif, je m'installais sur cet observatoire.

À cette heure, ma mère occupée aux établissements, j'étais assuré de la solitude totale du chalet où nous habitions. Au passage de la fille, je sautai de mon perchoir au risque de me casser un membre, estimant que cette prouesse était la meilleure façon de séduire et d'apprivoiser mon gibier.

Le second jour, connaissance était faite…

Le chalet était rigoureusement interdit aux baigneurs, qui se plaisaient à donner de mystérieuses raisons à cet isolement.

C'est donc là qu'en l'absence de ma mère je conduisis Anna, ainsi s'appelait ma « prise ». Quand je poussai le verrou intérieur de la porte d'entrée, elle me regarda d'un air suppliant, résignée et heureuse tout à la fois. Alors, je la serrai et l'embrassai, pour voir jusqu'à quel point elle accepterait la suite. Très maladroitement, comme celle qui n'a jamais flirté à la manière des jeunes filles, comme une bête qui suit ses instincts, elle se blottit contre moi pour se cacher devant le danger inconnu qui cependant l'attirait.

Dans ma chambre, demi-jour, volets clos, chaleur du soleil qui, depuis son lever, illuminait la façade, le silence et enfin, l'aspect amical de toutes les choses familières qui se faisaient complices, brusquement, je devins le mâle brutal, une force ignorée m'emportait, et je compris qu'en telle occurrence, les prétendues initiations sont bien inutiles.

La fillette était vierge, sans autre expérience que celle, toute simple, donnée par les bêtes du troupeau. Vaincue, elle s'abandonnait à l'acte inévitable, comme un réflexe en dehors de toute conscience.

À partir de ce jour, Anna me considérait comme son maître, son mâle, et elle eût été ma femelle si nous avions vécu dans la forêt des âges primitifs.

J'ai évoqué ce souvenir à cause d'une tragique aventure survenue deux ans plus tard, dont Anna fut la cause involontaire.

Apôtre du cyclisme

Depuis le divorce de mes parents, je n'avais pas revu mon père. Ma mère s'était toujours gardée de le juger devant moi, parce que j'étais son fils et qu'il était le seul homme qu'elle eut aimé et aimerait toujours jusqu'à la mort.

En récompense de mes bonnes notes, elle m'avait acheté une bicyclette, lourde machine de vingt-cinq kilos, avec des caoutchoucs creux, dernier perfectionnement avant les pneumatiques.

C'est au nom du cyclisme que j'allais rendre visite à mon père, apôtre de ce sport nouveau, car à cette époque où l'on parlait encore du vélocipède, c'était un sport relevant de l'acrobatie, que le public se refusait à prendre au sérieux. Le cycliste était même l'ennemi nº 1, des ordinaires usagers de la route, des charretiers en particulier, dont la malveillance était applaudie quand elle provoquait un accident. Les gardes champêtres, à l'entrée des villages, trouvaient toujours un prétexte pour verbaliser, tandis qu'on lançait les chiens dressés à ce jeu pour assister à la chute du malheureux cycliste.

Mon père m'attendait à la gare de Perpignan, tout de blanc vêtu, avec sa barbe également blanche flottant au vent. Cet étrange costume, entre le clown et le mitron pour chevaucher cette monture en fil de fer, contribua à provoquer les aventures que risque toujours, en ce monde routinier, celui qui s'écarte des usages.

Tout en pédalant, courbés sur nos guidons à cause de la tramontane, j'écoutais le récit de pathétiques aventures, non sans quelque appréhension en apercevant les premières maisons du village du Soler.

Déjà, la rue principale était obstruée par la population hostile, qui retenait les chiens jusqu'au moment propice.

Un petit café, à l'entrée du bourg, me suggéra un moyen de salut. J'arrêtai mon père, sous prétexte que je mourais de soif. Nous mîmes pied à terre devant les caisses de fusains poudreux. Ce brusque changement, ce retour à une attitude humaine, arrêta net les clients, qui se hâtèrent de sortir pour voir passer les phénomènes sur la route, et surtout, le légendaire « lancipète » à barbe blanche.

Il y eut une minute de silence, où chacun attendait ce qui allait se passer. Alors, mon père, dans son plus pur catalan, demanda à tous ces gens éberlués s'ils n'avaient jamais vu un chrétien boire de la bière ?

Qu'un cycliste, dit « lancipète », s'arrêtât au Soler pour y boire de la bière, était déjà un événement, mais qu'il parlât catalan comme n'importe qui sortait du cadre des choses possibles.

La foule, comme toujours, passa sans transition de l'hostilité sourde à l'enthousiasme bruyant. Mon père, à la faveur de ce bon vent, se lança toutes voiles dehors dans un panégyrique de la bicyclette.

– La machine à marcher, mes bons amis. Bientôt, tout le monde dévorera les kilomètres plus vite que le train…

Alors, un personnage en veston d'alpaga luisant aux saillies de son torse étriqué, s'avança et demanda, dans un français soigné :

– Mais cependant, ces instruments dont vous vantez les mérites, sont accessoires d'acrobaties peu indiqués pour un usage domestique en général, et en particulier, pour un homme sérieux ou simplement père de famille, qui ne peut risquer un accident. Comment, en effet, peut-on se tenir en équilibre sur ces deux roues ?

– Rien de plus simple, comme se tient un cercle de barrique que fait rouler un gamin.

Avisant alors un gosse à l'air plus déluré que les autres, il le mit en selle et le fit rouler en le soutenant au début par la selle. Quand il le lâcha sans que le gosse s'en avisât, et continua à rouler, ce fut une ovation enthousiaste.

Notre départ fut triomphal. Dès ce jour, le Soler devint un centre de cyclisme.

À peine avions-nous quitté le village qu'une carriole de maquignon attelée d'un frigant coursier ne me dit rien qui vaille. Son conducteur se retourna à l'appel impératif de nos trompes, mais au lieu de serrer sa droite, il enleva son cheval dans une pétarade de coups de fouet.

Courbés sur nos guidons, nous le doublâmes tellement à l'improviste que le cheval fit un écart. Au comble de la fureur, l'irascible maquignon lança son chien-loup à nos trousses tandis que le cheval martelait la route d'un galop furieux. Le chien, par un mystérieux instinct qui lui décelait l'ennemi s'en prit à mon père. Grâce à ses pneus, et au développement de six mètres cinquante, il me laissa en arrière et disparut dans le nuage de poussière soulevé par la carriole. Un coup de feu, suivi du hurlement du chien, me fit pressentir le drame. Aux cris de rage du maquignon, je compris qu'il allait venger son chien, croyant que mon père l'avait tué. Le cheval, sans doute à bout de souffle, buta et s'abattit, et l'homme, projeté en avant, allait piquer une tête dans le fossé en cet endroit plein d'eau d'arrosage. Brancards rompus, la carriole versa. Les roues continuaient à tourner comme un hanneton tombé sur le dos agite en vain ses pattes.

Je retrouvai mon père en haut de la côte, assis sur une borne, un peu pâle, haletant mais joyeux comme un général au soir d'une victoire. J'ignorais à cette époque combien, après la cinquantaine, de tels efforts se paient cher.

Le reste du voyage fut sans incident, mais la nuit n'était pas loin quand enfin nous arrivâmes à Saint-Clément.

Caroline, que j'appelais « bonne-maman de Saint-Clément » pour la distinguer de l'autre « bonne-maman de La Franqui » qui m'avait élevé et tant aimé, était dans sa chambre. À mon entrée, elle se tourna, et je retrouvai tout aussitôt en cette momie desséchée l'image que mon souvenir en avait gardé depuis l'année de l'Exposition.

La bouche aux lèvres minces, taillée en coup de sabre, eut la même grimace dans son effort pour me sourire. Le tour plaisant de ses compliments sur ma croissance, et ma tenue de « vélocipédiste », car elle en était restée au vélocipède, me glaça par son indifférence. Elle cessa de s'occuper de moi, uniquement préoccupée des commissions dont elle avait chargé son fils.

Cette ambiance dépourvue de tendresse me rendait la vieille demeure de Saint-Clément un peu étrangère. Je m'y sentais l'invité, sans plus. On eut dit qu'un mauvais génie hantait cette maison, en attendant de m'en chasser un jour.

Cependant, la beauté du site, la vie large et la bonne chère, dissipèrent cette impression, pour me laisser pleinement jouir de cette « vie de château », si différente de celle que les maigres subsides de mon oncle permettaient à ma mère.

J'eus bien quelques velléités de remords de me sentir si heureux et à mon aise au milieu de ce qui avait en grande partie contribué à briser notre foyer et crucifié ma mère.

Je crois avoir aimé ma mère comme le meilleur des fils, et en outre, je ne me jugeais pas exceptionnellement mauvais. Loin de m'admirer cependant, je suis devenu plus indulgent en me comparant. À dix-sept ans, on ne fait pas de philosophie, on prend la vie telle qu'elle se présente, et on l'accommode au mieux de son caractère.

En ce qui me concerne, j'avais organisé ma vie en un système de cloisons étanches qui me permettaient de la fractionner en éléments indépendants dont je pouvais jouir au mieux des circonstances, sans être troublé des relations de cause à effet qui les liaient entre elles.

Voyage en Espagne

Après quelques jours, mon père me proposa un voyage à Llança, en Espagne. Il s'agissait avant tout d'une excursion à bicyclette, s'empressa-t-il de préciser, mais à cette occasion, il pourrait aller voir un modèle amené de Paris, cette pauvre Annette, qu'il avait installée au bord de la mer, précisément à Llança, pour soigner sa tuberculose. Il n'avait pu la loger, m'expliquait-il, à Saint-Clément, à cause de sa mère, qui ne transigeait pas avec les principes bourgeois, comme toutes celles dont la vie en fut la négation. Je me remémorai aussitôt la fille rousse qui avait si bien recousu ma culotte au lac de Saint-Mandé. D'ailleurs, ce nom était si souvent revenu dans les plaintes de ma mère qu'il m'eût été difficile d'en ignorer le rôle.

Tout fier de recevoir les confidences paternelles de cette importance, je m'empressai d'y répondre en approuvant cet acte d'humanité.

Avais-je vraiment conscience de mal agir en allant ainsi tendre la main à celle qui avait ruiné notre foyer ? Encore une fois, la cloison étanche venait de m'isoler dans une situation indépendante de tout ce que j'aurais pu ressentir ou penser en dehors de ses limites.

Et voilà comment, libéré de tout scrupule, je partis allègrement voir ce mauvais génie de notre famille, qui devait un jour me chasser de Saint-Clément.

Le voyage fut magnifique, et demeure en mon souvenir comme une petite aventure. À cette époque – 1897 – l'Espagne avait encore le caractère médiéval qui a inspiré les poètes et écrivains romantiques du XIXe siècle.

Nous arrivâmes à la frontière par le col de la Perche à mille huit cents mètres d'altitude. Aussitôt après le poste douanier, la route devient chemin muletier, franchissant rivières et torrents à gué.

Il fallait dévaler ainsi pendant vingt kilomètres, sur des descentes extrêmement rapides, dans des ornières et des nids de poule ensevelis sous des épaisseurs de poussière. Le vélo, en ce temps-là, n'avait qu'un rudiment de frein qui s'appuyait contre le caoutchouc de la roue avant. Évidemment, le constructeur n'avait pas prévu les voyages en Espagne. Dans ce cas, il fallait avoir recours à un fagot de branchages traîné sur la route, et avec cette épaisseur de poussière, on imagine ce qui pouvait en résulter… Derrière nous, les vallées disparaissaient dans les nuages de poussière, mais à ce prix, nous avions un excellent freinage.

La fatalité voulut que, précisément, une procession montât vers un pèlerinage célèbre. Le curé en chasuble marchait sous un dais soutenu par quatre montants portés par les enfants de chœur. Le Suisse, hallebarde en main, ouvrait la marche, et en arrière, la procession portant reliques et bannières, serpentait aux méandres de la route.

Tout à coup, dans les hauteurs de la montagne, la procession aperçut un majestueux nuage blanc qui s'élevait, précédé de deux êtres surnaturels qui semblaient portés par cet étrange météore.

Puis, tout disparut derrière un éperon rocheux que contournait la route et aucun bruit ne rappelait l'extraordinaire apparition.

Les chants liturgiques et les cantiques se turent. Chacun marmottait une prière ponctuée de signes de croix.

Alors, débouchant du tournant, toujours portés par le nuage, deux êtres – anges ou démons – éveillèrent tous les échos de la vallée par des clameurs de trompes.

Les enfants de chœur, terrifiés, lâchèrent les montants, et la toile du dais s'abattit sur le curé comme un épervier. Toute la procession s'enfuit à flanc de montagne comme un troupeau de chèvres affolées. Par bonheur, le nuage de poussière poussé par un peu de vent, nous sauva de la lapidation. Quand il se dissipa, nous aidions le pauvre curé à se dépêtrer de son dais.

Nos excuses en catalan, et surtout, notre retour à l'état de personnes naturelles posées sur deux jambes, rassurèrent les fidèles.

Les plus courageux s'approchèrent, et la curiosité décida les autres.

Quand mon père déclara le plus sérieusement du monde que nous arrivions de Paris pour aller coucher à Barcelone, la foule eut un recul respectueux, dont nous profitâmes pour filer au plus vite.

Il faisait presque nuit quand nous atteignîmes un assez important bourg à l'entrée de la plaine. L'unique grand-rue grouillait de peuple à cette heure où on installe sur la chaussée chaises et tables pour y prendre le frais.

Les portes en voûtes surbaissées, les fenêtres en ogives aux balcons de fer forgé, tout évoquait le temps de Don Quichotte.

De loin en loin, quelques quinquets à l'huile dans d'énormes lanternes se balançaient sur des cordes tendues en travers de la rue. Cette foule grouillante, confondue dans l'ombre, s'animait çà et là du reflet d'un châle blanc ou du bref éclat d'une aile d'éventail paillette d'argent, tandis que les lueurs des cigarettes voltigeaient comme des lucioles.

Dans ce murmure confus, une guitare scandait le rythme syncopé d'une mélodie arabe, et tout à coup une voix nasillarde, au timbre métallique, se mit à chanter.

La Fonda (auberge) était à l'entrée du bourg. Son portail soufflait une odeur de foin et d'écurie. Dans la cour silencieuse, où quelques charrettes levaient leurs brancards vers le ciel, l'enceinte de hautes murailles découpait un rectangle de ciel. Les étoiles y brillaient comme des diamants autour de la voie lactée, tendue comme une arche d'un bord à l'autre de l'horizon.

Sous un appentis, une porte vitrée donnait accès à une salle aux poutres noircies d'où pendaient des épis de maïs. Sous une antique lampe à trois becs, des hommes jouaient aux cartes.

À notre entrée, tous les regards convergèrent vers nous. Un gros homme en tablier bleu nous regarda avec méfiance, mais notre salut désinvolte en catalan fit refleurir le sourire professionnel.

Avec toutes sortes d'excuses, il déplora ne pouvoir offrir un repas digne de notre haute distinction. Quelques perdreaux retirés de la broche, des truites de torrent pêchées le jour même, le tout arrosé d'un vin pelure d'oignon qui avait attendu dix ans son tour d'être versé dans les pourous de verre bleuâtre pour boire à la régalade.

Nous partîmes à l'aube, au premier chant du coq, dans l'air frais et incisif descendu des hautes montagnes.

L'aubergiste nous avait dit la veille que la route était coupée sur quelques kilomètres à cause du procès entre deux entrepreneurs. En effet, nous trouvâmes la coupure, mais en dépit de toutes nos recherches, rien qui ressemblât à la reprise de la route.

Le soleil déjà haut nous accablait de chaleur et une soif ardente me brûlait la gorge depuis que j'avais eu l'imprudence de boire le vin encore assez frais de notre outre de cuir. Je tombai, harassé, au pied d'un maigre arbuste, gardien de nos bicyclettes, tandis que mon père partait à pied en reconnaissance.

Un lointain sifflet de locomotive me tira de ma léthargie. À défaut de route, nous avions une voix ferrée ! C'était la ligne à voie unique de Gérone à San-Juan-de-las-Abadessas où il passe deux trains par jour, un dans chaque sens.

Un étroit sentier en bordure du ballast nous permit de rouler, passant à travers les montagnes dans la fraîcheur des tunnels. L'un d'eux débouchait sur une petite gare endormie.

On imagine la stupeur du chef de gare quand il nous vit surgir et passer sans bruit devant sa station. Sans doute n'avait-il jamais vu de bicyclette. Enfin, un passage à niveau nous rendit à la route.

La mer parut enfin, au loin, et nous arrivâmes en fin d'après-midi à Llança, petit village de pêcheurs, où un ancien matelot du « Follet », le cotre de plaisance de mon père, avait ouvert un petit café. Pour son ancien patron, il avait consenti à loger sa protégée. On mangeait en commun dans la vaste cuisine, où reluisait le cuivre rouge des casseroles, chaudrons et braseros.

Annette était assise près d'une fenêtre, d'où elle aurait pu contempler la mer, mais elle semblait l'ignorer. Je la reconnus, en dépit d'une expression de tristesse que notre arrivée parut encore assombrir. Je compris qu'elle se sentait prisonnière, et se mourait d'ennui. Ce pays, dont elle ignorait la langue et les mœurs, choquait profondément sa mentalité urbaine, qui souffrait d'une nostalgie d'exilée.

À la manière dont elle accueillit mon père, je sentis que, non seulement elle ne l'aimait pas, mais qu'elle devait surmonter une répulsion physique. Était-elle vraiment tuberculeuse ? J'en doute. Je crois plutôt qu'elle acceptait ce rôle pour entretenir une inquiétude, passée à l'état d'idée fixe, sachant bien que la compassion est un excellent condiment de l'amour.

Nous allâmes à une petite plage pour baigner la jeune malade. Étant devenue modèle, la nudité était en quelque sorte sa tenue de travail. La nymphe au poil roux se baigna donc sans voiles.

Je confesse à ma honte que, dans ma vanité de mâle inexpérimenté, je me mis en frais pour plaire à cette femme. Sans la moindre idée de devenir le rival de mon père, j'obéissais à l'instinct qui porte le mâle à plaire à la femelle, sorte de tropisme qui tend à rapprocher deux éléments complémentaires. Le pôle négatif attire le positif.

Le soir, après un dîner très catalan, j'agrémentai le banal bonsoir d'un baiser sournoisement glissé jusqu'au cou de la belle rousse... Pauvre mère ! si tu avais vu comme ton fils... mais taisons-nous, il y avait la cloison étanche.

Au retour de ce voyage en Espagne, je quittai mon père à la frontière pour rouler sur Perpignan, où je comptais bien prendre le train pour arriver à La Franqui.

Tandis que j'approchais de Leucate à travers les garrigues rocailleuses, tandis qu'un vent furieux secouait les vitres du compartiment et emportait, plaquée au ras du sol, la fumée du convoi, je me rappelai la sérénité des campagnes verdoyantes, et la vie de plaisir dans le confort de Saint-Clément. Je reniais le pays natal. (L'enchantement de ces quelques jours avait momentanément éclipsé ce qui, jusqu'ici, m'avait été si cher. Il allait falloir remettre mes brodequins de torture. Ma mère, par sa dignité, sa résignation, ses principes de morale, ma mère enfin qui avait tout sacrifié à son unique enfant, me paraissait bien ennuyeuse avec le Devoir, le Sacrifice, la Lutte, tandis que là-bas, chez mon père, il n'était question que de Droits, de Liberté, d'Affranchissement...

Cependant, le poison n'avait pas été assimilé, sans doute incompatible avec certains éléments de ma nature, qui me défendaient malgré moi.

Aussitôt auprès de ma mère, sa mystérieuse influence acheva de balayer les derniers germes nocifs. Ce jour-là, je compris que vaincre un caprice est fécond, tandis qu'y succomber, croyant le satisfaire, entraîne la satiété, le dégoût, et souvent le remords.

Cette réaction, où j'avais senti le défaut de ma cuirasse, me fortifia dans la volonté de lutter contre mon caractère hostile aux contraintes du troupeau.

C'est ainsi que fut posée la première pierre du barrage, qui contint momentanément l'essor fatal de ma véritable nature.

Le mas des Loups

Mes études secondaires terminées avec mon bachot, je me préparai à partir pour Paris, où je devais entrer pensionnaire au lycée Saint-Louis pour préparer les grandes écoles.

Ma mère rêvait de me voir sous l'uniforme de polytechnicien. Je m'efforçais donc de me persuader que telle était ma vocation, croyant être arrivé à vaincre mon déplorable penchant d'indépendance. Mais hélas, ce néfaste goût de l'aventure, comme on dit aujourd'hui, ruinait toutes mes résolutions.

Quelques jours avant mon départ, je reçus une lettre d'Anna, cette fillette à qui je fis visiter le chalet dans les conditions que l'on sait. Deux ans déjà étaient passés !

Elle était placée dans un mas perdu au fond de la Montagne Noire, dans une région sauvage où on n'accédait que par de mauvais chemins muletiers, des sentiers même.

On racontait des histoires de brigands, ou plus exactement de contrebandiers, ce qui me décida à tenter d'y aller grâce à la bicyclette, qui s'accommode d'un étroit sentier.

Ce mas était à l'entrée d'une gorge étroite, dont il semblait être le gardien, d'autant plus qu'il était construit comme les fermes fortifiées que j'avais vues à la frontière d'Espagne, en Roussillon. Les bâtiments étaient groupés autour d'une cour intérieure de manière à former une enceinte, sans autre ouverture que des meurtrières, sauf deux fenêtres du côté du ravin, que de lourds barreaux de fer protégeaient d'une tentative d'escalade.

Ces murs aveugles évoquaient la menace des brigands, à moins qu'ils n'en défendissent le repaire.

À une centaine de mètres de ces bâtiments, une grange isolée, avec son portail entrouvert, m'inquiéta. Tandis que j'en approchais prudemment, une odeur de lavande me renseigna.

On distillait les plantes aromatiques, peut-être pour camoufler d'autres activités moins innocentes.

La nuit étant venue, l'intérieur de la grange était totalement obscur. Porte refermée, la flamme d'une allumette me permit de voir le tas de lavande, s'élevant à toucher les deux grosses poutres de la charpente.

Je vis alors le portail s'entrebâiller, et Anna se glissa à l'intérieur.

– Je ne peux pas rester maintenant, à cause des hommes, qui ne s'en iront qu'après souper. Alors, je viendrai te rejoindre…

Après avoir déposé un panier de provisions et une bouteille de vieux vin, prise derrière les fagots, elle sortit, confondue à la nuit, devenue très noire sous un ciel d'orage.

J'étais intrigué par la présence de ces hommes. Quel genre d'hommes ?

Par les fenêtres du ravin, je pus voir à l'intérieur le propriétaire du mas, Me Pugibet, et deux autres personnages, qui me parurent être le père et le fils. Le plus jeune tournait le dos à la fenêtre, et je pus ainsi voir sa main lutiner Anna, qui servait les convives. Je constatai avec dépit qu'elle ne s'indignait pas de ces privautés.

Après avoir compté des louis d'or, les deux hommes se levèrent et, conduits par Anna, lanterne en main, sortirent de la salle. Je sautai à bas de mon perchoir pour les revoir dans la cour, reprenant leurs mulets, avec les sonnailles bourrées de chiffons.

Je courus à la grange et, creusé par l'air vif, j'achevai le jambon et le vin en attendant que vienne Anna.

Le temps passait sans qu'elle donnât signe de vie. Enfin, la petite porte taillée dans le portail s'ouvrit, et elle entra, encapuchonnée d'un sac.

Quand je la sentis contre moi, toute tremblante comme au jour de notre première rencontre, j'oubliais ma colère et ma jalousie. Ce fut une étreinte magnifique, sur ce lit odorant de lavande, dans cette grange qui nous enfermait dans son ombre comme la nef d'un temple.

Tout à coup, l'aboiement d'un chien ne me dit rien qui vaille. Cependant, je me rassurai, la distance me mettait hors de cause, mais Anna devait avoir des raisons pour craindre la jalousie de Me Pugibet, mise en éveil par les tentatives du jeune muletier.

Par une fente du portail, je vis la silhouette d'un homme, fusil en bandoulière, qui se dirigeait vers la grange, lanterne à la main, suivi de son chien, un énorme chien-loup, beaucoup plus loup que chien.

Je bondis aussitôt en haut du tas de lavande pour atteindre la poutre repérée à mon arrivée. Je pensais qu'Anna me suivait, mais elle s'était cachée derrière le coffre à avoine.

Je gagnai, en rampant à plat ventre sur la poutre, la partie surplombant le vide, quand la porte s'ouvrit, Me Pugibet entra, élevant sa lanterne en croyant surprendre le jeune muletier.

Mais le chien eut tôt fait de découvrir Anna, et de lui faire fête.

– Ah ! ah ! te voilà, petite vermine, et où as-tu mis le tourtereau ? Tu l'attendais, alors ? J'ai bien vu tes manigances à table et à l'écurie et tu lui as dit d'attendre que le vieux soit couché… Allons, ne pleure pas, le four n'aura pas chauffé pour rien.

À sa décision, à son assurance, on sentait une certaine habitude. Confiant dans la docilité de sa servante, il ne se méfiait pas. Il se mit à l'aise, il déposa fusil et lanterne près de la porte, et retira son manteau. Je voyais, éclairé par le bas, l'expression lubrique de son visage de vieux faune. Allais-je être condamné maintenant à assister du haut de mon baliveau à un aussi cruel spectacle, et à la place même où, tout à l'heure… Il ne se pressait pas, certain de la docilité de la fille, mais aujourd'hui, elle n'était pas à lui, elle me savait quelque part au plafond, la surveillant comme Dieu le père du haut du ciel.

Au moment où il allait la renverser, elle se redressa d'un brusque coup de rein et courut au portail. Lui, avec son pantalon aux chevilles, faillit tomber en essayant de courir derrière elle, suivi du chien qui gambadait, croyant à un jeu.

D'un bond, je sautai à terre. Je saisis le fusil. D'un coup de pied, je renversai la lanterne et m'élançai dehors dans la nuit. Mais le chien, excité par son maître, se lança sur ma trace. Je dus l'abattre d'un coup de fusil, et je repris ma course.

Personne ne me suivait. Je retrouvai ma bicyclette, et après avoir retiré la seconde cartouche du fusil, je pris le chemin du retour, croyant l'aventure terminée. Ce n'est que l'année suivante que j'appris quel drame Anna et moi avions involontairement causé.

Me Pugibet faisait la contrebande de l'alcool, grâce à une ancienne carrière souterraine, dont lui seul connaissait rentrée. Il pouvait y stocker des centaines de tonnes d'alcool, apporté par des bouilleurs de cru plus ou moins clandestins.

Après la scène de la grange, et le lendemain, la fuite d'Anna, il crut celle-ci enlevée par le jeune muletier, meurtrier de son chien, croyait-il. Il attendit une autre livraison d'alcool pour abattre le jeune homme d'un coup de carabine dans une embuscade. L'enquête déclenchée par ce meurtre sans témoin amena la découverte du dépôt d'alcool. On trouva alors Me Pugibet pendu dans la grange pleine de lavande, où débuta cette tragique aventure.

Sur les toits

J'entrai au vieux collège d'Harcourt, devenu lycée Saint-Louis, morne bâtiment qui semblait somnoler sur ce boulevard Saint-Michel où, chaque soir, le Quartier latin prend ses ébats. Sa sombre et silencieuse façade est éclairée du reflet du célèbre café qui a conservé, comme par ironie, le nom du vieux collège, le café d'Harcourt.

Le potache qui rentre le dimanche soir, à 9 heures, laissera derrière lui le tumultueux trottoir, où flamboie le café d'Harcourt, pour traverser le boulevard, et marcher, tête basse, méprisant le spectacle entrevu – car « trop vert » – pour entrer dans l'ombre et le silence de sa geôle où l'attend le dortoir glacial.

Mais on se fait à tout. En ce qui me concerne, j'étais soutenu par l'espoir de réaliser le rêve de ma mère, j'imaginais avoir réduit au silence le démon de l'aventure.

Mais hélas, l'aventure est en nous, et elle apparaît dans le plus banal incident.

L'année scolaire tirait à sa fin. Avec juin et le renouveau du printemps, les concours approchaient.

Mon étude avait son dortoir au dernier étage, avec les fenêtres s'ouvrant devant une large gouttière sur le fantastique paysage des toits hérissés de cheminées des immeubles compris entre la rue Monsieur-le-Prince, le boulevard Saint-Michel, et la rue Racine.

En juin, les plus longs jours de l'année éclairaient le dortoir jusqu'à une heure avancée de la nuit, surtout avec les fenêtres ouvertes à cause de la chaleur. Ne pouvant dormir, je me levai. Devant la fenêtre, cette large gouttière m'apparut comme le chemin de ces solitudes où j'imaginais le mystère de pays inconnus. En chemise de nuit, j'errais comme un fantôme jusqu'à l'aube qui, en cette saison, se confond aux dernières lueurs du crépuscule.

Le lendemain, je racontai mon escapade à mon ami Legras, futur polytechnicien, esprit original capable de me comprendre et de partager les joies intenses de la découverte. À la fin de la semaine, le dortoir entier, en chemise de nuit, peuplait de fantômes ce monde immobile et muet, où seuls les ramoneurs viennent clamer dans les cheminées leurs lugubres appels.

Hélas, ce n'était pas l'attrait de la solitude qui avait amené ces fantômes, mais les spectacles surpris à travers les vitres de certaines tabatières dans les galetas de chambres de bonnes. Le quartier s'y prêtait. Dans ces chambrettes sous les toits, les résidus du vice et de la misère montent au dernier étage, comme monte en surface l'écume d'une eau impure.

Un imbécile gâta toute l'affaire, en voulant attirer l'attention d'une fille entièrement nue qui se caressait… faute de mieux.

Terrifiée de ces faces hilares pressées contre la vitre, elle cria : « au voleur, on m'assassine ! » Des fenêtres s'ouvrirent, des têtes surgirent de toutes les tabatières, tandis que les fantômes s'enfuyaient. Il y eut même un coup de feu tiré au hasard. Il n'atteignit personne, mais mit le comble à la panique, en étendant le scandale jusqu'à ses plus lointains échos. Il ne manquait plus que le tocsin…

L'hôtel d'Angleterre

Je fus tenu pour l'instigateur de cette folle équipée, donc cause du scandale. En raison de mes bonnes notes, et de la proximité des examens, je ne fus pas mis à la porte du lycée, mais seulement de l'internat.

C'est pourquoi la seconde année, je fus externe, sous la surveillance de mon oncle Émile.

Bien entendu, il profita des nouveaux arrangements pour en faire supporter les frais à ma mère, qui dut lui vendre ses boucles d'oreilles en diamant, cadeau de noces de l'oncle Read.

Mon oncle Émile m'assigna l'hôtel d'Angleterre, rue Jacob, fréquenté par des ecclésiastiques, de vieilles demoiselles à palmes académiques, et tout une clientèle provinciale, surannée et désuète. Le patron, en bonnet grec et pantoufles de feutre, en était le sacristain.

Il m'accueillit en triturant un mauvais sourire entre ses lèvres minces ; il parlait bas en se frottant les mains, mains sales et vulgaires. Dans la touffeur de cette loge, un papillon à gaz sifflait comme vous sifflent les oreilles dans le silence, et un perroquet répétait des choses ridicules.

Ce personnage agita une sonnette comme à l'Élévation d'une messe basse, et le garçon parut, unique en son genre, comme évadé du musée Grévin. Impassible et muet (peut-être l'était-il ?) il me conduisit à la chambre.

À peine eut-il refermé la porte, je me précipitai à la fenêtre pour renouveler cet air renfermé, mort, irrespirable. Je faillis provoquer la chute du catafalque des rideaux poudreux.

J'avais devant moi une courette humide où tombait comme au fond d'un puits un jour douteux. Un sapin captif s'étiolait entre les quatre murs, dont deux mitoyens, taillés comme une tranche de pâté dans toute la hauteur de deux immeubles de six étages. Voilà la vue sur un jardin dont mon oncle m'avait vanté le reposant spectacle !…

Rendu méfiant, je voulus me rendre compte de ce qu'était le restaurant où je devais prendre mes repas, le restaurant Thyrion, boulevard Saint-Germain.

Son enseigne, peinte à l'huile par un client sans autres ressources, représentait M. de Chateaubriand, grandeur nature, montrant d'un geste grandiloquent son homonyme, cuit à point, sur un lit de pommes frites.

À 10 heures du matin, le restaurant était vide de clients. Le garçon, Marius, balayait la sciure sans déranger un vieux monsieur dans une chaise longue.

– M. Thyrion ? demandai-je.

– C'est moi. Que désirez-vous ? me fut-il répondu comme au placier en vins. Je le rassurai aussitôt.

– Ah ! ah ! le neveu de M. Bertrand… enchanté, jeune homme, enchanté de vous avoir à ma table. Je me partage, voyez-vous, entre les belles-lettres et l'art culinaire.

Cette veste blanche et ce bonnet portés par ce vieux professeur au nom inspiré du grec, étaient vraiment déconcertants. Se tournant alors vers le garçon :

– Marius, voilà le neveu de M. Bertrand, un ami, que je vous recommande.

Je serrai la main de l'unique, l'invraisemblable, le sempiternel Marius, celui qui, depuis vingt ans servait des Chateaubriand pomme-paille, amassant sou par sou pour acheter un jour le restaurant. Voilà le cadre de ma vie d'étudiant potache, où j'allais continuer à lutter contre ma vraie nature, à laquelle j'imposais le sacrifice de renoncer à tout espoir d'évasion.

Le train de ceinture

Mon oncle m'ayant pourvu du gîte et de la table, n'avait pas jugé nécessaire de me donner un peu d'argent de poche, et pour rien au monde je n'aurais voulu révéler mon dénuement à ma mère, la sachant réduite par son frère aux plus dures privations.

Sans doute mon oncle estimait-il que le déjeuner dominical suffisait à satisfaire mes besoins de distraction avec le spectacle gratuit au Palmarium du Jardin d'Acclimatation, car en qualité d'architecte dudit établissement, il y avait entrée gratuite. Il me faisait bénéficier de cette faveur en m'y envoyant conduire les enfants, Jean et Madeleine, cinq ans et huit ans.

Excédé par ces fonctions bénévoles de bonne d'enfant, je résolus de leur donner une forme moins banale. Au lieu de conduire les deux gamins aux plaisirs de la voiture aux chèvres, je réussis à les introduire, sans billets, à une station du chemin de fer de ceinture. Je les fis grimper sur l'impériale du wagon d'un train circulaire, et en route pour le tour de Paris, à travers les tunnels et les tranchées de cette périphérie parisienne, où les terrains vagues, les usines de produits chimiques, alternent avec les quartiers aux réputations patibulaires.

Ces enfants d'ordinaire tenus par la main, guêtres, gantés de blanc, furent tout à coup déchaînés par cette brusque plongée dans une liberté où ils n'entendaient plus leur nurse Amélie, vieille fille à tête de jument qui me haïssait, leur glapir :

– Ne touchez pas la rampe, vous allez vous salir. Regardez où vous marchez, monsieur Jean, vos bottillons sont déjà pleins de boue.

Après une heure de trajet, noirs comme des ramoneurs, sans gants, perdus Dieu sait où, il n'était plus question de prendre garde à quoi que ce soit.

Le tour de Paris durait environ deux heures, et revenus à la station de Courcelles, mes cousins voulaient faire encore un tour, mais il fallait rentrer et surtout sortir sans billet de la gare ce qui posait un difficile problème.

Je le résolus en gare des Batignoles où, à travers les rames de wagons de marchandises, j'arrivai à une palissade nous séparant d'une rue déserte. Ce fut l'escalade de cette barrière goudronnée, où les jolis vêtements « à ne pas salir » de mes cousins essuyèrent le goudron, sans parler des accrocs.

On imagine le retour quand, le sourire aux lèvres, je remis les deux gosses à la chevaline nurse. Peu s'en fallut qu'elle ne tombât dans les pommes.

De ce jour, on ne me confia plus la garde des enfants. C'est ainsi que je réussis à m'affranchir de mes fonctions de nourrice sèche.

Le lundi, des camarades racontaient leurs aventures galantes, se vantant de connaître des femmes à la mode, qu'ils rencontraient, disaient-ils, au café d'Harcourt, à la Source, ou à la Taverne du Panthéon.

Bien sûr, ce n'était pas difficile, ils avaient de l'argent, tandis que moi, je n'avais que quinze centimes pour prendre l'impériale du Panthéon-Courcelles le dimanche, pour aller me distraire au déjeuner « en famille » chez mon oncle… Alors, j'affectais le plus profond mépris pour les amours payées, caresses professionnelles et sourires mécaniques des vendeuses de cette marchandise frelatée où l'on risque souvent le coup de pied de Vénus.

En réalité, ce qui m'éloignait de la prostituée n'était autre que ma répugnance à suivre les chemins battus. Et puis, j'avais le penchant de vouloir toujours regarder l'envers du décor. C'est pourquoi je ne pus jamais me satisfaire d'amours vénales, les moins dangereuses pour l'avenir d'un jeune homme.

Herminie

Un dimanche, en arrivant chez mon oncle, je fus surpris de sa bonne humeur. Il venait en effet d'obtenir la construction du Casino de Pau.

À la fin du déjeuner, je me risquai timidement à lui demander un peu d'argent de poche.

– Oui, je comprends, il faut que jeunesse se passe. Tiens, voilà cinq francs et chaque mois, je t'offrirai ce superflu, mais n'en fais pas mauvais usage… Je dus subir tout un discours où je suivais des yeux cette pièce, allant et venant entre ses doigts, comme le chien qui attend le morceau de sucre. Enfin, le bel écu d'argent se posa dans ma main.

En retournant à ma rive gauche, je tâtais de temps en temps dans ma poche ce capital, que je n'aurais jamais le courage d'entamer, tant sa possession me donnait d'assurance.

Après le dîner chez Thyrion, je pris la rue Jacob, où m'attendait le vertueux hôtel d'Angleterre. Pourquoi ce soir-là pris-je le trottoir de gauche au lieu de celui de droite où je m'engageais d'ordinaire ? En passant devant le porche très sombre d'un loueur de voitures à bras, j'entendis comme un sanglot. Je m'arrêtai, et une femme se leva, comme honteuse d'être surprise. La lueur d'un réverbère me fit voir un visage assez jeune, où luisaient des traces de larmes. Devinant un drame banal de la misère, je lui dis d'un ton paternel :

– Vous avez peut-être faim, mon enfant ? Allons, venez avec moi, nous trouverons bien un bistrot ouvert.

– Oh non, je suis si mal vêtue…

– Peu importe l'opinion des gens qui vous voient mourir de faim sans se retourner…

Quand je l'eus installée au fond de la salle d'un marchand de vin, je constatai qu'elle était enceinte. Alors, avec une expression suppliante où ses yeux bleus très doux s'attachaient à moi, elle me dit du ton des malheureux qui font une prière :

– Je suis à six mois… J'ai dû quitter l'atelier quand ça s'est trop vu. J'aurais pu rester à l'hôtel, mais il est revenu, et il a pris ce que j'avais à la Caisse d'Épargne. La logeuse m'a mise à la rue… Cette nuit, je serais allée au Pont des Arts… Quand vous m'avez aperçue, j'attendais l'heure où il passe le moins de monde… Des fois, des gens se croient charitables en vous repêchant…

Tout en elle exprimait l'obscur martyre de la créature méconnue, repoussée, tandis qu'en sa chair, s'accomplit le miracle de la création. La femme qui sacrifie sa substance, sa quiétude, sa beauté, à la pérennité de l'espèce, ne m'était pas encore apparue dans ce rôle magnifique. Elle prenait une grandeur émouvante par sa mission créatrice. Je me sentais humilié de ma sotte vanité de mâle devant cette fille qui cachait son ventre. Je crus même qu'une aberration de mes sens me portait à essayer des sensations nouvelles.

Je ne pouvais plus maintenant laisser cette malheureuse dans la rue, et le reste de mes cinq francs ne suffisait pas pour payer une chambre. Force me fut de tenter le passage devant le bureau de mon vertueux hôtel d'Angleterre.

Elle me suivit sans une objection, passive et résignée. En sa simple logique de fille abandonnée, elle trouvait tout naturel de payer son dîner…

Comment d'ailleurs pouvait-elle protester : sans moi son corps roulerait maintenant dans les remous du fleuve, avec les chiens crevés et toutes les épaves qu'on ramasse au barrage de Suresnes. Et puis, j'avais paru la plaindre. Alors, que lui importait ce qui allait suivre. Cette résignation me troubla du remord d'abuser d'une faiblesse en même temps qu'elle froissait mon amour-propre. Il fallait à mon désir quelque peu morbide l'illusion d'une attente amoureuse. Imaginer qu'il serait subi comme une obligation de reconnaissance lui enlevait tout attrait. J'éprouvai alors un profond dégoût de moi-même, me jugeant malhonnête par mon hypocrite charité. Je tentai de me reprendre.

– Ne craignez rien, il y a un divan où je coucherai…

Elle eut un sourire, qui me parut vouloir dire :

« Qu'importe que vous couchiez avec moi ou non, au point où j'en suis… » Après un court silence, elle reprit :

– Je sais bien que vous n'êtes pas comme les autres, vous êtes bon, mais dans mon état…

Elle n'acheva pas, mais je compris ce qu'elle voulait dire : … dans mon état, je vous dégoûte. Cet hommage à ma bonté me laissa de l'amertume, sachant que je ne le méritais guère. Je pensais : un beau salaud, oui. Si tu savais ce que j'ai pensé en te ramassant sous ta porte, tu serais dégoûtée de ton sauveur, tu n'en ferais pas un saint Vincent de Paul.

À l'hôtel d'Angleterre, je réussis par miracle à entrer.

Quelques jours plus tard, Herminie – tel était son nom – entrait à la Maternité. Le dimanche suivant, elle n'y était plus. Le corbillard des pauvres l'avait emportée à la fosse commune.

L'infirmière major me donna des détails d'un air indifférent, puis, fouillant dans un tiroir, elle me remit une petite croix d'argent. Je me souvins de l'avoir vue briller sur ses seins gonflés par la montée du lait… Un sanglot me serra la gorge.

– Elle l'a enlevée quand elle s'est sentie partir, pour que je vous la donne…

Sous l'indifférence professionnelle, elle dissimulait son émotion. Sans doute avait-elle bon cœur.

– Elle vous aimait bien, savez-vous… pauvre fille ! Dans son délire, elle vous appelait son sauveur, et en me donnant cette petite croix, elle m'a dit : « Je n'ai que ça pour qu'il se souvienne du bien qu'il m'a fait. Je savais que je devais mourir, j'y étais résignée, mais lui m'a sauvée de la mort dans le désespoir... Je m'en vais maintenant en emportant un beau rêve...

Je m'en allai très vite pour ne pas montrer que je pleurais. J'avais honte, mais quand je fus seul, je m'abandonnai à sangloter comme un enfant en regardant dans ma main cette pauvre croix si légère, si menue comme fut la petite âme de celle qui l'avait portée.

Elle m'apportait la dernière pensée de cette créature confiante, douce et craintive, pour que je la conserve au secret de mon cœur.

Elle brille maintenant dans mon crépuscule, et sauve de l'oubli cette humble fille aux yeux si doux, perdue au néant de la fosse commune.

Lucie

Mon cousin, Henri Fescourt, était en ce temps-là étudiant en droit, mais sa ressemblance physique avec Beethoven l'orienta vers la musique à la Schola Cantorum, où il était très fier d'être l'élève de Vincent d'Indy.

La très modeste pension assurée par son père, professeur de septième à Béziers, le contraignait à se nourrir chez Polidor, rue Monsieur-le-Prince, le restaurant à vingt-trois sous (un franc quinze). On y servait des choses étranges, dans le mystère des sauces noirâtres. On se battait, entre midi et une heure, pour avoir une place autour des longues tables de marbre. Je ne sais trop à quelle occasion il m'invita un soir à dîner. En prévision de l'infâme « piquette maison » j'avais apporté quelques bouteilles de vieux vin d'Espagne, qui restaient encore depuis la liquidation de l'appartement de la rue Saint-Placide.

Le malheureux Fescourt, ordinairement au régime de l'eau claire, se grisa magistralement et, comme tous les timides, il devint extravagant.

Je l'entraînai dehors pour éviter le scandale mais aussitôt au grand air ce fut pire.

Il tomba à genoux devant une jeune femme, en lui déclamant le Songe d'Athalie. La fille me parut toute jeune, et sa frayeur devant cet énergumène me fit voler à son secours.

– Venez vite, mademoiselle, ce jeune homme est très dangereux dans ses accès de folie furieuse.

À la faveur de son affolement, je réussis à lui faire traverser le boulevard.

J'avais compris qu'il ne s'agissait pas d'une habituée du quartier, ni même d'une parisienne, à en juger par ses joues rouges et un je ne sais quoi d'endimanché, qui sentait son village. Sans doute, une femme de chambre en congé, mais elle était bien jeune… Bonne d'enfant, plutôt ?

Je réussis à l'entraîner dans un café assez tranquille boire un bock pour se remettre de ses émotions. On sentait que cette fille ne demandait qu'à avoir confiance pour se reposer sur un autre du soin de la conduire.

Cette figure poupine, sans traits qui la sculptat, ne me disait rien ; une impression d'écœurement, comme en fait éprouver un fruit magnifique mais sans saveur. Peut-être aurais-je arrêté là l'aventure, si le corsage n'eut laissé deviner une opulente poitrine.

Et voilà comment notre destinée s'oriente : un détail insignifiant, imprévisible, y suffit La rondeur d'un corsage allait ruiner toutes mes ambitions, et gâcher dix ans de ma vie. Mais peut-être le fallait-il pour en fin de compte, libérer ce que je m'efforçais de combattre ? C'était écrit, disent les musulmans.

Rendez-vous fut pris pour le lendemain à la bibliothèque Sainte-Geneviève à côté du Panthéon où je devais aller.

Là aussi je faillis ne pas la rencontrer. J'étais déjà dans la rue Soufflot plus d'une heure après le rendez-vous, croyant au classique « lapin ». Elle me courut après. On aurait dit que deux forces contradictoires se disputaient mon destin.

Après les explications de son retard, elle me conta sa vie. Elle s'appelait Lucie, née dans un petit village voisin de Corbeil. Une mère obèse, un père cordonnier, elle fut placée à dix-sept ans comme femme de chambre chez le comte Treillard, des Grands Moulins de Corbeil.

Un jeune maître d'hôtel lui ravit sa fleur d'oranger sous promesse de mariage. Quelques jours plus tard, elle apprenait qu'il était marié. Sans la crainte des gendarmes, elle aurait vitriolé le séducteur mais elle s'arrêta à la porte du droguiste et s'en revint sans vitriol pleurnicher dans sa chambre.

Sa maîtresse lui ayant demandé de l'eau bouillante, elle rencontra le maître d'hôtel dans l'escalier. La voyant les deux mains embarrassées, il ébaucha un geste galant des plus effrontés. Le broc d'eau bouillante reçu en pleine figure fut aussi vengeur que l'eut été le vitriol. Les gendarmes n'eurent pas à intervenir, l'eau bouillante ayant été commandée par Mademoiselle.

Quand je la rencontrai, elle venait de quitter sa place, et en cherchait une autre.

Après une journée de promenade plus ou moins sentimentale, où je m'efforçai d'éveiller son intérêt pour les beautés de Paris, le moment me sembla enfin venu de prendre plus intimement contact avec tout ce que mes superficielles investigations me permettaient d'espérer.

Le passage devant le bureau de l'hôtel d'Angleterre fut moins heureux qu'au soir où j'y entrai avec Herminie. Le patron somnolent vit la silhouette féminine sans se risquer à intervenir, de crainte d'une réaction violente. Il attendit que nous soyons en chemise de nuit, tenue dans laquelle les attitudes belliqueuses n'aboutissent qu'au ridicule.

Nous entrâmes dans la chambre, fiers de notre victoire. Je fis sauter boutons et agrafes pour contempler Vénus sortant de sa robe du dimanche. Je ne fus pas déçu. À seize ans, peut-on imaginer ce qui restera à quarante ? D'ailleurs, je ne m'attardais pas à un plus minutieux inventaire, la suite fut enlevée en cinq sec comme il sied à cet âge, quand on frappa à la porte. Nous restâmes pétrifiés, dans une pose évidemment charmante mais qui ne se prêtait guère à un dialogue parlementaire.

– Monsieur, je vous prie de faire sortir la personne… qui…

Je répondis comme à Waterloo. Alors, la voix nasillarde reprit :

– Très bien, je vais appeler la police…

Je ne sais trop ce que la police serait venue faire puisqu'il ne s'agissait pas d'adultère, ou de détournement de mineur, mais dans mon ignorance, le mot « police » fit son effet. Bref, je perdis la tête, et puis, cette fille m'agaçait maintenant par son affolement, qui la rendait incapable de se rhabiller. Je lui en voulais de tous les embêtements qu'allait me valoir cette équipée.

Alors, je me conduisis comme le dernier des mufles :

– File, lui dis-je. Surtout ne réponds rien et ne t'arrête pas devant le bureau.

– Et toi, tu ne viens pas ?

– Non, c'est impossible. Si je rencontrais cet escogriffe, en bas, je lui casserais la gueule. Ça ferait trop d'histoires avec ma famille… Pas le temps de t'expliquer… Demain, j'aviserai. Je t'attendrai à midi, chez Thyrion…

Et ainsi, à une heure du matin, je mis à la porte cette malheureuse fille, à demi habillée, sans souci du trajet qu'elle aurait à faire à pied jusqu'à la place d'Italie, où logeait sa tante.

Je tentai d'excuser ma conduite en lui donnant un caractère d'épreuves pour être fixé sur la profondeur de ses sentiments. Si demain, elle vient au rendez-vous au restaurant, me disais-je, il faut qu'elle soit follement amoureuse.

J'aurais pu me dire également qu'une femme capable d'encaisser une pareille goujaterie sans révolte est totalement dépourvue de dignité, ou complètement idiote.

Je ne dormis pas le reste de la nuit. J'avais fait une mauvaise action ; elle pesait à ma conscience, comme une indigestion sur l'estomac. J'en avais la nausée. Ce fut le besoin de réparer ma lâcheté qui acheva de me fourvoyer dans une aventure qui allait bouleverser ma vie en m'enchaînant à un boulet de forçat.

Feuille de route

Le matin, je quittai l'hôtel en claquant la porte, et j'allai sans tarder affronter mon oncle. L'occasion pour lui était trop belle : il me coupa les vivres.

Mon père me vint en aide pour me donner le moyen de louer une petite chambre, et il me fournit un rudiment de mobilier, que je complétai avec des caisses vides. C'est ainsi que je m'installai avec Lucie dans une chambre à trois cents francs par an, rue Monge.

Mon oncle, sans doute, réfléchit. Il continua à payer mes frais d'études, mais sans aucune pension alimentaire ; mon père y pourvut, à raison de cent francs par mois, et Lucie, pour qui je louai une machine à coudre, trouva un travail à domicile : coudre des chemises à 0 F 25 pièce. Je pouvais donc continuer mes études. Hélas, mon destin était autre : un superbe gendarme m'apporte ma feuille de route pour rejoindre le 15e Régiment d'Infanterie, à Roman.

Mon père étant Américain, j'avais cru hériter la même nationalité, et je ne m'étais jamais inquiété du conseil de révision et autres formalités militaires. Or, cette nationalité ne pouvait m'être attribuée qu'à ma demande au moment du conseil de révision.

J'obtins une permission exceptionnelle huit jours après mon incorporation pour aller voir mon ancien condisciple au lycée Saint-Louis, le fils du général André, alors ministre de la Guerre.

En arrivant rue Monge, une voisine, Mme Adèle, une ancienne qui avait pris Lucie sous sa protection, me tendit la clé de ma chambre.

– La petite est à la Pitié depuis hier, même que sans moi, elle aurait fait son salé toute seule.

– Comment ! m'écriai-je, déjà ?

– De quoi, « déjà » ? C'est-y que vous allez râler maintenant pour vous défiler ? Tas de salauds ! Tous les mêmes pour dire que le môme est du voisin.

Sans écouter la suite de la diatribe, je descendis, fort troublé par cette avance qui, non seulement ne me laissait plus aucun doute sur l'origine de son enfant, mais donnait à ses relations avec le maître d'hôtel une importance et une durée qu'elle avait essayé de me dissimuler.

Bien résolu à lui reprocher ses mensonges, ma colère tomba quand je la vis toute pâlie par la dure épreuve. Le gosse était près d'elle, car à cette époque, on ne séparait pas les nouveau-nés de la mère comme on dut le faire plus tard devant la fréquence des accidents, c'est-à-dire la mort de l'enfant par une épingle à chapeau plantée dans la fontanelle.

Je dus paraître fort perplexe devant le rejeton aux incertaines origines. Elle crut devoir répondre aux préoccupations qu'elle devinait.

– Je ne l'attendais que dans deux mois, mais hier au lavoir je me suis cognée contre l'essoreuse, et en rentrant, je perdais déjà les eaux…

– Oui, bien sûr, c'est la faute de l'essoreuse, c'est fait pour chasser l'eau… Et que vas-tu en faire ? Tu ne penses pas que je vais encaisser ce souvenir de ton larbin ? Et puis, comment vas-tu l'élever, moi soldat à 5 centimes par jour ? Et toi, en cousant des chemises à 0 F 25 ?

De grosses larmes roulèrent sur ses joues.

– On m'a demandé si je voulais le garder…

– Et tu as répondu ?

– Rien… j'ai pleuré.

– Pleurer n'arrange rien. Tu peux le laisser à l'assistance sans l'abandonner, c'est-à-dire en lui donnant ton nom. Plus tard, on pourra le reprendre…

Je disais « on » mais je savais bien que je finirais par lui rendre son gosse.

Rien ne pouvait me sauver des trois ans à perdre stupidement, rien, sauf la réforme. Ayant eu la chance, si je puis dire, d'entrer à la 3e section de secrétaire à Paris, j'y avais retrouvé ma chambre. Entré, au Val de Grâce, en vue de ma réforme, j'y rencontrai un camarade dont le père avait un poste d'inspecteur aux Halles. Par lui, Lucie obtint une place d'aide gardeuse au pavillon du poisson. Cette fonction consiste à garder les marchandises achetées par les commerçants jusqu'au moment où, leurs achats terminés, ils emportent leurs marchandises. Lucie devait être arrivée chaque matin à 5 heures, et repartait à 9 heures, à la cloche qui fait évacuer le carreau.

La gardeuse en titre reste engoncée dans des fichus de laine, sur sa chaufferette, tandis que son aide fait tout le travail. Ce travail allait admirablement à la robuste nature de Lucie, et lui était payé 2 francs par jour. Elle rentrait à 10 heures du matin, imprégnée de l'odeur du poisson, ainsi que le fagot de planches qu'elle rapportait chaque jour pour brûler dans le petit fourneau en forme de cœur, servant au chauffage et à la popote.

Quand la date où se réunissait la commission de réforme fut fixée, je dus y aller par mes propres moyens, ce qui me donnait le temps de me préparer à l'épreuve. Craignant de ne pas réussir à réaliser les apparences d'un tuberculeux, je me risquai à respirer du chlore avant d'affronter l'auscultation. Je faillis en crever, mais dans mon demi-évanouissement, j'entendis clamer :

– Réformé numéro deux… Au suivant.

Au Planteur de Caïffa

Enfin rendu à la liberté, il s'agissait de vivre, et les 2 francs de Lucie n'y suffisant pas, j'eus la chance de rencontrer un livreur du Planteur de Caïffa, qui me donna le conseil de tenter ma chance en qualité de courtier. On embauchait, paraît-il, mais bien peu réussissaient à se maintenir.

– Vous demanderez M. Khan, ajouta le brave homme en poussant sa voiturette.

Le jour même j'allai au 13, rue Boulitte, tout près des fortifications, dans un immeuble neuf au milieu de la boue d'une future rue qui attendait son pavé.

J'eus la chance de tomber sur M. Khan. Son nez, en point d'interrogation renversé, me le désignait. Je l'abordai comme une personne connue. Je fus embauché, et on me remit une pièce de 5 francs avec un échantillon de café, et la désignation de la rue où je devais opérer. On me précisa les conditions :

– Si au moins trois commandes sont acceptées, vous recevrez demain la même somme, et ainsi de suite tous les jours, tant que vos commandes seront honorées.

Je rentrai tout joyeux, ne sachant pas encore ce qu'était ce métier.

Dès le matin, je partis, tel la laitière de la fable, en calculant toutes les grandes choses qu'avec les 7 francs par jour de nos salaires cumulés je pourrai faire. J'arrivai ainsi à la rue Croix-Nivert qui m'était assignée.

Dans la première maison, j'eus la maladresse de sonner à une porte du premier étage, au lieu de monter d'abord tout en haut, aussi loin que possible de la concierge. Tandis que j'attendais, assez anxieux, que la porte s'ouvrit, une voix au rez-de-chaussée glapit.

– Où allez-vous, monsieur ?

Je me gardai de répondre, mettant tous mes espoirs sur l'ouverture de cette porte. Elle s'ouvrit enfin, et dans l'étroit espace que permet la chaîne de sûreté parut une femme en caraco, la tête hérissée de bigoudis.

– Qu'est-ce que vous voulez ?

En bas, la maudite concierge, menaçante, balai en main, prête au combat, ameutait la maison de ses cris.

– Voulez-vous déguerpir, galvaudeux, feignant, propre à rien… Je vas appeler l'agent…

J'essayai de parlementer du haut de la rampe, en opposant la courtoisie aux insultes, mais une telle attitude mit le comble à la terreur comme une manœuvre sournoise. Alors, une voix d'homme tomba du troisième étage :

– C'est un monte-en-l'air, il est de la bande, je le reconnais… Courez avertir l'agent, M'ame Jules, faut pas qu'y s'trotte.

En deux bonds, je m'élançai au rez-de-chaussée, passant par miracle sous le balai de la concierge. Je traversai la rue, et tout courant, j'entrai dans le bistrot d'en face.

Je devais être très pâle. Le patron me regarda avec un sourire.

– La pipelette vous a vidé comme un malpropre ? Sacré vieille carne, faut qu'elle em… tout le monde. Vous êtes mal tombé, mon gars, à cause que hier un mec a fauché le pognon et les frusques d'un locataire qui avait oublié la clé sur la porte. Alors, vous comprenez… Et quoi que c'est que tu vends mon petit gars ?

– Je représente le Planteur de Caïffa…

– Ah oui, le livreur est mon client. Allons, pour te porter chance, marque-moi une livre…

J'aurais embrassé cet homme au tablier bleu, qui venait de me réconcilier avec l'humanité.

Je rentrai en fin d'après-midi après avoir déposé rue Boulitte ma feuille de commandes.

J'étais enroué, fourbu, à bout de forces morales et physiques. La nuit, je fus assailli de cauchemars, où je me débattais contre d'horribles concierges chevauchant des balais. Je m'éveillai quand Lucie alluma la chandelle pour partir aux Halles, à 4 heures du matin.

Quand je me remémore l'horreur d'un tel métier, je me demande comment j'ai trouvé la force de le subir. En l'occurrence, je croyais puiser mon courage dans la volonté de vaincre ma nature par le sacrifice le plus douloureux : celui de mon individualité. Loin de mater mes penchants, je leur donnai pour l'avenir les armes nécessaires à leur expansion en fortifiant leurs éléments combatifs.

De toutes les épreuves que j'eus à subir dans ma vie, ce métier de courtier fut la plus cruelle, mais aussi la plus féconde. Je pouvais en sortir déformé, à jamais brisé, si mon armature morale n'eût été suffisante. Elle résista au choc et ainsi se forgea comme le métal chauffé à blanc rejette ses impuretés sous le marteau-pilon.

D'ailleurs, il se créa une accoutumance, et je cessai de souffrir. J'agissais mécaniquement, isolé en moi-même, tandis qu'un personnage artificiel parlait, souriait et débitait des boniments.

Fausse lettre

Ce gain supplémentaire avait beaucoup amélioré notre vie matérielle, alors Lucie, encouragée par ce sourire de la fortune, me rappela ce que je lui avais presque promis au sujet de la reprise de son enfant.

J'allai me renseigner auprès de cette administration de bienfaisance, où j'appris qu'une mère contrainte par son dénuement à l'abandon de son enfant à la naissance doit rembourser, non seulement les mois de nourrice, mais une série de frais auxiliaires. Le chiffre est si élevé que la plupart y renoncent, et perdent ainsi à jamais leur enfant.

Je calculai que la reprise de cet enfant dépassait de beaucoup nos possibilités. Je résolus d'y arriver par la ruse. Tout me semblait bon contre cette Assistance, qui vend si cher sa charité. Je me souvins fort à propos d'un prestigieux Dr Ledé amené par mon oncle en visite à La Franqui, dans le but, sans doute, avec quelques pots-de-vin, de lui faire acheter les établissements balnéaires. J'étais bien aise d'avoir une occasion de me venger des grands airs de ce personnage, en même temps que contre lois et règlements je ferais une bonne action en rendant un enfant à sa mère.

Je trouvai donc tout naturel d'écrire une lettre au docteur sous la signature de ma mère, qui sollicitait le retrait d'un enfant que son fils avait fait à une pauvre fille séduite. Bien entendu, aucune allusion au remboursement des mois de nourrice, et j'étais certain que le Dr Ledé n'oserait pas répondre à ma mère, sœur de M. Émile Bertrand, qu'il lui suffisait de payer, comme n'importe quel pauvre contribuable pour qui de tels règlements sont faits.

Trois jours après, je recevais un pli de l'Assistance invitant Lucie à passer au bureau des retours prendre livraison de son enfant. Elle était aux Halles, j'y fus donc à sa place.

On m'apporta un enfant de seize mois, joufflu, rose et frais, qui regardait d'un air effaré le monde nouveau où il venait d'être transplanté. On me remit aussi une lettre de la femme qui en avait pris soin :

« Madame, on vient de me prendre le petit pour vous le rendre. Cependant, je croyais bien le garder en place du mien, qui est au cimetière, à côté du père qui s'a péri à la carrière avec une mine. Maintenant, j'vas me trouver comme bête qui tourne en rond en appelant son petit qui répond pas.

« J'y ai mis une médaille avec ses cheveux casiment de naissance du jour où on me l'a porté. Tenez-le en souvenir de moi et marquez-moi des nouvelles... J'y ai laissé son lit près du mien.

« Vous avez p'têtre ben pleuré le jour qu'il est parti mais vous aviez espoir de le retrouver, tandis que moi, je sais qu'il ne reviendra plus. »

Le nom et l'adresse de cette brave femme avaient été soigneusement biffés à l'encre grasse. Encore un autre règlement barbare. Malgré tous mes efforts, je ne pus lire son adresse.

Je fus si touché de cette pauvre lettre de paysanne qui pleurait son enfant sur celui d'une autre que peu s'en fallut que je lui rende son nourrisson. C'eut été plus juste. Elle le méritait mieux qu'une mère qui abandonne son enfant pour un homme. Je reprochais à Lucie ce que j'avais imposé dans le sot orgueil d'avoir voulu ce sacrifice.

En arrivant dans la mansarde tout empuantie de relents de marée, le gosse resta replié sur lui-même. Peut-être se rappelait-il le grand air de la campagne, les feux de bois dans la grande cheminée, les bêtes du troupeau... Craintif, il n'osait pas pleurer, le regard fixé sur le jour blême de l'étroit vitrage... Enfin, Lucie arriva de son travail. Ce fut un déluge de larmes de joie.

Heureux de toute la joie donnée à Lucie, je partis ce matin-là d'un cœur léger ; mais tout à coup, je me rappelai le mensonge auquel je devais cette joie passagère : ma mère, si délibérément sacrifiée à ma prétendue bonne action. Comment allait-elle supporter le choc d'une telle révélation ? Car le Dr Ledé ne manquerait pas de répondre à sa lettre. Ce choc n'allait-il pas lui être fatal ?

Elle m'aimait tant, elle était si malade, et moi, son fils, je venais de blesser étourdiment ce cœur déjà meurtri par tant d'épreuves !... Il ne fallait pas qu'elle apprit mon forfait par un étranger. L'aveu spontané implique le repentir, et pour une mère, il n'en faut pas plus pour pardonner.

J'écrivis en avouant tout, mais je n'eus pas le courage de lui révéler que j'avais osé cette infamie pour l'enfant d'un inconnu. Personne, même ma mère, pas plus que moi-même d'ailleurs, ne pouvait soupçonner ce qui échappait à la raison. Encore une fois, une puissance mystérieuse m'avait poussé à agir contre toute logique...

La réponse arriva trois jours après. Dès les premiers mots, mon cœur se serra. Aucune colère, aucun reproche. Sans doute le mal avait-il atteint la zone de silence où se taisent les grandes douleurs.

Du fond de cet abîme montait la lamentation d'un être blessé à mort : écriture comme hachée de sanglots, et les lignes tombantes, tout révélait le déclin physique. Une autre lettre de Marie arriva en même temps ; elle me disait que ma mère s'était attendrie à la pensée qu'un enfant soit venu au monde au moment où elle se sentait partir, car elle n'avait plus d'illusion...

Pour défendre l'illusion

J'avais maintenant une meilleure situation au Planteur de Caïffa, où M. Khan m'avait confié la publicité. Si j'avais eu la vocation commerciale, j'aurais été destiné à un bel avenir, mais j'étais loin de l'avoir, cette vocation, toujours en lutte contre moi-même derrière cette digue où, depuis si longtemps, s'accumulaient mes velléités d'évasion.

La concierge me remit un télégramme.

« Mère très mal, venez d'urgence. Marie.

Au moment de partir, l'idée me vint d'emmener l'enfant, cet enfant que ma mère en sa résignation avait accepté, le croyant mien…

Le lendemain matin, à la gare de Leucate, Jamarie m'attendait sur le quai. En voyant le bébé, il le prit dans ses bras et me dit :

– Vous avez bien fait, monsieur Henri. Marie voulait ajouter un mot au télégramme, mais j'ai pensé qu'il ne faut jamais toucher à la marche du destin.

À La Franqui, Marie accourut à la voiture.

– Le Bon Dieu vous a inspiré. Hier encore, votre maman m'a dit : « Si je pouvais voir cet enfant, il me semble que j'oublierais la peine que mon fils m'a faite… »

Je ne pus retenir mes larmes devant cet amour maternel qui sacrifiait tout pour aimer encore… jusqu'à la fin.

– Surtout, monsieur Henri, me dit Marie sur la porte de la chambre, surtout, ne pleurez pas devant votre maman. Oh, ce n'est pas qu'elle s'illusionne, mais elle se tourmente à la pensée que sa mort va vous faire de la peine. Allons, suivez-moi, je laisserai le petit dans votre chambre pour que vous la voyiez seul d'abord.

Je passe sous silence cette pathétique rencontre, qui assombrirait trop ce récit…

Revenu dans ma chambre, je me jetai sur le lit, étouffant mes sanglots dans l'oreiller… Marie vint presque aussitôt prendre l'enfant. Anxieux, j'attendis qu'elle me rappela. Ce ne fut pas long : je revins à la chambre de ma mère. Elle avait fait asseoir l'enfant sur son lit et le regardait, le visage illuminé.

– Mon fils, viens que je t'embrasse pour la joie que tu m'as apportée. Je m'en vais, je le sais, mais c'est maintenant tout différent, je revis dans cet enfant comme y revivent tous ceux que j'ai aimés, et qui m'apparaissent du fond de l'Éternité.

Hier, je ne voyais autour de moi que cendres, maintenant, c'est une flamme miraculeuse qui brille en cet enfant, la flamme qui s'éteint en moi…

Bouleversé par cette foi aveugle, mon mensonge m'accablait comme la honte et le remords d'un crime.

C'est alors que je résolus de le réduire, en acceptant la paternité de cet enfant. Devant la loi, il serait le petit-fils, et ainsi cet ineffable sourire, cette confiance, cette foi, ne s'en iraient pas à un bâtard, de père inconnu.

Défendre l'illusion, c'était, par-delà de la tombe, défendre ma mère.

Voilà pourquoi, dès mon retour à Paris, je reconnus cet enfant qui n'était pas le mien.

Mort de ma mère

Mon oncle Émile, prévenu par Marie en même temps que moi, arriva le lendemain.

Je l'accueillis dans un élan de sincère tendresse, auquel il répondit avec la dignité d'un homme affligé qui se domine. D'ailleurs, dans mon désarroi, il n'était pas difficile de m'abuser.

De son côté, ma mère, au seuil de la mort, ne voyait plus l'homme arrogant et dur qui l'avait si cruellement meurtrie aux heures noires du désespoir. Il représentait pour elle une force qui protégeait son fils. Sous l'action prolongée de la morphine et l'épuisement de ses forces physiques, son esprit s'égarait dans une confusion du fictif et du réel.

Le terrain était prêt à recevoir les suggestions favorables à l'infâme projet de spoliation patiemment préparé depuis dix ans.

Il persuada sa sœur du danger de laisser entre mes mains ces lettres de change signées par son père, qui me rendaient maître de La Franqui.

– Comment, Émile, tu veux détruire la preuve d'une dette d'honneur ?

– Pas le moins du monde, tout sera fait par-devant notaire. D'ailleurs, il est ici, je l'avais prié de venir pour qu'il t'explique la nécessité de cette formalité, qui n'est qu'une simple mise au point. Il n'y a pas de destruction, puisqu'il n'y a rien à détruire. Je te le répète, ces papiers n'ont aucune valeur.

– Cependant, l'argent qu'ils représentent en avait une, et nos parents l'ont reçu pour bâtir La Franqui.

– Qui songe à le nier ? Je suis là pour faire honneur à la signature de mon père.

– Quand elle n'existera plus…

Ma mère, épuisée, eut un geste las.

– Eh bien, soit… Laisse-moi parler avec Henri… C'est à lui de décider.

Mon oncle me trouva sur un banc, anéanti par la vision de ce masque de mort, où seuls vivaient ses grands yeux bleus.

– Mon petit Henri, sois raisonnable… Je comprends ta douleur et la partage, mais il faut se faire une raison… Monte auprès de ta mère qui veut, je crois, te parler.

Elle me répéta ce qu'elle avait dit à mon oncle, en me suppliant de lui obéir pour qu'elle puisse fermer les yeux dans la certitude de me savoir protégé et guidé par mon oncle. Marie lui apporta un coffret, et elle me remit la liasse des lettres de change.

Je descendis au petit bureau de l'hôtel sans me rendre compte que je tenais ma fortune dans ma main.

Mon oncle et le notaire de Sijean attendaient. La flamme d'une bougie était prête pour l'autodafé. Dans un coin, mon grand-père, comme prostré, par la honte peut-être, avait été amené par son fils pour y assister… N'était-il pas le bénéficiaire de cette escroquerie ? Foncièrement honnête comme on l'était au temps où la parole donnée valait autant que la signature, le brave homme ne comprenait plus.

J'avais vingt ans, j'ignorais tout des affaires, et surtout, j'étais trop écrasé de chagrin pour flairer un piège sous les paroles d'un respectable notaire. Il prit la liasse, et un étrange silence sembla creuser un vide autour de cette flamme qui dévorait ma fortune…

Par la fenêtre ouverte, un courant d'air emporta les cendres avec les dernières feuilles mortes…

Ma mère mourut le lendemain.

Au retour du cimetière, je fus frappé de l'attitude glaciale de mon oncle. D'un regard sévère, il prévint mon geste affectueux, et me dit :

– Que comptes-tu faire ?

Je le regardai, stupéfait.

– Oui, que comptes-tu faire ? Je pars ce soir, et tu n'as pas l'intention de rester ici… Je ne tolérerai pas la présence de cet enfant chez moi…

– Cet enfant est le mien. Il a été la dernière joie de ma mère…

– Et moi, j'exige que tu déguerpisses ! Tu n'as plus rien à faire à La Franqui, entends-tu !

– Ah, je comprends maintenant la comédie du notaire… « La maison est à moi, c'est à vous d'en sortir » Tartuffe… ! et tu as profité de l'agonie de ma pauvre mère, de sa confiance, pour me dépouiller.

Jamarie m'accompagna à la gare pour m'aider à porter le petit et ma valise. Le premier train à passer allait vers Perpignan. Alors, je pensai à mon père qui se trouvait à Saint-Clément à cette époque. Jamarie m'embrassa en me disant, après une hésitation :

– Marie et moi allons partir aussi, monsieur Henri. Nous ne pouvons plus rester.

Quand mon père apprit la destruction des documents établissant mes droits, il bondit de colère, non contre moi, si odieusement trompé, mais contre son beau-frère.

– Ah, le salaud, le bandit ! Ça ne se passera pas comme il l'espère.

Sur-le-champ, il me fit signer une procuration pour intenter un procès en captation d'héritage.

Je repartis pour Paris un peu réconforté par l'attitude de mon père, que la mort d'Amélie avait affecté profondément.

L'Automobilium

J'aurais pu reprendre mes fonctions au Planteur de Caïffa, mais la rencontre de Louis Mouillet, ancien condisciple de mon père, m'en éloigna d'autant plus aisément que j'avais pris maintenant le métier en horreur. Il me fit entrer en qualité de laveur de voitures dans un garage dont il était le bailleur de fonds, « l'Automobilium » situé, comme il sied, avenue de la Grande Armée. Je dus m'adapter à ce milieu ouvrier très spécial, né avec l'ère nouvelle où la route, après son anéantissement par les voies ferrées, allait prendre une éclatante revanche avec les chevaux-vapeur.

Malgré tout le soin de MM. les mécaniciens pour me tenir dans l'ignorance de leur métier, j'en appris assez pour avoir le permis de conduire, qui coûtait en ce temps-là un billet de cent francs glissé à l'examinateur.

Un milord anglais vint acheter une Darrak 4 cylindres dernier modèle, capable de faire cent kilomètres à l'heure ! Mais il voulait un chauffeur pour lui faire visiter la France, tel un guide.

Rudeau, le patron, ex-capitaine sorti de l'armée par la porte de secours, savait saisir l'occasion sans être encombré de beaucoup de scrupules. Immédiatement, il trouva le merle blanc en ce laveur de voitures, qu'il présenta comme le cicérone universel, en même temps que le mécanicien sans reproche.

Sans doute dois-je à une série de miracles la fin de mon initiation sans catastrophe, qui me permit de conduire mon milord au château de Versailles où je lui servis un « Si Versailles m'était conté » avant la lettre.

Le soir, chez moi, Lucie enthousiasmée, me voyait déjà avec une casquette de dictateur et une tenue de général sud-américain, quand la concierge monta un pneumatique de mon ancien camarade de Saint-Louis, Kohn-Abrest, resté le meilleur des amis en dépit de ses fonctions officielles de préparateur au laboratoire de toxicologie, à la Préfecture de Police :

« Viens demain matin au labo, si tu veux une situation d'ingénieur à trois mille francs par an. – Kohn. »

C'est ainsi que je lâchais mon Anglais, et les fastes du beau costume de chauffeur de grande maison ; Lucie eut une crise de nerfs digne du traitement à la manière forte, qui, seul, convenait à son genre de sensibilité.

Si Paris n'est pas la ville la mieux arrosée de France, par contre, son lait pouvait à cette époque battre le record du genre. C'est pourquoi fut fondée la S.L.M. (Société Laitière Maggi). Par une abondante publicité, elle dénonçait cette fraude criminelle, dont les bébés parisiens étaient les innocentes victimes. Elle apportait le remède infaillible, en confiant au service de la répression des fraudes tout ce qui, jusqu'ici se faisait par la toute-puissante Laiterie en Gros. Mais dans ces conditions, la S.L.M. devait concilier le gendarme et l'ex-fraudeur par le truchement d'un directeur technique et d'un directeur commercial, qui représentaient ces deux éléments. Le premier, détaché de la préfecture de Police et ami de Kohn-Abrest, se nommait Rago. Le second, ex-laitier en gros, nommé Leclère, assurait le ravitaillement avec tout un personnel imbu des séculaires principes de la corporation…

Mon rôle consistait à analyser le lait au sortir de la ferme. De ce fait, j'étais l'ennemi n° 1 de Leclère et du chef de dépôt qui dirigeait les garçons laitiers chargés du ramassage.

Je partais avant l'aube sur l'une des quatre petites voitures, muni d'une boîte à éprouvettes, que je remplissais au passage chez les fermiers.

La fille de ferme, qui dort dans un galetas au-dessus de l'étable, doit descendre vers les 3 heures du matin traire les vaches.

Pendant plusieurs heures, accroupie sous le ventre des bêtes, elle est éclaboussée de bouse et de purin. Peu importe, elle est née là-dedans… C'est point sale…

Quand les grelots annoncent la voiture du laitier, elle se lève, essuie ses mains, tord ses cheveux et prend ses seaux ; le fumier juste sous ses sabots…

Sa chemise est entrouverte, et ses mains souillées de bouse, mais elle est robuste et jeune ; elle exhale son odeur de femelle, provocante sans le savoir dans ce débraillé où le corps se devine ; bête humaine sans pensée qui, tout à l'heure, se couchera dans la paille de l'écurie, sous le rut du mâle, comme on subit une fatalité.

Au dépôt, je finis par apprivoiser le redoutable contremaître, et tout eût été pour le mieux dans le meilleur des mondes si Leclère n'avait eu le souci de caser son fils au sortir du régiment.

Après deux ans des prestigieuses fonctions de chef de ramassage, ainsi m'avait-on intitulé sans en préciser la nature, je donnai ma démission, bien aise de reprendre ma liberté grâce aux vingt-cinq mille francs donnés par mon oncle pour arrêter le procès en captation d'héritage intenté par mon père.

Sur la foi de prospectus de fabricants de couveuses, je me lançai dans une affaire d'élevage de volailles, que j'installai dans les bâtiments d'une ferme dont les terres avaient été vendues. En six mois, j'avais perdu mes illusions avec mon petit capital, fondu comme neige au soleil !

Naturellement, quand il n'y a pas de fourrage au râtelier, les chevaux se battent. Mon ménage allait de disputes en raclées.

L'hiver, la neige et les brouillards avaient fait crever mes dernières volailles.

Un soir où Lucie m'accablait de reproches, avec le continuel refrain des « Je l'avais bien dit », une auto s'arrêta à la porte et corna pour la faire ouvrir.

Quelle ne fut pas ma stupeur devant Leclère, souriant et les deux mains tendues.

J'eus le pressentiment d'une bonne nouvelle. D'ailleurs, dans ma situation, n'importe quel changement était préférable.

– Enfin, cher ami, je vous retrouve ! Vous n'êtes pas facile à dénicher, ainsi terré au fond du pays de Bray, mais un ami ne se lâche pas ! J'ai eu gain de cause à la S.L.M. Je vous ai défendu, etc.

Après s'être assuré, pensait-il, que j'avais pris ses vessies pour d'authentiques lanternes, il en vint aux faits qui, pour l'instant, me semblaient miraculeux :

– La S.L.M. a besoin de vous, et d'autre part, j'ai un acheteur pour votre magnifique affaire d'élevage. Oui, oui, un acheteur ! Un ami retour des colonies, qui rêve campagne, vie champêtre, vaches, moutons, couvées… Sa femme a déjà commandé à la Cour Batave des tabliers de fermière à son chiffre !…

Gabrielle Frenette

Dans mes nouvelles fonctions, j'étais chargé d'organiser dans les régions trop éloignées de Paris, non plus le ramassage du lait, mais de la crème, pour la fabrication du beurre.

Pourvu d'une voiturette de Dion Bouton monocylindre, mon rayon d'action s'étendait à plus de trois cents kilomètres.

J'installai Lucie dans un petit appartement près du Parc Montsouris, où naquit, en 1905, mon fils Marcel, Cet événement faillit bouleverser ma vie. Peu s'en fallut que je ne rompisse ma chaîne.

Aux premières douleurs, au hasard de la première enseigne rencontrée, je ramenai dans la nuit une juive au type étrange de gitane, exagéré encore par des bandeaux de cheveux noirs aux reflets bleuâtres et de grands anneaux d'or aux oreilles. Gabrielle Frenette, sage-femme de première classe, était de mon âge, vingt-cinq ans environ. Une vive intelligence et un naturel bohême l'avaient portée à fréquenter les milieux d'artistes, peintres et sculpteurs. Tout de suite, nous fûmes attirés l'un vers l'autre, mais une telle camaraderie ne fut pas sans inquiéter Lucie.

Un matin où je partais pour une tournée en Champagne, je passai rue Alphonse Daudet où Gabrielle habitait un rez-de-chaussée. L'apercevant, je lui offris de la conduire où elle devait aller. Alors, avec une charmante désinvolture, elle me dit :

– Où je vais ? Peu importe, si je ne suis pas de trop, je vous accompagne ?

Trois jours après, le retour chez moi, rue du Parc Montsouris, me fut vraiment pénible, douloureux même. Il me fallut beaucoup d'énergie pour repousser la tentation de tout planter là... Mais j'avais une chaîne de plus, ce gosse dans son berceau... Non, je ne pouvais pas.

En dépit de toutes nos précautions, il y eut un scandale : Lucie, un matin, fit irruption chez Gabrielle par la fenêtre ouverte... Crêpage de chignons, etc.

Je partis pour plusieurs jours. Au retour, je passai chez Frenette.

– Tu vas revenir chez toi ? Moi, je vais partir pour la Colombie, sage-femme-chef à l'hôpital de Bogota. Veux-tu venir avec moi ?…

Elle sentit mon hésitation, et une immense tristesse passa dans ses yeux noirs, les larmes au bord des cils, mais comme le chien au sortir de l'eau se secoue et vous éclabousse, elle éclata d'un rire nerveux :

– Ne t'en fais pas, je pars seule, sans rancune… Seulement, vois-tu, te savoir à nouveau dans la volière me rend bien triste. Un jour peut-être, quand les ailes auront poussé, prendras-tu ton vol… Alors, Dieu sait où tu iras…

Je ne la revis que trente ans plus tard, lors d'une conférence à Nice. On me remit une carte :

Gabrielle Frenette.

Sage-femme de 1re classe.

Villa Tartarouga.

Juan-les-Pins.

– Cette dame vous attend à la sortie…

Immobile contre une colonne, une vieille dame me regardait. Elle vint vers moi. Son sourire avait encore ce fier dédain qui ne veut pas avouer la tendresse, mais ce ne fut qu'un éclair. Elle devint très humble, comme si elle m'eut demandé pardon de ne plus être celle d'autrefois…

– Tu n'as pas changé, toi…

me dit-elle les larmes aux yeux. Nous nous embrassâmes comme de vieux amis…

La dalle du temps si imprudemment soulevée venait de retomber pour toujours sur la poussière des souvenirs…

Elle vivait seule, n'ayant jamais voulu se marier. J'en compris la raison avec honte, et elle sentit que je l'avais devinée.

Madame Gauguin

Vers l'année 1906, je ne pus résister à l'appel du midi, comme au temps des départs en vacances. Grâce à ma petite voiture, je pus réaliser le rêve magnifique de traverser la France par la route ! Je parle de ce voyage sans intérêt particulier parce qu'il me fit rencontrer Mme Gauguin, venue en France pour tenter de récupérer le manuscrit de « Noa-Noa » que mon père avait reçu de son ami en témoignage de reconnaissance.

Bien que la cinquantaine soulignât assez fâcheusement le genre masculin de Mme Gauguin, ses traits gardaient encore les nobles proportions d'une déesse nordique, qui permettaient de l'imaginer dans l'éclat de ses vingt ans. Maintenant, il fallait évidemment faire un effort pour ne pas penser au Suisse de la cathédrale. Il ne manquait vraiment que l'habit.

Elle avait amené son fils Clovis, au cas où un argument sentimental serait nécessaire. Sa véritable vocation était la menuiserie, au grand désespoir de sa mère, qui ne cessait de lui répéter :

– Quand on peut signer une toile d'un pareil nom, on possède une fortune ; d'autant plus que la peinture de Paul est si facile à imiter ! Il n'y a qu'à s'abandonner à l'extravagance.

Bien sûr, s'il s'était agi d'un Bouguereau, ou d'un Benjamin Constant… N'est-ce pas, Daniel ?

Mon père restait bouche bée… Que répondre à une telle incompréhension ? C'est alors qu'elle aborda le sujet qui l'avait amenée à Saint-Clément.

– Il ne nous reste plus rien de Paul. Cet enfant, qui fut son compagnon de misère, souhaiterait tant un souvenir… Il espérait que ce petit cahier illustré par son père serait à lui…

Non, Madame, Paul Gauguin a écrit « Noa-Noa » dans la douleur d'avoir perdu sa fille, celle qui avait su le comprendre et que vous lui avez moralement ravie. Ce petit cahier, comme vous dites, n'était pas destiné à faire de l'argent, et il me l'a donné précisément pour le soustraire aux fins commerciales que vous envisagez.

– Mais il ne s'agit pas…

– Avec l'opinion que vous venez de formuler sur l'œuvre de votre mari, je ne vois pas en quoi le « petit cahier » peut vous intéresser ?

– Mais à demeurer dans la famille, en souvenir…

– Souvenir de qui ? De celui que vous avez accablé de reproches et de mépris ? De ce père que vous avez condamné aux yeux de ses enfants ? Non, Madame, ce serait trahir mon ami que vous laisser emporter ce qu'il m'a confié. D'ailleurs, ce manuscrit est à Paris, où l'attend le musée du Louvre.

Armgart

Tous les mardis, les divers chefs de service se réunissaient au siège de la S.L.M. sous la présidence de M. Maggi, le « Père Maggi » comme on le nommait, surtout par sympathie, du moins en ce qui me concerne, car j'aimais bien ce gros homme à l'accent tudesque comme en peut avoir un Suisse allemand. Il avait à cette époque environ cinquante ans, le poil roux et le teint fleuri du bon vivant. Les jours de conférence, il emmenait quelques-uns d'entre nous déjeuner rue Sainte-Anne, au restaurant italien chez Bernasconi, où j'appris à déguster les meilleurs crus de Bourgogne.

Depuis quelque temps, je sentais, en maintes occasions, sous les plus vains prétextes, une sourde malveillance à mon égard, surtout de la part du fondé de pouvoir de la S.L.M., un certain Souter, et avec lui, tous les chimistes et mouchards fraîchement arrivés de Suisse. Tous me battaient froid avec une ironie malveillante.

Un mardi, en sortant du célèbre restaurant, Rago et Leclère, réconciliés devant l'ennemi commun, me mirent en garde :

– Il souffle un mauvais vent… Ouvrez l'œil sur les écueils en eau trouble, me dit Rago.

– J'ai aussi cette impression, dis-je, mais pourquoi ?

– Le désir d'éliminer ceux qu'on a dû, au début, prendre sur place. On les remplace maintenant par des compatriotes, ou même des Allemands…

– Les marchands de lunettes d'avant la guerre de 1870… Et vous pensez que je suis menacé ?

– Oui, indirectement, c'est Leclère et moi qui sommes visés, et comme je vous ai amené, dame…

– Comment pourrait-on m'attaquer ? demandai-je à Leclère, je ne vois pas sous quel prétexte…

– Tout simplement en démontrant que la crème que vous envoyez de vos centres de ramassage ne donne pas le pourcentage normal de beurre.

En effet, à la conférence du mardi suivant, M. Veillard, le chimiste, apporta le résultat de ses analyses de crème, d'après lesquelles on pourrait m'accuser de fraude.

C'est alors que le père Maggi fit taire la meute en disant :

– Eh bien, que M. de Monfreid fasse lui-même le beurre, qu'on lui paiera au cours des Halles.

En sortant, Leclère me dit :

– Ne vous laissez pas faire ; à fripon, fripon et demi, n'oubliez pas ça.

Ces bruits alarmants se confirmèrent par la nomination d'un nouveau collaborateur de M. Souter, un mystérieux personnage au nom suggestif de Laloi, qui me parut destiné à collaborer à mon élimination. Chose qui, déjà, eût été faite si le père Maggi ne se fût pas fait un malin plaisir de déjouer leurs savantes machinations.

Écœuré de toutes ces intrigues, et hanté par le désir d'être mon maître, je donnai ma démission… encore une fois !

Je gardai le logement où j'avais installé ma famille à Fécamp, et je crois bien que dès lors, l'appel de la mer me détacha de l'industrie laitière.

Les dundees de pêche et les goélettes partant au printemps pour l'Islande ou Terre-Neuve, n'avaient pas été étrangers à mon besoin d'évasion.

Je me préparais donc à passer l'examen de capitaine au long cours, quand le père Korn, en ce temps-là se disant mon ami, me proposa une petite laiterie au lieu-dit de Trois Moulins, à deux kilomètres de Melun. Les propriétaires, en l'espèce la famille Mollereau, se retiraient après fortune faite en moins de dix ans !

Il me fit miroiter tous les avantages d'une pareille entreprise, qui en quelques années me mettrait entre les mains un capital suffisant pour armer à la grande pêche, à un âge où j'aurai toute la vie devant moi.

De plus, je fus séduit par la campagne d'alentour, verdoyante et fleurie comme elle l'est ail mois de juin.

Le matériel comprenait deux voitures de ramassage du lait, sur deux tournées, et deux autres dites Gervaises, pour la livraison en ville matin et soir.

Les Mollereau étaient deux frères, plus leur femme, soit quatre personnes pour se partager la besogne, tandis que moi, j'étais seul avec Lucie. À cinq heures du matin, je devais partir avec une des deux voitures. De retour à sept heures, mises en carafes, puis autre départ à sept heures et demie pour la ville. Retour à neuf heures, et même travail le soir. On revenait à huit heures du soir, fourbu, les mains sales, pour compter les gros sous.

Voilà à quelle vie de forçat je m'étais condamné ! Elle dura un an, jusqu'aux grandes inondations qui submergèrent Paris et Melun.

Cette année 1910 fut aussi celle de la comète de Halley, qui passe dans notre ciel tous les soixante-seize ans. La légende lui prête une influence faste ou néfaste sur la destinée des hommes qui la voient.

Apparue au moment où le découragement m'engloutissait comme une terre mouvante, je lui attribuais les plus mauvais présages, alors que bien au contraire, les murs de ma prison allaient bientôt crouler…

Pendant les loisirs forcés résultant de l'inondation, je rendis visite à mon père, à son atelier de la rue Liancourt.

Accablé du souci des mauvaises affaires, et écœuré de ma vie intime, j'arrivai, l'humeur plus sombre que jamais.

Mon père était absent. Une jeune fille inconnue l'attendait. Très grande, blonde, et fort élégante, elle m'accueillit d'un joyeux sourire, m'ayant reconnu à ma ressemblance avec mon père. D'un air renfrogne, je touchai à peine la main qu'elle me tendait, et je l'écoutai distraitement me dire avec un fort accent étranger, combien elle était heureuse de connaître enfin celui dont elle avait si souvent entendu parler…

Si je la voyais pour la première fois, par contre, j'avais entendu les éloges dithyrambiques qu'en faisait mon père. Son enthousiasme pour cette étudiante strasbourgeoise m'avait toujours agacé.

Fille du plus haut fonctionnaire de l'Alsace, alors allemande, Armgart était venue étudier la peinture à Paris. Son consulat l'avait envoyée à l'atelier de mon père, rue Liancourt, voir les Gauguins arrivés de Tahiti.

Mon père admirait et accueillait à bras ouverts une étrangère, hier encore inconnue, tandis qu'il avait toujours repoussé Lucie, lui enlevant ainsi, pensais-je, le moyen de l'affiner à son contact.

Je fus tout juste poli, exagérant mes allures vulgaires en manière de protestation contre tout ce que j'avais dû répudier en désespoir de n'y plus pouvoir prétendre.

– Alors, puisque mon père n'est pas là, je m'en vais… Bonsoir, mademoiselle…

Je m'en retournai à ma galère, m'efforçant d'oublier l'Allemande : trop grande, on dirait un uhlan habillé en femme, et puis, elle me fait suer avec ses grands airs masqués de simplicité. Je préfère une vachère, etc.

J'étais injuste, et comme je m'en rendais compte, je redoublais de mauvaise foi.

En réalité, elle était splendide, et n'avait rien d'allemand dans son allure. Avec son opulente chevelure châtain clair, et ses traits énergiques, elle portait bien son nom de Walkyrie.

Je sus plus tard que, lors de ma visite, frappée de ma profonde tristesse, elle ne fut pas dupe de ma feinte attitude de butor ; elle y sentit la détresse, et comprit qu'une profonde souffrance me retranchait de moi-même par horreur de la pitié.

Avec sa spontanéité et son bel enthousiasme, elle projetait ce qu'elle aimait sur les plus pénibles réalités.

Elle confondait ainsi amitié, admiration, amour. Incapable d'isoler ce dernier sentiment, ne l'ayant jamais éprouvé elle croyait admirer simplement mon père et l'aimer en bonne camarade pour sa jeunesse de caractère. Ce fils de vingt-huit ans en lequel il semblait revivre, fit dévier à temps le dangereux sentiment qui allait se fixer.

Ce garçon triste et farouche qui n'avait pas eu le moindre geste pour lui plaire, prit dans son cœur la place qu'elle imaginait occupée tout entière par son vieil ami quinquagénaire.

C'est ainsi qu'à son insu, à travers son affection pour mon père, elle commença à m'aimer.

Après les inondations, la moitié de ma clientèle fut perdue, prise par un concurrent qui avait assuré le ravitaillement avec une barque. Au point où j'en étais, à la veille de la ruine, rien ne pouvait s'ajouter à mon découragement.

Un après-midi, à l'heure où je pouvais prendre un instant de repos, j'entendis une ritournelle de flûte de Pan qui me rappela le temps de mon enfance, rue Saint-Placide, quand passait un chevrier auvergnat avec son petit troupeau de chèvres. Il était pour moi l'annonciateur du prochain départ en vacances à La Franqui.

Mon cœur battit quand j'aperçus, passant sur la route, un petit troupeau allant vers Paris. La flûte de Pan ne m'annonçait pas, hélas, le départ en vacances, et mon cœur se serra. Pouvais-je deviner, en effet, que ce chevrier allait être l'instrument du destin…

J'achetai une chèvre pleine, qui mit bas un chevreau mort-né. Sans défiance, je bus son lait, et huit jours plus tard, un accès de fièvre me terrassa. Aucun médecin ne comprit la cause de cette étrange fièvre, à l'allure récurrente.

Je profitai de l'occasion pour m'évader, sous prétexte d'un changement d'air. Je partis pour Saint-Clément avec les enfants, Lucien et Marcel. Lucie devait rester sur place quinze jours, pour mettre au courant l'acheteur que Korn avait déniché, en lui laissant l'affaire dans des conditions ruineuses.

Nous étions fin juin, aux jours les plus longs de l'année ; je pouvais donc, dans les deux ou trois jours de rémission que me laissait cette étrange fièvre, conduire mon camion laitier à Saint-Clément, mais un tel départ ressemblerait trop à une fuite qui risquait d'alerter Lucie. Pour la rassurer et me donner le temps de partir, je lui racontai que je conduisais ce véhicule à Paris avec les enfants, que le père Korn acceptait de garder en attendant qu'elle ait terminé sa collaboration à Trois Moulins.

Au sortir de Melun, je tournai bride, et le lendemain, j'entrai dans la cour de Saint-Clément.

Armgart s'y trouvait depuis quelques jours, invitée par mon père. Au bruit de la voiture, elle accourut du fond du parc en toilette claire, le visage illuminé de son habituelle gaieté. En me voyant descendre péniblement de mon siège, hâve et amaigri, elle devint tout à coup sérieuse et dans son regard, je surpris une compassion qui me vexa. Portant à cette époque toute ma barbe, sans doute fut-elle frappée de ma ressemblance avec un Christ douloureux descendu de sa Croix. Elle mit donc ma mauvaise grâce à répondre à ses avances au compte de la fatigue et de la maladie.

L'accès de fièvre me cloua au lit le soir de mon arrivée. Devant la froideur hostile d'Annette, et l'indifférence de mon père, Armgart s'occupa des deux enfants avec toute la sollicitude due à des orphelins.

Elle les plaignait d'être désormais séparés de leur mère, mon père ayant annoncé, comme une victoire, la manière dont j'avais jeté Lucie par-dessus bord. C'est ainsi qu'elle me proposa de se charger des enfants, en les emmenant avec elle en Alsace, où il serait facile de les mettre en pension chez un instituteur, son père ayant la direction des écoles.

La route d'Illes

J'étais mieux depuis huit jours, et comme la fièvre ne dépassait pas 38°, je la traitai par le mépris en attendant qu'elle s'en allât comme elle était venue.

Après le dîner, je dus conduire à Illes un couple d'invités, instituteurs, qui avaient raté le dernier train. Le temps était si beau que trente kilomètres par cette nuit d'été n'était plus une corvée.

Au moment de partir, je compris qu'Armgart mourait d'envie de prendre place à côté de moi sur le siège.

Le charme de la promenade justifiant son désir, je l'invitai à nous accompagner.

Mes deux passagers débarqués, enfin seuls, nous repartîmes par un éblouissant clair de lune, si lumineux que j'éteignis les phares pour ne rien perdre des fantastiques paysages que fait surgir la lumière magique de la lune à son quinzième jour.

Lentement, nous avancions dans cet air parfumé qu'exhalent les garrigues après l'ardeur du jour.

La clameur infinie des grillons emplissait l'espace, comme s'il eut vibré dans le scintillement des étoiles. La clameur se taisait à notre passage, pour reprendre derrière nous en sillage sonore.

Sur la clarté du ciel, les hautes montagnes se découpaient avec les silhouettes des vieilles tours d'Atalaya, qui semblent toujours attendre les hordes sarrasines.

Ce décor romantique devait plaire à l'âme rêveuse de l'Allemande.

– Oh Henri ! Si ce voyage pouvait durer toujours, en poursuite insensée de l'inaccessible chimère…

– Partons pour l'Espagne, dis-je en plaisantant. Il suffira de bifurquer à Villefranche…

– Comme ce serait beau, Mein Gott ! Et ce parfum, comme l'haleine de toute cette végétation endormie !… C'est vraiment l'âme de la terre espagnole, l'Espagne fanatique, ardente et farouche, avec ses chevaliers et ses moines errants. C'est toute cette âme qui demeure en ces vieilles tours et ces ermitages…

Elle se serra contre moi, et reprit d'une voix tremblante d'émotion contenue :

– Il me semble être emportée par mon destin comme une captive en croupe d'un destrier…

Je réprimai un sourire à cette naïve image, dont elle ne sentait pas le ridicule qui eut tué son rêve. Je me gardai de rompre le charme par l'ironie facile d'un parallèle entre un ex-camion laitier, et le palefroi du ravisseur…

À Saint-Clément, tout dormait.

Armgart, vibrante encore du conte merveilleux qu'elle venait de vivre, me regarda avec une étrange tristesse quand je la laissai à la porte de sa chambre.

Je fus ému du remords d'avoir imprudemment joué avec des sentiments auxquels je ne pouvais pas répondre. Alors, je l'embrassai chastement sur les deux joues. Elle eut souhaité davantage… Encore une fois, elle crut à une retenue commandée par des sentiments d'honneur. Je n'avais pas lu « Le Rosier de Mme Husson », qui, en l'occurrence, eut été évoqué fort à propos.

Je me mis au lit, mais le sommeil ne venait pas. J'écoutais par la fenêtre grande ouverte le murmure du ruisseau qui est resté pour moi la voix nocturne de Saint-Clément.

Un grand balcon devant les portes-fenêtres de la façade donnait ainsi accès à toutes les chambres.

La lune, à cette heure assez basse, étalait sa lumière jusqu'au milieu de ma chambre. Tout à coup, une ombre l'intercepta. Je levai les yeux, et je vis une silhouette blanche, immobile sur le balcon, devant ma fenêtre… Une magnifique chevelure tombait autour d'elle comme un manteau d'or pâle… Je reconnus Armgart…

Étais-je le jouet d'une hallucination, ou assistai-je à une crise de somnambulisme ?

Sans bruit, comme glisse un fantôme, elle se dirigea vers mon lit…

Muet de stupeur, je fermai les yeux… Alors, cette magnifique chevelure m'enveloppa de son parfum et de sa tiédeur comme une caresse…

Cette vierge qui s'offrait si simplement à celui qu'elle aimait m'apparut dans toute la majesté d'une force de la nature ; le symbole de la Femme, tel un être surnaturel affranchie des lois humaines et de sa morale…

Je perdis la tête avec la notion du réel…

Les premières lueurs de l'aube me rendirent à moi-même. Armgart dormait.

– Il ne faut pas rester là, le jour se lève…

Docile, peut-être douloureusement blessée, mais trop fière pour le laisser voir, elle dit simplement :

– Oui, tu as raison… adieu…

Ce mot sonna comme un cri de détresse, comme le réveil dans le désert, alors qu'elle rêvait d'une Terre Promise…

Aussi simplement qu'elle était venue, elle s'en alla légère et silencieuse. Sa chevelure brilla sous la lune et elle disparut.

Attentif, j'écoutais dans le silence. Enfin, j'entendis sa porte se refermer… Le secret de cette nuit restait entre nous deux…

Le destin venait de planter le jalon qui, plus tard, devait orienter ma vie.

Le lendemain, j'avais 41° de fièvre. La mystérieuse maladie entrait dans sa phase aiguë. Elle allait durer six mois, jusqu'au printemps…

Lucie menace

Devant l'embarras de tous les médecins consultés, incapables de formuler un diagnostic, mon père fit venir une espèce de guérisseur, petit médecin espagnol réfugié en France pour des causes obscures. Il avait passé la frontière à pied par la montagne, et s'était arrêté au premier village, en l'espèce, à Corneilla, près de Saint-Clément, où il soignait les paysans pour un peu de pain, du jambon ou des œufs. Sa réputation s'étendit comme faiseur de miracles tant il avait un don infaillible de diagnostic. Ma grand'mère Caroline, qu'il soignait, paya ses frais de séjour à Montpellier où il put obtenir le brevet d'officier de santé.

En entrant dans ma chambre, il n'eut qu'à me regarder pour s'écrier, en son mauvais français :

– Bous abez la fièvre de Malte !

Il nous expliqua que cette fièvre, donnée par les chèvres, se manifeste sous diverses formes. La plus fréquente est d'allure rhumatismale, elle peut durer des mois. Installé dans un village des Corbières, dans une région où seule la chèvre trouve le moyen de vivre, ladite fièvre était très répandue. C'est pourquoi son diagnostic fut si rapide. Pas de remède, hors la patience pour en supporter les souffrances, toujours infernales, mais elle n'était pas mortelle.

Certes, à ce moment, j'eusse préféré qu'elle le fût, tant les douleurs, au moindre mouvement, me faisaient appeler la mort.

C'est à ce moment que Lucie, par un coup de tête irraisonné, abandonna tout pour arriver à l'improviste à Saint-Clément.

À la ferme, Sabor l'arrêta et tenta de la calmer pour avoir le temps de prévenir mon père. Elle l'aperçut au moment où il s'engageait sur le pont qui franchit le torrent. Menaçante, elle s'élança, brandissant son réticule, et boa au vent, en flamme de guerre :

– Où est Henri ? Je veux le voir !…

– Il est malade, très gravement. Impossible de le voir en ce moment…

– J'en étais sûre ! on le séquestre pour le faire mourir, et puis, je veux mes enfants… Rendez-moi mes enfants ou je fais un malheur…

Comme mon père, au milieu du pont, lui barrait le passage, elle sortit un petit revolver de son sac à main. Mon père, prompt comme le marin qui saisit le chapeau qui s'envole, arrêta son bras au moment où elle allait le menacer. Elle lança l'arme dans la rivière et se mit à hurler au secours.

De mon lit, j'entendis ses clameurs. Incapable de me mouvoir, j'en fus bouleversé.

Après cette algarade, mon père aurait voulu la faire expulser du département Mais une mère qui réclame ses enfants a toujours le public pour elle.

Armgart alla lui porter mille francs pour qu'elle s'en retournât à Paris.

À Trois Moulins, mes acheteurs voulaient intenter un procès. Mon père arrangea l'affaire avec les derniers débris du peu que je possédais. J'étais totalement ruiné. Peu m'importait. Je recommencerais ma vie, voilà tout… si je revenais à la santé… ?

C'est alors qu'Armgart me rappela son offre de se charger définitivement des enfants en les emmenant avec elle en Alsace.

Cette offre généreuse m'affranchissait d'un grand souci, en me laissant la liberté de refaire ma vie, mais surtout elle mettait la frontière en obstacle aux éventuelles entreprises de Lucie.

Quand les premières neiges blanchirent le Canigou, Armgart vint me faire ses adieux. La sachant fiancée au sculpteur strasbourgeois Marzolf, de vingt-cinq ans plus âgé qu'elle, je lui dis avec une pointe de dépit :

– Tu me feras savoir la date de ton mariage ?…

– Non, Henri, il n'y aura pas de mariage. J'ai rendu sa parole à Marzolf… J'ai horreur du mensonge.

Je restai silencieux, honteux de la mauvaise pensée montée du fond de mon égoïsme comme une bulle de gaz méphitique de la fange d'un marais.

En pensant à la nuit sur le balcon, je me risquai à dire :

– Cependant Armgart, si…

– Eh bien, tant pis mon cher. C'est pourquoi je refuse le mari providentiel… que je n'aime pas. J'ai choisi, et rien ne changera ma décision. Oh, je sais… tu ne peux pas comprendre…

– Mais si, je comprends. Si Dieu me rend la santé…

– Nous faisons des hypothèses. Craintes pour toi, espoir pour moi… Allons, Henri, au revoir ou adieu… J'ai foi en ma bonne étoile…

Pourquoi ne pouvais-je l'aimer ? Il semblait que le destin l'eût placée sur ma route au moment où un soutien moral allait m'être nécessaire. Mais hélas, je n'avais nulle attirance, une répulsion, physique plutôt… De l'estime, de l'affection, oui, mais que valent ces sentiments pour une femme aimante ?… Ils sont peut-être plus cruels que la haine.

Après ce départ, je restai pensif, inquiet de moi-même par la complexité de ma nature où je découvrais tant de lâchetés, tant de faiblesses… pouvais-je me prétendre honnête homme, maintenant que la fière attitude de cette fille avait fouetté mon amour-propre ?

À son courage, j'avais mesuré ma veulerie…

Coup de foudre

Enfin, après six mois, les douleurs s'atténuèrent, je pus m'asseoir sur mon lit. L'espoir revint, comme l'aube après la nuit de tempête, et je me mis à échafauder des projets d'avenir.

Un ami du père Korn, un certain Guignoni, offrit de me prendre à l'essai dans sa factorerie en Éthiopie, à condition de payer mon voyage jusqu'à Djibouti pour ne pas être obligé d'en payer le retour au cas où je ne donnerais pas satisfaction.

Bien entendu, j'acceptai, n'ayant pas l'intention, quoi qu'il arrive, de revenir en Europe.

Quelques jours plus tard, appuyé sur deux cannes, je parvins à gravir la petite colline qui sépare la vallée de Sahorre de celle de Corneilla.

Au moment où, fier de mon exploit, j'allais redescendre, une voix me fit regarder en arrière : une grande fille, vêtue de noir, la tête couverte du fichu de deuil des catalanes, émergeait du sentier qui monte de Sahorre.

– Quelle surprise de vous voir ici, monsieur Henri. Mon oncle Sabor m'avait bien dit que vous alliez mieux, mais vous trouver sur la Serre !…

Saisi par sa beauté sauvage, je restai sans parole. Le velouté du regard, et la voix de contralto m'enveloppèrent d'une caresse.

Je ne sais trop ce que je répondis, honteux de mes cannes d'infirme et de ma figure amaigrie de convalescent.

Quand elle eut disparu, le monde tout à coup me sembla vide.

Ce fut le coup de foudre, et je me pâmai d'en être atteint, avec l'étrange volupté de me sentir vaincu. La rencontre de cette fille venait de réveiller mes instincts, si longtemps endormis.

Je venais en quelque sorte de renaître, mais avec des sens déjà adaptés au monde, de sorte que toutes les impressions s'y précipitaient en masse. Alors, les affinités portées à leur paroxysme par la longue attente réagissaient impétueusement comme celles d'un mélange détonnant.

J'allais tous les jours en haut de la Serre, pour apercevoir la maison de Marie et attendre qu'elle sortit vaquer aux soins du ménage et des vaches, dont l'étable était sous la cuisine, en manière de chauffage central.

Quand enfin je pus marcher sans canne, j'allai trouver Poupoun, le père de Marie, pour lui demander la main de sa fille.

Il achevait sa collation de neuf heures. D'abord, il ne comprit pas. Je dus recourir au catalan, où il se sentait plus à l'aise ; mais un paysan ne peut répondre à l'instant même. Il bourra sa pipe, hocha la tête, enfin, il se décida :

– Je comprends que vous me demandez une chose bien honnête, et ce serait vous manquer que de dire non… Mais, dire oui, c'est autre chose. Puisque vous revenez dans deux ans, eh bien, attendons votre retour. Si, par cas, vous avez réfléchi, alors de deux choses l'une : ou bien, vous tiendrez quand même votre parole, et cheval mal attelé cassera vite les brancards, ou bien, vous ne la tiendrez pas, alors Marie montrée du doigt, mettrait la coiffe de sainte Catherine, et la terre a besoin d'un homme après moi…

Les adieux

Avant de m'embarquer pour les rives de la mer Rouge, je crus devoir aller en Allemagne remercier Armgart de sa sollicitude envers mes enfants… et puis, il y avait le souvenir de cette nuit au retour d'Illes, où une Walkyrie m'était apparue, s'offrant à un mortel sans regret du Walhalla…

Placée dans ce cadre fabuleux, Armgart se magnifiait de la splendeur que la scène prête à l'actrice. Ainsi évoquée à travers le rêve, elle avait pris en moi une place dont j'étais loin de soupçonner l'importance.

J'arrivai en Allemagne par Saverne, ému de voir cette Alsace dont mon enfance, à l'École alsacienne, avait entendu raconter le martyre. J'étais malgré moi étonné que la campagne ne fut pas différente, comme la couleur des atlas. Je ne tardai pas à trouver matière à ce sentiment d'abord avec les cantonniers qui se tenaient au garde-à-vous au passage du train. Dans les gares, les employés sanglés dans leurs uniformes avaient l'air d'officiers en service. Le chef de gare en casquette rouge, ganté de blanc, avait vraiment l'air d'un officier supérieur auquel tous doivent obéir. Je sentis qu'en ce pays, on a fini de rire, tout est sérieux, rien ne se prête à la plaisanterie, et nul n'y songe…

Le père Freudenfeld m'attendait à la gare, photo en main pour m'identifier. Ayant fait ses études de droit à Nancy, il parlait un excellent français, et en dépit de sa raideur de haut fonctionnaire allemand, il me fut tout de suite sympathique.

J'avais été choqué, lors de mon séjour à Saint-Clément, d'entendre Armgart parler de sa mère avec une sorte de haine. Après l'avoir connue, je compris la raison d'un tel sentiment : de noble origine, née von Negenborn, elle ne cachait pas son dédain pour son mari, fils de paysans, dont le grand-père vendit à Napoléon le fameux cheval blanc.

D'un égoïsme total, elle n'eut jamais la moindre tendresse pour ses enfants. Enfin, ayant rompu avec son amant, le sculpteur Marzolf, de dix ans plus jeune qu'elle, elle l'imposa comme fiancé à sa fille aînée Armgart. Me sachant la cause de sa rupture avec ce quinquagénaire, son accueil fut assez froid.

Le soir de mon arrivée, la famille se trouva réunie, et ce fut un concert que dirigeait le père Freudenfeld, excellent pianiste.

Dans cette ambiance, j'évoquais le souvenir de Marie, et je fus honteux du parallèle. Humilié, je luttais pour le sauver, sans me rendre compte qu'un amour qu'il faut défendre n'est déjà plus de l'amour ; c'est l'illusion qui se dissipe, c'est un mirage qui s'efface…

Le jour de mon départ, Armgart et son père m'accompagnèrent à la gare. Elle ne voulut pas venir sur le quai. Un train qui part avec celui qu'on aime rend la séparation plus déchirante ; il la matérialise en quelque sorte.

De mon côté, je préférais l'embrasser dans la bousculade des voyageurs, où l'émotion se dilue dans le tumulte, le bruit et l'indifférence de la foule.

Jusqu'à la dernière minute, elle fut gaie comme si son cœur eût été parfaitement calme, mais brusquement, elle s'arracha à l'étreinte, me tourna le dos, et d'un pas rapide et résolu disparut dans la foule. Personne n'aurait pu deviner son désespoir quand elle se retrouva dans la rue.

Sans l'avoir voulu, elle arriva au Rhin. Accoudée au parapet, elle regardait l'ombre où glissait le grand fleuve.

Dans la nuit, le murmure de l'eau au pied de la muraille et la fraîcheur de son souffle humide montaient comme d'un gouffre.

Elle eut une sorte de vertige devant ces profondeurs obscures, où pouvait s'engloutir sa désespérance avec tout le fardeau de ses illusions mortes. Mais, détachant tout à coup les yeux de ce trou noir, elle reconnut le fleuve ami, le Rhin légendaire qui s'en allait, lui aussi, vers son destin sous les vains reflets des lumières de la ville. Son onde silencieuse, toute noire entre les quais qui l'emprisonnent, n'allait-elle pas bientôt s'étaler au milieu des campagnes ? Alors, les premiers feux du matin feraient resplendir son eau claire, comme l'eau vive du torrent, fille des neiges immaculées.

Elle aussi traversait une nuit sombre, mais le soleil se lèverait, et elle se rappela les jours heureux de Saint-Clément… Elle rassembla les souvenirs comme les perles d'un collier brisé.

Moi, je m'en allais vers une vie nouvelle, là-bas, très loin, dans cette Afrique mystérieuse et sur cette mer où tout s'oublie.

Elle, résignée, allait reprendre son métier de peintre.

Tout semblait fini… Cependant, par des voies imprévisibles et obscures, le destin allait nous conduire à un carrefour.

Premiers contacts africains

Aussitôt arrivé à Djibouti, dans l'enthousiasme de mes premières impressions, j'écrivis à Armgart et à Marie. Les sentiments qui inspiraient cette double correspondance étaient si différents que je n'avais pas l'impression de tromper l'une ou l'autre. Elles représentaient pour moi des éléments complémentaires.

La première lettre de Marie en réponse à mes enthousiasmes me déçut et m'affligea par sa forme conventionnelle. On l'eût dite copiée dans un manuel épistolaire. Par contre, au courrier suivant, celle d'Armgart répondait à ma pensée comme si, par-delà les mers, elle en eût senti l'influence.

Le parallèle entre ces deux lettres suffit à dissiper les dernières traces de cette ivresse maladive de convalescent que j'avais prise pour de l'amour. Par contre, l'éloignement rendait à Armgart son prestige de Walkyrie. J'en oubliais la répulsion physique. Cependant, je m'étais trop engagé avec Marie pour reprendre ma parole. Une épreuve peut-être me fixerait sur la valeur et la sincérité de ses sentiments.

Je lui écrivis que ma situation étant désormais assurée, je l'attendais à Djibouti pour nous marier…

Si vraiment elle m'eût aimé, une aussi impudente proposition l'eût blessée à mort. Mais elle ne m'aimait pas. Je reçus la réponse, toujours conforme au style de manuel, où elle me proposait de rompre nos engagements, et ainsi coula à pic la barque fragile où j'avais cru m'embarquer pour Cythère.

Dès lors, toutes mes tendresses disponibles refluèrent vers Armgart, ou plus exactement, vers l'image que je m'en faisais à distance. Il s'ensuivit, par correspondance, une idylle spirituelle dont j'espérais sortir un jour authentiquement amoureux.

L'agent de la maison Guignoni, le père Verzier, me reçut avec une mauvaise grâce non dissimulée. Encore un de ces ratés, pensait-il, auquel le patron n'avait pas eu le courage de dire son fait. Verzier résumait toute la mentalité coloniale qu'il possédait à l'état pur.

Les Européens me surprirent par leur indifférence à tout ce qui me passionnait. Aucun n'avait vu ni entendu l'appel de ces solitudes. L'espoir du retour était leur seul réconfort.

Enfin, un ordre du patron m'appela à Diré-Daoua, en Éthiopie. Cette petite ville, à douze cents mètres d'altitude jouit d'un climat plus tempéré que celui de Djibouti.

En y arrivant le soir, je fus agréablement surpris par la relative fraîcheur de l'air, car, après avoir subi 40 ou 45° dès le matin, 30, à cinq heures du soir, vous rappellent nos étés provençaux.

Tout couvert de la poussière des déserts somalis, les yeux pleins de ces solitudes implacables, et l'esprit chaviré d'une ivresse de lumière et d'espace, je fus accueilli par M. de Guardia, l'agent fondé de pouvoir de Guignoni.

Très timide, il semble, de prime abord, froid et distant. Sa longue figure à la Vélasquez ne trahit aucun sentiment par absence du regard, car il louche, semble-t-il, des deux yeux ; on cherche en vain celui qui vous regarde. De plus, il parle à peine, supportant béatement les longs silences où agonise la conversation.

Je me suis attaché un boy somali de la tribu des Aberionis qui n'a jamais été domestique. Grand diable de vingt-cinq ans, il est arrivé de sa brousse pour travailler comme coolie, à la construction de la ligne de chemin de fer prolongée jusqu'à Addis-Abeba. Il ignore les langues des Européens, ce qui me garantit contre la corruption inévitable du domestique bien stylé.

Il ne faut pas oublier ces instructeurs ambulants, qui vont de village en village, faire rabâcher aux enfants les versets du Coran. Ils ne manquent pas d'y ajouter, à l'intention des « coufris » (mécréants) en manière de commentaire, cette profession de foi :

« Comme les larves dans la pourriture, leur peau est blême. Comme la bête immonde, ils mangent la viande morte et redoutent le soleil, car ce flambeau d'Allah les tuerait s'ils osaient découvrir leur tête avant l'heure où les "ouarabas" (hyènes) dévorent les cadavres. »

Hélas, bon nombre de coloniaux illustrent un tel enseignement en étalant leurs vices et leurs turpitudes devant leurs boys.

Ali a conçu pour moi une profonde admiration, parce que je me promène sans casque au soleil, et que je ne mange pas la viande morte des conserves.

On me blâme de partir seul avec Ali quand il me fait explorer cette brousse qui sent le fauve. On m'en veut surtout de ne pas me joindre à ces parties de chasse en bandes joyeuses et à ces pique-niques, où on se gave de charcuterie arrosée d'alcools variés. On rentre la tête lourde, sans avoir rien vu et rien compris à l'ambiance indigène, qui leur fait répéter : « Sale pays ! sales bicots !... »

Mon attitude envers ces gens, à qui je voudrais apprendre à « voir », leur paraît mépris, et ils me haïssent.

C'est pendant ce séjour préliminaire à Diré-Daoua qu'un petit incident a jeté dans ma vie le germe du drame qui s'ensuivit.

Guignoni

Mon patron, M. Guignoni, venait d'arriver de France. C'est un vétéran, pionnier de notre influence française au Harrar depuis sa conquête par Ménélik en 1894. Il sait l'arabe et l'ahmarique comme un lettré.

D'emblée, il m'est sympathique, malgré son type levantin au grand nez prometteur et le regard trop expressif de ses yeux de tzigane, car il n'est rien de tout cela, en réalité.

Foncièrement bon, il s'est attaché par charité des employés inutiles ou incapables. Un vieux serviteur, mort de la fièvre en cherchant l'ivoire, laissa un fils de couleur qu'il fit élever par la Mission catholique. À seize ans, ce métis d'Éthiopien et d'Italien était beau comme un dieu. Il se nommait Michaël, était chrétien, et avait ramassé tous les vices des deux races.

Guignoni était infiniment indulgent pour ce jeune éphèbe. Son tempérament d'oriental suffisait à expliquer sa faiblesse pour les charmes de ce chenapan.

Entre Michaël et Ali, une haine sourde s'établit, implacable comme un instinct. À la suite d'un pugilat, bien que les torts fussent au métis, le Somali fut condamné à dix coups de courbache. En soudoyant juge et bourreau, je pus en atténuer les conséquences, mais non la haine féroce d'Ali, qui ruminait sa revanche. Elle ne tarda pas à éclater, à propos du vol d'un manteau de parade brodé d'or et d'argent entreposé au magasin en douane.

Un soir, Ali fit irruption dans ma chambre, le visage illuminé.

– Qu'est-ce que tu as fait ? Tu l'as tué ?

– Oh non, il faut d'abord lui casser son « namous » (le déshonorer). Le manteau est caché dans la malle de Michaël…

Guignoni aussitôt prévenu, nous allâmes éveiller le métis. La malle était vide, et Michaël ricanait, mais à son geste pour placer un grand oreiller sous sa tête, le Somali tira sa djembia et fendit l'étoffe… la dalmatique était cachée là.

Ce vol aurait pu luï coûter la main droite coupée. Mais mon patron se contenta de chasser son favori, le laissant aux bons soins d'Ali…

Huit jours après cet incident, je partis pour l'agence de Deder dans les montagnes du Tchercker, à quatre-vingts kilomètres de Diré-Daoua. Je montais une bonne mule saggar (qui trotte à l'amble), mes bagages étant partis la veille. Ali me suivait, porteur de mon fusil Mauser, n'ayant avec moi qu'un fusil de chasse calibre 12. Un guide cottou nous précédait.

Nous partîmes à quatre heures du matin, au lever de la lune à son dernier quartier, car l'étape est longue et en cette saison sèche, il faut faire halte quand le soleil au zénith a fait disparaître toutes les ombres.

Ma mule, avec ce trot saggar, fait environ huit kilomètres à l'heure, qui obligerait un homme à prendre ce que nous appelons le pas gymnastique. Je remarque que mon guide et Ali ont un pas allongé qui évite le mouvement de haut en bas du pas gymnastique ; de plus, il sont pieds nus.

À neuf heures, le soleil est déjà brûlant, et ma guerba d'eau est vide, mais le point d'eau n'est pas loin. Le guide me le montre, j'éperonne ma mule, et j'arrive devant une cuvette de boue desséchée, où le piétinement des bêtes est resté gravé… depuis le temps où il y avait de l'eau…

Il faut arriver à l'autre point d'eau, à vingt kilomètres plus loin !… La soif me brûle la gorge. Ali fouille la terre au pied d'un mimosa pour dénuder une racine dont il m'offre en souriant une bande d'écorce. Je la mâche, et la salive afflue.

Je ne suis pas désaltéré, mais le soulagement me permet de tenir bon. Sans doute, ma mule a-t-elle déjà fait ce pénible voyage et se souvient du point d'eau, car elle allonge le pas, à tel point que mes deux hommes doivent maintenant courir.

Voilà le point d'eau ! Des vautours et d'autres oiseaux s'envolent à notre approche. Leur présence nous rassure, le point d'eau n'est pas à sec ?

Je mets pied à terre, et les deux hommes ont quelque peine à tenir la mule qui, laissée libre, irait patauger et rendre imbuvables les quelques flaques qui subsistent encore.

Je suis devant une mare croupissante, au fond d'un entonnoir vaseux. Devant cette flaque putride, Ali m'apprend la manière de s'en servir. Il faut souffler d'abord pour écarter les lentilles d'eau, puis humer en surface sans agiter le liquide. Mais hélas, ma soif est telle que je vais trop vite, et ma bouche s'emplit de quelque chose d'épais… je bois de la vase, du purin, que sais-je. Tant pis ! le goût n'est pas appréciable…

À peine suis-je levé qu'Ali repoussa délicatement avec le canon du mauser un charognard (vautour) crevé. J'ai bu, sans le savoir, à quelques centimètres de cette charogne.

– J'avais vu pendant que tu buvais, mais je n'ai rien dit pour te laisser finir. Si tu avais su, tu n'aurais pas pu.

Lui boit en sachant.

Enfin, la mule vient à son tour et vide sa vessie. Quand je pense que toutes les bêtes en ont fait autant… Un tel mélange, avec l'aide du soleil, tue peut-être bon nombre de microbes, car en Europe, une telle eau eut été poison.

Nous arrivons à Deder dans la nuit, une nuit à tel point obscure que seuls les yeux à grande ouverture de la mule ont pu distinguer la piste.

Nous devons être à environ deux mille mètres d'altitude, et l'air est froid. Suliman, en prévision de mon arrivée, a allumé un grand feu dans la case où il me fait entrer. Ce jeune Arabe, sorti de l'école de l'Alliance française, parle couramment le français avec un bel accent de Toulouse, son maître étant originaire du Languedoc. Il boit des boissons alcooliques, et ne dédaigne pas le saucisson.

J'ignorais à cette époque le danger de se fier à un musulman qui a fait litière de ses croyances.

Ma case a environ sept mètres sur quatre, faite à la mode indigène en torchis appliqué sur les claies de branchages. Mon lit, un cadre où sont tendues des lanières de cuir, est maintenu à plus de quatre pieds au-dessus du sol en terre battue pour être, théoriquement, hors d'atteinte des puces, ce qui est totalement illusoire.

Au centre, un foyer circulaire en argile, où, chez les indigènes, la flamme de bois d'euphorbe suffit à l'éclairage. On y fait aussi la cuisine, et la fumée filtrant à travers le chaume, le protège des termites.

Cette fumée oblige à vivre au ras du sol, d'où absence de tables et de chaises.

Quant aux puces, il faut s'y adapter. Après huit ou dix jours, on ne les sent plus, mais si on change de résidence, c'est-à-dire de puces, il faut une nouvelle adaptation.

Les ressources en nourriture sont peu variées : lait-fumée, (car on ne lave pas les récipients, on y jette des charbons ardents) le beurre, toujours rance, est également fumé, le miel, les poulets maigres et le tief, qui remplace le froment pour la confection de l'ingira, sorte de crêpe faite sur un poêlon de terre cuite, frotté avec une graine de ricin.

Ces crêpes, de près de soixante centimètres de diamètre, souples comme la peau de chamois, servent aussi de nappes aux repas du maître, qui les abandonne aux serviteurs et aux esclaves après son repas, avec le peu de sauce qui a pu s'y répandre.

Cette case est au centre d'une enceinte rectangulaire de deux cents mètres sur trente, avec la grande balance à plateaux de bois pour peser les cuirs et le café en cerises.

Les indigènes, venus avec des ânes, quelquefois de fort loin, campent dans cette vaste enceinte, à l'abri des fauves derrière la zériba fortifiée d'épines. De plus, ils font des feux, et dorment autour, tandis que d'autres veillent en chantant, accompagnés de ce luth primitif (la tomboura) à trois cordes, qui ne peut donner que trois notes à l'intervalle de la tierce.

Les frelons

Pour accélérer mes progrès en langage local, Ali me trouva une jeune esclave, Oubénèch, qui savait aussi un peu d'arabe. Car, hanté par les souvenirs de la mer Rouge, je ne vivais que dans l'espoir d'y retourner aussitôt que j'en saurai comprendre et parler le langage.

Oubénèch me parut avoir dans les quinze ou seize ans. Tout de suite, elle prit en main les soins du ménage. Sa présence, par sa douceur, changea ma raison de vivre en ce bled où rien ne correspondait à ma mentalité. J'étais à Deder depuis trois mois, parfaitement adapté au milieu nouveau depuis que je m'étais familiarisé avec le dialecte des indigènes.

Un matin, j'eus la surprise de voir arriver Michaël revenu à sa forme abyssine. Il entra dans la zériba accompagné de quelques ânes chargés de café, avec autant de sérénité que si rien ne s'était passé quelques mois avant.

Dans ce pays, où tout était nouveau pour moi, je ne devais m'étonner de rien et accepter les faits sans les interpréter à l'européenne. Je feignis donc avoir tout oublié.

Il me dit faire le métier de courtier, prêt à se mettre à ma disposition. Il me proposa d'amener à Deder une assez importante caravane d'ivoire, cuir et café, destinée à un concurrent de Diré-Daoua.

L'affaire ayant été bonne, j'en fis d'autres, et finalement, il demeura, en fait, le courtier de mon agence.

Ali et lui semblaient s'ignorer. Il fallait toute mon inexpérience pour ne pas pressentir la menace de ce calme apparent. Je juge aujourd'hui bien sévèrement ma légèreté, qui fut la cause d'un crime…

Un soir, autour d'un grand feu, tandis que des Nagadis, venus de la province des Arroussis, chantaient au son de la viole monocorde, un coup de feu éclata, suivi de deux autres, dont le double éclair brilla du côté de ma maison.

Michaël accourut, l'air effaré :

– Ali est devenu fou… il a tué Oubénèch, et maintenant, il tire sur moi…

Je me précipite dans ma case. Tout est obscur, mais j'entends des gémissements et la voix d'Ali. Un des Nagadis arrive, avec un brandon du foyer pour éclairer. Ali est effrayant, les yeux fous et les gestes désordonnés. Sur le haut angareb, Oubénèch râle, sans connaissance, un petit trou rose sous le sein droit et un autre dans le dos… la balle a traversé…

Ali et Michaël, dressés face à face, s'accusent mutuellement. Il faut tenir Ali, effrayant de fureur. Il vocifère :

– J'ai tiré deux coups de revolver sur un homme qui, après le premier coup de feu, s'enfuyait de derrière la case, et cet homme, c'est Michaël, que j'ai reconnu au reflet du feu.

– Que faisais-tu derrière la case ? demandai-je à Michaël.

– J'étais sorti pour pisser, quand j'ai entendu le coup de feu tiré à l'intérieur de la maison.

– Tu vas pisser bien loin… D'ordinaire, tu fais ça devant ta porte… Donne-moi ton revolver.

C'est un browning de gros calibre. Il est plein, et aucune cartouche n'est engagée dans le canon.

– Et toi, Ali, combien de coups as-tu tirés ?

– Deux.

Je prends son revolver. C'est un Lebel. Il y a dans le barillet trois douilles vides.

– Combien y avait-il de cartouches ?

– Mais, huit.

– Alors, tu as tiré trois coups ? Voilà les trois douilles.

– Non, je n'ai tiré que deux fois, je le jure sur le Coran et le sang de ce cadavre.

Son accent est sincère. Il ne ment pas, j'en suis sûr. Autour de moi, j'entends murmurer : « Magnoun » (fou). Je frémis, en songeant à la loi du Talion…

Quand les gens du village eurent emporté la morte, je restai seul dans la case où bourdonnaient dans la pénombre ces frelons ceinturés de jaune qui percent le bois pour y déposer leurs œufs. J'en vis un disparaître tout à coup dans une grosse branche restée hors du torchis d'argile, juste derrière l'angareb, où Oubénèch avait été tuée. Intrigué, j'y montai, et je constatai que l'insecte avait utilisé un trou dissimulé par un lambeau d'écorce. Avec la pointe de mon canif, je sentis au fond un corps dur, du métal, une balle, la balle qui avait tué Oubénèch !…

Sa nature, browning ou Lebel, allait désigner le meurtrier… Oui, mais la loi abyssine exige trois témoins ayant vu le tireur user de son arme. Si la balle était browning, Michaël, dans ces conditions, ne pouvait être condamné. C'est alors qu'Ali me suggéra :

– Il croit sa balle perdue, alors, il jurera selon la formule « Menelik y mout… » (que Menelik meure si j'ai menti). Et, s'il a menti, il aura la langue coupée.

En présence du Guerad, chef du village, on amena Michaël dans ma case.

– Pour la dernière fois, as-tu vu Ali tirer le premier coup de feu ?

– Je n'ai pas pu, à cause du mur, mais il était seul à l'intérieur, et j'ai entendu partir le coup du point où il était… Je le jure.

– Non, jure-le par Menelik.

Il resta un instant silencieux, retenu par une sourde angoisse, car il savait de quel prix se paie le parjure.

Enfin, il se décida. La balle fut extraite : c'était une browning.

Du même coup, Ali était hors de cause, et Michaël, coupable de parjure.

Selon la coutume, tous les deux furent enchaînés et conduits à Harrar pour l'exécution.

Étrange spectacle que ces deux hommes, mortellement ennemis, marchant côte à côte, ne pouvant rien faire l'un sans l'autre. Arrivés à la prison. Ali fut libéré.

Il était là, le jour du marché, quand on amena le condamné sur la place.

Un aide saisit la tête par le menton et le front, le forçant à ouvrir la bouche. Alors, le bourreau lui fend la joue, saisit la langue, la tire dehors par cette ouverture et l'empêche de rentrer avec une broche de roseau traversant l'extrémité. Ainsi accommodé, il reste exposé jusqu'au soir à une sorte de pilori. Au coucher du soleil, on coupe la langue derrière la broche, et il est libre…

Ali s'est procuré la couverture d'un lépreux, qu'il donne à Michaël. C'est là sa vengeance. Elle durera trente ans, trente ans d'un enfer où Michaël, devenu objet d'horreur, expiera son crime.

Rémi Lavigne

Mon patron Guignoni, après un court voyage en France, revint à Diré-Daoua avec un prestigieux personnage, frère d'un employé à la construction du chemin de fer, avec qui j'étais en très mauvais termes depuis un incident, qui risqua de me coûter la vie. Il se nommait Hardy, se coiffait d'un modèle de casque d'une suprême élégance, dont il daignait pourvoir ses amis pour les distinguer des vulgaires pékins. Bien entendu, moi qui circulais sans casque et chaussé d'espadrilles, j'étais non seulement confondu dans son mépris du vulgaire, mais l'objet d'une de ces antipathies irraisonnées où entre une grande part de jalousie. Hardy se considérait comme le premier chasseur de fauves de toute l'Afrique.

Il me haïssait depuis le jour, où par gageure, il me vit casser à coups de revolver des bouteilles de Perrier lancées en l'air.

Ce fut précisément à l'occasion d'une de ses chasses qu'il me révéla sa malveillance.

J'avais pour voisin à Deder un jeune Lyonnais, Rémi Lavigne, qui devint un ami. Employé de la maison Dubail, qui faisait les mêmes affaires que Guignoni, nous ne fûmes jamais concurrents, toujours prêts à nous rendre service. C'est ainsi que, me sachant sans moyen de transport pour évacuer mon stock de marchandises, il me prêta un cheval, plus rapide que ma mule, pour aller à Diré-Daoua, souffler une cinquantaine d'ânes destinés à Dubail.

Je pris la route dite « du désert » pour gagner du temps. Malheureusement, cet itinéraire traverse le pays Dankali, réputé dangereux.

À peine engagé sur ce territoire, je rencontrai ce genre de barrage qui délimite les zones de pâturage. Ceci ne me concernait donc pas, et je continuai à suivre l'étroit sentier qui allait s'engager dans un ravin.

J'hésitai, par crainte d'une embuscade, mais mon passage n'étant pas prévu, une telle éventualité me parut absurde. J'allais reprendre ma route, quand il me sembla voir passer entre deux roches une silhouette humaine. Au moment où je tournais bride, une douzaine de cavaliers danakil me prirent en chasse. Quelques coups de revolver tirés derrière moi suffirent à ralentir la poursuite. Tandis que je fuyais, courbé sur l'arçon, mon cheval fit un écart… une sagaie venait de l'atteindre à la croupe. Je pus ralentir pour la retirer, et la bête, sans doute consciente du danger, s'enleva dans un galop furieux. Après une demi-heure, ne voyant plus les Danakil, je mis pied à terre. L'oreille au sol, sur ce terrain dur, j'aurais pu percevoir le martellement des chevaux au galop ; mais rien. Avaient-ils abandonné la poursuite ?

Quand je voulus reprendre ma marche, mon cheval refusa d'avancer. Jusqu'ici, échauffé par la course, il ne sentait pas la blessure. Maintenant, après cette halte, la douleur l'immobilisait.

Je me résignai à abandonner la pauvre bête, en cachant la selle au cas où, plus tard, il me serait possible de revenir.

J'étais maintenant une proie sans défense, et rien ne m'assurait que les Danakil eussent abandonné leur poursuite. Mais encore une fois, pourquoi un tel acharnement contre moi ? Je n'avais plus d'eau, et la soif commençait à me torturer. À bout de force, j'arrivai à la grande piste des caravanes de chameaux, que j'avais abandonnée en faveur d'un raccourci. Je me laissai tomber, résigné à laisser là ma carcasse, comme les bêtes de somme fourbues, dont les os blanchis jalonnent les pistes caravanières.

Je fus recueilli par des Arabes, convoyant un troupeau de jeunes chameaux.

Je comptais, en arrivant à Miesso où aboutissait le rail, profiter d'un train de travaux pour gagner Diré-Daoua, distant de quarante kilomètres.

Précisément, Hardy achevait de déjeuner avec un ami pour partir en draisine. Quand je lui demandai, étant donné les circonstances, de me prendre sur la draisine, il me rétorqua que la ligne n'étant pas ouverte au public, le règlement s'y opposait, par bonheur, après son départ, ce fut un brave mécanicien tchécoslovaque qui me prit sur sa machine haut-le-pied.

En me voyant le soir à Diré-Daoua, Hardy, furieux, envoya son rapport au Directeur pour exiger une punition exemplaire au mécanicien fautif. Mais le Directeur avait été informé ; ce fut Hardy qui bénéficia de la punition exemplaire.

Quant aux raisons de l'attitude hostile des bergers Danakil, elles revenaient à Hardy, le grand chasseur. Ignorant le dialecte dankali, il n'avait pas compris le berger, qui le priait de ne pas chasser les bêtes de son troupeau. Se croyant menacé, quand l'homme lui montra simplement la direction avec sa lance, il l'abattit d'un coup de revolver.

Pour venger leur compagnon, les bergers se lancèrent à ma poursuite, me prenant pour le meurtrier.

Amené par Guignoni, le frère d'Hardy, l'élégant personnage au casque venu d'Angleterre, ne valait pas mieux ; pire peut-être. Il était naturel qu'il ne me portât pas dans son cœur. Je compris qu'il subjuguait mon patron qui, maintenant ne voyait que par ses yeux.

La nostalgie de la mer aidant, j'acceptai de revenir à Djibouti, où le tonitruant Verzier m'avait laissé le souvenir d'un brave homme.

L'appel de la mer

Mon premier soin fut d'acheter une barque, aux fins de me distraire autrement qu'avec toutes les variétés, dites apéritives, des divers poisons consolateurs. Naturellement, mon travail de bureaucrate, sous le panka, s'en ressentit. J'avais la nostalgie du grand large mais je ne pouvais me résoudre à m'en aller sans but faire des ronds dans l'eau. La mer me semblait indigne de ce rôle de jouet. Je voulais qu'elle fût ma raison de vivre.

Après une scène violente avec Verzier, je donnai ma démission.

N'ayant ni le goût ni les moyens de vivre à l'européenne dans un hôtel, ma barque serait mon domicile. Cette façon de vivre, un peu comme les indigènes adaptés au pays, me paraissait simple et logique en la circonstance ; mais il n'en était pas de même pour la mentalité coloniale, outrée de mon original comportement. Si le gouverneur Pascal était resté, mon compte eût été bon, mais heureusement pour moi, il fut remplacé et son successeur, Édouard Geffriaud, fut porté à l'indulgence envers tous ceux que le despotisme de Pascal avait accablés. Les rapports malveillants m'ayant désigné pour avoir été sa bête noire, le nouveau gouverneur voulut me connaître.

Je fus appelé à son cabinet où, après une longue conversation sur le ton le plus cordial, il me demanda, puisque je devais aller en mer Rouge, de le renseigner sur le Cheik-Saïd, ce petit territoire paraît-il français, d'après l'Atlas Foncin, où il figure en rose.

Très flatté de ce que j'appelais une « mission », je hâtai mon départ pour la pêche aux perles. Mon équipage était composé de deux matelots, Abdi et Fara, plus un mousse.

Abdi était de la caste des Midganes, sorte d'intouchables auxquels sont dévolues, dans une tribu Somalie, les fonctions de forgeron, de chasseur ou de boucher. Le guerrier, dont le « tomal » (forgeron) forge les armes, ou n'importe quel membre de la tribu, ne peut s'allier à un ou une midgane.

Abdi, âgé de quinze ou vingt ans, resta jusqu'à sa mort (en 1940) à mon service.

Mon boutre n'était qu'une embarcation non pontée, de six mètres de l'étrave à l'étambot. Les indigènes s'accommodent de cette exiguïté, et y vivent fort à l'aise. Quant à moi, je préférais prendre chaque soir un mouillage, pour dormir sur la terre ferme, où je n'avais pas les insupportables cafards dont toutes les barques indigènes sont infestées.

Le détroit de Perim (le Bab al-Mandab des Arabes) est divisé en deux passes par l'île du même nom. La grande passe Ouest a plus de quinze milles, avec les grands fonds de trois à quatre cents mètres. La passe Est n'a pas un mille de large, avec de très petits fonds de moins de deux mètres à basse mer. C'est elle qu'il me fallait prendre pour reconnaître Cheik-Saïd. J'y entrai au début du jusant, confiant dans la violence du vent du sud pour franchir la passe. À peine engagé, je compris la folie de ma tentative. Le vent, prenant le courant à rebours, transformait la houle en redoutables lames verticales et déferlantes qui rendaient impossible un virement de bord. Déjà, mes hommes se sentant perdus, clamaient l'incantation devant la mort : *la illa illalla*.

Une rafale, tombée de la haute falaise qui nous surplombait à tribord, arracha la voile, tandis qu'un remous nous jetait dans le contre-courant, qui nous emporta au nord, le long de la côte d'Asie. Le redoutable détroit avait été franchi par miracle, pensais-je, car j'ignorais que les légers zarongs contrebandiers de kat, le franchissent par vent contraire à sec de toile grâce à ce contre-courant. L'arrachement de la voile et le providentiel remous avaient réalisé cette manœuvre, où j'avais cru trouver la mort.

En sortant de cette antichambre de l'enfer, abrité maintenant du vent du sud, nous nous regardions, étonnés de nous retrouver vivants. Toutes nos provisions étaient trempées. Le sucre transformé en sirop… Seul, le couffin de dattes avait survécu. Ce fruit du désert résiste à tout. Quant au baril d'eau douce, il était plein – mais d'eau salée…

Je profitai de ce miracle pour avouer à mes hommes qu'il était dû à mon vœu de me faire musulman, fait au moment où la voile se déchira.

Je mangeai quelques dattes, et je m'abandonnai à la béatitude du mouillage…

Malgré la fatigue, nous veillons à tour de rôle, car ces parages sont peuplés de Zaranigs, tribu de pêcheurs, à l'occasion pirates.

Un peu avant l'aube, Abdi m'éveille et me montre quelque chose que je ne parviens pas à distinguer. Couché à l'avant, j'observe, quand tout à coup, Abdi me serre le bras. Je vois alors, à moins de vingt mètres de notre étrave, un point noir qui avance dans des cercles de phosphorescence. Il approche de notre câble en fibre de coco, car je n'ai pas de chaîne d'ancre assez longue. En ce moment, la barque n'évite plus au vent mais au courant de flot, dans ces conditions, si son ancre vient à lui manquer, elle va s'échouer sur les rochers. Le nageur n'aura qu'à couper l'amarre pour provoquer le naufrage. Je peux, d'un coup de fusil, l'envoyer par le fond, mais alors, adieu ma mission. Je me dresse en criant : « *Min anta !* » (qui va là !). L'homme plonge et ne reparaît que cinquante mètres plus loin.

Quand le jour se lève, la solitude nous entoure, aussi loin que porte le regard. Je pourrais croire avoir rêvé…

Cheik-Saïd

Je débarque avec Abdi, laissant à bord Fara, avec ordre de tirer sur quiconque tenterait d'approcher, et je le sais très bon tireur.

À quelques mètres du rivage, il y a le tombeau du Cheik Saïd, qui a donné son nom au pays. Abdi se prosterne, et récite la Fatiha, après quoi, au moment où j'allais escalader la montagne, trois indigènes se dirigent vers nous. Ce sont des pêcheurs. Je leur achète du poisson dans l'espoir de les faire parler.

Vers 1865, le territoire de Cheik-Saïd fut acheté par un négociant marseillais, M. Roubeau, en vue d'y installer un comptoir. Après la guerre de 70, tout fut abandonné, et les Turcs s'installèrent sur la montagne avec une garnison de cent vingt hommes. Une ligne télégraphique réunit ce fortin à Moka à cinquante kilomètres au nord. Il subsiste encore quelques poteaux où s'accroche le fil qui, par ailleurs, traîne sur le sable, ce qui, me dit-on, ne l'empêche pas de transmettre les télégrammes.

Pour achever de recueillir de quoi satisfaire la curiosité du gouverneur de Djibouti, je montai vers le fort turc tenter d'en photographier les abords. Abdi, qui me précédait, accourut me dire qu'une escouade de soldats en armes venait vers nous. Inutile de l'attendre. À bord,

Fara a vu et compris que nous allions tenter de regagner le bateau, alors, en prévision d'une fuite rapide, il l'avait déjà déhalé à l'aplomb de son ancre, prête à déraper...

Nous sautons dans le houri au moment où la patrouille arrive sur la plage.

Les soldats font des signes pour nous ordonner de revenir à terre, et finalement, ouvrent le feu. Fara n'hésite pas à riposter, et je vois un des soldats rouler dans le sable. Les autres se jettent aussitôt à plat ventre, ce qui nous donne le temps d'embarquer. J'avais eu soin de laisser l'antenne hissée à bloc avec la voile maintenue roulée par des brins de paille. Il suffit d'un coup sec sur l'écoute pour la déployer instantanément.

Dehors, le temps est mauvais, mais vent arrière fait la mer belle ! J'espère être à Moka avant la nuit.

Je suis un peu inquiet de la mort, ou de la blessure de ce soldat. Si la nouvelle a été transmise par la voie de terre, je me rassure, car un chameau coureur n'arrivera pas avant quarante-huit heures, et je ne compte pas séjourner plus d'un jour, juste le temps de renouveler nos provisions. Quant au télégraphe, ayant vu ce fil de fer traîner dans le sable, je ne m'en préoccupe pas, ne pouvant admettre qu'un aussi faible courant électrique puisse suivre ce fil non isolé sans se perdre à la terre.

Quelques instants avant le coucher du soleil, je mouille devant une ville en ruine, une ville fantôme où l'on s'attend à voir paraître des êtres fantastiques. Mais la nuit tombe.

À peine le soleil levé, nous débarquons, et un Arabe très noir, ceinturé de cartouches et le poignard d'argent plaqué sur le ventre, nous ordonne de le suivre. Il s'arrête devant une porte en planches mal jointes, et me fait entrer dans une grande bâtisse très sombre. Une odeur de fumier de chèvre flotte dans ce silence. Enfin, mes yeux s'accoutument à la pénombre : Un homme est étendu sur un magnifique tapis de Perse. C'est l'Omer

Bahar (Maître de Port). Il fume un lointain narghilé, au bout d'un long serpent de velours rouge dont il fait disparaître la tête d'ivoire sous sa broussailleuse moustache.

Je salue à la mode turque, et mon interrogatoire commence. Quatre soldats en armes surgissent de je ne sais où. Le vieux leur parle en turc, d'un ton que j'imagine mystérieux : va-t-on m'empaler, ou me mettre, bien ficelé, comme projectile dans une canonnade ?... On m'offre une tasse de thé, sucré comme un sirop, qui me fait l'effet du verre de rhum du condamné.

Encadré de ces soldats, on me conduit enfin au Wali (Gouverneur). C'est un jeune turc en pyjama rose et babouches rouges. À brûle-pourpoint, il me demande :

– Vous êtes allé à Cheik-Saïd ?

Inutile de le nier. Je lui explique que le mauvais temps m'a obligé à cette relâche.

– Je sais, je sais... et son sourire se prolonge.

J'ai l'impression que cet aimable effendi est tout heureux de m'avoir sous sa main.

Café, recafé, cigarettes. Ils parlent en turc ; le temps passe. Quand je lui déclare, en me levant, avoir des achats à faire, il remet son sourire...

– Rien ne presse, il fait trop chaud dehors... vous avez le temps... restez assis...

Très nettement, je me sens prisonnier et dans ce pays aux mœurs bizarres, je ne puis prévoir quelle sera l'issue de cette aventure.

Je remarque alors un des officiers extrêmement blond. En le dépouillant par la pensée de ses attributs orientaux, je lui découvre un air germanique... Il n'a parlé que deux fois, et le Wali m'a semblé l'écouter comme au garde-à-vous. Étrange... Il faut en finir. Je me lève à nouveau, résolu aux pires extrémités.

Le télégraphe

– Excusez-moi, je dois aller au télégraphe pour câbler à Djibouti.

L'officier blond et le Wali échangent un regard. Un mot, bref comme un ordre, et le Wali reprend son plus aimable sourire.

– Je vais vous faire conduire, mais ensuite, je vous attends pour dîner avec moi.

Dans une maison délabrée, pleine de moutons et de chèvres, un fil tirebouchonnant arrive d'on ne sait où par un trou dans le mur. Au premier étage, je vois un appareil morse posé sur une ancienne table de toilette.

Je rédige mon télégramme, tandis que le vieil homme prend connaissance d'un petit billet apporté par un de mes gardiens. Je lui donne le texte, qu'il doit transmettre :

– Gouverneur Djibouti – Suis Moka – stop – enverrai nouvelles si secours inutiles.

Ce qui signifiait très clairement que l'absence de nouvelles réclamait des secours. Enfin, le vieux télégraphiste se décida à lancer les appels en morse. J'ai observé sa main qui, sous la table, a mis la ligne à la terre. Sans doute a-t-il reçu l'ordre de ne rien transmettre. Feignant de n'avoir rien vu, je sors avec mon escorte de trois soldats. Je me débarrasse de deux hommes en les envoyant m'acheter un mouton et des poulets, et avec un seul, j'arrive à la place où j'ai laissé le houri à la garde d'Abdi. Je l'aperçois en discussion avec un officier turc. Il veut aller à bord, chercher les photos, prises à Cheik Saïd, me dit-il.

– J'arrive à propos, dis-je en souriant, car c'est moi qui ai les clefs. Nous allons y aller ensemble... Le houri est là. Je le fais embarquer et je l'installe à l'avant, Abdi est au milieu, qui pagaie, et moi à l'arrière. Je puis ainsi, sans attirer l'attention, enlever avec mon couteau une bande de calfat, et je pose mon pied nu sur l'eau qui jaillit en invectivant Abdi :

– Qu'as-tu fait pendant que le houri était sur le sable ? Il fait eau comme un panier… Nous allons couler. Savez-vous nager ? demandai-je à l'officier.

– Oui, bien sûr, mais ce serait désastreux, à cause de ma tenue toute neuve… Revenez à la plage…

– Impossible, nous sommes trop loin et contre le vent…

J'avais aperçu en rade un grand boutre désarmé, qui m'a donné l'idée que je viens de mettre à exécution. Nous en sommes tout près. Le Turc s'écrie :

– Voilà un bateau !… Vite, accostez !

Je n'attendais que ça. Il n'y a qu'un mousse à bord, et le bel officier à l'uniforme neuf embarque péniblement. Je rebouche la voie d'eau, et nous regagnons notre bord.

En quelques minutes, la voile déployée, nous filons en haute mer vent arrière, cap au nord-ouest, vers la côte africaine où je compte me réfugier à Massawa, port italien hors d'atteinte des Turcs.

Cheik Issa

À la mer, et surtout à la voile, les pronostics ne valent pas grand-chose. Des nuages noirs dans l'ouest ne me disent rien qui vaille. Je me hâte de profiter du vent du sud-ouest pour faire route plein ouest vers la côte africaine.

Au matin, après une nuit de pluie diluvienne avec calme menaçant, les côtes sont en vue. J'y repérai le minuscule village d'Eid où une rade foraine abritait quelques boutres d'assez gros tonnage.

Le village proprement dit est derrière la plage, où une vingtaine de huttes entourent une mosquée blanche aux coins relevés. La pluie a traversé les dômes de paille des toitures, alors les habitants se sèchent au soleil du matin en même temps que tout leur mobilier.

Notre arrivée fait sensation : comment un *frangi* (Européen) a-t-il pu arriver sans *roubane* (pilote) ?

Mon premier souci est de me ravitailler, car depuis trois jours, nous sommes au régime des dattes.

Les habitants sont de race dankalie, mais l'unique doukan (magasin) est tenu par un arabe sordide, crasseux et poisseux, dans des nuées de mouches. Il « tient » aussi, dans le vrai sens du mot, tous les pêcheurs, par les dettes qu'il a soin de maintenir. Si le pauvre diable se risquait à vendre une perle de sa pêche à tout autre qu'à lui, son houri, son gagne-pain, serait aussitôt saisi.

Je me rends compte de cette situation quand je tente d'acheter. On me montre des perles baroques, sans valeur, et du « dougga », ces perles minuscules comme du sable, qui servent à faire le khôl dont les femmes noircissent leurs yeux.

Un Dankali m'aborde et me salue en arabe. C'est un bel homme d'environ quarante-cinq ans, à la barbe déjà teinte au henné. Visage aux pommettes saillantes, nez aquilin, et légère calvitie. Il est vêtu assez richement, comparé aux autres. Il se dit *nacouda-roubane*, de plongeurs-pêcheurs de nacre et se fera un plaisir de m'accompagner à Massawa, etc. Après tout, pourquoi pas ? mais je le trouve bien élégant pour un homme de mer.

Je ne suis guère surpris, après notre départ, de voir mon prestigieux « roubane » couché sur l'avant, pour observer la mer, m'a-t-il dit, se tordre en contractions périodiques des plus significatives d'un mal de mer de passager de première classe.

Nous entrons enfin dans l'archipel de Dahalak, où la mer est plus calme, mais dangereuse, à cause des pâtés de roches dont certains sont à moins d'un mètre de la surface.

La silhouette d'un grand boutre mouillé à proximité d'une île plate m'indique la place où je dois jeter l'ancre. Je remarque la longueur anormale de l'antenne, qui correspond à la haute voilure des grands coursiers, usitée seulement par les navires dont les éventuels chargements doivent échapper à la curiosité des gardes-côtes et autres variétés de gendarmes.

À cent mètres, nous lançons le cri de bienvenue, auquel répondent les solides poitrines d'un nombreux équipage.

– C'est un de mes amis, me dit mon Dankali, pseudo-pilote, d'un air un peu gêné.

– Il doit avoir des esclaves à bord… Va lui dire qu'il n'a rien à craindre.

D'ailleurs, il ne semble pas me craindre : il a embarqué dans sa pirogue et vient à moi. C'est un Dankali des environs d'Obock, nommé Cheik Issa, qui me connaît de réputation, celle propagée par les indigènes, bien entendu.

C'est un homme de quarante ans à l'allure énergique et noble. On sent à tous ses gestes que c'est un chef. En apercevant mon passager dankali, il éclate de rire.

– Tu m'as quitté pour ne pas voyager avec une aussi compromettante marchandise, et voilà qu'Allah nous remet ensemble ! Et toi, me dit-il, que fais-tu ?

Je lui explique mon intention de prendre des plongeurs, et de faire la pêche des perles.

– Tu veux dire apprendre à faire la pêche des perles ? Et comment diable une telle idée a pu te venir ? Pour gagner de l'argent, peut-être ? ajouta-t-il, non sans ironie.

– Oui et non. J'aime surtout aller vers l'inconnu, faire une chose qui me plaît dans la vie libre que seule on trouve à la mer.

– Alors, c'est différent… mais tu pourrais aller en mer en transportant les armes qu'on trouve à acheter à Djibouti.

– Peut-être un jour, si ce que j'entreprends aujourd'hui ne réussit pas. J'espère te revoir ?

– Oui, à Tadjourah… Mais, avant de commencer ton entreprise, la plus difficile qui soit, va voir mon ami Saïd Aly, de ma part, car autrement, il ne te recevra pas. Nous sommes liés par l'affection qu'un fils devrait avoir pour son père. Saïd, ne l'oublie pas, est l'homme le plus riche de la mer Rouge. Cinquante zeimas à six pirogues chacune font la pêche de la nacre au golfe Persique et en mer Rouge. Toutes sont montées par des esclaves nés chez lui, qui le respectent comme un Dieu. Au retour de chaque campagne, les plus belles perles entrent dans sa collection, dont à aucun prix, il ne consentirait à vendre une seule.

J'aurais bien voulu raccompagner à son bord, où il y a un lot de vierges noires d'une fascinante beauté. Je me risque à le lui demander. Il sourit.

– Oui… mais viens seul.

Je n'hésite pas.

Le navire n'a guère plus de douze tonneaux de jauge. À l'arrière, étendus sur un tapis, des Arabes yéménites mangent le kat, mais sous ce tapis, on devine des carabines… Je me demande comment son équipage de douze hommes, plus le chargement humain, peut vivre sur un espace aussi réduit. La hauteur du mât et de la vergue me fait présumer l'énorme surface de voilure, et cependant, il n'y a aucun lest pour l'équilibrer, avec si peu de largeur au maître-bau. Tout le secret consiste à avoir un équipage bien entraîné à tenir l'équilibre cramponné à des cordages fixés en tête de mât.

J'aurais bien voulu voir les femmes. À ma timide question, Cheik Issa me dit :

– Elles sont à terre pour se rafraîchir… Je n'en ai que huit, mais elles sont d'un grand prix.

Revenu à mon bord, je me sens bien pot-au-feu à côté de ce zarong armé en guerre !…

Schouchana

Préoccupé par les quelques mots de Cheik Issa au sujet des difficultés de la pêche des perles, je me décide à passer à Massawa avant d'aller chez Saïd Aly. D'ailleurs, je suis à peu près sans provisions, n'ayant trouvé rien d'acceptable à Eid.

Nous y entrons le lendemain matin. Un monsieur est sur le quai, très élégant sous son ombrelle, et entouré d'Arabes cossus. Il m'interpelle pour savoir si je suis français.

– Je suis également français, je me nomme Schouchana.

– Ah ! fis-je, et de quel pays ?

– Mais, de Paris…

– Naturellement. Cependant, votre nom ne me semble pas originaire de l'Île de France ?

– C'est-à-dire que je suis tunisien, ma famille est à Alexandrie. Mais j'ai toujours habité Paris, surtout Montmartre. J'en arrive…

Après un quart d'heure, nous sommes des amis de toujours. Il m'appelle Henri, je l'appelle Jacques.

C'est un agent du grand joaillier Rosenthal, envoyé à Massawa chaque année pour des achats de perles. Il est Juif, et s'en fait gloire. Ce détail me le rend sympathique.

Grâce à lui, j'appris en huit jours ce qui aurait demandé des mois, voire des années.

Sachant que je me préparais à partir pour les îles Dahalak, il me parla de Saïd Aly, possesseur d'inestimable trésor, une collection des plus belles perles de la mer Rouge et du golfe Persique. Enfin, il me répéta ce que m'avait dit Cheik Issa. Il me présenta un petit homme, un grec nommé Zanni, grand ami du médecin qui soigne Saïd Aly, paraît-il très malade.

Il court d'étranges bruits à propos de l'intimité de Zanni avec le fils, donc l'héritier, de Saïd Aly, auquel il prête de grosses sommes d'argent.

J'ai décidé de partir le lendemain. J'étouffe, ici. Mais je suis retardé par ma patente de santé. Le docteur est un monsieur cassant ; sous prétexte d'un retard de cinq minutes, je dois attendre au lendemain !...

En sortant, je croise Zanni, à qui j'explique ma colère contre l'irascible toubib. Il sourit, et entre sans frapper au bureau de la Santé. Il ressort presque aussitôt avec le médecin, maintenant tout sourire, qui se confond en excuses.

– Puisque vous allez à Dahalak, me dit-il, vous m'obligeriez infiniment en remettant ce paquet de médicaments à l'infirmier de Saïd Aly.

Les poignées de main de Zanni et du docteur, le regard trop ostensiblement indifférent qu'ils échangent, me font nettement comprendre qu'il s'agit de deux compères, complices peut-être d'un crime...

Comme toutes ses voisines, la grande île de Dahalak est plate, toute boisée de buissons bleuâtres et de touffes de palmiers corozo, aux troncs ramifiés. La chaleur est étouffante.

Dans une palmeraie, mon guide me montre la demeure de Saïd Aly. Tout autour, des murs en pierre sèche enclosent de minuscules jardins où, à l'ombre des dattiers, verdissent des champs de sorgho. Je suis surpris de l'abondance de l'eau qu'un chameau, aveuglé par des lunettes de paille, tire inlassablement en tournant une noria. J'ai eu plus tard l'explication du miracle de ce puits, creusé en pleine mer, sur une île plate, où jamais il ne pleut. C'est une sorte de puits artésien où vient jaillir l'eau douce des montagnes éthiopiennes, qui passe sous la roche compacte de l'archipel.

Un vieil esclave, Kamès, un eunuque, homme de confiance de Saïd Aly, accourt, et nous demande si nous n'avons pas croisé en mer un grand zarong allant vers Massawa.

– Non, mais le « hakim » m'a donné un remède pour le maître. Va vite lui dire que, s'il est souffrant, je suis moi aussi hakim, et je tâcherai de le soulager.

Le vieil homme revient tout courant, et me conduit à son maître. Dans une pièce carrée, où flotte l'odeur d'encens refroidi, un vieillard est étendu. Sa face émaciée se tourne vers moi en muette interrogation :

– Je viens te voir de la part de Cheik Issa, lui dis-je. Si je puis t'être utile, tu peux disposer de moi.

– Tu connais donc Cheik Issa… Peut-être est-ce la volonté d'Allah, car je sens que je vais mourir… Le chien d'Abyssin qui me donne le remède a cassé la bouteille et on me dit que tu en as apporté une autre ? Mais, sais-tu donner le remède ?

– Sans doute, si j'ai les aiguilles.

On me conduit à une étroite pièce, sorte d'arrière-cuisine, où je trouvai dans un affolant désordre de bouteilles vides, la plupart analogues à celle que j'avais apportée, mais toujours sans indication de leur contenu… Enfin, sur l'une d'elles, cassée et jetée dans un coin, je pus lire : Chlorhydrate de morphine 10 %.

Je me risquai à faire au vieillard une injection à 0,5 %. Tout de suite, le moribond revint à la vie, et se mit à parler négoce. Des nakoudas sont là. Kamès les fait entrer et Saïd Aly me fait montrer les lots qu'ils veulent vendre.

Il s'attarde sur l'un d'eux, où je remarque une grosse perle ronde, mais terne, telle un œil de poisson cuit. Tout autour, les autres, une fois répandues sur le tapis, vert, me fascinent des mille reflets de leur orient.

Finalement, il réussit à me le faire acheter, mais mon argent étant à bord, je dois revenir le lendemain prendre mon achat, qui reste dans son coffre, cacheté du sceau de ma bague.

Entre-temps, un infirmier est arrivé de Massawa, et je prie Saïd Aly de ne rien dire de mon intervention, pour laisser ignorer que je suis au courant de ce qui se passe. La suite m'intéresse, et je compte bien en découvrir le but.

Rentré à bord, le pessimisme prend le dessus. Ce vieux Saïd m'a eu jusqu'au trognon. Ne serait-il pas plus sage de filer, en lui laissant ces maudites perles dont le prix va me ruiner ? Voilà comment j'aurai été payé de ma providentielle intervention…

Cependant, quelque chose en moi se refuse à prêter à ce vieillard une aussi abjecte conduite.

Je retourne à Djumelé. Tout le monde semble avoir douté de mon retour, et Saïd Aly sourit en me voyant. Resté seul avec moi, il me dit :

– Tu crois avoir fait une mauvaise affaire, et peut-être penses-tu que j'ai voulu te tromper ? J'avais peur que tu ne reviennes pas, malgré ta parole. Tu aurais mal agi car, en te faisant acheter ce lot, que tu crois médiocre, j'ai mis la fortune dans ta main. À toi de la découvrir…

– En attendant, je vais te faire voir, à toi, puisque tu es homme de parole, les plus belles perles qui soient au monde.

Le vieil eunuque Rames apporte des bocaux pleins d'eau limpide, où baignent des perles de diverses grosseurs. Il en prend une poignée, qu'il répand sur un drap de couleur sombre, où elles courent comme de petites lunes.

– Pourquoi les mets-tu dans l'eau ?

– Cette eau est celle de la pluie, une eau qui n'a jamais touché la terre, née du feu du ciel et des nuages blancs. Les perles sont les gouttes de rosée tombées du ciel pendant les nuits de lune. Elles emportent dans la mer profonde un peu de la lumière merveilleuse et douce de l'astre qui compte notre temps. Les sadafs nacrés reçoivent dans leurs manteaux soyeux ces larmes de la nuit, et ainsi, dans le mystère de la mer prennent corps les perles, filles de l'eau du ciel et de la lune.

Le vieillard parle comme dans un rêve. À la magie de sa parole, je vois surgir de l'abîme bleu des grands fonds, la fantasmagorie des coraux.

– Quand les perles sortent de la mer, reprend-il, elles sont imprégnées d'eau salée, qui verdit la pureté de leur éclat : elles se purifient dans l'eau du ciel, dont elles sont filles. Puisque tu veux pêcher les perles, va toujours là où sont tombées les pluies abondantes…

La raison est due à un acarus quasi microscopique rejeté dans les excréments d'une variété de raie qui se fixe dans la chair de l'huître. Le mollusque l'entoure de nacre, et ainsi se forme la perle. La rareté des grosses perles est due à la défense du mollusque qui expulse le corps étranger. C'est ainsi qu'un plongeur peut trouver près d'un sadaf (bivalve, dit huître perlière) une de ces perles, fort difficiles à voir ainsi confondues au gravier, car en quelques jours, une gangue calcaire les recouvre et fait disparaître leur éclat.

Celui qui découvre une de ces perles a sa fortune assurée, car une telle rarissime trouvaille porte chance.

Cette perle d'apparence morte que je fus tenté de jeter quand j'eus acquis le petit lot acheté à Saïd Aly, cet œil de poisson cuit, patiemment dégagé de sa gangue, grâce à l'habileté de Schouchana, libéra une perle de toute beauté. C'est grâce à elle que je pus, par la suite, réaliser au delà de toute espérance mon évasion hors du troupeau.

Premier voyage d'armes

Après cinq mois d'absence, de retour à Djibouti, je retrouve mon ami Lavigne. Las de la vie du Tchercher, il a lâché son patron Dubail pour me rejoindre et partager les risques de l'indépendance. Le premier problème à résoudre est celui du logement. À Djibouti, rien de plus simple : mais pour rien au monde, nous ne voudrions rester en contact avec ce milieu colonial.

Lors du transfert d'Obock à Djibouti, en 1888, le gouverneur Lagarde avait installé un lazaret sur l'île Mascali, à six milles au large. Abandonné depuis plus de dix ans, un pavillon subsistait encore. Ce fut notre domicile. Une sorte de canal dans le récif permettait d'abriter mon bateau, car j'avais réussi à acheter une zeima de trois tonneaux.

Sur les conseils de Cheik Issa, j'entrepris le transport des armes, comme le faisaient les indigènes. Plusieurs maisons de commerce, organisées en syndicat, vendaient des fusils Gras modèle 74, et bien d'autres, également réformés. Mais d'après un traité avec l'Angleterre, Djibouti s'était engagée à ne pas vendre d'armes ou de munitions aux indigènes, sauf à ceux de l'Éthiopie. C'était la fin de la plus importante ressource qui, jusqu'ici, avait fait la fortune de Djibouti et du syndicat.

Il y avait à cette époque un ancien esclave affranchi qui s'occupait de transiter les marchandises destinées à

Ménélik. Il se nommait Ato Joseph. Il débuta dans la vie en qualité de boy à tout faire d'un aventurier (au mauvais sens du mot) russe, qui le présenta à Saint-Pétersbourg comme un envoyé du Négus Ménélik. Faute de documents officiels, sa belle prestance, à la fleur de ses dix-huit ans, suffit à l'introduire à la Cour. De retour en Éthiopie, Ménélik lui offrit le choix entre la corde, la courbache, et autres variétés du répertoire. Mais, en homme pratique, il estima que cette équipée extra-parlementaire dénotait une remarquable disposition à des emplois dépourvus de scrupules, Ato Joseph jugea prudent d'éviter tous risques d'une fin patibulaire en restant à Djibouti.

Ce fut lui qui devint acheteur d'armes qu'il revendait aux Arabes deux ou trois fois plus cher qu'il ne les avait payées au syndicat.

Les voiliers transporteurs de cette contrebande partaient sans papiers de navigation, avec les caisses d'armes où toute inscription d'origine était soigneusement effacée.

On imagine la réaction de l'Administration quand je chargeai ma première cargaison d'armes. De plus, Ato Joseph, craignant que je ne fasse venir des armes d'Europe, allait tout faire pour tenter de me supprimer.

Les boutres chargés d'armes partaient tous ensemble à neuf heures du soir, escorté par un garde-côtes à voile, jusqu'à la limite des eaux territoriales.

Quand je voulus embarquer, un gendarme me l'interdit. Inutile de discuter, j'obtempérai, le sourire aux lèvres. Au moment de partir, je dis à Abdi en arabe :

– Passe à toucher la bouée lumineuse qui est au large à l'entrée de la rade. Je serai là.

Cette bouée est à plus d'un mille du port, mais au nord de la ville, au lieu-dit « Le Plateau », il y a une ancienne digue de basalte abandonnée quand on renonça à un projet de port. Son extrémité n'est qu'à un demimille de la bouée, distance limite pour mes forces, et puis, arrivé à cette machine ventrue, j'aurai un point d'appui pour attendre le passage de mon bateau.

Quand j'arrivai à cette digue, elle était encore toute chaude après le soleil de l'après-midi. La houle, repoussant l'air dans les anfractuosités, fait entendre des souffles étranges, comme la respiration d'un monstre endormi. Le ciel reflété sur l'eau calme me donne l'impression de flotter dans un espace sans borne, et là-bas, l'œil rougeâtre de la bouée m'attend…

Je me glisse dans l'eau, et, au milieu des phosphorescences, je nage vers ce feu. Je vois passer devant moi, taillant l'eau en silence, la nageoire dorsale des requins côtiers, qui me font penser à leurs congénères des grands fonds… là-bas… Enfin, nous verrons.

Dans le silence, je perçois un son étrange, comme celui d'une cloche fêlée ; on dirait une sorte de glas… un contact froid m'enlace les jambes, comme un reptile qui voudrait m'entraîner dans ce fond noir. Ce sont les courants venus du large. Je me sens fatigué, la lumière de la bouée diminue et, par moment, s'éclipse… Serais-je entraîné par un courant ? Je nage toujours vers cette lueur, qui me donne un peu de courage. Tout à coup, elle s'éteint, et ne reparaît plus ! Je me sens perdu, et je nage obstinément droit devant moi, toujours poursuivi par le son de cette cloche fêlée.

Brusquement, un claquement d'ailes et un cri strident ; la bouée est là, devant moi. Un gros oiseau de mer, perché contre la lanterne, m'en avait caché la flamme. Alors, je comprends la cause de ce glas, c'est sa chaîne qui fait vibrer ce grand cône creux au mouvement de la houle.

Quand j'y pose la main, la bouée s'éloigne, de sorte que je ne puis y prendre l'appui que j'espérais. À bout de forces, je frémis en songeant à un retard possible des boutres d'armes. J'entends sonner une demie… Je n'entendrai pas l'heure qui s'achève… Des odeurs de campagne m'arrivent avec les risées du vent de terre qui vient de se lever, et je revois, avec une foudroyante rapidité, toute mon enfance, et tout ce qui en fut le cadre merveilleux.

Mes jambes s'alourdissent, comme si une force mystérieuse me tirait vers le fond, et j'allais m'y abandonner quand je fus saisi et jeté sur le pont de mon bateau...

S'il avait tardé une minute de plus, Abdi n'aurait trouvé personne à la vieille bouée...

À mon retour, ma présence à bord de ma barque révéla qu'en dépit des interdictions, j'avais accompagné mon chargement d'armes. La douane, chargée aussi de la police de la mer, ne pouvait sévir officiellement, étant à l'origine de ce genre de contrebande. Un seul moyen d'en finir : me prendre en flagrant délit, au moment où je livrerais des armes.

Les espions d'Ato Joseph

J'avais un implacable ennemi : le brigadier Thomas, gros homme rouquin, vénérable de la Loge et grand apôtre de la Ligue des droits de l'homme. Il ne me pardonnait pas mes opinions sur ce que les levantins locaux avaient fait de la franc-maçonnerie. Bien qu'Ato Joseph, ancien élève de la Mission catholique, fit le signe de croix au seul nom de franc-maçon, ces deux adversaires se réconcilièrent dans leur commun désir d'avoir ma peau.

Mon premier voyage d'armes m'ayant laissé un beau bénéfice, je pus faire venir de Liège un petit stock de fusils et de munitions. Une carabine Gras revenait, rendue à Djibouti, à douze ou quinze francs. Le syndicat les vendait à Ato Joseph dix thalers, soit environ cinquante francs, ce qui les mettait à vingt thalers pour le « vulgum pecus ».

Ces achats directs devaient me rapporter gros, mais Ato Joseph veillait. À l'arrivée de mes marchandises, l'Administration me fit savoir qu'elles ne pouvaient rester plus de dix jours entreposées en douane. Passé ce délai, je devais payer la totalité des droits, puis, si je ne les expédiais pas immédiatement, je devais les faire entrer aux magasins généraux à un tarif ruineux.

Ces droits de douane s'élevaient à plus de la moitié de la valeur des armes, et je n'avais pas le premier sou pour les payer. Lavigne, sans rien me dire, câbla à son père, et, par retour, reçut les vingt-cinq mille francs nécessaires.

J'en pris ainsi possession, mais il ne fallait pas songer à entreposer ces caisses à Mascali, trop près de Djibouti. C'est ainsi que j'allai, en pays anglais, à l'île déserte de Saad Din, toute de sable, entourée de dunes blanches couvertes de buissons au feuillage vert, et de salicornes mordorées. Grâce à une coupure du récif côtier, le bateau peut approcher de la place où j'enfouis mes caisses. Nous nous retirons en effaçant nos traces, comme le font les tortues de mer après avoir confié leurs œufs au sable d'une plage déserte.

En arrivant à Djibouti, j'ai la surprise de voir venir à moi, d'un air mystérieux, deux Abyssins à qui j'avais déjà vendu un petit lot de cartouches. J'ai immédiatement l'intuition que ce sont des mouchards mais je me garde d'en rien laisser paraître.

Ils ont, me disent-ils, vingt caisses de cartouches à faire transporter à la côte dankalie, près de Tadjourah.

– Pourquoi ne me les as-tu pas achetées ?

– Nous ignorions où tu étais, alors nous les avons prises au syndicat.

– Avez-vous une autorisation d'Ato Joseph pour les envoyer en pays dankali !

– Non, car autrement, nous n'aurions pas besoin de toi.

– Alors, je ne tiens pas à courir un tel risque pour un si maigre profit.

– Mais, on te paiera bien. Combien veux-tu ?

– Cinquante livres sterling, pas une piastre de moins.

– D'accord. Mais quel jour peux-tu être à Tadjourah ?

– Non, pas à Tadjourah, au cap Duan, dimanche soir ; mais paye-moi d'abord.

– Nous n'avons plus d'argent. Mais, puisque tu auras la marchandise à bord, tu ne risques rien. Et puis, nous embarquerons avec toi. En arrivant, tu auras l'argent avant de rien débarquer.

Tout cela sent le mensonge, mais je feins d'y croire.

Quand on embarque les caisses, je vois qu'elles proviennent de la brigade, et non du syndicat. Le piège est très simple : avec l'appât de ces vingt caisses, on pense que je vais me jeter dans la gueule du loup, c'est-à-dire dans un guet-apens où je serai de bonne prise, avec navire et cargaison, plus amende égale à la valeur des marchandises, le tout agrémenté d'un séjour à la prison.

Je prends la mer le soir, avec mes deux sympathiques passagers qui, dès la sortie de la rade, sont anéantis par le mal de mer. Le daouéri, au lieu de me suivre jusqu'à la limite des eaux territoriales, disparaît aussitôt hors de la rade. Si je n'avais pas été mis en garde par le comportement de mes deux clients, l'excessive bienveillance du garde-côtes eut suffi à m'éclairer.

Je pus donc mettre le cap sur l'île Saad Din, où nous arrivâmes le matin. Je fis débarquer mes deux Abyssins sous prétexte de leur dégourdir les jambes, et sans répondre à leurs protestations, je fis enfouir leurs vingt caisses de cartouches. Je les laissai à la garde d'Adem, à qui je donnai un fusil par prudence sans cartouches, et nous partîmes pour le cap Duan, où le brigadier Thomas devait déjà nous attendre.

Une bonne brise me mena par le travers du golfe de Tadjourah au coucher du soleil où, à la faveur de la nuit, je mis en panne pour attendre minuit.

Le cap est à moins d'un mille, et à la jumelle de nuit je distingue sur la falaise de basalte la tache blanche qui signale aux navigateurs la place du mouillage.

Je signale ma présence en faisant allumer la moufa, dont la flamme éclaire la voile.

Une chose noire se précise alors et le « Djibouti » passe à vingt mètres à peine. J'entends une voix crier au mécanicien :

– Stop !

Mais aussitôt, la voix du brigadier rétorque :

– Nom de Dieu, n'arrête pas le moteur ! Et attention, vous autres !…

Enfin, la vedette accoste. Je m'écrie, sur le ton de la plaisanterie :

– Allons, monsieur Thomas, à l'abordage !

– Qu'est-ce que vous faites ici ?

– Je reviens d'Arabie, et j'attends le vent de terre pour rentrer à Djibouti.

– Je dois visiter votre navire… Allons, Saïd, qu'est-ce que tu attends ?

– Vous voyez bien que la barque est vide.

Thomas respire, après une émotion intense à cause de la dynamite qu'il croit prête à faire sauter le bateau en cas de situation désespérée. J'avais raconté cette histoire en plaisantant, mais le prudent Thomas l'avait prise au sérieux.

– Et où sont vos passagers ?

– Je n'en sais rien, ils ont voulu débarquer en Arabie, avec leurs caisses de munitions pour les vendre là-bas, probablement pour le compte d'Ato Joseph…

– Ça, c'est pas banal !…

– Qu'est-ce qui n'est pas banal ?

– Oh, rien… enfin, je dis que vous avez de la chance.

– Et vous trouvez que ce n'est pas banal ? Que voulez-vous, je déteste la banalité…

Thomas, l'oreille basse, regagne Djibouti, tandis que je fais voile vers Saad Din. Au matin, l'île est en vue, et une pirogue en dérive me fait pressentir de désagréables surprises. En approchant, je reconnais le houri laissé à Adem. Encore une encablure, et nous l'accostons : Adem est étendu dans le fond, endormi ou évanoui. Il est blessé au bras. Revenu à lui, il raconte :

– Après ton départ, ces chiens d'Abyssins ont sorti un revolver pour m'obliger à les conduire à Zeila. J'ai sauté dans le houri, pour rester hors d'atteinte, mais ils m'ont tiré dessus. Une balle m'a touché là, à l'avant-bras, et m'a fait lâcher la pagaie. Alors, le vent de terre m'a emporté au large, et tu ne m'aurais plus retrouvé si le vent d'est ne s'était pas levé pour me ramener où tu m'as trouvé. J'ai pu me rendre compte qu'ils ont fait des signaux à une grande zeima qui passait au large. Elle a cru avoir affaire à des naufragés.

Après avoir dégagé leurs caisses de cartouches, ils ont embarqué aussi celles que tu y avais caché et aussitôt sont partis… Cette nuit, le calme les a immobilisés. Regarde avec les lorgnettes, la voile se voit encore…

Sans en écouter davantage, je me lance à la poursuite de ce navire. Le vent d'est ne l'a pas encore atteint, tandis qu'il souffle grand frais où nous sommes.

On sait qu'une rentrée de la brise se propage bien plus lentement que sa vitesse le ferait croire. Ce phénomène est dû à la masse d'air qu'il rencontre, dont il doit vaincre l'inertie. Il y a alors à ce point un courant ascendant très violent, qui absorbe la vitesse, tandis que l'obstacle de la masse d'air inerte recule lentement.

Grâce à cela, filant vent grand largue, je puis rejoindre la zeima. Mes matelots la reconnurent, et lui firent des signaux : rassurants. Ayant entendu parler de moi comme d'un ami de Cheik Issa, le naconda amena sa voilure, et monta à mon bord. Après les salutations d'usage, je lui explique ce qui s'est passé :

– Les armes qui étaient déposées dans le sable de l'île sont à moi ; mais les vingt caisses de cartouches étaient destinées à servir d'appât pour me conduire à un piège. C'est la douane elle-même qui les a données à ces deux mouchards. Garde-les donc, avec leurs vingt caisses. Ce sont de beaux gars que tu vendras un bon prix. »

En observant les deux prisonniers, je suis frappé de la fière attitude de l'un d'eux. C'est un Galla mâtiné d'Abyssin, que l'autre a entraîné dans cette histoire sans qu'il en comprenne le but. Il semble honteux de ce rôle de traître et regarde avec mépris son complice se confondre en platitudes.

Je dis alors au nacouda :

– Ces deux-là feront des esclaves de grand prix, mais j'aimerais que celui-ci, qui dit se nommer Makonen, soit donné à mon ami Cheik Issa. Il me plaît autant que l'autre m'écœure. Je lui dis en galla :

– Tu vas aller chez un homme de bien, à qui je dirai que tu n'es pas un traître, mais malheur à toi si tu me fais mentir.

Aussitôt mes caisses d'armes transbordées, nous partîmes chacun de notre côté. J'étais loin de me douter des conséquences qu'allait avoir mon geste de bienveillance envers ce Makonen.

Le fiancé hindou

Depuis mon retour à Djibouti, j'étais resté en relation épistolaire avec Armgart, d'abord à cause de mes deux enfants dont elle s'occupait, et puis, pour donner libre cours à un lyrisme sentimental que la pauvre fille lisait larmes aux yeux, sans deviner qu'il s'adressait à une chimère.

Aux colonies, et plus encore dans la brousse, en dépit des femmes noires, on finit toujours par avoir la nostalgie d'un véritable foyer. On peut s'attacher à une indigène, mais ce ne sera jamais qu'en vertu de sentiments qui nous font aimer une bête familière. Il n'y a pas de contact moral.

Après dix-huit mois d'une telle littérature, à la manière d'Héloïse et Abélard, nous en étions arrivés à une intimité morale aussi étroite que celle de deux époux. C'est en cet état d'esprit que j'envisageai le mariage, qui donnerait à mes enfants une seconde mère. Enfin, je ne serais plus seul, avec une telle compagne, capable de me suivre dans le domaine de la pensée, et peut-être dans l'action, puisqu'elle saurait en comprendre les mobiles et le but.

Quant au reste, je n'en voulais pas tenir compte, sachant que, de toute façon, l'attrait des rapports sexuels se dissout dans l'habitude. À ces raisons de simple logique s'ajoutait la satisfaction de réparer la faute de Saint-Clément, ou plus exactement l'impression d'avoir obéi à un tel sentiment. Je mettais le corollaire avant le théorème. La fierté d'Armgart, acceptant si courageusement sa responsabilité, m'avait laissé la honte d'une infériorité, et mon orgueil en était blessé.

Cependant, au moment d'écrire la lettre décisive, j'hésitai. Étais-je sûr qu'Armgart accepterait la vie où je venais de me lancer ?

Je recourus encore à l'épreuve qui m'avait si bien éclairé sur les sentiments de Marie : sans parler de mariage, je l'invitai à une villégiature en Éthiopie dont, bien entendu, je payerais tous les frais, sachant son maigre budget d'artiste incapable d'y suffire.

Une telle proposition la frappait au point sensible d'un cœur encore endolori d'une récente blessure. Que lui importait mon affection, mon estime, si je ne l'aimais pas ?

Sa réponse fut toute simple, sans aigreur, mais déchirante par son ton de badinage… le rire de Paillasse.

Plusieurs courriers passèrent sans rien apporter de Strasbourg. Enfin, la lettre tant attendue arriva. Elle me surprit par une banalité trop en contraste avec le style des précédentes pour n'être pas voulu.

Je m'étais si bien installé dans la certitude de son attachement que je n'y pouvais plus renoncer sans souffrir la mortification de la défaite. Je voulais jouer avec son cœur sans penser qu'il pût être blessé, souffrir et, finalement, m'échapper.

Le courrier suivant m'annonçait un projet de voyage non pas en Éthiopie, mais aux Indes, en compagnie d'un riche Hindou qui venait de terminer ses études de médecine à la faculté de Strasbourg. Une phrase assez obscure laissait entendre l'éventualité d'un mariage…

Piqué au vif, je câblai à Strasbourg pour annoncer mon arrivée par prochain courrier. Hanté par la crainte d'arriver trop tard, je m'accablais de reproches. J'avais été stupide de ne pas avoir saisi l'occasion à temps pour fixer près de moi une femme aimante, supérieure, capable d'être un guide pour moi et une mère pour mes enfants…

À la gare de Strasbourg, je ne la vis point. Seul, son père était là. Il me rassura, en me disant qu'elle avait dû rester dans sa chambre, immobilisée par une contusion au genou. Puis, après un silence, il ajouta :

– Il faut peut-être remercier la Providence d'un mal qui peut nous sauver du pire…

En arrivant à l'appartement, Hélène, sa mère, m'accueillit de meilleure grâce qu'à ma précédente visite, lors de mon départ en Afrique.

Devant la porte de la chambre de sa fille, je sentis qu'elle m'examinait pour juger de l'effet que j'allais produire. Sans doute satisfaite, elle sourit, et ouvrit la porte. Armgart s'était levée, et m'attendait dans un fauteuil. Elle m'accueillit avec joie, comme l'ami de toujours sans affecter la moindre aigreur. Je la trouvai si exactement pareille à l'Armgart de Saint-Clément que je ne pouvais imaginer l'existence d'un nouveau fiancé. Sa mère s'éclipsa discrètement.

– Tu as compris pourquoi je suis venu ?

– Mais sans doute… pour me voir avant de m'embarquer ?…

– Non, Armgart, c'est pour t'en empêcher en te demandant d'être ma femme.

Malgré son « self-control », ce coup direct la suffoqua. Elle se redressa d'un geste résolu en secouant la tête, comme pour chasser l'hésitation. Son visage crispé semblait sourire en attachant sur moi un regard plein de tristesse, telle la victime s'offrant au sacrifice.

– Hélas, Henri, j'ai donné ma parole…

– À cet Hindou ?

– Oui, il m'adore, et le repousser serait trop cruel…

– Il ne s'agit pas de lui, mais de toi, de nous. Tu as donc oublié la route d'Illes… le balcon de Saint-Clément… ? Ce sont ces souvenirs qui m'ont amené…

– Pour faire ton devoir… merci, je n'en veux pas. Je ne puis rien faire par devoir, c'est mon cœur qui me guide.

– Vers les Indes ?…

– Non, Henri… vers l'oubli…

– Allons, Armgart, cesse de braver le destin, ou peut-être de te moquer de moi…

– Oh comment peux-tu dire ! Ne serait-ce pas plutôt à moi de t'en accuser, si je pouvais t'accuser, même en te rappelant ton offre de me faire venir en Afrique pour essayer tes sentiments, voir si je te conviens, comme on prend une paire de chaussures à condition…

– Je t'en demande pardon. J'ai été maladroit. Je n'osais pas te dire « viens partager ma vie, son incertitude, ses périls… je ne savais pas si tu m'aimais assez…

– Si je t'aimais assez !… Alors, que te faut-il ?

– Tu as mal compris. Je ne savais pas si tu m'aimais encore : un sentiment peut varier…

– Non, celui-là ne varie pas chez une femme, s'il a été consacré par le don total. Je ne suis pas de celles qui oublient, car autrement, où prendrais-je la force de ne pas regretter. Si je ne t'aimais pas, Henri, sans doute regretterais-je aujourd'hui…

– Et dans ces conditions, tu vas tout détruire sous prétexte que tu as promis à un homme que tu n'aimes pas de devenir sa femme ! Voilà une folie que tu regretteras, toi qui prétends ne rien regretter. Mais je ne te laisserai pas faire : je suis venu te chercher, et je t'emmènerai… Je vais voir ton père… Pense à lui, qui souffre en silence…

Je veux lui rendre la joie d'avoir toujours sa fille.

Je sortis sans qu'elle dit un mot… le fiancé était en dérive…

Voyage à Ras el Ara

Nous nous mariâmes à Saint-Clément, après quoi, j'installai Armgart à Port-Vendres en attendant d'avoir trouvé un meilleur gîte que l'île Mascali ou le pont de mon bateau. Marcel, le plus jeune de mes deux enfants, restait avec elle tandis que Lucien me suivait en Afrique.

Quand le paquebot entra en rade de Djibouti, j'aperçois mon bateau, où Lavigne agitait une écharpe blanche, signe que tout va bien.

Pendant quelque temps, le gouverneur sembla avoir oublié mon existence. Le syndicat des marchands d'armes m'offrait des facilités en me vendant armes et munitions à crédit. Je fis même plusieurs voyages en compte à demi. On eût dit qu'il cherchait à écouler au plus vite ses stocks. Nous étions à la fin de juin 1914. L'atmosphère politique était à l'orage.

Salim Mouti, le grand trafiquant arabe, naguère mon ennemi acharné, me confia un important stock de munitions à livrer à Ras el Ara, sur la côte du Yemen, entre le détroit de Perim et Aden.

Le daouéri, comme de coutume, m'escorta jusqu'à Obock, où le sergent Chevet, toujours là, m'annonça qu'il venait de recevoir la nouvelle de la mobilisation. Je le priai de demander au gouverneur par intérim Deltel l'autorisation de revenir à Djibouti avec mon chargement.

On répondit que ce retour impliquait la paiement des droits de douane. Je me résignai à continuer mon voyage… D'ailleurs, une mobilisation n'est pas une déclaration de guerre. Le soir même, je pris la mer.

Au matin, je suis en vue de Ras el Ara, dont la plage de galets est bien abritée en cette saison, où les vents viennent de terre. Très en pente elle plonge dans la mer comme un talus. Avec la montée du soleil, le vent prend une violence exceptionnelle. Tout le littoral disparaît dans les nuages de poussière, et des lambeaux de broussaille s'accrochent aux agrès. Rien de surprenant qu'avec un temps pareil, il n'y ait personne au lieu du rendez-vous.

Dans l'après-midi, las d'écouter siffler le vent, je débarque pour me dégourdir les jambes. J'ai emporté un fusil Gras et quelques cartouches, au cas où je rencontrerais une gazelle pour varier le menu.

À deux cents mètres de la grève, un « cheik » resplendit de blancheur. Ces tombeaux, élevés de loin en loin sur ces côtes désertes, sont autant de refuges pour le voyageur. Il peut s'y abriter à l'heure torride, y faire ses prières, et y dormir la nuit.

Dans le calme de ce sanctuaire, on se sent sous la protection d'une mystérieuse présence.

Abdi entre à son tour pour me montrer un groupe de cinq hommes armés de fusils. Un vague uniforme me fait comprendre que ce sont des Arabes de la garde turque.

Notre boutre est maintenant à peine visible dans les nuées de poussière. Sans doute, Amed Moussa, en apercevant cette troupe, a filé toute la longueur de l'amarre pour s'éloigner le plus possible de terre.

Il faut le faire disparaître, sa présence intrigue trop ces soldats. Abdi s'élance dehors pour traverser le terrain découvert qui le sépare de la brousse. Les soldats l'ont vu et tirent au moment où il atteint enfin les premiers buissons. Il reparaît, et je le vois se jeter à la mer et partir à la nage par plongées successives. Les Turcs s'apprêtent à le poursuivre à coups de fusil, quand un nuage de fumée monte du boutre, suivi de la déflagration des six fusils Gras. La patrouille, surprise en terrain découvert, se jette à plat ventre. Nul d'entre eux ne s'inquiète du cheik. J'en profite pour passer derrière, où la saillie de la tombe me permet de grimper sur le toit. Là, étendu au pied de la coupole, le petit parapet me protège des regards.

Quand le boutre eut disparu, les soldats revinrent vers la petite mosquée. Le soleil déjà très bas, leur rappela l'heure de la prière d'« el mogreb » (du crépuscule). Après avoir déposé leurs fusils contre le mur extérieur, ils entrèrent. Les prières se faisant face à la Mecque, ils devaient tourner le dos à la porte, ce qui me permit de descendre de mon perchoir, et de prendre les quatre fusils, sans qu'ils s'en avisassent. Puis, marchant à reculons, je franchis les cinquante mètres de sable jusqu'aux premiers buissons, j'eus encore le temps de déposer séparément les quatre fusils derrière des touffes de cactus.

On imagine la surprise des soldats devant l'absence de leurs armes. Trompés par mes empreintes, ils cherchèrent le ou les voleurs en direction opposée à celle d'où ils l'imaginaient être venus. C'est alors que je déchargeai successivement les quatre Mauser précédemment cachés, donnant ainsi l'impression de plusieurs tireur. Croyant à une attaque de bédouins venus voler leurs armes, ils s'enfuirent pour regagner leur corps de garde.

Je suis très embarrassé, ne sachant où aller avec cette cargaison, qui me reste pour compte. Je ne puis m'attarder à Ras el Ara, où les Turcs vont envoyer des renforts. Je pense alors au petit village de Doubab, en mer Rouge, où Cheik Issa m'a dit avoir une maison avec une de ses familles ; même s'il n'y est pas, en ce moment, peut-être un de ses serviteurs me conseillera pour me débarrasser de ma trop compromettante cargaison.

Le vent en cette saison n'est guère favorable pour entrer en mer Rouge, mais avec l'aide du courant de flot, je réussis à passer à sec de toile, et avant le coucher du soleil. Je mouille sous la colline de Zi qui, en raison d'été, abrite le petit mouillage du Doubab.

Je suis un peu surpris de n'y voir aûcun voilier, mais au moment où nous lançons le houri à la mer un homme, surgi des rochers du promontoire, se jette à la mer, et nage vers nous. J'envoie le houri à sa rencontre.

Tandis que j'observe à la jumelle son embarquement à une demi-encablure, je distingue en arrière de la plage une troupe assez nombreuse qui dévale en courant vers la côte. Je fais aussitôt déhaler le bateau pour avoir l'ancre à pic, prête à déraper, et on hisse l'antenne, avec sa voile ferlée à la paille.

À peine ces manœuvres terminées, j'entends tomber sur l'eau autour de nous de petites choses qui font un « floc » bref suivi d'un sifflement : le crépitement d'une salve arrive une seconde après : on tire sur nous avec des armes à longue portée, des armes modernes à poudre sans fumée, aux projectiles plus rapides que le son.

Au premier coup de feu, mes deux hommes et leur passager inconnu sautent à l'eau et nagent en se soutenant au houri, qui les dissimule. Ils contournent enfin le bateau, et, à son abri, peuvent embarquer.

Je regarde avec anxiété la colline de Zi, qui nous domine comme une forteresse naturelle. Je ne tarde pas à voir accourir trois hommes vers ce point stratégique ; ils doivent traverser pour y parvenir une zone découverte à moins de cinq cents mètres. Portée encore acceptable pour nos fusils Gras à poudre noire. Bien appuyé sur le plat bord, j'ouvre le feu sur le premier, qui s'abat, tandis que les autres rebroussent chemin. Je les poursuis de mes balles, mais il n'y a pas de temps à perdre, d'autres arrivent, protégés par la colline qu'ils gravissent. Je coupe l'amarre, abandonnant le grapin, et un coup sec sur l'écoute déploie la voile.

Nous filons vers le large, brûlant au hasard des cartouches avec les six fusils du bord. Je sais ce tir sans efficacité contre ces importunes mouches de maillechort, mais le bruit des coups que l'on tire soi-même, la fumée et l'odeur de la poudre soutiennent le moral et empêchent la panique toujours contagieuse.

Maintenant hors de portée, je puis m'occuper de l'homme qui s'est embarqué dans le houri. Il est étendu à l'avant, un chiffon sanglant sur l'épaule. Je reconnais Makonen, l'ancien espion d'Ato Joseph que j'avais envoyé à Cheik Issa comme esclave.

Il me raconte que son maître a été appelé à Sana, la capitale, par le Wali turc, et que mon bateau avait été suivi par des cavaliers depuis Cheik Saïd. On devait me laisser débarquer pour me faire prisonnier et s'emparer de mon bateau avec son chargement.

Il s'était jeté à la mer pour me prévenir et, en même temps, s'évader si je voulais bien le prendre avec moi.

Voilà comment il demeura à mon service jusqu'à sa mort, vingt ans plus tard.

Devant une situation aussi embrouillée que périlleuse, je ne puis rester en mer avec la cargaison que je porte, sans rien savoir des événements qui se précipitent. Dans ce coin de mer Rouge, je ne sais plus où sont les amis, ou les ennemis.

Je me rends d'abord à Mascali. J'y trouve encore Lavigne, mais il me dit que le 10 août, il doit être incorporé à la brigade organisée par le lieutenant Depuis pour défendre la ville ! La défendre contre qui ?

Cette burlesque mobilisation locale n'a d'autre but que de retarder le départ de ce jeune officier pour le front. Il n'hésite pas à déclarer déserteurs ceux qui partent « clandestinement » faire leur devoir. Inutile de dire qu'arrivés à Marseille, il n'est plus question de les empêcher d'aller au front.

Lavigne réussit à s'embarquer pendant la nuit sur un cargo à destination de Marseille. Après le départ, il alla trouver le commandant pour lui expliquer la raison de son embarquement clandestin, et lui confier les deux mille francs qu'il avait emportés, de crainte d'être volé.

Arrivé à Marseille, ce commandant refusa de lui rendre son pécule, sous prétexte de se payer du prix de son passage. Il lui refusa même cent cinquante francs pour prendre le train jusqu'à Lyon, où est sa famille.

Alors, Lavigne s'en va à pied au dépôt des isolés, où sont réunis tous ceux qui demain seront le soldat inconnu… J'ai oublié le nom de cet homme, je regrette de ne pouvoir le nommer…

Je n'ai jamais revu Lavigne, ce brave garçon a donné sa vie pour la France avec des millions d'autres dont nul ne parle, alors que certains, qui jamais ne combattirent, sont glorifiés comme sauveurs de la France.

Le bouc émissaire

Je suis très seul, très triste, depuis le départ de mon pauvre Lavigne. Dans la maisonnette qu'il vient de quitter, je sens tout le poids de cette solitude morale dont je souffre au milieu de la foule de mes semblables, où personne ne peut – ou ne veut – me comprendre.

L'isolement dans la nature tout au contraire me séduit et m'attire : j'y sens renaître ces forces profondes que tient captives l'oppression du troupeau.

En rêvant ainsi, je regardais à l'horizon la vague lueur du ciel au-dessus de Djibouti quand les lumières d'un paquebot, doublant la pointe de l'île, me rappelèrent aux réalités. C'était le courrier de France, avec des nouvelles de ceux que j'avais laissés en attendant le sourire de la Fortune…

À Djibouti, le syndicat des marchands d'armes me comble de prévenances, dans l'espoir que je pourrai les débarrasser de leurs stocks d'armes, de plus en plus compromettantes.

Les Anglais se plaignent que tous les Arabes soient armés de fusils Gras et, à juste titre, en accusent Djibouti.

Le gouverneur est pris à partie et tenu pour responsable d'une contrebande qui, depuis dix ans, a fait la fortune de notre petite colonie. Pour détourner l'orage, il fallait un coupable, un bouc émissaire dont le sacrifice ne ferait pas de scandale… J'étais là !

Un Somali, nommé Doalé, vaguement parent ou ami de la femme laissée par Lavigne, apprit par elle où étaient les dépôts d'armes et de munitions cachés dans le sable de l'île.

À la faveur d'une absence de quelques jours, il y conduisit le brigadier Thomas.

À mon retour, je fus mis en prison, au secret en cellule. On imagine ce que peut être la vie d'un être humain enfermé dans un espace de quatre mètres sur trois, ne prenant air que par un soupirail au ras du plafond.

Nuit et jour, la température se maintient aux environs de 40 à 45 degrés centigrades.

Une porte massive me sépare d'une courette entre des murs hauts de plus de cinq mètres, une sorte de puits, où le soleil de midi plombe verticalement, surchauffant le sol cimenté au point de n'y pouvoir poser le pied sans une épaisse semelle.

Dans un coin, un trou à usage de W.C. laisse sortir, le soir venu, des myriades de gros cafards bruns ; ils envahissent ma cellule, grimpent sur mon angareb et m'interdisent tout sommeil avec le chatouillement de leurs longues antennes.

À cette époque, et bien longtemps après, à la Côte des Somalis, un prévenu au cours de l'instruction, ne pouvait être assisté d'un avocat, ni connaître le dossier des charges accumulées contre lui : la loi de 1897 n'y étant pas promulguée. J'étais à la merci d'un juge d'instruction désigné par le gouverneur, c'est-à-dire choisi parmi les fonctionnaires les plus dociles. Enfin – et ceci est peut-être plus grave – ce juge d'instruction changeait de robe pour prendre la place de président du tribunal, et juger celui dont il avait instruit l'affaire.

On comprendra jusqu'où peut aller la tyrannie d'un gouverneur quand il tient sous sa coupe un subordonné investi de tels pouvoirs.

De tels abus étant malaisés avec des magistrats de carrière, ne relevant que du Garde des Sceaux, le gouverneur avait soin de les envoyer en congé quand il avait besoin d'un appareil judiciaire à son service.

Après trois mois de cette détention dans ce cachot, où je devais vivre nu, le procureur Lonques (je le cite nommément) me fit juger : six mois de prison, saisie de tous mes biens, etc. C'est alors qu'il m'offrit, en sa clémence, de me mettre en liberté si je m'engageais par écrit à renoncer à l'appel à la Cour d'Aix-en-Provence pour partir, aux frais de l'État, à la guerre.

À bout de forces, écœuré au delà de toute mesure, j'acceptai de signer n'importe quoi pour partir au plus vite.

J'étais ruiné totalement, laissant mon malheureux enfant Lucien, âgé de quatorze ans, à un employé des Postes, Chabot, seul ami qui eut le courage de ne pas me renier.

Cependant, le procureur Lonques imagina que, peut-être, j'avais pu sauver en secret un petit pécule pour l'emporter avec moi. Il imagina un piège.

Dans la nuit qui précéda mon départ, il y eut une tentative de cambriolage à la Banque de l'Indochine. Cambriolage assez mystérieux, car la sentinelle n'avait rien entendu.

On trouva, dans la salle où le tiroir-caisse avait été forcé un chapeau de toile pareil au mien. Cette coiffure était d'un modèle courant, vendu dans tous les magasins ; de plus, j'avais toujours le mien sur la tête. J'étais déjà à bord quand le commissaire de police Vernier vint vers moi de la part du procureur Lonques. Il avait reçu l'ordre de me fouiller et de m'arrêter si j'avais de l'argent sur moi. Malgré ses fonctions, ce commissaire était honteux du rôle qu'on lui imposait.

Il me raconta l'histoire du chapeau, qui me dévoila l'ignominie de cette tentative de la dernière heure.

Par chance, pourrais-je dire, tant tout est relatif, par chance, mon dénuement me sauva du pire, car si j'avais eu si peu que ce soit d'argent liquide, Dieu sait ce que la justice de Djibouti aurait fait de moi ! J'emportais seulement un chèque de deux cents francs, donné au moment du départ par Chabot.

C'est sous le coup de cette dernière insulte que j'ai fait route vers la France, le cœur à tel point noyé d'amertume qu'il ne me semblait pas que ce fut la Patrie que nous allions défendre mais les intérêts et les privilèges, des hommes que je laissais derrière moi…

L'électricien du canal

Voilà six jours que le paquebot a quitté Djibouti. Le soleil se meurt à mesure que nous montons au nord. Les Malgaches avec qui je suis parqué sont taciturnes comme des bêtes malades. Ils chantent en chœur d'une voix sourde, les yeux fixes, comme s'ils regardaient en dedans, car ce qu'ils évoquent est en eux. Ces chants de mort montent de l'entrepont où deux cents hommes pleurent la liberté perdue. J'écoute, bercé dans un rêve où flamboie la mer Rouge avec ses îles d'or et ses récifs couleur d'émeraude. L'amertume, les rancœurs, s'effacent au souvenir de ces choses éternelles, que j'emporte comme un précieux trésor, le seul que m'ait laissé ma vie de liberté et de luttes sans haine…

Mais la guerre, n'est-ce pas la plus grande aventure ? Un espoir nouveau chasse mes regrets. Je laisse le sillage s'effacer derrière moi pour regarder l'étrave tailler la mer, vers la France… vers l'Avenir.

Pendant la traversée du canal, un homme assez mal vêtu, solitaire et maussade, mange au bout de ma table. C'est le préposé au projecteur. Sa présence me remémore les histoires que naguère me racontait Chabot sur la contrebande du hachisch en Égypte. J'offre un pousse-café, et je n'ai qu'à l'écouter parler pour apprendre toutes les ficelles des contrebandiers, mais ce qui me paraît le plus intéressant, c'est que ce hachisch vient de Grèce et entre en Égypte par le nord. Toute la surveillance est orientée de ce côté. Personne ne songerait à une entrée par le sud.

Aussitôt arrivé à Marseille, je suis affecté au 24e Régiment colonial. Une bronchite providentielle me vaut d'entrer à l'infirmerie, et enfin, le retour à la réforme que la loi Dalbiez avait fait suspendre pour ceux qui, comme moi, avaient été réformés nº 2 pendant la durée de leur service.

De retour à Port-Vendres, je trouvai Armgart en butte à la suspicion à cause de son ex-nationalité. À cette époque, on voyait des espions partout. Après la naissance de ma fille, Gisèle, elle fut accusée de faire des signaux aux sous-marins allemands, à cause de la lumière de sa bougie passant devant les fenêtres de sa chambre quand, la nuit, elle donnait le biberon à l'enfant. Quand elle sortait, les gamins lui lançaient des pierres et criaient : « À mort l'Allemande ! » Il fallait à tout prix la sortir de cet enfer de stupidité, où la propriétaire, la mère Castan, était seule à la défendre.

J'en revins à mon idée de tenter la contrebande du hachisch par le sud.

Un petit vapeur grec était précisément dans le port où il déchargeait des caroubes embarquées au Pirée.

J'eus la chance d'y trouver le chef mécanicien, un Grec qui parlait français.

À mes questions, il ne manifeste aucune surprise, et il y répond comme s'il se fût agi d'innocentes caroubes.

Le hachisch à ses yeux est une marchandise tout à fait quelconque.

– Je m'appelle Spiro Smirnéo, ma famille est au Pirée. Je vais vous donner une lettre pour ma femme, qui vous présentera mon cousin Manoli, papa Manoli, car c'est un curé. Il vous conduira chez ses parents, qui font la culture et l'industrie du hachisch tout à fait en grand. »

Inutile de tergiverser, je vais jouer ma carte sur cet homme... j'irai droit devant moi dans l'inconnu.

Grâce à une stricte économie, Armgart avait encore une dizaine de mille francs sur le capital mis à sa disposition lors de mon départ après notre mariage.

J'en pris huit mille, et je m'embarquai comme garçon de 3e classe sur le *Calédonien* des Messageries Maritimes. À cette époque, la révolution chassait des milliers de Russes blancs qu'il fallait évacuer vers les pays qui en acceptaient l'immigration, tels que l'Éthiopie. De ce fait, les navires devaient prendre un supplément de personnel.

Après trois jours, le *Calédonien* entre dans le golfe d'Athènes, d'un bleu intense, entouré de montagnes bleues, elles aussi, mais d'un ton cendré avec des chatoiements roses et verts, constellé de points blancs comme les pâquerettes dans un pré. Et puis, c'est la Grèce, où dans les souvenirs antiques on croit voir surgir les héros et les demi-dieux.

Je suis à l'extrême avant du navire, pour ne rien voir de son odieux modernisme et ne plus sentir la puanteur qu'il laisse après lui avec la fumée du charbon et les détritus des souillardes. Je vois seulement l'étrave fendre le tapis de soie bleue dans les rouleaux d'écume blanche, tout comme le faisaient les trirèmes antiques.

Papa Manoli

En débarquant au Pirée, je cherche un cocher de fiacre capable de lire l'adresse donnée par le mécanicien Spiro. Tous sont mal rasés comme des paysans le samedi, et la plupart coiffés de vieux chapeaux-claque ; d'autres ont le haut-de-forme très évasé.

La maison de Spiro est très bourgeoise, avec sonnette à pied-de-biche. Mme Spiro vient ouvrir. C'est une belle femme de trente ans, fraîche et bien en chair, qui contraste singulièrement avec son mari, petit, rabougri et huileux comme une olive noire.

Papa Manoli arrive tout essoufflé, prévenu par un « micra » (gamin). Bel homme de six pieds, tête de monarque assyrien. Mise soignée, presque riche, mais toujours personne ne parle ni ne comprend le français. Enfin, l'interprète arrive.

J'apprends alors que le hachisch est à Tripoli, en Morée, rien de plus simple que s'en procurer. Il suffit d'acheter aux producteurs la quantité désirée.

À 5 heures du matin, accompagnés de papa Manoli, nous prenons un petit train à voie étroite qui nous mènera en huit heures à Tripoli.

Sans m'attarder à décrire ce voyage à travers les sites historiques, je ne puis passer sous silence la manière originale de distribuer les journaux dans les campagnes privées de nouvelles quotidiennes. Pour grimper sur les hauteurs de la péninsule de Morée, le petit train ne va pas vite. Une nuée de « micras » en petites jupes le suivent aisément, en criant : « Éphéméridès ! éphéméridès ! » et les voyageurs leur jettent par les portières les feuilles achetées le matin au Pirée ou à Athènes.

Un antique landeau pour noces attend à la gare avec Petros Caramanos, le cousin du mécanicien. Attelée de deux énormes chevaux de labour, la voiture nous mène en une heure à la ferme où se trouve le hachisch. Une servante aux pieds nus nous donne de petites torches de cire pour descendre aux caves où on le conserve au frais. Deux robustes valets nous suivent, avec d'énormes gourdins.

Dans une crypte taillée à même la roche, sont amoncelés des sacs. C'est le hachisch de la dernière récolte.

On retire ceux qui correspondent aux quatre cents kilos que je peux acheter, et aussitôt, les deux valets les frappent de leur massue pour briser leur contenu et lui rendre sa forme pulvérulente.

Nous formons un bien étrange groupe : Papa Manoli, le prêtre, dans sa grande robe noire, et à côté de lui, Petros tenant à la main un papier blanc où il réunit un échantillon de chaque sac. Il a l'air d'un procureur en Cour d'Église lisant une sentence. Tous, avec notre petit cierge à la main, nous semblons éclairer les deux exécuteurs, qui frappent à tours de bras sur les formés ventrues. Nos ombres fantastiques s'agitent sur les voûtes du souterrain, et les chauves-souris qui nous frôlent de leur vol cotonneux font vaciller les flammes de nos bougies.

Les sacs sont transportés dans une grange pour que le froid vif de la nuit empêche la poudre de se coaguler à nouveau.

Le matin, à la pointe de l'aube, une activité de ruche m'éveille. Toute la famille collabore à l'emballage du hachisch. La poudre des grands sacs est mise dans des sachets de toile contenant une ocque (1 250 grammes) et papa Manoli, que rien d'ecclésiastique ne distingue des serviteurs, les aplatit avec une presse à balancier.

On obtient ainsi une matière compacte, analogue à de la cire à parquet. C'est le hachisch, dont une boulette, grosse comme un pois, posée sur la braise d'un narghilé, se fume mélangée à du tabac en feuille.

Cette matière est produite par du chanvre récolté dans un champ où on a supprimé les plantes mâles. Ainsi non fécondées, les plantes sécrètent sur leurs feuilles cette résine qui durcira avec le froid. C'est le hachisch pur, dont une dose de 0,50 g suffit à rendre momentanément fou un homme normal dans une étrange euphorie où les sensations sexuelles, d'ordinaire très brèves, se prolongent en une répétition de spasmes d'une extrême violence. On conçoit que les ravages d'une telle intoxication, aboutissent à la folie.

D'ailleurs, du nom de hachchachin donné à ceux qui s'adonnent à cette drogue, on a fait le mot : assassin.

Mes quatre cents kilos de hachisch, transformés en galettes d'une ocque sont mis en huit caisses zinguées pour en atténuer l'odeur. Elles sont expédiées à destination de Marseille sous le nom de « fleur de chanvre ».

Elles sont embarquées sur un petit cargo grec, l'*Aris* que je précéderai de 24 heures, avec le *Calédonien*, beaucoup plus rapide, qui passera demain au retour de son voyage à Beyrouth.

Je vais me coucher aussitôt après le dîner, mais, dévoré par la soif, je descends chercher de l'eau. Silencieux sur mes pieds nus, j'arrive devant une porte vitrée : Papa Manoli montre à Petros un télégramme arrivé hier. Aussitôt, il prend une formule pour rédiger sans doute une réponse.

De crainte d'être surpris en flagrant délit d'espionnage, j'ouvre carrément la porte. Petros sursaute, et pose un buvard pour dissimuler ce qu'il vient d'écrire.

Ce geste m'intrigue, et toute la nuit, l'inquiétude me tient éveillé. Au chant du coq, je me lève, alors que tous dorment. Je me glisse au bureau où se trouve le buvard qui a dissimulé ce qu'écrivait Petros.

Quelques caractères et des mots entiers y sont très lisibles, vus en transparence ou dans une glace. Mais, hélas, c'est du grec ! Peu importe, je trouverai plus tard un traducteur.

Je le rencontre sur le *Calédonien* pendant la traversée du Pirée à Marseille. Ce document ne m'apprend pas grand-chose, sauf que le télégramme était adressé au Caire :

« … Caire …

« Affaire terminée … Caravane … transit Marseille par … maritime … ignorons… »

Le mystère reste entier.

Après bon nombre de difficultés, je réussis à faire rembarquer mes huit caisses sur le *Chili*, où je retiens pour moi-même un passage.

À la sortie du canal de Suez, je vais à l'adresse que m'a donné le mécanicien grec, celle de son cousin Alexandros Coloucouvaros. C'est un personnage semblable à des centaines d'autres, qui passe des heures devant une minuscule tasse de café et un énorme verre d'eau, en égrenant un chapelet d'ambre. Ce sont des revendeurs, petits contrebandiers qui font les paquebots – les quais, gens à combinaisons compliquées, n'aboutissant qu'à de toutes petites affaires. Ce sont des paresseux, des lâches et des jouisseurs, qui préfèrent ces bénéfices précaires ou minimes à ceux que leur donnerait un travail suivi. Alexandre semble taillé sur ce modèle, mais si on m'a adressé à lui, c'est qu'il doit valoir mieux que ces déchets sociaux. Il me met en garde contre le danger de se fier, si peu que ce soit, à n'importe lequel de ces demi-soldes car tous sont des indicateurs de police.

En somme, je ne dois parler à personne de mes projets, lui seul se chargera de me mettre en rapport avec des acheteurs sérieux.

Nous convenons de nous retrouver à Suez, avec ma marchandise, le 18 août, c'est-à-dire dans trente-cinq jours…

Je fixe cette date avec un imperturbable aplomb comme s'il m'était possible de savoir combien de temps il me faudra pour remonter le vent nord-ouest sur 1 260 miles, avec mon voilier de 12 tonneaux !…

À Djibouti, l'arrivée de mes caisses en transit ne soulève pas de difficultés, même auprès de ceux qui savent ce que « fleur de chanvre » veut dire, le hachisch n'étant pas consommé sur la côte des Somalis, où seul le « kat » console les hommes, écrasés de chaleur, dans les besognes journalières.

Après le passage du détroit de Perim, il fallut louvoyer, mais avec une longue bordée tribord amure, et quelquefois des brises de terre favorables au voisinage des côtes.

Un stupide accident, causé par un de mes hommes, qui laissa choir sa provision de tabac en feuille dans le tonneau d'eau douce, nous contraint à la remplacer. Or, mon fret m'interdit d'entrer dans un port, sous peine de dénoncer la présence d'une cargaison de hachisch au sud de la mer Rouge. On ne sait jamais où aboutissent de telles informations.

Un des mes matelots, Rascalla, ex-plongeur, me dit qu'il y avait à l'île Badhour de l'eau « à vendre ». Cet îlot rocheux de 100 mètres de diamètre, dans un pays où il ne pleut pratiquement jamais, ne pouvait avoir un point d'eau. Cependant, j'y accostai. (Le centre de ce rocher est entouré d'une falaise à peine haute de trois ou quatre mètres, formant ainsi un cirque de 50 à 60 m de diamètre, où je vois de petits tas de galets de basalte. D'une hutte de paille sort une vieille femme, la propriétaire de l'eau. Elle s'avance vers un de ces petits monticules et enlève un à un les galets entassés. Enfin paraît une claie, et au-dessous, une cavité taillée dans la roche, ou stagne une eau si limpide qu'il faut la chute d'un gravier pour m'en révéler la présence.

Mais d'où vient cette eau miraculeuse ? Du ciel, me dit Rascalla ! Oui, du ciel, non pas sous forme de pluie mais de rosée.

L'alternance des vents de terre et de mer, l'un froid, et l'autre humide et tiède, réalise le miracle. Le vent de terre refroidit pendant la nuit les galets de basalte, au contact desquels, le matin, la brise de mer se condense. En un mois, la cavité est pleine. De telles citernes aériennes permirent la création de villes comme la Féron de Ptolémée dans des régions où ne subsistent que les bêtes capables de se désaltérer avec la rosée. Peut-être l'homme qui imagina ce genre de citernes en eut-il l'idée en suivant l'exemple de ces animaux ?

Épave providentielle

Depuis quinze jours, je louvoie pour remonter cet inexorable vent du nord, et la provision d'eau des citernes aériennes de File Badhour tire à sa fin. Il faut aviser avant d'entrer dans le golfe de Suez, où je dois éviter tout contact avec la population des côtes.

Je relève sur ma carte le port de Koseir, en territoire égyptien. Il eut jadis son importance comme port d'embarquement des pèlerins venus par le Nil jusqu'à la septième cataracte, point où le fleuve est le plus rapproché de la mer Rouge. Depuis le percement du canal, plus rien ne justifie l'existence de ce port, donc, pensais-je, je ne risquais guère d'y subir l'accueil malveillant d'un port en activité.

Je mis le cap à l'est, vers la rive africaine. Arrivés dans l'axe de la mer Rouge, nous aperçûmes un objet flottant, en l'espèce une caisse vide jetée avec les ordures ménagères par un paquebot.

L'ayant embarqué sur le pont, je fus frappé de son exacte ressemblance avec celles dans lesquelles voyageait mon hachisch.

Le mousse s'apprêtait à la démolir, heureux d'avoir ainsi de quoi chauffer la mouffe, car le bois à brûler s'épuisait lui aussi. Je l'arrêtai, pensant qu'elle pourrait servir à conserver les biscuits dont le sac était tout déchiré.

Mes amis rient quand je leur confesse mon fatalisme, car, pour discerner l'intervention de la fatalité, il faut, comme moi, vivre dans une solitude où le troupeau ne couvre pas de sa vaine agitation la marche de notre destinée.

En approchant, je vois un quai où s'agglutinent les badauds, intrigués par ce voilier au gréement étrange, qui vient dans un port aussi peu fréquenté que Koseir.

Une vedette à pavillon jaune accoste ; c'est la Santé. Un jeune Égyptien en tarbouche m'adresse la parole en anglais. Ma réponse en français amène le sourire. Enfin, une grosse pinasse à pavillon vert, où se lit « Custum » amène un autre Égyptien, à qui le jeune docteur a dû dire que j'étais Français. Il monte seul à bord.

– Avez-vous des marchandises.

– Non, mes provisions de bord seulement.

Pour éviter la question sur les motifs de ma présence en mer Rouge, j'explique que, parfois, je pêche des perles. Ce métier sort de l'ordinaire ; il s'apparente aux Mille et Une Nuits, surtout avec cet équipage d'une race inconnue en Égypte.

Les soldats indigènes de son escorte bouleversent tout pour fouiller avec une activité de fox-terriers cherchant un rat.

– Voulez-vous que je fasse monter sur le pont tout ce qui est dans la cale ?

– Non, non, ouvrez seulement ces caisses. Qu'est-ce qu'il y a dedans ?

– Mais, vous le voyez : du biscuit… tenez, en voilà une qu'on vient d'ouvrir. Et je lui montrais la caisse où, ce matin, j'avais fait vider le sac de biscuits… Mais, si vous voulez, je puis faire ouvrir toutes les autres… J'ai aussi des perles. Y a-t-il des formalités à faire ?

– Vous avez des perles !

– Oui, je vais vous les montrer… Mais peut-être vaudrait-il mieux attendre que je sois seul avec vous…

– Certainement, vous avez raison. D'ailleurs, nous avons terminé ; inutile d'ouvrir ces caisses, puisque celle-ci l'est déjà. Voyons ces perles ?…

Grâce à cette caisse vide, envoyée par la Providence, l'escale à Kosseir ne me coûta qu'une perle, offerte au chef de la douane.

Suez

Après une semaine de fastidieuse navigation, debout au vent, j'aperçus, le soir venu, une vague lueur dans le ciel, le reflet des lumières de Suez.

Nous étions le 15 août, il me restait trois jours pour être exact au rendez-vous donné avec tant d'aplomb à Alexandre.

Instruit par l'attitude du douanier de Kosseir de l'intérêt que provoquaient mes caisses, je compris quelle folie j'allais commettre en entrant avec elles dans ce port, si voisin du canal…

Dans la journée du lendemain, j'explorai une petite plage de sable où, la nuit venue, j'enfouis mes caisses.

Bien m'en prit, car, à peine mouillé en rade, une vedette à pavillon vert m'imposa une visite au peigne fin, à laquelle rien ne pouvait échapper.

Aussitôt débarqué, je me rendis au petit café où j'avais donné rendez-vous à Alexandre, avec le sentiment d'avoir réalisé un tour de force.

Il était là, le chapelet d'ambre en main, devant le traditionnel « aliki » (café sucré). Mon apparition au jour et à l'heure convenus ne parut pas le surprendre. À sa première question, à peine murmurée :

– Vous avez…

– Non… mais tout sera à votre disposition quand et où vous voudrez.

J'appris alors que la suite de l'affaire dépendait d'un certain Gorgis, un des grands maîtres de la contrebande du hachisch. C'est à lui que papa Manoli avait expédié le télégramme révélé par le buvard, pour qu'il prit en main l'affaire qui, dès mon arrivée en Égypte, me mettait à la merci de ses concurrents.

Si j'avais eu l'imprudence d'offrir mon hachisch à tout autre, il m'aurait immédiatement anéanti.

Un jeune homme, nommé Michaël, secrétaire de Gorgis, le grand patron, me conduisit au Caire, lui rendre visite. Une sympathie réciproque me mit en confiance, surtout quand je compris qu'il n'était pas Égyptien, mais Albanais.

Nous convînmes d'un prix pour la totalité de ma marchandise, qui centuplait mon capital initial de huit mille francs.

Restait à retirer ce que j'avais laissé à la garde du sable, à dix milles de Suez, sans alerter les garde-côtes par la sortie de mon bateau.

Lors de ma visite d'arrivée au consulat de France, j'avais fait la connaissance du premier secrétaire, un jeune Grec nommé Spiro, élégant, parfumé, pommadé, et l'ami « intime » de tout le Suez officiel.

Enthousiasmé par tout ce qu'il m'a entendu raconter au consul, je suis aussitôt devenu son ami « intime ».

Par lui, j'invite le consul, Du Gardier, à une partie de pêche originale, celle des perles, et je le prie en conséquence de demander à la douane et au commandant des garde-côtes l'autorisation de sortir du port avec mon bateau.

Je dois naturellement inviter le directeur des douanes et le commandant des garde-côtes à cette pêche, inconnue ici.

J'envoyai deux hommes avec un houri récolter des « bilbils » au ventre des bouées de pleine mer. La récolte montée à bord, quand lesdits bilbils commencèrent à bâiller, j'y introduisis à chacun une perle de mon petit paquet.

Quand mes invités arrivèrent au quai, je leur dis que mon voilier, imprégné de l'odeur du poisson pourri, incommoderait ces dames. C'est ainsi que la pêche se fit à bord de la vedette de la douane. Enthousiasmés par des trouvailles aussi inattendues, nul ne s'inquiétait de mon bateau qui, à quelques milles de là, devant la plage où étaient mes caisses, les embarquait discrètement.

Huit jours plus tard, Gorgis me régla les cinq mille livres sterling : j'étais tombé sur un honnête homme.

Comme je faisais allusion à un prochain voyage, il me dit avec un soupir de regret que les vertueux philanthropes de Genève avaient réussi à faire interdire la culture du chanvre en Grèce. Où donc, maintenant, trouver du hachisch ?

En possession d'un petit capital, je fis venir Armgart avec notre fillette, Gisèle, âgée de deux ans. Assez d'entreprises aventureuses, pensais-je, où je risquais trop souvent de laisser ma peau.

La flèche empoisonnée

J'entrepris la construction d'un voilier d'assez fort tonnage pour faire le petit cabotage entre Massaouah et Djibouti. L'épave d'une frégate coulée en rade d'Obock allait me fournir son bois de chêne à toute épreuve, après une immersion de plus de cinquante ans.

Je parvins à l'amener sur la plage, en utilisant les marées. Des plongeurs ramassèrent des ferrailles et du charbon accumulé à la place où naguère les vapeurs embarquaient le charbon.

Je réparai une maison pour y installer ma famille et Abdi, en qualité de midgane, me fit embaucher des forgerons et des scieurs de long. Enfin, Fatouma, qui avait élevé la petite Gisèle, fit venir son mari, maître charpentier.

En moins de deux mois, j'eus la joie de voir se dresser sur ses épontilles l'ébauche de la coque de mon futur navire. Seules, les planches de bordées me faisaient défaut. Je me souvins alors des forêts éthiopiennes, avec leurs cèdres magnifiques.

Un Suisse, Muller, qui avait installé une scierie à cent cinquante kilomètres d'Addis-Abeba, pouvait me fournir ces planches, en faisant scier les arbres que j'aurai choisis dans la forêt. Je partis pour Addis avec Makonen et Gabré qui voulait revoir le pays natal quitté enfant, quand il fut vendu comme esclave sur la côte arabe, où je le rachetai et l'affranchis. Depuis, il m'est resté dévoué jusqu'à la mort.

Je ne m'embarrassai pas d'une tente. Pour une seule nuit, nous coucherions à la belle étoile : en saison sèche, aucune pluie n'est à craindre.

La veille du départ, je me sens fiévreux, avec de violents maux de tête, cependant, contre l'avis de Gabré et Makonen, nous partons à 5 heures du matin, espérant que ça ira mieux au grand air. Hélas, à midi, je n'en puis plus. Il faut s'arrêter. J'ai une fièvre brûlante, et notre eau est épuisée. Makonen part vers un point d'eau qu'il connaît. Une heure après, il revient, et s'étonne de ne plus voir le mulet là où il était entravé.

Sans aucun doute, il aura été volé. C'est la catastrophe, car je suis incapable de marcher.

Gabré, avec notre unique fusil, veut courir après les voleurs :

– Non, dit Makonen, ce serait une folie, reste avec Abd el Haï (c'est mon nom arabe) qui est malade ; le reste me regarde.

Je veux lui donner mon revolver.

– Non, il ferait trop de bruit, garde-le, il pourra te servir.

Il boit toute l'eau qui reste, et en deux bonds, il disparaît dans les cactus.

– Il va les suivre, m'explique Gabré, et dans la nuit, il reprendra le mulet, et peut-être un des chevaux.

J'ai soif, la fièvre me brûle. Gabré prend la guerba pour courir au point d'eau.

Brusquement seul, j'ai presque peur de me sentir si faible. Je n'aurais pas dû laisser partir Gabré. Je mesure maintenant combien sa présence me rassurait. Sur mer, je suis chez moi ; ici, je suis un étranger…

Tout à coup, j'entends les appels de ralliement des Bédouins et Gabré paraît, poursuivi par trois guerriers gallas armés de lances. Je vide le chargeur de mon browning, et les trois hommes prennent la fuite.

Gabré se laisse tomber, une flèche plantée dans la cuisse.

– Vite, coupe l'étoffe… non, ne l'arrache pas !…

Alors, les dents serrées, il enfonce la flèche, à travers les muscles de sa cuisse, et la retire ainsi de l'autre côté de la plaie… S'il avait tenté de l'arracher, le fer porteur de poison serait resté dans la plaie.

Il prend une boîte de conserve vide, urine dedans, et emplit sa bouche pour injecter l'urine dans la plaie. C'est le seul remède pour neutraliser le poison resté dans les chairs. Mais il ne peut y arriver. Je fais alors le geste de saisir la boîte pour faire moi-même ce qui peut le sauver. Mais il la renverse.

– Non ! tu ne feras pas ça, je n'en vaux pas la peine…

Alors, j'ai recours à moi-même pour procéder à cet étrange lavage. Le malheureux s'est laissé faire, et je sens des larmes tièdes tomber sur ma main où il appuie ses lèvres qui ne savent pas embrasser.

– J'étouffe, Abd-el-Haï… ne me quitte pas…

Ses bons yeux semblent chercher la vie dans les miens, comme si toute son âme se fût concentrée dans cet ultime regard, pour que sa dernière pensée entre en moi et y demeure, impérissable…

Un sanglot me serre la gorge, et j'embrasse le front déjà froid de cet humble et fidèle compagnon. Il semble être conscient de cette ultime caresse, et son dernier souffle murmure « Ayo ! » (maman)…

Makonen revient avec la mule et un cheval. Nous creusons une fosse dans un sol friable et, après avoir recouvert le corps d'herbes aromatiques pour empêcher que l'odeur du corps n'attire les chacals, nous refermons la tombe.

Nous partons, laissant le petit tertre au milieu des cactus. Bientôt, les daturas aux fleurs blanches cacheront pour toujours ce petit coin de la terre natale où, de si loin, Gabré est venu mourir.

Le petit singe

Est-ce l'effet de ces émotions ? la fièvre a dû baisser, je me sens un peu mieux. Soutenu par Makonen, j'arrive à la scierie de Jam-Jam, où Muller me force à boire un grog de sa façon, qui achève de tuer les microbes. Je crois que le manque d'eau qui m'a empêché de boire m'a sauvé, car la grippe espagnole ne pardonne pas si on boit pendant l'accès de fièvre.

Après avoir choisi les arbres à abattre, je m'en fus dans la forêt où j'avais entendu le cri des singes gourezas à la magnifique fourrure blanche et noire. Ces animaux, dit-on, ne touchent jamais la terre, ils vivent sur la cime de la forêt où les branchages sont à un tel point enchevêtrés qu'ils forment une sorte de plaine.

Je tuai cinq de ces magnifiques bêtes, dont une femelle, qui tomba de plus de vingt mètres de haut en protégeant son petit.

Je le recueillis, et le mis dans ma chemise. Les cinq victimes furent écorchées sur place, et leurs corps, ainsi dépouillés, me semblèrent être des cadavres d'enfants...

Le paquet de peaux fut suspendu dans ma case, où j'installai le petit singe bien au chaud dans des couvertures de laine. Dans la nuit, l'entendant gémir, j'allumai ma chandelle, et je le trouvai au milieu du paquet de peaux, agrippé à celle de sa mère qu'il avait reconnue entre toutes...

De ce jour, je perdis le goût de la chasse, hors la nécessité de me nourrir.

Au bout de quatre jours, mes planches, dont les plus courtes n'avaient pas loin de sept mètres, furent chargées sur les petits ânes gris, ce qui donnait un curieux aspect à la caravane : on eût dit des fourmis transportant de longues pailles.

Il ne fallut pas moins d'un mois pour les amener à Obock.

En souvenir d'un éphémère gouverneur qui, naguère, me prit en sympathie, je nommai le bateau Édouard Geffriaud.

Il jaugeait trente-cinq tonneaux, et je le gréais en goélette.

Je trouvai immédiatement un chargement de cuir vert et de deux cents sacs de blé, plus une douzaine d'Arabes comme passagers de pont.

Le bateau navigue comme un poisson, et d'autant mieux que la brise reste modérée au passage du détroit de Perim ; mais aussitôt engagé dans la mer Rouge, le vent du nord fraîchit, et la houle devient dure. Les bordées, ces planches venues d'Éthiopie, ne gonflent pas, étant en bois encore vert. Je crains que le calfat ne tienne pas.

J'ai devant moi une vaste baie abritée par le cap Rakmat, où ma carte indique des fonds de neuf mètres. La barque ne calant que deux mètres, je puis m'y aventurer.

La mer est calme, mais l'eau est trouble de sorte que je ne puis voir les pâtés de roche. La carte met les plus hauts à quatre mètres de la surface, mais cette carte a été faite en 1840. En un siècle, les madrépores ont poussé. Je suis trop inquiet, je commande le virement de bord. Je manque à virer vent debout par deux fois. On dirait qu'une fatalité me conduit à ma perte. Pour éviter une troisième fois de manquer à virer vent devant, je le fais lof pour lof, c'est-à-dire, vent arrière. Au moment où le navire prend enfin le vent par tribord amure, le mousse qui est à l'avant crie :

– Zeima hari (la zeima est échouée). Personne n'a rien senti, et la sonde donne neuf mètres. Nous avons touché un pâté de roche au moment où la barque était sans vitesse. Je vois par le roof de ma cabine une langue d'eau noire poindre sur le plancher et s'étaler, tandis que la rumeur d'un sinistre ressac monte de la cale.

Je comprends que tout est perdu. Le pont est déjà submergé, cependant, la coque ne coule pas ; elle s'est arrêtée sur le rocher enfoncé comme un coin.

Trois minutes ont suffi pour anéantir un an de labeur, de lutte et de sacrifices ! Il ne reste plus que ce spectre de détresse et de mort, l'épave !... La mer s'acharne à la détruire, et une longue plainte d'agonie, modulée au mouvement de la houle, monte de ce grand corps qui se meurt.

La nuit tombe, sinistre, hallucinante, sur toutes les choses imprécises qui se dressent dans l'ombre, sortant comme des membres brisés de la nappe mouvante de l'écume, ce linceul qui couvre les naufrages...

La terre n'est pas loin. Un premier voyage de l'embarcation a emporté une partie des passagers. Elle revient, et repart.

Autour de nous, les phosphorescences s'allument : des centaines de requins, attirés par le jus des cuirs, entourent le navire. Je suis le dernier, avec deux matelots, à attendre l'embarcation quand, avec un craquement sinistre, la mature s'abat sur le malheureux navire qui s'entrouvre et les requins se précipitent dans les cales.

La nuit est noire, et maintenant, ainsi dématée, la coque ne sera plus visible. Seuls, les gaillards d'arrière et d'avant émergent. Les requins nous éclaboussent de coups de queue… L'épave tiendra-t-elle ? Si elle s'engloutit, nous serons aussitôt dévorés par la masse grouillante des requins.

Toutes les minutes, nous poussons ensemble un cri pour orienter l'embarcation si toutefois elle nous cherche encore… Abdi s'entête, malgré les deux matelots qui veulent abandonner une vaine recherche. Il serait resté jusqu'au matin si notre cri ne l'eût orienté.

J'embarque le dernier. J'abandonne l'épave. Rien ne peut exprimer le déchirement de cet abandon. L'embarcation s'éloigne… j'entends encore gémir pour la dernière fois mon pauvre navire, et le profil de sa forme arrière disparaît dans la nuit…

Ce n'est rien de périr avec son navire, et je comprends ce vieux capitaine, pied engagé dans une boucle d'amarrage, qui a préféré s'en aller par le fond avec son navire.

La terre, que je croyais proche, est à plus de trois milles de la lagune où j'ai débarqué mes passagers, mais des troupeaux de chameaux nous permettent d'avoir du lait.

Enfin, après huit jours, un zeima nous porte secours, et je puis sauver des débris de l'épave, qui me serviront à construire un autre voilier, moins grand, mais plus solide.

J'y emploie mes dernières ressources, et Gorgis me vient en aide. Le nouveau navire n'a que vingt tonneaux, et je lui ajoute un moteur semi-Diesel de 30 CV.

Encore une fois, ma bonne étoile vient éclairer la voie de mon destin : au passage d'un paquebot des Messageries Maritimes où j'avais de nombreuses connaissances parmi le personnel, j'allai voir le Dr Guibier, resté un ami. En traversant une coursive, je sentis l'odeur de la fumée de hachisch. Pourtant, l'équipage était hindou, et non arabe. En faisant parler le bosco (maître d'équipage) j'appris que cette fumée était celle d'une drogue qui se vendait à Bombay sous le nom de Charas. J'eus tôt fait de l'identifier au meilleur hachisch.

Gorgis, aussitôt alerté, m'envoya trois mille livres pour tenter de nous ravitailler à Bombay.

J'armai mon bateau pour ce voyage de plus de deux mille milles, et je pris la mer en fin de saison d'hiver pour avoir vent arrière au retour.

L'abandon

J'avais avec moi un jeune garçon, Moussa, que j'avais élevé. Il était très beau, avec son type étrange aux pommettes saillantes et ses yeux pailletés d'or. La nuit, il chantait en gouvernant aux étoiles.

Un oiseau au vol silencieux vint effleurer sa tête et se poser sur la barre, à côté de sa main. Il semblait ignorer la présence de l'homme, on aurait pu le saisir, mais nul ne l'oserait, car il porte l'âme d'un marin sans sépulture…

Tout à coup surgie de l'obscurité, une lame traversière brisa le beaupré en entraînant le mât de flèche.

Il faut laisser courir vent arrière pour dégager le pont des agrès emmêlés, mais cette allure nous rapproche rapidement de la terre. Moussa se suspend sous l'étrave pour dévisser le maillon de soubarbe. Deux hommes tiennent un filin passé autour du corps de l'enfant. La côte approche, j'entends le ressac… L'homme de bossoir crie tout à coup : Djoch ! (loffe) c'est-à-dire virer de bord. Effrayé, je donne un brusque coup de barre pour tirer au large, trop brusquement, car une lame déferlante tombe sur l'avant. Les deux hommes s'accrochent aux haubans, mais Moussa est emporté. Son corps passe le long du bord, il tente de saisir le gouvernail, mais le bois mouillé glisse dans sa main.

Je lance un paquet de filin dans le sillage et la glène se déroule… Moussa a pu la saisir… « Il est sauvé », pensai-je, mais le bout du filin glissa entre mes pieds et disparut dans le sillage… Dans l'obscurité et l'affolement on a attaché par erreur le bout d'une autre glène…

Inutile de rien tenter pour le malheureux, la côte est là, la mer déferle, il faut fuir coûte que coûte sous peine d'y rester tous…

Jamais je n'oublierai cette pauvre voix humaine qui vient mourir sur le navire qui s'en va, pour s'y cramponner, comme cette main que j'ai vue tout à l'heure, les ongles arrachés, disparaître dans le sillage du gouvernail !

. . . .

Le lendemain, nous revenons sur les lieux du sinistre. La côte sauvage déroule son interminable grève de galets. Peut-être, en dépit de ce chaos meurtrier, l'enfant aura-t-il abordé ? Mais non, la grève est déserte…

Alors, l'équipage murmure une prière pour son camarade sans sépulture, dont l'âme errante ira tournoyer sur le pont des navires, et je revois l'enfant aux yeux pailletés d'or, qui chantait en gouvernant aux étoiles…

Nous entrons à Bombay dix jours après ce sinistre, sous une pluie diluvienne.

Après toutes les formalités administratives, je m'occupe du charas qui est entreposé à l'Excise (régie) « *Salt, Opium and Charas* ».

Là, on achète sans histoire l'une ou l'autre de ces trois matières, qui sont monopole d'État.

Je reprends la mer avec un modeste chargement de cinq cents kilos. Je touche d'abord Obock pour y emballer ce charas comme l'était le hachisch, acheté précédemment en Grèce. C'est toute une manutention, que notre maison isolée permet de réaliser avec le maximum de discrétion. Les cinq cents sachets sont rapidement dissimulés sous le plancher du rez-de-chaussée, ou j'ai fait creuser le sol à environ un mètre. Cette profondeur permettra d'enfouir le tout dans le sable en cas de danger pendant les quelques jours où je dois attendre le rendez-vous avec Gorgis à l'entrée du golfe de Suez.

D'autre part, je dois me montrer à Djibouti avec quelque chose qui fasse figure de charas. Celui que j'ai rapporté de Bombay en ballots de 50 kilos était emballé dans des peaux de chèvres poil contre poil. J'utilisai ces peaux vides en les remplissant d'un mélange de crottin de chameau et de vase argileuse.

Je devais coûte que coûte partir pour Djibouti le lendemain matin. Tous, matelots et serviteurs, enfermés dans la pièce à double fond du rez-de-chaussée, travaillaient fébrilement sans se douter qu'un espion, arrivé discrètement de Djibouti, nous observait par la fente d'un volet clos.

La lampe

Le brigadier Thomas, en apprenant mon escale à Obock, que rien ne justifiait, ma femme étant venue passer quelques jours à Djibouti chez Marill, imagina les pires activités clandestines. Il y envoya un Somali, son espion habituel, pour le renseigner.

Débarqué dans la nuit, à l'improviste, il passa contre le rez-de-chaussée de ma maison, et par une fente dans le volet, il assista à toutes les opérations du camouflage.

Heureux de détenir un secret qui allait enfin me démasquer et m'anéantir, il s'en alla fêter cette victoire chez ce débauché de Molla. Précisément, son vin de palme finissait de fermenter, pétillant comme du champagne. Il n'en partit que fort tard, chantant et titubant, pour s'en aller coucher, supputant le prix que, demain, il ferait payer ce qu'il venait d'apprendre.

Il y avait en ce temps-là, à Obock une très vieille femme, la Rodera, si vieille qu'elle était devenue une de ces choses habituelles auxquelles on tient sans le savoir, et ainsi, chacun, se croyant charitable, lui donnait quelque chose. Ces aumônes, d'ailleurs, étaient fort maigres : la tête d'un poulet, ou les pattes ; une poignée de grains ; un poisson sec, mais hélas, jamais de sucre, et c'était là ce dont elle avait le plus envie, mais elle en avait envie depuis si longtemps que peu à peu ce rêve était allé nicher avec tant d'autres, au tréfonds de ses souvenirs.

Elle habitait une hutte de paille, sur un plateau désert, où personne ne passait, car il ne menait nulle part. Il surplombait la mer par une falaise à pic, haute de plus de vingt mètres.

Un grand événement vint bouleverser l'équilibre de cette vie fragile : en allant au village, elle trouva dans le sable une pièce de dix sous en argent. Elle dut s'asseoir par terre les jambes coupées par l'émotion… Une pièce de dix sous ! Il fallait faire rendre à ce trésor tout le bonheur dont il était capable. D'abord, la fierté d'acheter ce qui lui plaisait au lieu de ce qu'il plaisait aux autres de lui donner. Elle fit garnir sa petite lampe avec deux sous de pétrole car une fête doit être nocturne. Pouvait-elle imaginer que cette boîte de tomate avec mèche de coton, allait être l'instrument du destin…

La nuit venue, sa lampe allumée, elle dresse sur une caisse vide le thé et les biscuits. Elle a oublié le monde, elle est heureuse…

Dehors, un homme ivre titube, et l'instinct de l'ivrogne l'aurait conduit au gîte si là-haut, sur ce plateau d'ordinaire obscur, une petite lumière ne l'eut conduit à la hutte de Rodera.

D'un coup d'épaule, il passe à travers les nattes de la cloison de paille. Il rit aux éclats, heureux de se trouver si bien après avoir buté sur les cailloux du sentier obscur.

La pauvre vieille resta pétrifiée, incapable de prononcer une parole, quand l'homme lui demanda de lui donner à souper…

– Non, tu ne veux pas ? Alors, tu vas danser…

Il leva son bâton pour rosser la pauvre vieille.

Hélas, il n'en fallait pas tant ; elle gisait à terre, évanouie ou morte de peur.

Une hyène, au loin, hurla. L'homme eut peur. Dans un éclair de conscience, il crut avoir tué la vieille, ne se souvenant plus si son bâton avait frappé, ou seulement menacé. La hyène hurlait toujours… Alors, pris de panique, il s'enfuit, accrochant au passage le pauvre tapis étendu sur la caisse vide et la lampe renversée répandit son pétrole sur les hardes éparses…

Dehors, l'homme courait après une forme noire, qui venait d'apparaître devant lui : son ombre, projetée par la hutte enflammée. Dans sa cervelle bouleversée d'ivrogne, il imaginait le spectre de sa victime courant dénoncer son meurtre, et il voulait l'arrêter en mettant le pied dessus.

Tout à coup, la terre sembla s'ouvrir, et il fut lancé dans le vide…

L'ombre l'avait entraîné vers la falaise à pic. Il se brisa sur les roches où vient battre la mer, et le flot montant emporta son corps. Il emportait en même temps ce qui aurait dû m'anéantir car c'était l'espion de Thomas.

En arrivant à Djibouti, à peine mon bateau amarré, j'eus la visite du nouveau chef de la douane, le « petit Blondet » comme on disait, à cause de ses vingt-six ans.

Fort intrigué par cette mystérieuse marchandise, dont le nom ne figurait pas sur les nomenclatures et statistiques de son administration, il voulut la voir, et je dus lui remettre un échantillon de mon charas de fantaisie, contenu dans mes ballots. Il semblait y prendre un intérêt tout particulier depuis qu'en plaisantant, j'avais fait allusion à ses propriétés aphrodisiaques.

Le lendemain, je rencontrai le petit Blondet, qui me dit avec un sourire narquois :

– Entre nous, votre… machin, c'est de la blague.

– Vous avez essayé ?

– Oui, aucun effet, en dépit de la dose massive que j'ai absorbée.

J'eus quelque peine à tenir mon sérieux, en pensant au crottin de chameau, bouse de vache, et autres ingrédients hétéroclites.

Les formalités douanières terminées, un télégramme de Gorgis me donnait enfin rendez-vous dans quinze jours, à l'île Tyran, à l'entrée du golfe d'Akaba.

Capitaine Ternel

Cette première livraison [1] ayant démontré que ce charas était supérieur au hachisch de Grèce, il s'agissait maintenant d'envisager une affaire importante de plusieurs tonnes, si possible.

Je partis donc par le paquebot anglais. Au précédent voyage, j'avais retrouvé à Bombay un créole, Ternel, ex-capitaine d'un cargo à qui j'avais rendu service. C'était un homme maigre, aux épaules tombantes, perché sur de longues jambes qui le faisaient paraître plus grand que nature quand il était debout. Il avait bien l'air de descendre du singe, avec ses bras longs de chimpanzé, son nez camus du nègre, et une bouche immense, à enfourner le pain.

Il ne naviguait plus quand je fis sa rencontre à Bombay lors de mon premier voyage. Il appartenait aux équipes chargées de réprimer la contrebande du sel, que les indigènes vont ramasser au fond du golfe de la Cutch. Les histoires que Ternel me conta sur les diverses manières de massacrer ces pauvres diables me laissèrent rêveur quant au sens moral du créole. Je fis la part de l'inconscience pour ne pas perdre les avantages précieux

1. *Poursuite du Kaïpan* (Éditions Grasset).

de sa connaissance du pays et de ses relations avec les fonctionnaires subalternes, tous de couleur, avec qui, en colonie anglaise, tout est possible. À la tête de chaque service, il y a un Anglais, bien sûr, mais tout se fait avec son intendant, et ceux-là sont des amis de Ternel. Il connaît un Indien, à Yarkand, par lequel il pourrait trouver tout le charas qu'il me serait possible d'acheter dans de bien meilleures conditions, c'est-à-dire sans passer par les marchands d'Hoscherpur… Mais Yarkand est au Turkestan chinois, dans un pays où l'on ne peut aller et revenir la même année, à cause des glaces de l'Himalaya.

Toutes ces raisons concourent à intéresser Ternel à mon affaire. Si j'avais suivi mon penchant, j'aurais écarté ce personnage dont la mentalité me choque à tout propos, mais devant son incroyable sérénité après des actes qui, à mon sens, auraient dû le rendre honteux, je me demande s'il est entièrement responsable, et partant, je trouvais illogique de le condamner en bloc.

Mes dernières hésitations disparurent quand il me fit voir un permis de transit à travers l'Inde pour six tonnes de charas. Pas de toute, le document était authentique, puisque ledit permis était inscrit sur la demande que j'avais signée.

Gorgis, aussitôt informé, me fit parvenir les fonds nécessaires. Ternel insista pour que je ne perdis pas mon temps à attendre l'arrivée des marchandises à Bombay. Il était là, disait-il, pour les embarquer ainsi que je le désirais, à destination d'Aden, port anglais où rien ne serait discuté pour son transit.

Je tins bon pour attendre la marchandise, que je voulais voir embarquer.

Après quinze jours de mortel ennui dans cette ville sans âme, les cent vingt ballots furent à quai devant le cargo *Ferozi*, prêts à être embarqués.

Ternel me prévint que l'*English Mail* partait le lendemain matin, et le *Ferozi* seulement dans deux jours. Je n'eus pas le courage de rester à Bombay huit jours de plus à attendre le suivant.

Je pris passage sur l'*English Mail*, laissant à Ternel le soin d'embarquer mon charas.

Dans le désœuvrement de la traversée, je me remémorai mes conversations avec Ternel au sujet d'un petit vapeur, le *Kaïpan*, ancien garde-côte chinois, qu'il rêvait d'acheter pour une affaire de noix de coco, disait-il en m'expliquant ses combinaisons que je n'écoutais pas.

Pourquoi ce souvenir me laissait-il inquiet ?

La *Mail de Bombay* arriva à Aden le matin, et la silhouette de l'*Altaïr* au milieu des autres boutres, me réconforta. Aussitôt débarqué, Abdi vint m'apporter un télégramme de Ternel m'annonçant que les six tonnes de charas étaient parties sur le *Ferozi* à destination d'Aden.

À l'agence de ce cargo, chez un « shipchandler » nommé Delburgo, j'appris qu'il était attendu dans deux jours.

Ce Delburgo me fut de prime abord sympathique. Portugais de naissance, on eut été fort embarrassé de lui donner une nationalité en l'entendant parler chaque langue à la perfection, et en particulier, le français. Naturellement, je le mis au courant des raisons qui me retenaient à Aden, et le nom de Ternel vint sur le tapis.

– Je l'ai connu naguère. Quand il était capitaine de cargo. On vient justement de m'en parler ces jours-ci ; j'ai eu la visite d'un Anglais, passager de la *Mail de Bombay*, qui se rendait en Égypte après avoir acheté un petit vapeur, pour lequel il me chargea de lui trouver un équipage somali.

– Savez-vous le nom du vapeur ?

– Le *Kaïpan*…

J'eus une sueur froide. Toute la vérité venait de m'apparaître : Ternel, circonvenu par les concurrents de Gorgis avait acheté le *Kaïpan* et embarqué ma marchandise.

J'expliquai toute l'affaire à Delburgo. Il connaît tant de gens, il est au courant de tant d'affaires par tous les capitaines qui viennent chez lui, qu'il peut être pour moi un allié puissant, d'autant plus qu'il est secrètement l'œil de la Police.

On imagine dans quel état d'énervement j'attends le *Ferozi*, qui m'apportera la certitude de cette forfaiture.

Aussitôt à quai, je saute chez le commandant.

– Aho, yes… Le *Kaïpan*, c'est lui qui a chargé les cent vingt ballots que je devais prendre. C'est un vieux petit garde-côte à deux cheminées qu'il a acheté pour le commander. Il a embarqué aussi sa femme.

Tout est donc confirmé. J'ai été roulé, bien roulé, comme le dernier des imbéciles, et Dieu sait si jamais je pourrai mettre la main sur ce qu'on m'avait volé !…

Inutile de gémir, il faut partir en guerre sans délai coûte que coûte, car pour moi, c'est la lutte à mort, non à cause de ma ruine, et au delà (ayant aussi perdu l'argent des autres), mais pour cette cruelle blessure d'amour-propre absolument intolérable.

Je câble à l'instant même :

« DIRECTION DES DOUANES, À SUEZ. – VAPEUR KAÏPAN, CAPITAINE TERNEL, PARTI BOMBAY AVEC SIX TONNES HACHISCH, TENTERA DÉBARQUEMENT TERRITOIRE ÉGYPTIEN. LETTRE SUIT. MONFREID. »

Ensuite, j'informe dans les mêmes termes tous les ports de l'océan Indien, puis Delburgo m'accompagna chez le résident anglais, pour y faire ma déclaration afin d'être à couvert au cas où le *Kaïpan* se ferait pincer. J'avais en effet obtenu le permis d'exporter à la condition formelle, garantie par mon consulat, que les marchandises iraient à Djibouti. Leur saisie, partout ailleurs, me ferait accuser de complicité sous le fallacieux alibi de ce prétendu vol de la cargaison.

De retour à Obock, je pus recevoir en priorité les câblogrammes ; à cause d'une rupture de câble entre Obock et Djibouti, un jeune Arabe, Abdou Banabila, recevait les télégrammes en morse qu'il transmettait journellement à Djibouti par les deux boutres affectés à ce service.

Il va sans dire que ma femme ou moi ne quittions pas des yeux le bâtiment de la résidence, où Abdou devait suspendre un linge blanc à la fenêtre si un câble m'arrivait.

Le brave garçon se passionnait pour cette affaire et les télégraphistes de l'Eastern Telegraph à Perim ne tardèrent pas, eux aussi, à connaître cette histoire. Dans ces conditions, tout ce qui me concernait était transmis en priorité.

Un matin, le linge blanc palpitait au soleil. J'y courus.

« CESSEZ IMMÉDIATEMENT TOUTES DÉMARCHES COMPROMETTANTES ET INUTILES. VOUS ATTENDONS ALEXANDRIE POUR ARRANGEMENT AMIABLE. TROCANIS. »

Il semble que la bande adverse se rende compte des dangers de ce détournement brutal.

J'avais été prévenu par Delburgo que ce Trocanis était le caïd d'une puissante bande de contrebandiers-gangsters, capables de tout y compris le meurtre. De son côté, Gorgis qui lui n'avait pas de bande, m'avait bien recommandé de m'abstenir de tout contact avec ce Trocanis.

Je prends passage sur un courrier retour de Chine, pour aller à Alexandrie voir ce que Gorgis pense de cette situation. Je me heurte à son découragement quand je lui propose d'aller à Bombay tenter d'entreprendre une enquête personnelle. Je pose la question principale, à savoir si, oui ou non, il veut participer aux frais de ce voyage. Il m'a écouté en silence, sans enthousiasme, et finit par me dire sur le ton du découragement :

– Nous avons contre nous une association puissante qui a ses agents dans tous les ports de l'Orient et capable de dépenser des millions. De plus, et c'est en cela qu'ils sont redoutables, ils ont la complicité de la police égyptienne.

– Soit, n'en parlons plus. Je prends tout à ma charge et j'agirai seul, puisque vous préférez m'abandonner.

– Nous ne vous abandonnons pas, nous sommes à vos côtés…

– Oui, pour m'accompagner de vos vœux. Seulement, ne soyez pas surpris, si un jour je retrouve ma marchandise, que je la considère comme mienne.

Cet argument semble porter. Il m'assure qu'il a confiance en ma bonne étoile, et que jamais il ne fera d'arrangement avec Trocanis sans mon assentiment.

Finalement je me sépare en excellents termes avec ceux qui ont été toujours honnêtes avec moi. En outre j'en aurai besoin plus tard pour écouler ma marchandise… si je réussis…

La veille de mon départ pour Djibouti, Gorgis me révèle ce qu'il a appris de la bouche d'un domestique de Trocanis : le *Kaïpan* aurait passé le détroit de Perim et serait actuellement caché dans la mer Rouge en attente d'un navire à moteur très rapide, pour y transborder les six tonnes de charas.

Mais je n'ai pas le temps de me faire confirmer cette nouvelle.

Aussitôt arrivé à Djibouti, j'arme l'*Altaïr* en « course » tout comme on le faisait au bon vieux temps.

J'avais à bord un canon de quatre-vingts, cédé au poids du bronze par la brigade, comme un vulgaire pierrier à usage de porte-amarre, canon d'alarme ou de 14 juillet.

Je lui fabriquai deux obus en plomb, contenant environ cent grammes de poudre noire. J'ai six fusils Gras et cinq revolvers en cas d'abordage ! Il faut tout prévoir, et puis, les enfants s'amusent…

De chaque côté, à hauteur du maître-bau, j'ai percé deux ouvertures afin d'y placer le canon pour qu'il puisse tirer très bas dans le cas où je surprendrais le *Kaïpan* au mouillage pour lui envoyer un de mes obus à travers sa chambre des machines. Il en résulterait une avarie capable de l'immobiliser. Les six fusils en joue tiendraient l'équipage mains en l'air, comme au cinéma, etc.

J'ai pour moi une grande force, celle de la légalité tandis que Ternel est en état de piraterie. S'il y a un seul homme tué chez moi, ou simplement du sang répandu, ce sera la corde pour Ternel ou les siens, car les Anglais, foncièrement conservateurs, admettent toujours que le pirate soit pendu à la grand-vergue.

Un câblogramme d'Alexandrie me confirme la présence du *Kaïpan* en mer Rouge.

Qu'une information puisse m'être fournie afin de m'éloigner de ce que je recherche ne me vient pas à l'esprit. Je me lance, tête baissée, sur cette piste, et d'autant plus volontiers que je connais assez la mer Rouge pour voir du premier coup où peut se cacher un navire qui doit rester en contact avec le monde par le télégraphe, car je sais que le *Kaïpan* n'a pas de T.S.F.

L'archipel Hanishe par le travers du port italien d'Assab permet d'envoyer chaque jour une embarcation pour garder contact télégraphique ou postal. De plus, un vapeur de petit tonnage comme le *Kaïpan* peut s'y abriter aisément. Je connais une sorte de bassin entouré par des îlots et des récifs qui l'abritent de la houle tout en permettant de surveiller la mer vers le nord et le sud.

C'est là que je dois aller en me dissimulant du mieux possible, de manière à surprendre un navire qui s'y serait caché. Le vent du sud-est me permet de stopper le moteur qui s'entend de très loin.

En décapelant la pointe de l'îlot Est, j'aperçois entre les rochers un vapeur à trois mâts. Il me paraît immobile, et ses proportions correspondent à celles du *Kaïpan*. Ce n'est qu'un cri à bord, tous l'ont reconnu : *C'est lui ! Le voilà !...*

Je vire à quarante-cinq degrés, et sous voile et moteur, je fonce pour l'atteindre avant qu'il n'appareille, mais aussitôt mon cap changé, le navire va de l'avant, et disparaît derrière l'îlot.

J'en conclus qu'il était sous pression, ce que j'aurais dû prévoir avec un navire sur ses gardes. Où va-t-il aller, maintenant ? Avec le houri, j'accoste la grande Hanishe et j'escalade un piton qui domine la mer. Plus de trace du présumé *Kaïpan*. Je vois seulement au large, la silhouette d'un vapeur, un gros cargo, qui fait route sud...

Je me demande alors si ce navire n'a pas été la cause d'une illusion d'optique en passant en sens inverse, de l'autre côté du mouillage. J'en étais à deux milles, et lui, au large, à près de six milles. Ma vitesse étant le tiers de la sienne, et en sens inverse, on comprend donc, par un rapport d'homothétie, que le cargo devait me paraître immobile. En considérant les deux triangles opposés par le sommet, ayant pour base nos routes parcourues dans des temps égaux, j'ai compris comment j'avais pu avoir l'illusion d'un navire au mouillage, et son éloignement, beaucoup plus grand que je ne le supposais, me le fit paraître plus petit.

Dans ces conditions, au moment où j'ai viré de bord à angle droit, ma vitesse n'annulait plus le mouvement du navire par rapport au mouillage où je l'avais cru stationnaire.

En revenant de mon observatoire, je traversai une plage, où je relevai des traces de pieds non pas nus mais chaussés, au milieu desquelles j'en remarquai une plus petite, comme celle d'un enfant ou d'une femme.

Tout aussitôt, je me remémorai ce que m'avait appris le commandant du *Ferozi* sur l'embarquement de Mme Ternel à bord du *Kaïpan*.

Ces traces ne me laissent plus aucun doute sur le passage à Hanishe d'un homme et d'une femme.

Plus loin, je relève une coupe de bois dans un taillis de manguiers, où les empreintes de pieds nus et le sable balayé par des fagots traînés à la grève, me font penser à une corvée de bois par un équipage indigène.

Tout cela démolit ma théorie des triangles opposés par le sommet, et rétablit la certitude de la présence du *Kaïpan* dans la mer Rouge.

Mon premier soin est de câbler à Aden pour signaler la présence du bateau pirate en mer Rouge. Puis, à Assab, je réunis tous les zarougs qui naviguent en ces parages. J'apprends ainsi que, ces jours derniers, ils ont aperçu un vapeur blanc à cheminée jaune, ce qui est l'uniforme des garde-côtes de sa majesté britannique. Or, la plus élémentaire prudence n'est-elle pas de camoufler ce qui ne doit pas être reconnu ?

Avant de reprendre ma chasse vers le nord, je vais à l'île Hanishe au campement de ces pêcheurs de nacre dont le nacouda est aveugle. C'est par eux que j'apprends qu'un navire hydrographe a débarqué sur la plage où les traces de pas m'ont lancé sur une fausse piste. Si je n'avais pas rencontré ce nacouda aveugle, j'aurais perdu un temps précieux, et aurais donné le temps au *Kaïpan* et à mon charas de se mettre hors d'atteinte. Peut-être y était-il déjà, avec ces huit jours passés à faire des ronds dans l'eau…

Sans perdre une minute, je mis à la voile vers le Bab al-Mandab.

La caution

J'arrivai en vue d'Obock l'oreille basse, découragé et anéanti par le ridicule de mes préparatifs belliqueux.

À la longue-vue, en observant la terrasse de ma maison, je distinguai ma femme, et près d'elle, notre boy Odini, monté sur une table, agitant une étoffe blanche. Peut-être voulait-il m'empêcher de filer directement sur Djibouti. Je mis aussitôt le cap sur la rade naturelle où une pirogue venait à ma rencontre pour me remettre un télégramme arrivé deux jours avant.

« TERNEL AVEC KAÏPAN ARRIVÉ MAHÉ, SEYCHELLES. MARCHANDISES ENTREPOSÉES EN DOUANE ATTENDANT VAPEUR NORVÉGIEN POUR EXPÉDITION ANVERS. CONSUL FRANCE, BOMBAY. »

Aurais-je le temps d'arrêter l'embarquement de mes marchandises ? De Djibouti, rien à faire, les Seychelles étant colonie anglaise.

L'*Altaïr* est prêt, nous partons le soir même pour Aden, où j'arrive le surlendemain.

En ce temps-là, le téléphone n'existait pas encore hors du continent, seul, le télégraphe reliait au monde cette île perdue à huit degrés au sud de l'Équateur, et à 1 500 milles à l'est de l'Afrique.

Delburgo m'apprit qu'aucune ligne maritime ne la desservait, ni aucun cargo, tout se faisait via Madagascar.

Par le consulat, j'appris que le cargo norvégien devait passer dans huit jours pour embarquer les six tonnes. Un seul moyen, saisie conservatoire par intermédiaire d'un avoué, Me Loiseau. La réponse me consterna :

« SAISIE VALABLE SEULEMENT SOUS GARANTIE DU DÉPÔT AU GREFFE DE TRENTE MILLE ROUPIES AVANT QUARANTE-HUIT HEURES. »

Vraiment, Ternel était arrivé à gagner la sympathie des autorités, sans doute en inversant les rôles.

Je sautai voir Delburgo.

– Avez-vous les trente mille roupies ? me demanda-t-il.

– Oui. En prévision d'un voyage à Bombay, je me suis muni d'une lettre de change de Van Malee, sorte de banquier hindou, sur la Bank of India.

– Alors, tout n'est pas perdu. Allons chez le résident…

– À cette heure, près de dix heures et demie du soir !

– Peu importe, tentons la chance…

Le résident est absent. Il dîne en ville, nous dit le boy.

Nous attendons devant sa porte et à onze heures trente il arrive, surpris qu'un inconnu l'attende en pleine nuit sur la route, mais il reconnaît Delburgo, et nous entraîne à son bureau.

J'explique mon affaire. Après un silence où je sens mon cœur défoncer ma poitrine, il répond d'un air tout à fait naturel :

– All right, je vais faire le nécessaire. Versez les trente mille roupies chez Cawadjee et apportez-moi demain matin le reçu, le Gouvernement se portera garant des trente mille roupies.

Quel gouverneur français eut agi de la sorte pour un étranger ?…

Un télégramme de Me Loiseau m'informait que la saisie était prononcée, mais seulement jusqu'au 26 février, c'est-à-dire pour dix-huit jours... Sans doute, Ternel doit rire, sachant que je n'aurai aucun moyen d'être à Mahé le 26 février.

Pas à hésiter, je vais tenter d'y arriver avec l'*Altaïr*. Grâce à l'activité et à l'entregent de Delburgo, mon bateau fut approvisionné pour ce long voyage de plus de deux mille cinq cents milles. Quant aux formalités de navigation, le résident avait dû dire son mot pour tout simplifier.

N'ayant pas de chronomètre pour calculer ma longitude mais seulement un sextant, je pus atteindre sans erreur le huitième parallèle sud. Après quoi, en me tenant rigoureusement cap à l'est, je devais tomber au voisinage de l'île. Mon sextant me permettait de corriger l'action des courants.

Qui n'a jamais navigué ne se rend pas compte de la difficulté de tomber sur une île dans l'immensité de l'Océan. En l'occurrence, passer à côté sans la repérer risquait de m'entraîner au feu de Dieu à cause du courant équatorial qui allait m'emporter à plus de trois ou quatre nœuds, et mon moteur, par temps calme, n'en donnait que cinq. J'avais bien le banc des Seychelles à 60 m de profondeur pour m'avertir de la proximité de l'île, mais n'allais-je pas passer à côté ?...

Mahé

Le 24 février, des vols de mouettes, qui retournent vers la terre le soir, nous orientèrent vers une masse de nuages où se cachait la montagne de Mahé. Bientôt, la ville se précisa. Enfin, derrière une jetée, les trois mâts et les deux cheminées du *Kaïpan* mirent fin à notre anxiété.

Dans la vedette de la Santé, un petit monsieur en veston d'alpaga aurait pu poser pour la statue de l'ébahissement. C'était Me Loiseau.

À Mahé, la plus grande île de ce petit archipel, la vie est monotone ; le moindre incident suffit à surexciter les insulaires en lâchant sans frein leur imagination qui, d'ordinaire, n'a d'autre sujet que le coït pour l'agrément des siestes et des rêveries creuses le reste du temps.

On imagine les gigantesques proportions qu'avait prise l'affaire Monfreid/Ternel.

Notre arrivée sur ce voilier avec son équipage d'hommes noirs différents des anciens esclaves ne rassurait pas les plus courageux. Je mis d'ailleurs le comble à l'émotion en faisant allusion à de prétendues coutumes anthropophages. Me Loiseau n'est pas très rassuré en montant à mon bord. Enfin, remis de sa première émotion, il me met au courant de l'affaire que je lui ai confiée.

Ternel est arrivé, non pas avec six tonnes de charas, mais le double, soit douze tonnes, obtenues grâce à mon permis qu'il a fait resservir avec des grattages et des imitations de signature. Il essaie de sauver ce qu'il a ainsi obtenu :

– Très bien, lui dis-je. Mais, dans ces conditions, je me verrai dans l'obligation de porter plainte pour faux et usage de faux, et vous devez savoir ce qu'il en coûte ?

– Mais je les ai payées, ces six tonnes.

– Je n'en doute pas, mais vous me devez les frais énormes que m'a causée la poursuite du *Kaïpan*. Préférez-vous que je les réclame par jugement ?

Je quittai Mahé avec douze tonnes de hachisch dans ma cale.

Dès que le cercle bleu de l'horizon m'eut fait oublier la terre, je fus frappé de l'étrange attitude de mon équipage, tout au moins de la bordée au repos qui était dans le poste du gaillard avant. Un éclat de rire, puis, à nouveau, le silence. J'envoyai un homme pour connaître la cause de cette hilarité. Il revint me dire que tous dormaient. Cependant, un nouvel éclat de rire vint démentir ce prétendu sommeil. J'y allai pour en avoir le cœur net. En ouvrant le panneau du gaillard, je sentis l'odeur du hachisch exhalée par ces deux cent quarante ballots entassés dans la cale. Avec l'autre bordée de quart qui, elle, était au grand air, nous fîmes sortir les dormeurs mal éveillés, qui répondirent à mes questions par des propos incohérents et des éclats de rire contagieux, qui s'arrêtaient brusquement. Je compris que les émanations d'une telle masse de hachisch, chauffée par une journée de soleil, les avaient rendus fous. C'est alors qu'en voulant aérer, je m'avisai de la température anormale de la cale. Il fallut mettre la cargaison sur le pont, car les ballots inférieurs étaient déjà brûlants.

À toute chose, malheur est bon, car sans l'ivresse de mes matelots, j'aurais perdu mon hachisch.

Cet incident me rendit aux préoccupations que le grand large m'avait un instant fait oublier ; il s'y ajoutait même la menace des grandes chaleurs de Djibouti ou d'Obock, qu'une telle matière ne supporterait pas longtemps, et je prévoyais des mois, voire des années, pour en écouler douze tonnes.

Je pensai à l'Abyssinie, où les hauts plateaux d'Harrar m'assuraient une température variant entre quinze et trente degrés. Oui, mais quel accueil allais-je avoir en arrivant à Djibouti avec mon fret, que ne protégeait plus le nom de charas ?

Depuis la poursuite du *Kaïpan*, tout le monde savait, et particulièrement la colonie grecque de Djibouti. De plus, qui me garantissait le désintéressement du sieur Trocanis et sa bande, qui avaient financé le hachisch de Ternel ?

Après quinze jours d'un voyage sans histoire, j'entrai enfin en rade d'Obock.

Au rez-de-chaussée, déjà préparé pour un tel dépôt, je débarquai pendant la nuit 120 ballots, et dès le lendemain, je partis pour Djibouti avec le reste de mon chargement, c'est-à-dire les 120 ballots de Ternel.

Je les mis en transit pour Dia Daoud, où ils furent entreposés en douane.

La facilité avec laquelle de telles opérations furent expédiées aurait dû me faire soupçonner un piège pour retenir mes marchandises le jour où j'en voudrais disposer. Mais, pour l'instant, j'avais d'autres chats à fouetter.

Il me fallait écouler les six tonnes laissées à Obock, et tout étant au mieux, il ne fallait pas compter moins de six voyages de 2 000 milles, aller et retour, au cours desquels Dieu sait combien d'imprévisibles accidents viendraient fausser tous les pronostics.

Il fallut plus d'une année pour vider, en cinq voyages, le rez-de-chaussée d'Obock.

Teilhard de Chardin

Le stock écoulé, il me restait encore les 120 ballots obtenus frauduleusement par Ternel, et actuellement à l'abri des chaleurs des régions côtières telles que Djibouti et Obock. Il s'agissait de les récupérer, et sans aucun doute, Tafari, le régent futur Haïlé Sélassié, avait appris par les levantins de son entourage la valeur marchande de ce que j'avais confié stupidement à la garde de sa douane.

N'osant pas le confisquer purement et simplement, sans autre motif que le « bon plaisir du Prince » n'allait-il pas le faire sous prétexte de répression d'un trafic de stupéfiants ?

Cette préoccupation me fit abréger mon séjour en Europe, bien que je sache ma femme, Armgart, capable de parer pour le mieux aux difficultés que les Éthiopiens, et particulièrement Tafari, savent si bien provoquer.

Je m'embarquai donc sur le premier paquebot en partance pour Djibouti. Une surprenante rencontre m'y attendait. Bien qu'étant passager de troisième classe, située à l'avant, ma cabine était à l'infirmerie à l'arrière, non par raison de santé, mais pour être affranchi de toutes relations avec une ambiance fastidieuse. Le Dr Guibier, médecin du bord, partageait si bien ma sauvagerie qu'il était devenu depuis déjà longtemps un excellent ami.

Je devais donc aller souvent d'un bout à l'autre du navire. J'avais remarqué sur le pont des secondes un grand diable d'abbé, maigre et vigoureux, dont les allures avaient quelque chose de trop viril pour ne pas faire un singulier contraste avec la componction et les gestes onctueux laissés par le séminaire comme la marque indélébile du sacerdoce.

J'avais regardé avec sympathie cette longue figure énergique et fine, où les traits accentués de rides précoces, semblaient taillés dans du bois dur. L'œil pétillant et vif avait quelque chose de rieur sans être ironique. Il exprimait indulgence et bonté.

Très entouré, il parlait avec la vivacité de ceux qui se passionnent. Sa parole était prenante, elle allait jusqu'à l'âme avec la puissance persuasive de celle de l'apôtre.

Nos regards se croisèrent, et nous échangeâmes un sourire.

Je venais de me lier d'amitié avec le Père Teilhard de Chardin qui, jusqu'à sa mort, fut l'ami sublime auquel je dois le peu que je vaux.

À son retour de Chine, le Père Teilhard de Chardin débarqua à Djibouti pour y attendre le paquebot suivant. Je le reçus sur mon voilier *Altaïr* pour le conduire à Obock. Nous devions visiter des grottes, où il comptait trouver des vestiges du temps paléolithique.

Il aurait souhaité partir aussitôt, mais il ne pouvait éviter la visite au gouverneur Chapon-Bessac, dont j'étais la bête noire.

En apprenant que son illustre visiteur allait être mon hôte à Obock, il sursauta, affirmant que cette hospitalité n'avait d'autre but que dissimuler de louches projets, car il fallait s'attendre à tout avec un individu qui…

Teilhard l'interrompit en se levant :

– Je vous en prie, monsieur le gouverneur… M. de Monfreid est mon ami… Dans ces conditions, je crois plus sage de n'en point parler, de crainte d'altérer le caractère de courtoisie d'une visite que m'impose ma déférence envers vos hautes fonctions…

– C'est bien… mais vous êtes prévenu… Quant à la prospection que vous envisagez aux monts Mabla, je vous donnerai une escorte à toutes fins utiles, car la région n'est pas sûre.

– Je vous en remercie, mais cette protection ne sera pas nécessaire, puisque M. de Monfreid sera mon guide.

On imagine l'indignation qui en résulta !

Obock fut mis en état de siège avec un détachement de la garde indigène, qui avait la consigne d'interdire à MM. de Monfreid et Teilhard de Chardin de sortir du village.

Ces hommes étaient armés, et sans hésitation, auraient tiré sur nous. Mais peu nous importait d'avoir de tels geôliers pour interdire les sentiers allant vers la montagne, la mer était là, et comme nous couchions sur l'*Altaïr*, rien de plus simple qu'en hisser la voile. Aux lagunes d'Angahar à 50 milles au nord d'Obock, où attendaient des mulets, personne ne viendrait nous barrer le passage vers les monts Mabla.

Un calme plat me contraignit à mouiller la nuit devant la solitude d'un désert de lave et de scories.

Couché sur le pont arrière, le regard perdu dans l'immensité du ciel criblé d'étoiles, Teilhard se mit à parler ou plutôt à penser tout haut.

En l'écoutant, je pensais à la Prière sur l'Acropole, mais ici, dans cette ambiance où le reflet du ciel sur la mer immobile nous tenait suspendus dans l'espace sans borne, ce fut la prière devant l'immensité, l'insondable mystère de cet Univers inconcevable à l'homme enfermé par le leurre de ses sens dans un monde Temps-Espace.

Teilhard parlait à Dieu, et j'écoutais sa sublime parole… Il s'avisa de ma présence :

– Promettez-moi de ne jamais révéler ce que vous avez entendu de ma prière, car c'en était une, pour que l'homme, un jour, soit en état de la comprendre.

J'ai gravi péniblement la montagne, buttant dans les obstacles quand le brouillard du doute m'égarait, et maintenant, arrivé au sommet, un horizon nouveau m'est apparu… Le révéler à ceux qui derrière moi gravissent la montagne risquerait de leur enlever avec la foi, la force de parvenir à leur tour au seuil où je me suis arrêté…

Nasser, directeur des douanes

En arrivant à Djibouti, j'appris qu'on avait effrayé Tafari en lui faisant croire que ce charas était un poison violent, capable de tuer toute la population d'Harrar.

Il va sans dire que cette sollicitude envers les Harraris n'était qu'un prétexte pour s'emparer de ce qu'il convoitait. Rien de plus simple que de soi-disant détruire ce charas, en brûlant en effigie.

Devant cette situation critique, je me consumais d'impatience pendant ces trois jours de voyage en chemin de fer.

Arriverais-je avant l'autodafé ?

Je fus réconforté en apprenant qu'un violent orage avait coupé la ligne entre Aouache et Addis. Seul passait encore le train de voyageurs bihebdomadaire, toutes les marchandises étant bloquées depuis plus de huit jours.

Le wagon de charas, dûment plombé et orné de cachets de cire, arriva enfin. Aussitôt déchargés, mes 120 ballots furent entreposés au magasin de la douane, où un Levantin Syrien ou Arménien, nommé Nasser, en eut la garde, étant chef de cette tutélaire administration.

Qui sait, pensai-je, si ce haut fonctionnaire, en somme geôlier de mes marchandises, n'a pas en poche les clés de leur prison ?

Je me décidai à lui rendre visite avec Gleyse, l'hôtelier marseillais que j'avais connu à Djibouti.

– Je vous présente mon ami Nasser, directeur des douanes…

J'avais devant moi un jeune homme, de vingt-cinq à trente ans, affectant le genre flegmatique comme s'il eût daigné, non sans regret, prendre part à ce qui se passait autour de lui. Je me fis donc aimable, m'efforçant de lui prodiguer toutes les apparences de sympathie.

Si Nasser, avec son genre anglais, était sobre de paroles, Gleyse par contre, parlait pour deux, et même plus…

Le directeur des douanes, sans doute pendant le verbiage du Marseillais, avait pu faire certaines réflexions sur la valeur de ce qu'il venait d'apprendre. En conséquence, il m'invita à venir le voir pour en parler, non pas à la douane, mais chez lui, soulignant ainsi son intention d'envisager le problème sous un jour très particulier.

Il me reçut dans une ambiance d'intimité qui devait, croyait-il, favoriser la confiance.

Je résume notre conversation, où il me proposa tout simplement d'enlever mes marchandises en perçant le mur de pisé du magasin qui jouxtait à des terrains vagues, boisés d'eucalyptus.

Selon la loi éthiopienne, une telle effraction vaut à son auteur main et pied coupés, ce qui refroidit beaucoup les éventuels cambrioleurs.

Je feignis de tomber dans le panneau, mais je remis au lendemain la suite et la conclusion de ces audacieux projets.

En dépit de l'heure tardive, j'allai chez le ministre plénipotentiaire de France pour le prier de signifier à

Tafari que je réclamais la liberté de mon charas pour l'envoyer à Hambourg, port franc, via Aden. Je savais que la légation d'Angleterre, à l'instigation de son secrétaire grec, avait suggéré la destruction du charas pour s'en emparer, comme je l'ai dit. Ma proposition résolvait plus élégamment le problème, puisque je remettais bénévolement entre ses mains ce qu'il convoitait.

Personne ne se demanda comment et pourquoi je me jetais ainsi dans la gueule du loup, puisque mon charas allait désormais voyager sous surveillance anglaise. Ce fut cette perspective qui contraignit Tafari à autoriser la libération de mes 120 ballots. Mais cette solution ne faisait nullement l'affaire des Grecs, fidèles conseillers du régent.

Évasion du Charas

La majorité des employés de chemin de fer Franco-Éthiopiens est grecque, et je compris que dans ces conditions-là le wagon où étaient mes 120 ballots de charas allait rencontrer pas mal d'obstacles à sa bonne arrivée à Djibouti.

Il fallait d'abord qu'il partit, et j'étais bien résolu à ne pas quitter Addis sans lui.

J'exigeai donc qu'il fut accroché au train de voyageurs qui allait m'amener à Djibouti, ce qui ne fut pas sans difficultés.

Pendant le trajet, tout était à craindre, et principalement au point où la voie ferrée franchit le col du Har par un tunnel.

À la station qui précède ledit tunnel, un petit groupe d'employés, par leur singulière attitude, me donnèrent à réfléchir.

Les wagons sont munis d'une sorte de tampon central qui réalise un attelage automatique par simple contact. L'opération inverse, c'est-à-dire pour dételer les wagons, il suffit d'enlever une cheville. Or, mon wagon étant en queue, si on libérait ladite cheville au passage du tunnel, la pente le renverrait à la station où j'avais surpris les pseudos employés, mais certainement, le wagon ainsi libéré aura déraillé avant de parvenir là où on l'attend pour le piller.

J'ai vu, en effet, quelques chameaux paître près de la ligne. Ils sont là pour emporter le butin dans la brousse.

Un peu avant l'entrée du tunnel, j'allai sur la plate-forme d'où je pus grimper sur le toit. Là, je me tiens à plat ventre.

Le petit train semble peiner pour gravir la pente ; il ralentit à tel point qu'un Bédouin, à son passage, le suit aisément, et saute sur la plate-forme que je viens de quitter. Arrivé au tunnel je ne vois rien dans l'obscurité, mais j'entends les coups de marteau pour libérer la cheville. Je saute de mon perchoir et de la plate-forme qui surplombe l'attelage, j'interpelle le prétendu Bédouin en tirant plusieurs coups de revolver.

Quand nous sortons du tunnel, mon wagon est toujours attelé, mais l'homme a disparu.

À Djibouti, ma marchandise fut conduite sous escorte directement de la gare à la cale de l'*Altaïr*, et je fis ma déclaration de transit pour Aden sous une caution de cinquante mille francs, qui me serait rendue contre une attestation de la douane d'Aden confirmant la remise des 120 ballots.

Je pris la mer à la tombée de la nuit, escorté par la vedette de la douane, qui me laissa continuer ma route à la limite des eaux françaises.

La nuit était très sombre, une petite brise d'est me permit de stopper le moteur pour filer en silence vers l'île Moucha, où le bois de palétuviers m'attendait avec son humus argileux pour emplir les peaux de chèvre provenant des ballots entreposés naguère à Obock et vendus en Égypte.

J'avais eu soin, avant de monter à Addis, de dire à Abdi de les apporter avec l'*Altaïr*. Leur odeur s'était conservée suffisamment pour donner un cachet d'authenticité.

Ce pénible travail fut terminé assez tôt pour nous permettre de nous éloigner suffisamment de l'île. Bien m'en prit, car au lever du jour, j'aperçus la silhouette d'un garde-côte anglais qui, sans doute, avait attendu la fin de la nuit pour s'assurer de notre présence sur la bonne route.

En entrant en rade d'Aden, une vedette nous escorta dans un bassin de l'Arsenal.

J'étais préoccupé par la différence de poids de mes ballots. J'allai en ville voir Delburgo, qui me rassura. Le Parsee chargé des pesées, me dit-il, comprend à demi-mots. Je le connais très bien, et je le verrai tout à l'heure. Quand on vous convoquera pour assister à la pesée, remettez-lui discrètement un billet de cent roupies, en lui disant : « Five hundred frazelas », qui correspond à six tonnes.

Ainsi les choses se passèrent-elles. À la fin des pesées, le Parsee me remit un bulletin officiel, avec lequel la douane de Djibouti aurait la preuve du dépôt de mes marchandises.

Quant à leur embarquement à destination de Hambourg, le collector of custum me déclare que la douane elle-même s'en chargerait à l'arrivée du vapeur. Sur ce, je fus autorisé à retourner à Djibouti. Je m'empressai, grâce au reçu du « collector of custum » de récupérer mes 50 000 francs, et je filai à Obock.

J'appris plus tard qu'à l'arrivée de mes ballots à Hambourg le consul d'Angleterre envoya au laboratoire un échantillon de ce charas, si jalousement surveillé, pour en faire la saisie au titre des stupéfiants.

Qui fut stupéfait, ce furent les Anglais, et ceux qui espéraient, en fin de compte, faire leur profit d'une pareille aubaine, quand le laboratoire donna le résultat de son analyse :

« Terre végétale, et chlorure de sodium. »

Kassim

Sur le quai de Djibouti, ma pirogue, avec Abdi, m'attendait pour aller à bord, quand un jeune Dankali me demanda de le conduire à une zeima mouillée à l'extrémité de la rade, trop loin pour qu'on entendit ses appels.

Ce garçon, spontanément, me fut sympathique. J'envoyai Abdi le conduire à son bord. Pouvais-je me douter des conséquences que ce petit service à un inconnu allait avoir ? Le temps passa, et je ne pensai plus à cet insignifiant incident.

Au cours d'un de mes voyages à la pêche des perles, je longeais les hautes falaises de la côte nord du golfe de Tadjourah à la recherche d'un mouillage pour passer la nuit. En ces parages, les montagnes de basalte tombent à pic dans la mer par quatre cents à cinq cents mètres de fond, il est donc impossible de mouiller. Dans ces conditions, un voilier surpris là par le calme sera infailliblement drossé sur les récifs invisibles la nuit.

Tandis que je me morfondais d'anxiété, un oiseau au vol silencieux vint tournoyer dans la mâture, puis autour de moi jusqu'à frôler ma joue. Je connaissais cette hirondelle nocturne, qui semble ignorer la présence de l'homme à tel point qu'on peut la saisir sans qu'elle soit le moins du monde effrayée. Mais aucun indigène ne l'oserait, car elle porte l'âme errante d'un marin sans sépulture…

C'est alors que dans le rideau de velours noir où se cachait la côte, j'aperçus une lueur clignotante. Qu'il y eût là un feu impliquait la présence d'un mouillage. L'oiseau s'étant envolé dans cette direction, mes hommes y virent un signe et me supplièrent de le suivre.

Ainsi encalminé, passif jouet des courants, peut-être – sinon certainement – irais-je finir sur un récif ? Alors, perdu pour perdu, je mis le cap vers la terre et à force d'aviron, j'échouai l'étrave dans le sable d'une étroite plage, devant la coque d'un petit zaroug qui achevait de brûler.

Un corps était étendu sur le sable… un cadavre. En arrière, comme des lucioles, brillaient les yeux des hyènes, encore hésitantes à cause de ce feu. Un coup de fusil les dispersa, et un de mes hommes les chassa vers le petit ravin. Il revint, accompagné d'une jeune femme, portant un enfant en bas âge. Le mort n'était pas son mari, mais le jeune Ghaleb, qui avait tenté de la sauver.

Pendant que mes matelots creusaient une tombe hors d'atteinte des plus fortes marées, elle me conta son histoire.

Elle se nommait Sélima. Amenée à Tadjourah avec une caravane d'esclaves, le sultan Hassen la remarqua, l'acheta et l'épousa. Son frère cadet, Anfaré, en attente d'une succession que les soixante-quinze ans de son aîné rendait prochaine, ne s'inquiéta pas d'une favorite qu'un vieillard hors d'âge ne pouvait féconder. Or, ce fut précisément ce qu'il advint. Un superbe garçon vint au monde, ruinant ainsi tous les espoirs d'Anfaré.

Il fallait supprimer cet enfant, et aussi la mère, pour prévenir un second miracle. Il confia cette mission à un jeune guerrier, Ghaleb, métis de Yéménite et de Dankali. Si la beauté de Sélima réveilla les ardeurs fort défaillantes d'un vieillard, elle éveilla l'amour du jeune homme. Ghaleb et son ex-victime louèrent un petit zaroug. Au dernier moment, une jeune femme demanda à embarquer avec sa fillette, à peu près du même âge que l'indésirable dauphin.

Pourquoi le jeune homme accepta-t-il cette passagère ? Sans doute pensait-il atténuer ainsi le caractère de fuite de son départ ? La vraie raison était plutôt le dessein de la Fatalité, sa voie impénétrable qui nous mène à ce qui est écrit.

La barque dut aborder à un petit mouillage au pied des falaises pour attendre le jour. Sélima, son enfant sur le dos, s'en alla dans le ravin chercher du bois pour le feu allumé au bord de l'eau. C'est précisément à ce moment qu'une grande zeima planta son étrave dans le sable. Ghaleb fut assommé d'un coup de crosse, tandis que la femme et la fillette étaient portées à bord. Sans s'attarder, après avoir mis le feu à la barque échouée, la zeima disparut dans la nuit, ignorant que Sélima, qui s'était cachée avec son enfant, restait prisonnière de cette petite plage accessible seulement par mer.

Voici ce qui s'était passé :

En apprenant la trahison de Ghaleb, Anfaré courut bride abattue à Tadjourah, où une grande zeima se préparait à regagner son port d'attache à Dahalak. Elle appartenait à Saïd Aly et avait à son bord Kassim, ce jeune Arabe à qui, l'année d'avant, j'avais rendu service à Djibouti. Alléché par une grosse prime, payée par moitié d'avance, le nacouda consentit à poursuivre les fuyards. C'est ainsi que dans la nuit, le feu allumé sur l'étroite plage par Ghaleb les guida : un jeune Arabe en compagnie d'une femme et de son enfant, ne laissaient aucun doute.

Comme je viens de le raconter, le zeima repartit, croyant sa mission accomplie, en dépit des protestations de la femme, qui persistait à affirmer que celle qu'ils cherchaient était restée cachée pendant l'agression. Il fallut la preuve de l'erreur en montrant au nacouda le sexe féminin de son enfant.

Pour ne pas perdre la seconde moitié de la prime, il résolut de retourner au mouillage ; mais il n'y arriva que le lendemain, retardé par le calme. Quelle ne fut pas sa stupeur en voyant une tombe où, sans aucun doute, le mort laissé sur le sable avait été enseveli. Mais la femme et l'enfant avaient disparu…

Qui donc était passé par là ? Peut-être un garde-côte ?… Alors, mieux valait ne pas s'attarder, mais que faire de leurs passagers ?

La Providence leur fit croiser une zeima malodorante de pêcheurs de trocas, qui leur évita un retour à Tadjourah où le nacouda ne tenait pas à rencontrer Anfaré.

Quant à moi, j'ignorais à ce moment tout ce que je viens de raconter. Je savais seulement que l'enfant pris à bord était le fils du sultan Hassen.

En arrivant quelques jours après à Moka, j'allai mouiller auprès des autres voiliers, que je saluai du Ho-Ho-Ho… traditionnel, auquel répondirent les équipages de toutes les barques. Sur l'une d'elles, Kassim me reconnut. Pendant que l'Omer Bahar (maître du port) écoutait mes explications, sur cette passagère ne figurant pas au manifeste, il arriva à la nage et grimpa à bord.

Quand j'expliquai à l'Omer Bahar ce que m'avait révélé cette femme. Je fus surpris de l'attitude de Kassim qui me parut tout déconcerté. Je ne pouvais évidemment pas deviner le rôle qu'il avait joué.

La nuit était venue, quand un léger clapotis à l'avant m'alerta. J'y courus, de crainte qu'un mauvais plaisant ne tentât de couper mon amarre, car en prévision d'un départ précipité, je n'étais pas mouillé sur la chaîne. En cas d'urgence, une amarre est vite tranchée.

Je vis émerger Kassim, complètement nu, invisible la nuit par sa couleur sombre.

– Je suis venu à la nage, me dit-il, pour ne pas éveiller de soupçons, car je suis surveillé. Mais il fallait que je te voie. Tu as tout gâté en parlant de cette femme, et maintenant, non seulement elle doit être capturée avec ce maudit enfant, cause de tout, mais tu dois disparaître, toi aussi… Tu en sais trop long…

– Je ne sais rien d'autre que ce qu'elle m'a raconté…

– Mais tu l'as ramassée à Ras Duan et tu as enterré celui qu'on a tué. Tu t'es mis ainsi en travers des volontés d'un puissant personnage, ami intime du Wali et protégé par l'Iman. Tous sont d'accord pour te réduire au silence. Nul ne se doute de mon amitié pour toi, mais une imprudence me coûterait la vie. L'Omer Bahar a retardé ton départ pour te faire embarquer demain quelques passagers de son choix pour Dahalak, et en prévision de ton départ clandestin, un boutre armé est déjà parti pour te couler en t'abordant par une feinte maladresse.

Je n'ai pas oublié la fille de Saïd Aly, et si je trahis les miens pour te sauver, c'est parce que j'ai senti en toi un ami sûr à qui Saïd Aly ne peut rien refuser.

La torpille

Je n'eus pas à éveiller mes hommes, qui tous sentaient planer le mystère dans la touffeur de la nuit calme.

Je fis ouvrir une petite caisse zinguée où était ma réserve de dynamite, emportée à l'intention des requins.

J'amorçai un rouleau avec un détonateur et une longueur de cordeau Bickford correspondant à quinze secondes. Puis, je fis porter à l'avant, les deux carabines avec mes deux meilleurs tireurs. Je répétai à chacun toutes mes instructions pour éviter les fausses manœuvres, et leur attention me rassura sur leur confiance et leur impatience à agir.

Aucun ne concevait le danger, et cette ignorance tient lieu de courage, comme il arrive à bien des héros.

Peu après l'appel à la prière du Fedjen et le chant des coqs, l'Omer Bahar m'amena les quatre Bédouins, dont l'un était Kassim. Je les fis installer à l'arrière, avec le baluchon que chacun d'eux portait en refusant de s'en séparer.

Je pris le prétexte de la manœuvre d'appareillage, qui exigeait un pont bien dégagé pour qu'ils y consentissent et encore, ne fut-ce qu'après un clin d'œil de Kassim.

À peine Abdi et deux autres m'eurent-ils laissé entre eux et leur précieux ballot que je les tins sous la menace de mon browning, avec deux hommes, Omar et Kadijata, les tenant en joue.

– Il ne vous sera fait aucun mal, mais au moindre geste de révolte, si vous n'obéissez pas, ce sera la mort.

Abdi ouvrit les baluchons. Chacun d'eux contenait un gros automatique Colt et plusieurs chargeurs.

– Alors, vous vouliez m'assassiner, et maintenant, vous espérez encore le salut avec le grand zaroug armé que nous n'allons pas tarder à rencontrer.

Un haussement d'épaule, ponctué d'un jet de salive méprisant fut la seule réponse. Je repris alors d'un ton plus agressif :

– Vous êtes donc des pirates. Dans mon pays, ils sont pendus. Je m'excuse de n'avoir pas ce qu'il faut. Il faudra donc vous contenter d'une balle dans la tête, à moins que vous ne préfériez aller vous expliquer avec les requins ?

Cette fois, leurs traits décomposés me donnèrent la mesure de leur émotion, et ce fut Kassim qui répondit :

– Mais pourquoi veux-tu nous tuer ? Nous ne t'avons rien fait… Nous voulons seulement cette femme et cet enfant…

– Bien sûr, tout comme le chasseur n'a rien fait au lapin qu'il a manqué… Quant à cette femme, je ne sais qu'en faire, si vous la voulez, prenez-la…

La stupeur laissa les trois hommes bouche ouverte, tandis qu'une lueur d'espoir animait leurs regards.

– Le soleil n'était pas loin de l'horizon quand la voile du zaroug parut sous notre vent. Je fis aussitôt libérer les trois et je leur dis :

– Montez vite sur le pont et faites des signaux à vos amis pour qu'ils approchent sans crainte pour embarquer la femme et son enfant.

En dépit de ses cris, je la fis monter sur le gaillard arrière où, avec leurs yeux de lynx, les Arabes l'identifieraient.

Kassim tenait la barre pour leur laisser croire que le navire était déjà entre leurs mains. Mes hommes étaient dissimulés dans la cale, comme si on les y eut enfermés.

Quand le zaroug se rangea le long de ma zeima, je fis amener la voile, et l'autre en fit autant, assez surpris d'une attitude aussi amicale. J'étais en effet debout sur le pont, la cigarette à la bouche, tenant l'espace auquel était fixée la cartouche de dynamite. Au moment où l'un des pirates nous lançait un filin, je me baissai pour bouter le feu au Bickford avec ma cigarette, et je plongeai mon espar sous la coque du zaroug comme pour l'empêcher de heurter ma zeima.

Jamais quinze secondes ne me parurent si longues… le cordeau Bickford ne s'était-il pas éteint ? Je vis le nacouda abandonner la barre, et dégainant sa djembia, il cria l'ordre d'abordage.

J'allais lâcher l'espar, croyant tout perdu, pour vendre chèrement ma vie, quand l'explosion, dans une gerbe d'eau et de galets (dont il était lesté) projeta en l'air le nacouda et une partie de son équipage. Nous eûmes juste le temps de nous réfugier sous le pont du gaillard pour nous protéger de la retombée de ces débris lancés à plus dé quinze ou vingt mètres de hauteur.

Quant au zaroug, il se retourna, montrant sa quille brisée et l'énorme brèche par où le reste du lest s'était vidé.

Cinq ou six zaranigs nageaient dans les débris flottants. Les trois hommes embarqués à Moka avec Kassim avaient sauté sur le zarong une seconde avant l'explosion, tout juste au pied du mât, la place la mieux choisie pour n'en rien perdre.

J'aurais dû abandonner les rescapés avec les cafards et les rats accrochés aux épaves, mais il fallait prévoir leur chance, si minime soit-elle, d'être jetés à la côte par un courant, ou repêchés par une barque, car dans ces mers chaudes un homme tant soit peu soutenu par une épave, voire une simple planche, peut flotter plusieurs jours sans endurer le supplice de la soif grâce à son immersion.

Dans ce cas, le fait d'avoir été le seul à demeurer à mon bord démasquait le rôle de Kassim, et tôt ou tard, son compte eût été bon… Je sauvais donc ces hommes dans son intérêt ; bien qu'il s'offrit à supprimer ces possibles témoins à coups de fusil. Ils étaient cinq : deux gravement blessés, moururent, et les trois autres, pleins d'admiration et de gratitude, me restèrent dévoués jusqu'à leur mort en chantant partout mes louanges.

Jamais ils ne révélèrent ce qui s'était passé, laissant croire à un naufrage.

À Dahalak, Saïd Aly me reçut en ami, et malgré mon impatience à reprendre la mer, je dus me résigner à rester quelques jours son hôte.

Pendant ce temps, Kassim et Amina s'étaient retrouvés en souvenir de leur rencontre au chevet de Saïd Aly, où un rayon de soleil les avait révélés l'un à l'autre. Le malicieux Cupidon sans doute avait-il mis dans ce rai lumineux le subtil poison de ses flèches.

Saïd Aly eut vite deviné pourquoi la mélancolie d'Amina s'était aussitôt changée en exubérante gaieté à l'arrivée de Kassim. Bien que ce garçon, sans autre bien que sa valeur personnelle, ne fût pas ce qu'on appelle un bon parti, il ne put se défendre d'une sympathie spontanée en observant son comportement. Il ne fut pas long à se rendre compte que ce courageux garçon n'envisageait pas les « espérances », son amour pour Amina seul le guidait pour conquérir le droit de prétendre à sa main. Dès lors, Saïd put s'abandonner à sa sympathie pour le chérir à l'égal d'un fils.

Parmi les plongeurs soudanais de Saïd Aly, l'un d'eux, Anko, de l'âge d'Amina, avait été son camarade d'enfance, son jouet pourrait-on dire, tant il en supportait en souriant les caprices et les fantaisies. Devenue jeune fille, elle n'y pensa plus. Mais lui, dans une muette adoration, resta son esclave.

Anko paraissait, de prime abord, amoral et bestial comme un sauvage, resté proche de la Nature. Cependant, il était haïssable par une fourberie que son apparente simplicité de brute ne laissait pas prévoir. Chez lui, instincts et désirs primaient tout ; il aurait tué père et mère pour les assouvir.

En dépit de la vigilance de Kadidja, la nourrice d'Amina, une catastrophe eut été inévitable si Saïd n'eût envoyé Anko au golfe Persique.

Quant à Kassim, il lui confia un zaroug rapide pour conduire Sélima et son enfant à Tadjourah, où elle serait désormais à l'abri des criminelles entreprises d'Anfaré, le jeune frère de son maître, qu'on trouva un matin, pendu dans sa cellule.

Pendant l'absence de Kassim, une guelba battant pavillon du Wali de Moka entra en rade. Lui-même était à bord. Ce haut personnage se disait envoyé par l'Iman pour une révision du monopole de pêche. Pendant ces pourparlers, où Saïd jouait sa fortune, Anima, le croyant seul, entra visage découvert, mais s'enfuit à la vue de cet étranger.

Cette courte apparition fut sans doute le coup de foudre, et Saïd comprit qu'il allait être un puissant argument pour répondre à ce chantage.

Quand le Wali se risqua à demander la main de celle qu'il avait entrevue, Saïd lui déclara avoir béni ses fiançailles avec un jeune nacouda qu'il avait naguère adopté. Mais, profondément sensible à l'insigne honneur que lui faisait le Wali, il mettrait une condition à son consentement au mariage : les fiançailles ne seraient valables que si Kassim réussissait à rapporter du récif El Hadji, dit à juste titre « récif maudit », un lot de perles roses pour faire un collier à trois rangs. C'était là, disait-il, le seul moyen de rompre les fiançailles sans se parjurer.

Le Wali, sachant le nom de ce récif largement mérité, accepta de patienter jusqu'à la fin du Ramadan.

Preuves accablantes

Précisément à cette époque, après un court séjour à Djibouti, je voulus aller voir Saïd Aly, dont j'espérais d'abord des conseils relatifs à mes projets de pêche à Farsan, ensuite, retrouver Kassim, parti au golfe Persique tenter sa chance au récif d'El Hadji.

Déjà, la mer avait changé de couleur sur les premiers hauts fonds annonciateurs de l'archipel Dahalak. Tandis que je cherchais à me repérer à la sonde, Abdi me montra, à plus d'un mille devant nous un point noir entouré d'oiseaux de mer. Immobilisé par le calme, je mis un homme aux avirons pour identifier ce qui attirait ainsi les oiseaux. Peut-être de l'ambre, dont ils sont si friands ?

Mais une légère risée nous apporta une odeur de charogne, et à la jumelle, je reconnus une pirogue. Enfin amenée le long de mon bord, je vis un cadavre à demi immergé par l'eau trouble. C'était un Soudanais de haute taille, à peu près nu. Rien qui permît de l'identifier. Je notai seulement son pied gauche mutilé : une ancienne blessure, où il perdit le gros orteil et les deux doigts voisins. Dans un tel climat, un cadavre est en putréfaction moins de vingt-quatre heures après la mort, et celle-ci ne me parut pas remonter à plus de quarante-huit heures.

Je voulus l'immerger, lesté d'une des lourdes pierres de mon lest. Mais Mohammed Moussa, fanatique musulman, ne voulut pas le laisser sans sépulture. Un petit îlot de sable y pourvut et je repris ma route avec la pirogue en remorque.

Avant d'aller à Djumelé, sur l'île Dahalak où Saïd avait sa résidence, j'entrai à Massawa pour compléter mon armement. En passant devant un zaroug mouillé un peu à l'écart, je fus surpris de l'intérêt que son équipage prenait à la pirogue que je remorquais. La peinture rouge de son extrémité me sembla retenir particulièrement leur attention. Ces hommes, coiffés du fez en paille tressée, devaient être des contrebandiers zaranigs, qui apportent au Nord de la mer Rouge le tabac vendu à Aden.

Je mouillai non loin de là, assez loin du quai pour n'être pas importuné par la curiosité des Italiens.

Bientôt, je vis arriver le mousse du zaroug, qui grimpa par la chaîne d'ancre, rendre visite au mien, sous prétexte d'avoir du feu.

Je ne doutais pas que le gamin n'eût été envoyé pour avoir quelques détails sur cette pirogue au nez rouge. Après le départ du petit Zaranig, Abou Nocta, mon mousse, me répéta ce qu'il avait appris, à savoir que les Zaranigs avaient déposé des balles de tabac sur l'île

Entesilla, pour éviter sans doute de révéler aux autorités la nature de leur cabotage.

Tout en confessant mon mousse, je vis le zaroug appareiller discrètement, et grâce au court crépuscule tropical, ils purent sortir du port, confondus à la nuit.

Je ne vis d'abord aucune relation entre les balles de tabac et le cadavre dans la pirogue, mais cette manière de fuite des Zaranigs après ce que leur mousse avait pu leur rapporter des bavardages d'Abou Nocta, me laissa rêveur.

Je me remémorai des détails, tels que le sable sur les pieds du mort, et ses reins cassés, prouvant qu'il avait été porté dans la pirogue, d'après la direction de la faible brise, elle venait sûrement d'Entesilla. J'en arrivai à penser que sur cette île, je trouverai la clé du mystère. Elle était sur ma route vers Dahalak, rien de plus simple que d'y aborder.

En y arrivant, le sable bouleversé de la plage témoignait d'un tumultueux embarquement des ballots de tabac déposés par les Zaranigs… ou des traces d'un combat.

Une tombe fraîche m'intrigua, et je fis creuser le sable.

On juge de ma stupeur en reconnaissant un Soudanais avec une énorme blessure, un coup de djembia, au flanc. Donc, il avait été assassiné, comme celui de la pirogue.

Atterré, je crus défaillir devant cette accablante charge contre Kassim. Toutes les apparences étaient contre lui : mais alors pourquoi, après avoir enterré l'un, avait-il mis l'autre dans une pirogue pour porter au loin la nouvelle et la preuve du meurtre ? Et puis, sans pirogue, comment aurait-il pu quitter l'île ?… Mais, était-il seulement venu ?

Comme pour répondre à cette question, Kadigeta m'appela en me montrant une ceinture ramassée sur le sable. Tous reconnurent celle de Kassim, avec la poche où il enfermait les perles… elle était vide, bien entendu.

Un autre appel, parti des dunes, me fit sursauter. Je crus que cette fois il s'agissait du cadavre de ce malheureux. Non, il n'y avait point de cadavre, mais une balle de tabac, marquée « A. BESSE, ADEN. »

Le mystère se compliquait. Mieux valait aller à Dahalak où peut-être Saïd Aly aurait appris quelque chose.

Arrestation de Kassim

En arrivant à Djumelé, je trouvai les esprits très montés contre Kassim depuis l'arrivée d'une barque qu'il avait louée à Assab pour apporter sans retard le magnifique lot de toutes les perles de la campagne de pêche, sa zeima El Gazal, étant immobilisée par une réparation.

Le nacouda raconta qu'une tempête emportant sa barque vers des récifs, Kassim, pour sauver les perles, était parti en pirogue avec ses deux matelots soudanais, Fonta et Anko. Leur disparition faisait jaser, les uns les disant noyés, les autres en fuite avec toutes les perles.

Depuis la découverte des cadavres de deux Soudanais, les charges retombaient toutes sur le malheureux Kassim.

Du coup, il perdit ses derniers défenseurs, et Saïd Aly lui-même n'osait plus intervenir en sa faveur. Je sentais cependant qu'il n'était pas plus convaincu que moi. Les prétendues preuves trouvées sur l'île ne le satisfaisaient pas. Le mystère restait entier, tant qu'on ne saurait pas comment Kassim avait quitté l'île Entesilla.

Pour la clarté du récit, je dois révéler ce que je n'appris qu'un peu plus tard.

Quand les contrebandiers zaranigs, alertés par le rapport du mousse, arrivèrent à l'île, un seul des deux Soudanais laissés bénévolement à la garde des ballots de tabac s'y trouvait. C'était Anko. Le zaranig, supérieur par sa race et particulièrement subtil, décela le mensonge du Noir et pressentit la vérité.

– Où est ton camarade ?

– Mon camarade… Il s'est enfui en pirogue… Il m'a abandonné.

– Quand donc a-t-il quitté l'île ?

Il hésita, et jeta au hasard :

– Hier soir… Il a profité du moment de la Prière pour…

– Pour se casser les reins, l'interrompit-il en le regardant fixement.

Le Soudanais resta sans souffle, les yeux écarquillés et bouche ouverte.

– Tu es un assassin et un voleur. Donne-moi les perles que tu as prises à celui que tu as tué, sinon je te dénonce.

Anko porta la main à sa ceinture d'un geste involontaire, et comprenant qu'il venait de se trahir, il tenta de s'enfuir vers la mer pour les jeter sur de petits fonds où il pourrait les repêcher ; mais le zaranig le retint par son pagne, et une lutte s'engagea. Les autres zaranigs accoururent au secours de leur nacouda, qu'ils savaient sans armes, au moment où le Soudanais venait de ramasser un harpon. Un des zaranigs lui planta sa djembia au flanc.

En fouillant le cadavre, ils trouvèrent le paquet de perles, stupéfaits en l'ouvrant d'avoir entre les mains un aussi inestimable trésor. Où donc trouveraient-ils un acheteur capable d'en payer le prix ? Ils pensèrent alors à Saïd Aly.

En toute hâte, après avoir enterré leur victime, ils embarquèrent leur tabac qui, à côté d'une telle fortune, ne comptait plus guère. C'est en raison de cette hâte qu'ils ne trouvèrent pas un des ballots, que les

Soudanais avaient transporté à l'écart pour se l'approprier après le départ des Zaranigs.

Ils arrivèrent à Dahalak peu après l'arrivée de la barque louée par Kassim, et le retour de sa grande zeima « El Gazal ». Les nouvelles qu'ils avaient apportées étaient commentées sur la plage, de sorte que les Zaranigs apprenant qu'il s'agissait précisément des perles trouvées sur le Soudanais se gardèrent de les offrir à leur propriétaire. Alors, pour justifier leur escale, ils offrirent leur tabac. Le vieux Kamès, séduit par le prix avantageux, en acheta une balle entière.

Je reprends donc mon récit au moment où je quittai Saïd. Apercevant son vieil esclave, Kamès, il lui dit :

– Donne donc à Abd el Haï quelques paquets de la « Sourate » que tu as achetée ce matin à ces contrebandiers zaranigs.

C'est ainsi que dans la pièce du rez-de-chaussée je vis le ballot exactement semblable à celui abandonné sur l'île, et portant la même marque : « A. BESSE, ADEN. »

Ce fut un trait de lumière, l'éclair qui tout à coup révèle le sentier au voyageur perdu dans les ténèbres. Tout devenait clair.

Ayant dû aborder à l'île, et les Zaranigs s'en étaient emparés, tuant les Soudanais. Quant à Kassim, pourquoi n'avait-on pas trouvé son cadavre ? Sans doute pour la très plausible raison que les Soudanais s'en étaient déjà débarrassés avant de toucher l'île…

Non, Kassim n'était jamais venu là. La clé du mystère était à bord du zaroug des contrebandiers.

Saïd Aly, aussitôt mis au courant, m'aurait embrassé dans sa joie d'entrevoir une chance de salut pour Kassim, si toutefois il était encore de ce monde.

Il dépêcha un petit zarong léger pour joindre la côte d'Asie au plus court. De là, un chameau coureur porterait sa lettre à son ami le Wali de Djeddah. Il le priait de faire rechercher les Zaranigs et de les tenir sous étroite surveillance jusqu'à l'arrivée de mon bateau.

Le messager de Saïd venait à peine de partir sur sa barque légère que la zeima El Gazal arrivait de Moka, où l'équipage soudanais avait obligé le serendj qui remplaçait le nacouda porté disparu ; à y aller pour porter plainte contre Kassim, qu'ils accusaient du meurtre de leurs deux camarades, Fossita et Anko.

La nouvelle qu'ils apportèrent mit tous les esprits en ébullition : Kassim était en prison à Moka !...

Voici ce qui s'était passé : on se souvient, d'après le récit du nacouda dankali, que Kassim avait quitté sa barque avec Anko et Fanta. Les deux compères lui avaient pris les perles qu'il portait, et tenté de l'assommer. Mais il avait réussi à plonger.

Abandonné ainsi en pleine mer, il trouva la planche de son banc détachée quand il plongea en chavirant la pirogue.

Recueilli par un pêcheur, il resta plusieurs jours à Doubala malade, et sans moyen de communication. Enfin rétabli, il gagna Moka à pied en suivant la côte. Là, les askaris le menèrent au Cadi, qui l'eût aussitôt libéré s'il n'avait pas méconnu le proverbe arabe : « À bouche fermée, les mouches n'entrent pas. »

Il raconta son histoire rocambolesque, qui vint aux oreilles du Wali, précisément au moment où l'équipage d'« El Gazal » portait plainte contre lui. On comprend qu'un juge de cette sorte, quand il tient un rival dans ses griffes, ne le lâche pas.

Kassim comprit que toute tentative de défense serait vaine. On voulait sa mort. Il n'y avait plus pour lui de justice.

Bloqué dans la résignation, il fut enfermé dans l'infecte prison des condamnés à mort.

Le sursis

Malgré l'heure tardive, je montai voir Saïd Aly. Sa fille Amina était en larmes, le suppliant de la laisser partir à Moka, implorer la grâce de Kassim.

– Voilà Abd el Haï qui le sauvera, avec la preuve de son innocence.

– Qu'importe à Abdulfat ! L'occasion est trop belle pour qu'il la laisse échapper sans attendre d'autres preuves que celles qu'il a.

– Ta fille a raison, car si j'ai la preuve concluante, encore faudra-t-il la donner à une autorité supérieure à celle du Wali Abdulfat, en l'espèce le gouverneur de la province, le Wali de Djeddah, car n'en doute pas, Abdulfat supprimera d'abord, et examinera ensuite.

Enfin convaincu, Amina accompagnée de Kamès partit pour Moka. Tandis qu'avec mon bateau, je remontais à nouveau vers Djeddah.

Sur les Zaranigs dûment fouillés, on trouva les perles, qui achevaient d'innocenter Kassim. J'embarquai douze askaris et le chaouch représentant le Gouverneur, muni de pleins pouvoirs, et j'appareillai pour Moka.

Kassim était enfermé dans une ancienne redoute bâtie par les Turcs. Le cachot, creusé à même le roc, s'emplissait à demi à chaque marée haute. Son geôlier, touché peut-être par la jeunesse de Kassim, avait desserré les anneaux qui fixaient sa chaîne à la cheville pour qu'il souffrît moins.

D'ordinaire, le séjour en ce lieu est bref, et Kassim se demandait pourquoi son exécution tardait tant, alors que le Wali avait montré tant de hâte à rendre sa sentence, il ignorait que ce retard était dû à une formalité qu'Abdulfat n'avait pu éviter. L'ordre d'exécution devait être contresigné par l'Imam, qui a droit de grâce. Au cinquième jour, elle arriva enfin, mais il fallait attendre au lendemain, à l'aube.

Aux premières heures de la nuit, le geôlier entra dans l'hypogée avec sa lanterne et le dernier repas du prisonnier.

– Laisse-moi en paix, et donne cette pâtée aux errants. Demain, mon âme sera délivrée de mon corps et ira remercier Allah de sa protection…

– La douleur te fait blasphémer, alors que tu dois espérer.

– Espérer en la mort… j'ai entendu dresser l'échafaud.

– En effet, c'était pour demain.

– Que veux-tu dire : « C'était » ?

– Ce qui se dit en ville… Sache donc qu'une femme venue de la mer a rendu visite au Wali, qui a décommandé le bourreau.

– Qui donc était cette femme ?

Mais le geôlier avait disparu…

C'était, on l'a compris, Amina, arrivée de Dahalak.

Abdulfat consentit à la recevoir, la sachant à sa merci.

– J'ai traversé la mer à l'insu de mon père pour t'apporter le serment d'être tienne si tu accordes un sursis de huit jours à celui que tu as condamné à mourir.

– J'entends bien, belle Amina, mais qui me garantit que tu tiendras ton serment, arraché par le désespoir ?

– Donne-moi le Coran… Sur ce Livre saint, je jure de t'appartenir d'ici à huit jours, à la mort de Kassim, et reçois cette bague en gage de ma foi.

Pendant ce dialogue, le Wakil, son éminence grise, donnait des signes de surprise et d'impatience. Après le départ d'Amina, il ne se contint plus :

– Viens-tu de parler sérieusement ? Enfin, Maître, ne vois-tu pas que cette fille se moque de toi. Elle a dû apprendre que des preuves irréfutables sont en route pour innocenter Kassim, et pour ses beaux yeux, tu vas sauver son amant ?…

– Me crois-tu vraiment si naïf ? Je n'ai pas attendu ton avis pour savoir que des preuves « irréfutables » vont arriver. D'ailleurs, je n'ai jamais douté de l'innocence de cet imbécile, mais ces preuves arriveront trop tard…

– Tu as juré sur le Coran…

– Qui te parle de me parjurer ? Quant à Amina, elle a juré d'être ma femme.

– À la mort de Kassim.

– Je n'ai pas oublié, mais d'ici à demain, Kassim aura commis un meurtre qui lui vaudra la potence en dépit de toutes les preuves qui pourront l'absoudre de celui des deux Soudanais. Tu verras par la suite… Va me chercher le geôlier.

Un instant après, il entra, craignant une réprimande pour sa sympathie envers un condamné.

– Cesse de claquer des dents, je n'ai nul reproche à te faire. J'ai besoin de ton zèle et surtout de ta discrétion, dont ta vie me répondra. Voici mes ordres : cette nuit, le prisonnier Kassim devra s'évader, et je te donne carte blanche pour qu'il y réussisse.

– Maître, je suis ton esclave, je ferai tout ce que tu voudras, mais comment m'y prendre ? Mon métier ne m'a jamais donné l'occasion d'inviter un prisonnier à aller prendre l'air à la veille de son exécution.

– Rien de plus simple, détache sa chaîne, laisse la porte ouverte, en lui faisant un petit signe d'intelligence. Tu auras soin de laisser ouverte la poterne du chemin de ronde qui donne sur la ruelle.

– Celle qui sert à évacuer les prisonniers morts à huis clos ?

– Celle-là même.

– Et s'il refuse de sortir ?

– À toi de le décider.

– Mais comment pourra-t-il se fier à moi ? Une si extraordinaire attitude lui fera soupçonner un piège…

– Peut-être as-tu raison… Prends cette bague. En la voyant, il ne doutera plus.

Tu auras soin de te dissimuler dans le chemin de ronde et de m'y attendre jusqu'à ce que je vienne voir comment l'oiseau s'est envolé.

Resté seul avec son Wakil, Abdulfat se détourna vers lui pour jouir de sa stupéfaction.

– Du diable, Maître, si je comprends où tu veux en venir ?

– C'est bien simple, il s'évade, dès lors, je ne suis plus responsable s'il lui arrive malheur… Tu vas t'assurer d'une barque avec des hommes sûrs qui attendront pour t'embarquer avec Kassim ; puis, tu feras comme s'il s'agissait vraiment de le faire évader. Tu en sais assez.

– Oui, Maître, mais cet homme voudra-t-il me suivre ?

– Il te suivra si tu lui dis en l'abordant : « As-tu la bague ? »

Évasion mystérieuse

Au milieu de la nuit, le geôlier entra, et Kassim se redressa :

– Déjà l'heure.

– Non, tout est écrit ; ton heure n'est pas venue.

Et, ce disant, il se baissa et enleva les fers. Surpris de cette délivrance, il ricana :

– Encore un raffinement de cruauté de ton illustre maître. Laisse donc cette odieuse comédie, dont je ne suis pas dupe.

– Auras-tu plus de confiance en cette bague, qui va t'ouvrir toutes les portes ?

Kassim reconnut la bague qu'il avait naguère donnée à Amina.

Il voulut questionner le geôlier, mais personne n'était auprès de la lanterne. Il s'élança pour frapper à la porte, mais elle céda, et il faillit s'étaler dans le sombre couloir où avait roulé la lanterne.

Plus de doute, elle avait organisé son évasion.

À quel prix ?… Il saurait cela plus tard. Il mit la bague à son doigt et avança à tâtons dans une totale obscurité. Arrivé au chemin de ronde, il aperçut la « pâle clarté qui tombe des étoiles » par la poterne ouverte… la rue était là… Au moment où il s'élançait dans la liberté, une silhouette surgit devant lui, et disant :

– As-tu la bague ?… C'est bien, alors, suis-moi…

Kassim, courait le long de la plage et la mer venait sous ses pieds en petites vagues amies. Vénus, l'étoile du matin, montait à l'horizon, et les coqs se répondaient.

Une barque attendait avec deux hommes qui la poussaient aussitôt les deux passagers embarqués. La brise de terre gonfla la voile et l'embarcation tailla l'eau calme de la rade vers la passe, vers le grondement de la mer, là-bas sur le récif. Personne encore n'avait parlé. Kassim rompit le silence.

– Où allons-nous ?

Ce fut le mystérieux guide qui répondit :

– Où tu voudras, mais d'abord, il faut gagner le large.

À ce moment, ayant tourné son regard vers la passe, il se tut à l'apparition d'un voilier qui la franchissait. Il bondit sur la barre pour s'écarter de la route de ce vaisseau fantôme.

Un coup de canon, tiré de la citadelle, répercuta ses échos le long de la grève pour signaler une évasion. C'est sans doute ce signal qu'attendait le Wakil, car c'était lui qui avait joué le rôle du guide pour mener Kassim au piège mortel si savamment tendu. Quant au voilier, c'était le mien, arrivant de Djeddah avec le chaouch et ses askaris.

En dépit des calmes nocturnes, où nous avions fait force de rames comme une galère, j'avais pu atteindre Moka avant l'aube, heure des exécutions, de crainte que le Wali Abdulfat n'eût donné l'ordre pour ce matin-là. On imagine mon émotion à ce coup de canon, qui pouvait signifier « Justice est faite ».

En apercevant la barque des prétendus fugitifs, je la hélai, et une voix répondit :

– Ohé, Abd el Haï, c'est moi, Kassim…

J'entendis un coup sourd lui couper la parole. Le Wakil l'avait assommé. J'eus aussitôt l'intuition de la vérité : évasion provoquée pour se débarrasser du prisonnier.

Poussant la barre à fond, je pus jeter un grappin dans la barque, pour l'obliger à accoster. À la vue des askaris, le Wakil perdit la tête. Je saisis Kassim évanoui, il reprit aussitôt connaissance, et me confirma ce que j'avais déjà en partie deviné, relativement au piège tendu à son intention. Mais comment allait-il jouer ?

Comme pour répondre à ma question, j'entendis la cadence des avirons d'un bateau parti de la grève, en l'espèce le garde-côte qui avait ordre de poursuivre la barque des fugitifs aussitôt après le coup de canon. On le voit, le scénario était magistralement réglé, mais mon intervention n'avait pas été prévue.

Le chaouch se fit connaître. Alors, quand il donna l'ordre au garde-côte de retourner à terre, le Wakil sauta à la mer et disparut entre deux eaux. Abdi plongea à sa suite, et une lutte s'engagea, révélée par le bouillonnement des bulles d'air en surface. Abdi, en plongeant, avait l'avantage d'une demi-minute sur le Wakil, déjà à bout de souffle, ce qui lui permit de le maintenir jusqu'à l'évanouissement précurseur de la mort. Mais il me le fallait vivant. Deux Soudanais le repêchèrent avant la fin des quatre minutes fatales. Je pus ainsi le questionner :

– Pourquoi as-tu tenté de fuir ?

– J'avais fait évader ton ami, alors…

– Ne mens pas. Cette évasion n'était qu'une infâme comédie, à telle enseigne que tu as voulu assommer Kassim pour qu'il ne parle pas… Où le menais-tu avec cette barque ?…

Le chaouch intervint.

– Si tu veux la vie sauve, réponds sans mentir.

– Je ne sais pas… Je jure que je l'ignore…

– Parce que tu savais que l'alarme serait donnée avant ta sortie de la rade.

– Je ne savais pas non plus, le Wali m'avait seulement ordonné de faire évader le prisonnier…

– Et pourquoi cette bonté ?

– Parce qu'il l'avait promis à une femme…

Kassim intervint :

– En effet, pour m'engager à le suivre, il m'a donné cette bague.

– J'ai obéi aux ordres de mon maître sans rien savoir de ses intentions, je puis le jurer sur le Coran…

– Il n'y en a pas ici, lui rétorqua le chaouch. Je suis venu pour éclaircir cette affaire. Tu es mon prisonnier.

Une foule était massée sur le quai quand le chaouch débarqua avec le Wakil dûment ficelé. Il fut hué, maintenant que le Wali ne le protégeait plus.

Au moment où le cortège arrivait à proximité de la citadelle d'où Kassim s'était évadé quelques heures plus tôt, la route était barrée par un remous de la foule tandis que retentissait la litanie qui accompagne un mort au cimetière.

La illa illallah. La illa illallah… etc.

Je questionnai l'un des porteurs de l'angareb où était étendu un corps les pieds devant.

– C'est le geôlier des condamnés à mort. Il a été assassiné cette nuit par son prisonnier, qui a pu ainsi s'évader. Ce matin, on l'a trouvé poignardé dans le chemin de ronde et le Wali a donné l'ordre de l'enterrer aussitôt.

– Aimable sollicitude, dit le chaouch.

Alors, un des porteurs, fier de donner des détails, ajouta :

– C'est au moment où il portait à manger qu'il lui a arraché sa djembia et l'en a frappé pour prendre ses clés…

– Comment le sais-tu ? Tu étais là ?

– Non, bien sûr, c'est un askari qui m'a répété ce que lui avait dit le Wali…

– Mais dis-moi, mon ami, qui était ce prisonnier ?

– Un pirate, appelé Kassim, qu'on devait pendre ce matin… Mais, c'est lui ! Le voilà !…

Un cri sourd, un murmure hostile, parcourut la foule…

Kassim comprit le danger.

– Tu mens ! Cet homme m'a ouvert de son plein gré, selon l'ordre du Wali, et je l'ai laissé bien vivant.

Je vis l'hésitation du chaouch devant ce coup de théâtre qui chargeait d'un meurtre celui dont il apportait la preuve d'innocence pour celui des Soudanais.

Je m'avisai que le suaire recouvrant le corps du geôlier était imprégné d'une tache de sang parfaitement rouge. Je relevai ce linceul en disant :

– Qui nous dit que cet homme est mort ?

J'écoutai, l'oreille sur sa poitrine, et je fus saisi par la tiédeur du corps.

– Cet homme est vivant, et vous allez l'enterrer !

Abdi, par chance, était près de moi.

– Cours vite à bord chercher la caisse du daoua.

Par chance, il me restait une ampoule de sérum qu'au mépris des plus élémentaires règles d'aseptie je parvins à lui injecter avec une seringue de Pravaz de dix centimètres cubes. Que le blessé en crevât, tant pis, il me fallait une minute de connaissance.

La foule, subjuguée par ces opérations de sorcellerie, attendait le miracle… L'homme ouvrit les yeux, mais resta sans parole. Une piqûre d'éther acheva de l'éveiller. Il put absorber une gorgée de rhum… Alors, j'allai au plus pressé :

– Qui t'a frappé ? Est-ce cet homme ? lui demandai-je en lui montrant Kassim.

Il fit « non » en lui souriant. Il était depuis longtemps parti…

Quant à lui faire dire qui l'avait poignardé, ce fut plus difficile. Le chaouch y parvint cependant, en lui donnant l'ordre de parler au nom de l'Imam.

Maintenant édifié, le chaouch avait à cœur de remplir la mission secrète que lui avait confiée le gouverneur : l'arrestation du Wali de Moka.

Fin d'un monstre

Le Wali Abdulfat, après avoir poignardé le geôlier qui, selon son ordre, l'attendait au chemin de ronde, parvint à regagner son palais sans être vu.

Revêtu de ses habits de gala, il écoutait les rumeurs du dehors. La clameur d'indignation de la foule quand le geôlier avoua par qui et comment il avait été poignardé, le fit sourire, ne doutant pas qu'elle ne s'adressât à Kassim, ramené par le garde-côte. Il attendait que son wakil vint annoncer la capture. Ce fut un de ses kaddams (sorte de parias) qui entra, sans même lui adresser les saluts d'usage.

– Le Français de Djibouti, l'ami de Saïd Aly, est arrivé avec le chaouch du gouverneur. Ensuite, une patrouille de tes gardes a trouvé le geôlier poignardé dans le chemin de ronde de la prison…

– Est-il mort ?

– On ne sait pas… Il ne bouge plus…

– Cours, ordonne en mon nom qu'on l'enterre immédiatement, mort ou vif, peu importe. Que ce soit fait avant que ce maudit Français ne débarque, fais vite, ta tête en répond.

Que signifiait l'arrivée de cet étranger, qui fourrait son nez partout où il ne fallait pas ? Consumé d'impatience, mais contraint à rester en son palais par la plus élémentaire prudence, il avait envoyé plusieurs de ses gardes aux nouvelles. Que faisaient-ils si longtemps ?

Ce fut encore le kaddam qui vint lui dire que le geôlier était en route pour le cimetière. Quel soulagement ! Enfin, il ne risquait pas de parler. Sa mort allait accabler Kassim, et ainsi serait-il débarrassé de ce rival !…

Il en était là de ses réflexions quand un garde de la porte vint lui dire que le chaouch du Gouverneur demandait à être reçu d'urgence. Il sourit, fit renouveler le tabac de sa medaha et se composa une attitude de circonstance.

Un garde souleva la portière, et le chaouch parut. Le Wali ne fut pas surpris de voir derrière lui Kassim, et moi-même, imaginant que nous venions implorer sa clémence.

Surpris que son visiteur ne fût pas le premier à formuler les saluts d'usage, il rompit le silence d'un ton légèrement ironique, qui relevait l'incorrection :

– Le salut soit sur toi, illustre serviteur de mon maître vénéré, et qu'Allah te comble…

– Je n'ai que faire de ton salut, et qu'Allah te protège devant les juges d'ici-bas. Au nom du Seigneur le Sultan, je t'arrête.

– De quel droit ? Aucun jugement ne l'autorise ! Je ne suis pas le vulgaire criminel qui…

– Non. Pas un vulgaire criminel, mais le plus monstrueux entre tous. Ta victime, ce malheureux geôlier, a parlé.

– Tu mens, cet homme est au cimetière…

– Où tu avais donné l'ordre de l'ensevelir vivant. J'ai arrêté le cortège en route, et Abd el Haï l'a ranimé.

Sous ce coup, le Wali, avec une agilité insoupçonnée avec sa corpulence, s'élança vers une portière qui cachait une porte dérobée. Mais deux askaris le ceinturèrent.

– Conduisez-le au cachot où fut enfermé Kassim, et qu'il soit enchaîné de même.

Le silence qui se fit autour de cette affaire me porta à croire qu'Abdulfat disparut secrètement pour éviter le scandale d'un procès, qui aurait jeté le discrédit sur tous les hauts fonctionnaires dont il faut maintenir le prestige. Une belle peinture dissimule les charpentes vermoulues, en laissant croire à la sécurité de son abri.

Nacouda aveugle[1]

Cette affaire m'a entraîné loin d'Obock, plus longtemps que je ne l'aurais voulu. En dépit de l'insistance de Saïd, qui voudrait que j'assiste au mariage de Kassim avec Amina, j'invente des prétextes impérieux pour me soustraire à ces fêtes interminables.

Les vents du nord me mènent vent arrière jusqu'au parallèle de Kamaran. Puis, après une nuit de calme, une houle du sud interfère avec celle du nord. Le vent contraire ne tardera pas, et ce sera la navigation au plus près contre le courant de surface qui, toujours, accompagne les fortes brises. Fort heureusement, les îles Hanishe ne sont pas loin, et grâce à leur abri, je puis les atteindre. La rentrée des vents de sud-est s'établit avec une extrême violence, quelquefois pendant deux ou trois jours. Mieux vaut une relâche que s'en aller bourlinguer de l'autre côté de cette barrière montagneuse.

Sous petite voilure, à cause des coups de vent inattendus qui tombent de la montagne, nous filons en eau calme vers un petit mouillage encaissé entre la grande île Hanishe et un îlot en demi-lune, ancien cratère ébréché.

Après nous être engagés dans l'étroit couloir compris entre ces hautes terres, nous débouchons dans le port

1. *Aventures en mer Rouge* (Éditions Grasset).

naturel devant une étroite plage blanche, où se termine un ravin en cascade de roches.

Un assez grand boutre est mouillé tout contre terre, dans un enchevêtrement de récifs.

Ce sont des plongeurs pêcheurs de nacre, qui sont là depuis trois mois. Ils nous supplient de leur céder du tabac. En échange, ils nous apportent du poisson pris au cours de leur plongée, avec la « harba ». C'est un gros fil de fer très rigide et d'environ 1 mètre, 1 mètre 50 de long, qu'ils lancent comme un javelot.

Dans la solitude farouche de ces archipels volcaniques où s'évoquent les cataclysmes des premiers âges, au milieu de cette mer déserte sans trêve balayée par le grand souffle de mousson, la rencontre d'un autre bateau est un réconfort.

Il s'établit un émouvant lien de fraternité, fait de la conscience de notre faiblesse devant les éléments inexorables et éternels…

La petite plage est encombrée de poisson séchant au soleil, des tas de coquilles de bilbil, des carapaces de tortues, enfin, de tous les accessoires malodorants qui jonchent le sol là où campe une tribu de pêcheurs.

Deux gamins tout nus, râblés comme de jeunes faunes, font cuire sur la braise d'énormes escargots de mer, qui bavent et soufflent en mijotant dans leur jus. Ils nous conduisent saluer leur nacouda.

Il est un peu plus haut, à l'ombre d'une roche. À demi étendu sur une natte, il fume une medaha (narghilé) en noix de coco.

Il répond à mon salut, mais sans tourner la tête vers moi. Surpris par une telle attitude, exempte de politesse, j'allais me retirer quand le gamin me dit, en souriant de ma surprise :

– Il est aveugle.

Un nacouda aveugle ! j'en suis stupéfait.

Il m'invite à prendre place à côté de lui, et me passe l'embouchure du tuyau de sa medaha. Tout cela avec ce port de tête particulier aux aveugles, qui semble faire planer un imaginaire regard au-dessus des foules.

Entre les campagnes de pêche, il passait ses journées sur la plage, à respirer l'odeur des algues, en écoutant la mer lui parler, comme jamais il ne l'avait entendue. À marée basse, sur la barque échouée, ses mains caressaient les courbes harmonieuses des œuvres vives qui évoquaient pour lui la course écumeuse sur les vagues.

La chose a commencé il y a dix ans : une brume, d'abord légère, puis le jour parut s'assombrir.

Il ne voulait pas avouer son infirmité, de peur de perdre son commandement et de ne plus naviguer. Il prit alors son fils, encore enfant, avec lui pour qu'à ses côtés il lui dise ce qu'il voyait. C'était suffisant. Il connaissait si bien toutes les roches de la côte que personne n'amenait plus souvent une barque au mouillage ou sur le lieu de pêche. Longtemps, nul ne soupçonna que la lumière se retirait lentement de ses yeux.

Mais un matin, le soleil ne se leva plus pour lui, et ce furent les impénétrables ténèbres.

Il débarqua avec sa caisse de marin et s'enferma dans sa maison. Alors, dans l'abîme noir où il venait de sombrer, au lieu de trouver la désespérance, une lumière nouvelle se leva, celle du souvenir.

Le moindre bruit, le plus léger parfum faisaient surgir du fond de sa mémoire des images palpitantes de couleur et de vie.

Quand son bateau repartit, un morceau de son cœur lui fut arraché.

Un jour, un boutre arriva de la haute mer. L'équipage salua la terre d'une clameur joyeuse, et le vieux nacouda reconnut des voix familières.

Immobile, il entendit tomber l'ancre. Il écouta sa chaîne gronder dans l'écubier, et ainsi connut la profondeur. Les poulies jetèrent un long cri modulé : c'était la voix de son navire… et le vieil aveugle éclata en sanglots.

La barque où, pendant vingt ans, il avait conduit ses hommes aux pêches lointaines sur les grands récifs verts, revenait après trois ans d'absence…

À la campagne suivante, au jour du départ, on le trouva dans la cale, blotti sous un tas de voiles. Alors, d'instinct, ces hommes simples comprirent. Ils allèrent à terre chercher son coffre de marin, et il reprit sa place de nacouda sur le gaillard d'arrière. Depuis de nombreuses années, il dirige le navire vers les bancs lointains, connus de lui seul. Un détail signalé suffit à lui faire reconnaître une île ou un rocher.

Ses hommes le vénèrent comme si une lumière surnaturelle était en lui, c'est là celle du souvenir : telle la lampe perpétuelle d'un sanctuaire, elle éclaire en lui les images des choses à jamais disparues…

Là, sous cette roche, ce vieil homme qui n'a plus d'yeux, entend la mer se dérouler sur le sable. Sur son torse bronzé, la tiédeur du vent passe comme la caresse de l'espace. L'odeur du poisson séché, la fumée du feu de bois, les âcres relents des morceaux de bilbil, et les voix de ses marins hâlant leurs pirogues, tout cela entre en lui, et il voit…

Je comprends à présent le mystère de ce regard qui semble planer sur les hommes, car l'aveugle, en lui, porte un monde.

Je laisse le vieillard à son extase, et je m'en vais, doublement ému par la tendre sollicitude que ces hommes rudes et primitifs témoignent à leur vieux chef infirme. Ils le garderont avec eux, sur cette mer d'azur et d'émeraude au milieu de ses îles de corail jusqu'au jour où, sur l'une d'elles, ils enseveliront sa dépouille.

Le pétrole aux Anglais

Avant de reprendre mon récit, après le départ du père Teilhard de Chardin, je dois revenir en arrière pour expliquer les raisons de l'hostilité des Anglais.

À la déclaration de guerre, en août 1914, l'étrange peinture noire de certains boutres yéménites me fit découvrir une île de l'archipel Farsan où le naphte suintait sur les vestiges d'un forage, sans doute de prospection, aveuglé par le plomb fondu.

Il s'agissait en l'occurrence d'un forage entrepris par une Compagnie allemande, qui abandonna les travaux au moment de la guerre Italo-Turque. Je m'empressai de bâtir une maison rudimentaire, où je fis flotter nos trois couleurs. L'île étant turque, mon initiative eût été une prise de possession parfaitement valable, pour peu que mon gouvernement l'eût soutenue[1].

Envoyé au front, je revins, réformé, à Djibouti en 1915. Là, j'appris que ma maison avait été démolie à coups de canon par un croiseur anglais. Naïvement, je pensai à Gaston Doumergue, alors ministre des Colonies, qui naguère avait écouté avec intérêt, me parut-il, mon projet d'installation dans cette île.

Je donne ici copie de la lettre de Doumergue, reçue en réponse à celle où je me plaignais d'avoir été chassé « manu militari » d'un territoire abandonné par l'ennemi.

1. L'analyse de l'échantillon de naphte démontra qu'il s'agissait de la même nappe exploitée à l'entrée du golfe de Suez par une compagnie anglo-égyptienne. On comprend pourquoi les Anglais n'hésitèrent pas à me chasser.

« Paris, 7 janvier 1916
« Le ministre des Colonies à M. H. de Monfreid
« Djibouti.

« Monsieur,

« Par lettre datée du 7 octobre 1915, et sous le couvert de M. Dalbrez, député, vous avez cru devoir me faire savoir les difficultés que vous rencontrez dans votre tentative d'installation aux îles Farzan.

« D'accord avec M. le Président du Conseil, ministre des Affaires étrangères, j'ai l'honneur de vous faire connaître que nous ne saurions intervenir en quelque façon que ce soit en faveur d'une entreprise dont vous reconnaissez vous-même les très grandes difficultés.

« Vous agissez à vos risques et périls, à titre purement privé, et M. le ministre des Affaires étrangères m'a demandé de vous notifier d'une façon très nette que son Département ne se laisserait entraîner à votre égard à aucune initiative vis-à-vis du Gouvernement britannique.

« Recevez, Monsieur, l'assurance de ma considération distinguée.

« Doumergue. »

À l'heure actuelle, les couleurs britanniques flottent sur les ruines de ma maison. Les sources de pétrole sont gardées, et leurs abords interdits, même aux indigènes.

Le gouverneur Simoni parut également surpris de ce manque de fermeté, et m'exhorta à la philosophie.

Pour forcer le blocus

J'offris au gouverneur Simoni d'employer mes bateaux au transport des passagers arabes entre Djibouti et le Yémen, ainsi que certaines marchandises, dont le pétrole ordinaire (pétrole lampant). Il fallait pour cela forcer le blocus anglais, ce fameux blocus protecteur de leur commerce, et cela surtout me plaisait.

L'Amirauté, conjointement à l'Intelligence Service avaient à leur solde un gros négociant arabe, Salim Mouti, pour être renseignés sur mes déplacements en vue de ma capture, ou tout autre moyen pour me mettre hors d'état de nuire au commerce de la grande nation.

Dès le second voyage, j'eus la chance de neutraliser Salim Mouti par la preuve de son commerce d'esclaves, arme terrible, qui peut l'envoyer du côté français, au bagne et au hard labour du côté des Anglais, qui n'hésitent pas à sacrifier leurs espions maladroits.

Au retour de mon second voyage, je rencontrai la coque d'une zeima chavirée, avec un rescapé à demi mort de faim et de soif. C'était un esclave, destiné à aller en Arabie avec une dizaine d'autres. Il se nommait Osman.

La zeima prise en chasse par un garde-côte défenseur du blocus fut coulée avec les esclaves enfermés sous une toile à voile, tandis que l'équipage se sauvait en pirogue. Les Anglais les recueillirent comme des naufragés, tous affirmant que la zeima avait touché un pâté de roches. D'ordinaire, en pareil cas, après avoir enfermé les esclaves, on hisse la voile à bloc en tête de mât et on saborde la coque à coups de barre de fer. Mais cette fois-là, les Arabes n'eurent pas le temps de hisser la voilure, qui après immersion empêchera la coque de chavirer, et ainsi de vider son lest en lourds galets de basalte, dont le poids l'entraîne par le fond.

Osman était plongeur et connaissait cette manière de faire disparaître le corps du délit. À peine la coque immergée, elle chavira et les lourds galets de basalte se vidèrent. Ce brusque retournement laissa une poche d'air à la partie supérieure qui permit à Osman de reprendre son souffle. Les cadavres de ses infortunés compagnons flottaient entre deux eaux autour de lui. Tout à coup, le mât, quittant son implanture, en se relevant pour remonter en surface, déchira la toile et les cadavres s'éloignèrent. Osman alors plongea et remonta en surface. C'est ainsi qu'il put attendre sur l'échine de la zeima le secours envoyé par Allah.

Quand il se fut restauré, Osman m'apprit que la zeima appartenait à Salim Mouti. J'eus la chance de retrouver sur son épave le tube de fer-blanc où les nacoudas enferment leurs papiers.

J'entrai ainsi en possession de la patente de navigation et de lettres ne laissant aucun doute sur les violons d'Ingres de Salim Mouti.

Dès mon retour à Djibouti, je lui rendis visite.

– Ô Salim, tu es mon ami comme je suis le tien. J'ai des choses graves à t'apprendre. Sommes-nous seuls ?

Il fait oui d'un clin de paupières.

– Eh bien, si ton bateau a sombré, les esclaves qui étaient dedans ne sont pas tous morts.

– Si ton histoire est vraie, elle n'a rien à voir avec le naufrage de mon boutre.

– Peut-être en effet en serait-il ainsi si la patente et les lettres de tes associés n'étaient entre leurs mains… Ils seront demain chez le Gouverneur, et tu t'expliqueras avec la Justice…

Salim, atterré, me regarde avec des yeux fixes de batracien.

– Mais, si je veux – entends-tu bien – si je veux, ils ne parleront pas.

– Alors, dis-moi ce que tu exiges ? Je suis assez riche…

– On n'efface pas un crime avec de l'argent. Tu es payé par les Anglais pour m'espionner… Mais oui, ne proteste pas, c'est du temps perdu. Voici mes conditions :

– Si jamais les Anglais m'arrêtent en mer, ou si j'ai le moindre ennui entre Douhala et Kauka, ton pays, je donne toute ta correspondance avec Saïd Saleh de Teïs. Ces documents sont en lieu sûr, et si je viens à mourir… on ne sait jamais, n'est-ce pas ? Mon testament contient tous les renseignements pour les trouver. À toi de veiller !…

– Mais comment veux-tu que j'empêche les Anglais de t'attraper un jour… Si encore, je savais où tu vas ?

– Justement, tu sauras, et tu donneras des informations en conséquence.

– J'ai confiance en toi et tu peux te fier à moi, car tu es un diable plus fort que le Diable… je suis ton ami.

Il me prend la main pour la baiser, mais je la retire d'un geste brusque.

Quand on a roulé un Arabe, ou qu'on s'est cruellement vengé, il n'en garde pas rancune, au contraire, il admire parce qu'il craint. Il devient un serviteur dévoué, tant qu'il se sentira dominé.

Je suis assuré maintenant d'avoir non seulement paralysé un ennemi redoutable, mais encore de m'en être fait un auxiliaire occulte des plus précieux.

Voilà déjà plus de six mois que je fais le messager entre Djibouti et la côte arabe. J'en suis à ma huitième rencontre avec les différents navires de guerre anglais assurant le blocus des côtes du Yémen.

Grâce à Salim Mouti, j'ai fait promener les vaisseaux de Sa Majesté Britannique de Perim à Gardafui et aux coins les moins accessibles de la mer Rouge.

En général, les informations de Salim Mouti sont exactes, mais avec un retard qui fait arriver le gendarme toujours après mon passage.

L'Amiral commandant les forces navales à Aden répondit un jour à des questions assez ironiques sur l'insuccès de ses croisières :

– Que voulez-vous, c'est comme si on voulait attraper une souris à coup de massue. On tape à côté, on casse les meubles, on tue le chat, et la souris passe…

Mort de Saïd Aly

Je faisais route vers Massawa quand, un matin, dans le calme doré du soleil levant, la haute voilure d'un zaroug blanc découpa sur le ciel le grand triangle de sa voile.

Je reconnus le navire de Cheik Issa, mais le calme nous immobilisait. Alors, telle une galère, douze paires de longs avirons sortirent de ses flancs et battirent l'eau en parfaite cadence, rythmée par le chant des marins.

Aussitôt accosté, Cheik Issa sauta à mon bord, et me demanda des nouvelles de son ami Saïd Aly.

Je lui dévoilai le rôle de Zanni, qui l'empoisonnait lentement, pour le supprimer à la première alerte menaçant ses perles. De plus, il tient sous sa coupe son fils aîné, par des dettes usuraires.

Cheik Issa resta silencieux.

Le lendemain matin, il revient me voir, les traits tirés, sans doute par une nuit blanche : il n'a pas cessé de penser au sort de son ami, pour tenter de le sauver, s'il n'est pas trop tard, ou de le venger en punissant ses assassins… Je frémis pour eux, sachant combien sa vengeance sera implacable.

Il me demande ce que je vais faire, puisque je renonce à la pêche des perles. Je lui expose mes vagues projets mais il ne m'écoute pas ; son esprit est ailleurs, hanté par ce crime qui va s'accomplir sans qu'il puisse l'empêcher.

Tout à coup, il m'interrompt, et d'une voix un peu tremblante d'émotion, il me demande le flacon vide que je lui ai montré hier, ce flacon que Zanni et son compère, le docteur de Massawa, m'avaient prié de porter d'urgence à Dahalak.

Pour le trouver, je dus sortir de la caisse un sachet de sphérules de nacre, que Jean Paisseau, de Paris, fabricant de perles artificielles et autres colifichets de ce genre, m'avait donné pour tenter la culture perlière. Je n'avais rien tenté, le procédé japonais s'étant révélé trop délicat ; ces sphérules étaient restées sans emploi. Cheik Issa, palpant le sachet, eut un sursaut :

– Ce sont des perles ?…

– Non, hélas… tiens, regarde, c'est simplement de la nacre sans la moindre valeur.

Je lui explique, mais il n'écoute pas. Sans doute, vient-il d'avoir une idée relative à ses projets de vengeance.

– Combien me les vends-tu ?

– Mais, rien, je te les donne…

On imagine combien je fus intrigué, mais je sais que la curiosité est indigne d'un homme pour risquer une question.

Je me tais, espérant qu'il me parlera de lui-même. Mais non, il garde le silence, et nous nous séparons.

Avant le lever du soleil, dans le port de Massawa, je prenais mon café matinal quand Jacques Schouchana m'interpelle du quai et j'envoyai la pirogue. Pourquoi se promenait-il à pareille heure ? Avant d'accoster, il me cria :

– Saïd Aly vient de mourir. Un de mes courtiers a vu Zanni partir à minuit avec la chaloupe à vapeur du pilote, en compagnie d'Omar, le fils aîné de Saïd. Je compte sur vous pour m'y conduire.

– Mais je ne puis quitter le port sans mes papiers…

– Tout est réglé avec la Marine.

La brise de terre vient de se lever. Nous partons.

En arrivant à l'île Dahalak, au mouillage de Djumelé devant la palmeraie qui entoure la demeure de Saïd, je vois le grand boutre de Zanni, où le catafalque du défunt a été installé pour recevoir sa dépouille. Zanni avait donc prévu le décès ? Cependant, rien d'inquiétant ne s'était produit pour l'alerter…

Dans la maison, les lamentations rituelles ne sont pas encore terminées. Omar, le fils aîné, est venu seul, car ses frères sont à Asmara.

Jacques, lui, s'inquiète des perles.

– Quelles formalités a-t-on faites ? demande-t-il à Zanni.

– J'ai fait mettre les scellés en attendant l'arrivée des deux autres fils et du Cadi.

Dans la palmeraie, des esclaves sont accroupis, désemparés comme des enfants qui ont perdu leur père. Eux seuls donnent l'impression d'un deuil… Je demande à l'un d'eux où est Kamès, le vieil eunuque de confiance.

– Parti à l'île Seil-Djin, préparer la tombe du maître.

Saïd part enfin pour son dernier voyage sur cette mer intérieure de l'archipel, qui semble lui faire l'hommage de son calme miroitant.

Le boutre n'est bientôt qu'une tache blanche, celle du linceul, qui palpite dans l'air chaud, comme en un geste d'adieu.

Toute la mer semble suivre la dépouille du grand vieillard qui a voulu lui confier la garde de sa tombe, là-bas, sur l'île déserte, sous le soleil et dans le vent.

La lune mystérieuse ira le visiter dans le silence des nuits. Les phosphorescences s'allumeront sur le récif en nappe de feu, et la tombe solitaire s'éclairera à leur reflet.

La lune est là, invisible dans le ciel éblouissant, ignorée comme l'amie fidèle, mais ce soir, elle resplendira sur l'îlot abandonné des hommes. Il semble que sa face paraîtra une nuit pour venger ce vieil artiste qui avait su l'aimer en mettant tout son rêve dans la magie de sa lumière froide.

Éclipse de lune

Je reviens à Massawa, où je dois faire quelques réparations à ma barque.

Zanni et Schouchana reviennent, après les formalités relatives à la succession de Saïd Aly. Jacques semble désemparé. Il est pitoyable, en me disant :

– Le coffre était vide…

Zanni a un sourire désabusé, comme si cette incroyable constatation l'eût laissé indifférent.

– Oui, le coffre était vide, mais il y avait une lettre de Saïd Aly…

– Je l'ai copiée, dit Jacques ; écoutez, je vais la lire.

> « Que la bénédiction d'Allah soit sur mes enfants,
> mes esclaves et mes serviteurs.
> « C'est par ma volonté que toutes les perles amassées au cours de ma vie ont été retirées du coffre avant ma mort. S'il plaît à Dieu, elles reviendront à qui de droit, dans le temps et les circonstances que Sa Sagesse m'ont inspirés.
> « Que la Volonté d'Allah s'accomplisse, Il est le seul Dieu, et Mohammed est son Prophète. »

Le jour où j'avais décidé de partir enfin pour Djibouti, j'eus la visite de Cheik Issa, venu à Massawa pour y charger du sel en guise de lest.

Il a su, me dit-il, la mort de son vieil ami Saïd.

– Dieu fera justice, conclut-il avec un étrange sourire.

– Mais, dis-moi, qu'as-tu fait des boules de nacre que tu as voulu emporter ?

– J'en ai fait des heureux ou des malheureux… le temps décidera… tout est entre les mains d'Allah.

Après de vaines tentatives de questions sur les choses que le temps doit décider, Cheik Issa me demanda sans transition :

– Toi qui as le livre des astres et de la mer, peux-tu me dire si la lune brûlera (« gamar harek »), ce qui veut dire s'il y aura une éclipse ?

L'éphéméride consulté, j'y trouve une éclipse totale à la prochaine lune, c'est-à-dire dans trente-cinq jours, à onze heures du soir.

– Quel intérêt cette éclipse peut-elle avoir pour toi ?

– Lorsque le Destin est en marche, il faut se garder de toucher à sa route… Je te quitte. Peut-être nous reverrons-nous à Tadjourah.

J'ai perdu tout espoir de savoir jamais ce que cet homme a pu faire, ou fera, pour venger la mort de Saïd Aly.

À peine débarqué, huit jours plus tard, à Djibouti, Schouchana tombe dans mes bras. Il est radieux.

– Jurez-moi le secret… Devinez la nouvelle ?

– Le pape est juif ?

– Non, plus fort que cela… Les perles de Saïd Aly sont entre les mains de son fils Omar ! Et Zanni l'ignore !

– Alors, que comptes-tu faire ?

– Les lui acheter. Il est en route pour Bombay, où je vais le rejoindre.

Pour la clarté du récit, je dois faire un saut dans le temps d'environ dix ans.

Je revenais du nord de la mer Rouge avec mon grand voilier *Altaïr* quand, au large de l'archipel j'aperçus l'îlot de Seil-Djin, où la tache blanche du tombeau de Saïd Aly me rappela ce qui s'était passé quelque temps après son inhumation.

J'avais appris que Zanni, embarqué sur son boutre, avait disparu dans une tempête, au cours d'une éclipse de lune. Seul, l'équipage fut retrouvé sain et sauf sur une île, à plus de quinze milles du lieu du naufrage. L'enquête ne donna rien, et ce fut le non-lieu.

Tandis que je me remémorais cette mystérieuse affaire, le vent tomba puis une très légère brise du large anima enfin la voile, mais trop faible pour me permettre de louvoyer cap au sud. Je laissai porter, et ainsi, je passai à quelques encablures de Seil-Din, réputé inabordable. La brise légère ne tarda pas à expirer après quelques risées folles. La marée était haute ; je ne résistai pas à la curiosité de voir de près la tombe de ce sage, à qui je devais mon premier pas vers la réussite.

Depuis bientôt dix ans, le vent avait accumulé le sable autour de ce « cheik » blanchi à la chaux de coquillage, de sorte qu'il me fut impossible de voir si quelque intervention n'avait pas causé ce bouleversement à l'intérieur du petit sanctuaire.

Abdi m'appela du dehors : en dégageant une vieille pelle, dont il voulait garder le manche, il mit au jour un veston kaki brûlé par le soleil et mangé par le temps. Une montre Omega y était retenue par sa chaîne d'argent ; alors, la silhouette de Zanni me revint aussitôt à l'esprit. Je revis cette chaîne barrant sa poitrine… Pourquoi était-il venu sur cet îlot ? Y était-il mort ? Mais alors, ses ossements, où étaient-ils ? Aucune trace.

J'emportai ce veston et la montre pour les faire voir à Cheik Issa, à tout hasard.

En arrivant à Djibouti, j'appris qu'il était à Tadjourah. J'y fus le jour même et je lui contai ma visite à l'îlot en lui montrant ce que nous y avions trouvé, enfoui dans le sable.

– J'aurais préféré que le secret de cette affaire mourût avec moi, mais puisqu'il était écrit que tu trouves ces choses, c'est qu'Allah veut que tu saches…

Écoutons-le parler :

« Après que tu m'eus révélé comment Zanni empoisonnait Saïd Aly, j'allai le voir à Djumelé avec les boules de nacre que tu m'as données.

Saïd fit appeler son fidèle esclave, Kamès, et lui dit :

– Tu vas faire en sorte que Zanni croie fermement que, sur mon ordre, tu as enterré mes perles dans ma tombe, à droite de ma tête. Voilà ce qui en tiendra lieu – et il lui donna le sachet de boules de nacre. Tu iras donc avant le convoi funèbre préparer ma tombe en compagnie de ce prétendu jardinier placé par Zanni pour tout espionner relativement aux perles. C'est donc lui qui fera savoir à son maître Zanni que les perles sont ensevelies à l'îlot de Seil-Djin, à l'insu de tous.

Toutes les âmes doivent goûter à la mort (coullou nefsin dayat el mout), dit le Coran, et peut-être en suis-je arrivé au seuil de ce terme.

Tu suivras point par point ma volonté, et que ni le fer ni le feu ne t'en arrachent le secret.

Le grand boutre de Zanni était monté par douze esclaves soudanais, commandés par un nacouda, esclave de Cheik Issa, aveuglément dévoué à son maître. L'îlot de Seil-Djin n'étant accessible qu'à la grande marée de pleine lune, il lui fut facile de fixer le voyage au jour indiqué par Cheik Issa.

Zanni annonça qu'il partait pour le Yémen. Mais, en cours de route, il donna l'ordre de mettre le cap sur Seil-Djin.

Le boutre y arriva par un clair de lune éblouissant. Zanni fit mettre un houri à la mer et débarqua avec deux pelles, mais seul Medan, une brute obtuse, consentit à le suivre ; cependant, quand il fut devant le tombeau éclatant de blancheur, il s'enfuit pour ne pas assister à ce sacrilège.

Le Grec se mit seul au travail, tant la fièvre de la cupidité galvanisait ses forces comme celles d'un dément.

À peine eut-il enlevé les premières pelletées de sable qu'un bord du disque lunaire commença à noircir – la lune brûlait !...

À cette vue, le malheureux Medan pris de terreur panique se jeta à la mer pour regagner le boutre en criant :

– Partons d'ici... Celui qui a débarqué est un démon déguisé en homme pour déterrer le corps d'un descendant du Prophète... Déjà, la lune brûle !...

L'équipage, déjà démoralisé, devint fou ; le navire prit le large, filant sans pilote, droit au sud.

Si tu n'as pas trouvé les restes de Zanni sur l'îlot, c'est qu'il est venu mourir au bord de l'eau. Un homme agonisant de soif finit par boire l'eau de mer, et tombe sur place. Alors, la mer emporte aux requins un cadavre sans sépulture.

– Et si l'équipage ne l'avait pas abandonné ?...

– Il ne serait pas allé loin. Je suis resté huit jours à croiser devant l'îlot...

Un silence tombe sur cette vision. Je pense à l'horrible supplice de ce malheureux, voyant toujours cette voile à proximité de l'île. Elle approche, il fait des signaux, il se jette à la mer, et nage vers cette barque, où un seul homme impassible tient la barre... Il va enfin l'atteindre, mais elle vire de bord et s'éloigne avec cet homme immobile, qui semble ignorer sa présence.

– Le huitième jour, reprit Cheik Issa, je ne vis plus aucun signal, et les oiseaux de mer avaient repris possession de leur île.

Saïd Aly était vengé.

Le coffre-fort

À trois heures du matin, mon bateau est vide. L'Arabe destinataire me donne un reçu du pétrole que je lui fais inscrire à la dernière page de mon Journal de bord, sans me douter des graves conséquences que cette inscription allait provoquer par la suite.

Ce n'est pas sans inquiétude que je me rapproche, de nuit, de la côte d'Afrique en ces parages où le récif de Sintyan s'avance à plus de huit milles de la terre.

C'est une sorte de piège, qui débute par des pâtés de roche à fleur d'eau de plus en plus rapprochés et qui ne brisent pas. Quand on s'avise du danger sans avoir éventré la barque sur l'un d'eux, on vire de bord, et si on en sort, c'est un miracle.

Enfin, le jour me délivre de mon angoisse, mais le courant de flot commence à me porter au Nord aidé par la brise qui menace de fraîchir. Mieux vaut rallier la côte du Yémen où, le long de la terre, je n'aurai pas de courant. Si j'y trouve un croiseur Anglais, peu importe, puisqu'il me verra arriver de la côte Africaine. J'aime assez, d'ailleurs, ces petites rencontres, qui exaspèrent l'Amirauté.

En effet, vers neuf heures, j'aperçois la coque blanche et la cheminée jaune bien connues.

La mer est trop agitée pour craindre le danger d'un coup de semonce à obus, dont les Anglais me font si volontiers l'hommage. À un demi-mille, c'est seulement le sifflet.

J'amène, et me laisse dériver. Le vapeur se met par le travers et déroule une échelle de pilote au bord sous le vent.

Tout l'équipage en treillis se presse au garde-corps.

À la coupée, un officier crie des choses inintelligibles dans le porte-voix, tandis qu'on lance une amarre à mon bateau pour le prendre en remorque.

Grimpé à bord, on me conduit à la passerelle où personne ne parle français, sauf un interprète arabe, qui préfère sa langue maternelle.

On doit, paraît-il, me conduire à Perim, où le Résident veut voir de près cet étrange sportman qui promène obstinément un bateau vide dans les coins les plus inhospitaliers de la mer Rouge.

Tout à coup, je songe au reçu de mes marchandises inscrit sur la dernière page de mon Journal de bord. Si, à Perim, on fouille mes papiers, ce qui m'apparaît certain, les Anglais auront la preuve que j'ai porté des marchandises en Arabie en forçant le blocus. Mais, ce qui est plus grave : en anglais, le mot « petroleum » signifie « essence ». On peut en conclure que mon innocent pétrole lampant était de l'essence destinée aux sous-marins allemands. Il n'en faut pas plus, avec la loi martiale, quand on veut l'appliquer sommairement.

Mon maître d'équipage, Mohammed Moussa, aura-t-il eu l'idée de détruire cette maudite page ? Oui, s'il a vu mon client y inscrire quelque chose. Mais a-t-il vu ?

L'île Perim, cerbère de la mer Rouge, est une sorte de fer à cheval très fermé, qui encercle une baie de plus d'un mille entre des collines volcaniques.

Accompagné du commandant, je gravis le sentier brûlant entre les roches noires qui monte en lacets au sommet de la colline où réside le major Humes. Étourdis par le vent, nous pénétrons dans le bureau du Résident qui a su, dans le temps, un peu de français.

En bras de chemise sous le panka, il boit du whisky. Sa figure franche m'inspire cette sympathie d'ordre supérieur qui permet à deux adversaires loyaux de se serrer la main après le combat.

Étrange paradoxe que cette Angleterre perfide et vindicative, composée d'hommes en général droits, fidèles en amitié, et généreux : Perfide Albion, Loyale Angleterre.

On m'installe dans une pièce attenante au bureau du major, une sorte de débarras pour balais et pots de peinture.

Je suis libre de me promener à ma guise sur l'île, qui est par elle-même la plus sûre prison.

Je puis apercevoir mon bateau, qui a été conduit à l'autre extrémité de la baie, à plus d'un mille. Je ne risque pas de converser avec mon équipage.

Le boy Somali, qui me porte mes repas est un Warsangali c'est-à-dire de la tribu de Mohammed Moussa, me promet de m'apporter des nouvelles de mon équipage.

Le lendemain matin, il me dit que mon boutre est mouillé en face de la caserne des cipayes. Il n'a pas pu approcher, car mon équipage est au secret.

Le matin, à la sonnerie du réveil, ils montent à bord de leur bateau, mais le soir, ils sont enfermés dans une salle de la caserne.

Tout cela ne me rassure pas. On va les cuisiner, et si le malencontreux reçu n'a pas été supprimé, on le fera parler, et même dire ce qui sera nécessaire de révéler pour des fins obscures.

Il me faut à tout prix savoir.

Mes papiers ont été saisis. Le Résident les a sans doute dans son bureau.

Ce bureau est voisin de ma chambre… Attendons que mon ami le « Hasard » me vienne en aide…

Le major Humes est un brave homme d'Anglais tel que beaucoup d'autres, pris en particulier. Il se console de son exil sur cette île infernale en noyant son spleen dans les whiskies glacés, et je dois lui tenir compagnie.

Un soir, après le troisième whisky, un officier lui remet un pli.

Il se lève, prend la clé du coffre-fort, et la lourde porte tourne sans bruit sur ses gonds bien huilés. Je vois alors sur la troisième étagère la couverture rouge de mon Journal de bord…

Toute ma volonté se concentre sur le geste à faire. Le major accompagne l'officier au seuil du bureau et l'interpelle, les deux bras appuyés aux montants de la porte. Dans cette attitude, il ne peut voir le coffre, à trois mètres à sa gauche.

Je suis seul dans le bureau, mais doit-il rester ainsi deux secondes, ou dix ? Je n'hésite pas. Il vient de se produire en moi un phénomène qui m'a souvent sauvé dans des conjonctures désespérées : j'ai la certitude que le major ne se retournera pas. Je passe sous la table, j'ouvre le livre… la dernière page a été arrachée. Je le remets en place, et bats en retraite.

Une seconde après, le major se retourne, avec un amical good bye pour l'officier.

Je venais de vivre une des minutes les plus angoissantes de ma vie. Le coffre contenait tous les documents militaires… Mon geste, surpris, m'eût coûté cher…

Mais, qui me dit que cette page a été arrachée par Mohammed Moussa. Elle peut l'avoir été par les Anglais et envoyée à Aden pour des fins que j'ignore…

Encore l'incertitude !…

À la nage

Les jours passent, sans apporter de réponse au télégramme que j'ai envoyé à Djibouti le jour de ma capture. Cette inertie m'exaspère, honteux d'un Gouvernement qui ne défend pas les siens.

Les Anglais eux-mêmes sont surpris de cette indifférence.

Je ne dois plus compter que sur moi-même. Je passe la journée à observer à la lorgnette ce qui se passe sur mon boutre. J'ai maintenant la certitude qu'il n'y a personne à bord pendant la nuit.

Je ne puis trouver un instant de sommeil, tant je suis possédé par l'idée de voir et de parler coûte que coûte à mes hommes.

Dès le matin, je vais dans les rochers prendre un bain. Aucune réaction. La sentinelle s'est approchée. Mais, n'ayant reçu aucun ordre, elle est retournée à son poste… Tous les matins, je renouvelle l'expérience, et les Anglais, positifs, imaginent que je m'entraîne. Au bout d'une semaine, plus aucune curiosité ne risque d'amener des fâcheux.

En sortant pour aller à ma quotidienne baignade, je vois une voile entrer dans la passe, et je reconnais le petit garde-côte qui, d'ordinaire, porte le courrier de Djibouti à Obock. Le Gouverneur, après vingt jours, a enfin répondu. Le major m'informe que je suis autorisé à partir, mais mon boutre et son équipage resteront encore quelque temps.

J'en suis fort inquiet. Sans le moindre doute, après mon départ, on va raconter Dieu sait quoi pour démoraliser l'équipage. Il faut le voir d'urgence. Le nacouda Ismaïl, sur mon conseil, dit au major qu'il ne pourrait repartir que le lendemain, à cause de sa voile déchirée.

Il faut donc aller à mon boutre cette nuit ; y aller par la terre en faisant le tour de l'île, il n'y faut pas songer, tout est gardé ; mais par mer, à la nage ?... Je pourrais y arriver de nuit avant l'aube pour me cacher dans la cale en attendant le retour de mes hommes. Quant au retour, pour être dans ma chambre à sept heures ?... Al Allah !...

Il faudra quitter mon boutre à la barbe des cipayes, qui ont de bons yeux, et des fusils...

La distance d'environ un mille du lieu de ma quotidienne baignade à mon bateau sera à la limite de mes forces, et à trois heures du matin, le courant de jusan porte hors de la baie et en vive eau, atteint plus de trois nœuds à la passe. Mais au centre de la rade, il est à peine sensible : un demi-nœud, tout au plus. Je compte donc sur trois heures de nage à l'aller, une heure d'attente, et une heure et demie au retour, où le courant sera pour moi.

Je découvre une guerba de cinq litres en toile à voile pour y rafraîchir l'eau au temps où on n'avait pas de glace. Gonflé, ce flotteur me soutiendra d'une poussée de cinq kilos, et le corps enduit de graisse évitera un trop grand affaiblissement par osmose.

La nuit est noire quand, à deux heures et demie, je me mets à l'eau. Je ne veux pas penser au courant, qui peut m'entraîner hors de la rade, ou aux requins en quête d'une proie.

Je nage depuis un temps que j'évalue à plus de deux heures par la position des étoiles, et la fatigue m'accable. Enfin, voilà mon boutre.

Après le passage de la sentinelle qui va et vient sur le quai, j'y grimpe par la chaîne d'ancre et je m'affale, épuisé, dans la cale.

Un appel de clairon, et mon équipage embarque. On imagine leur stupeur en me trouvant là, alors qu'ils me croyaient enchaîné ainsi qu'un obligeant « mouton » leur avait raconté avec d'inquiétantes réflexions sur le sort qui m'attendait… Il était temps que j'arrive.

J'expliquai à Mohammed Moussa que je rentrais à Djibouti avec le daoueri (garde-côte) et que dans huit jours je viendrais les chercher. De son côté, il m'apprit que la dernière page du Journal avait été arrachée et détruite par ses soins. Puis il me raconta que le major était venu sonder le mât et la membrure, croyant que j'avais caché là de l'argent.

Je suis rassuré maintenant sur le moral de mes hommes, qui me savent vivant et libre. Mais je le suis moins pour mon retour en plein jour. Je serai protégé sur une quinzaine de mètres par mon boutre, mais après…

Mes hommes ont reçu l'ordre de simuler une rixe pour détourner l'attention des cipayes, avec des péripéties émouvantes. Je me glisse à la mer par le bord opposé au quai, et je m'éloigne, nageant entre deux eaux. Quand j'émerge pour respirer, j'entends des éclats de voix et de rires. Donc, les cipayes s'amusent. J'ai dû parcourir cent mètres et je nage plus vigoureusement. Tout à coup, silence, puis des appels. J'ai été aperçu, et des coups de fusil vont suivre. Je nage ferme, avec, de temps à autre, une plongée. J'attends le claquement d'une balle sur l'eau, mais toujours rien. Je hasarde un regard en arrière : j'ai dû parcourir six cents mètres, alors que j'en estimais trois cents. Le courant était pour moi. J'ai pu voir les cipayes s'agitant sur le quai, mais les fusils ne sont pas de la partie. Sans doute sont-ils perplexes sur l'identité de cette tête qui se promène à six heures du matin au milieu de la baie. Les Anglais sont si excentriques ! Mieux vaut feindre n'avoir rien vu que risquer de faire un carton sur la tête de l'un d'eux.

Le courant m'a aidé ; en quarante-cinq minutes, j'ai atteint les rochers où sont mes habits, et je suis dans ma chambre quand le boy apporte mon breakfast.

À la recherche d'Abdi

Je retourne à Obock installer parmi les ruines de l'ancienne capitale de la Côte des Somalis une demeure pour ma femme. C'est là que je fus informé de la mise en liberté de mon boutre, retenu à Perim. Je frète une barque pour m'y rendre au plus vite.

Je revois le major Humes, qui me semble tout heureux de l'issue de l'aventure. Par parenthèse, je suis beaucoup mieux accueilli par ces Anglais sportifs que par les fonctionnaires de notre Colonie. Généralement, après chaque contact et difficultés avec les Anglais, quand les rouages de la grande nation ont cessé de jouer, je reste avec des sympathies personnelles, dont quelques-unes durent encore.

Ma joie de retrouver mes hommes est coupée quand j'apprends qu'Abdi a été envoyé à Aden, sur un bateau de guerre. Mes matelots me racontent qu'aussitôt après mon départ, on leur annonça que j'avais été envoyé à Aden pour y être interné et probablement fusillé. Quant à eux, leur seule ressource était de « tout dévoiler » et, obligeamment, un interprète leur suggéra ce qu'on souhaitait qui fut dévoilé. Après cela, on les renverrait avec un cadeau et des indulgences.

Prévenus comme ils l'étaient, ils laissèrent dire sans se troubler, ce qui valut la courbache à plusieurs d'entre eux. Cependant, ils ne paraissaient pas avoir trop souffert de ces prétendus mauvais traitements à les voir gras et luisants, tout fiers d'emporter un ample rabiot de sucre et de confiture.

Le plus urgent était d'aller à Aden à la recherche d'Abdi. Sans doute les Anglais croient-ils qu'il sait des choses effrayantes ou, tout simplement, veulent-ils le supprimer pour m'enlever un précieux auxiliaire.

Avant de conter ce qui advint à Aden, quand j'entrepris mes recherches relatives à la mystérieuse disparition d'Abdi, quelques détails sur cette ville sont indispensables.

Quand les hyènes eurent cessé d'assurer chaque nuit l'enlèvement des ordures, elles furent remplacées par des Noirs, anciens esclaves païens de la tribu djiberti, ainsi que le transport de la vidange.

Aucun indigène ne consentirait à assurer un tel service, lui offrit-on de le couvrir d'or. Ce monopole de fait oblige les Anglais à certaines indulgences relatives aux mœurs et coutumes de cette tribu, réputée secrètement anthropophage.

Les indigènes les désignent sous le nom de Mimis et, à certains jours de l'année, aucun ne sortirait de sa case ou de son bateau après le soleil couché. C'est en effet le temps où ils cherchent la victime propre à leur sacrifice, en un lieu inaccessible de la montagne dite Djebel Nor. Seuls, les enfants de moins de quatorze ans, les vieillards et les infirmes, n'ont rien à craindre, car il leur faut un adulte en pleine vigueur. Les marins de passage sont les plus recherchés, à cause de l'absence de famille qui porterait plainte.

En pareil cas, l'enquête de la police, par ordre supérieur, n'aboutit à rien, ou sévit sévèrement contre le plaignant qui se moque des Autorités avec de ridicules contes de nourrice.

Je dois parler maintenant d'un curieux personnage, un Anglais pur sang nommé Heidin. Trouvé dans le désert par une femme somalie au milieu des cadavres d'une caravane, il fut élevé dans sa tribu jusqu'à l'âge de dix ans, après quoi il disparut dans la brousse en compagnie des bêtes sauvages. Un pasteur le retrouva au fond du Somaliland et lui apprit à lire et à écrire, devinant en lui un précieux élément, capable de servir les intérêts anglais.

N'ayant pas oublié son enfance, il se fit musulman, et le pasteur n'y mit pas obstacle.

Sa connaissance parfaite de l'arabe et du somali le destinait à la fonction de mouchard, mais le jeune garçon ruina toutes les espérances.

Il se savait anglais, soit, et aimait son pays, mais il aimait aussi les Somalis car sa nourrice avait été pour lui la mère, c'est-à-dire la tendresse, la caresse du nid tiède où l'on se blottit.

Il resta attaché à la police avec un grade modeste, et organisa une milice indigène qui lui obéit comme à un dieu. Jamais cet homme ne consentit à tromper qui que ce soit.

– J'ai entendu beaucoup parler de toi et j'étais très désireux de te connaître… J'ai l'expérience, et je ne crois plus aux mauvaises paroles. Les bonnes, si par hasard on les répète, ce qui est rare, on peut les croire, car on invente le mal, jamais le bien.

– On dit que tes compatriotes ne m'aiment pas ?

– Ils ne te connaissent pas, mais surtout ils sont jaloux que ce ne soit pas un Anglais qui vive ta vie. Tes pires ennemis sont à Djibouti, je ne te l'apprends pas… Si tu n'étais pas celui à qui j'ai serré la main, tu pourrais ici trouver la fortune, mais maintenant que je t'ai vu, je suis sûr de ta réponse aux propositions que j'ai été chargé de te faire.

– J'ai compris. Je suis Français, comme toi, tu es Anglais… malgré bien des choses…

Revenons à mon voyage à la recherche d'Abdi à Aden.

La première figure que j'aperçois sur le quai de Steamer Point, c'est Heidin.

– Tu viens chercher Abdi, me dit-il sans préambule.

– Oui…

– C'est bien, tu agis à propos.

– Est-il en prison ?

– Il y était… il n'y est plus depuis deux jours et je m'étonne qu'il ne soit pas là, car toujours il regardait la mer en attente de ta voile. Il a dû l'apercevoir ?…

J'ai le pressentiment d'un malheur. De tous côtés, nous tâchons de nous renseigner. Personne ne l'a vu.

Le soir, à bord, j'entends un homme parler des Mimis en faisant les plus macabres hypothèses, car nous sommes au temps où s'accomplit ce rite mystérieux. Je me demande si cette coïncidence n'avait pas été utilisée pour expliquer la disparition d'Abdi, tout simplement assommé et jeté à la mer avec une pierre au cou.

Je vais voir Heidin. Il est chez lui, et tente de me rassurer.

– Il ne faut pas s'affoler. La réalité est généralement plus simple si on ne s'écarte pas de la logique. Rentre chez toi, et attends que je te donne des nouvelles.

Le lendemain, ne tenant plus en place sur le pont de mon bateau, je vais à Steamer Point précisément à l'arrivée d'un paquebot. Heidin est là, en tenue de lieutenant, cravache sous le bras. Il m'aperçoit, et répond à mon salut d'un air froid des plus anglais pour m'ôter toute envie de lui adresser la parole. J'en reste interloqué, mais peut-être y a-t-il dans cette foule des yeux curieux que lui connaît.

Tout préoccupé, je rentre à bord pour me débarrasser de mes vêtements quand un gamin m'appela du rivage, pour me dire de la part de Heidin qu'il m'attendra à onze heures au bureau de la Police.

Sans que je dise un mot, le planton me conduit au premier étage, où il a son bureau.

Je le retrouve avec sa bonne figure et un sourire de bon augure.

– Je n'ai pas voulu te parler sur le quai. Tu as compris pourquoi. Voici ce que j'ai appris : ton Abdi est quelque part dans la montagne des Remparts. Est-il vivant, blessé, ou mort, je l'ignore. Vas-y sans tarder avec mon chien et mon boy pour qu'il te suive.

Arrivé sur les lieux, fais-lui sentir un vêtement ayant été porté par Abdi, et laisse-le faire.

J'avais emporté un vieux tricot d'Abdi, bien enveloppé pour éviter les odeurs étrangères. Aussitôt flairé, il partit dans ce dédale de roches calcinées et de scories brûlantes sous le soleil. Enfin arrivé presque au sommet, à environ trois cents mètres au-dessus de la mer, le chien s'arrête devant les ruines d'une casemate que ferme une épaisse porte à demi enfouie sous un éboulis de rochers. Il aboie furieusement.

Nous appelons ensemble : Abdi ! Abdi ! Une réponse enfin nous parvient, et bientôt nous crie contre cette porte :

– Je ne peux pas ouvrir, il y a des pierres !...

Je le vois bien, qu'il y a des pierres. Fiévreusement, nous déblayons cette rustique et inexorable fermeture, et un Abdi squelettique, à demi nu, nous tombe dans les bras, réclamant de l'eau ! Quand il eut vidé d'un trait le bidon d'eau tiède, je lui fais raconter ce qui l'a amené dans ce caveau.

Le lendemain de son arrivée, il fut conduit au camp de Djebel Nor, où on lui dit qu'après avoir avoué, j'allais être fusillé. Je l'avais accusé d'avoir toujours été mon complice. Cependant, il pouvait se sauver en dévoilant « tout ». Rassuré par ma visite à bord dans la baie de Perim, il ne se troubla pas, indifférent aux plus terribles menaces.

Un Somali, un « mouton », s'offrit à le faire évader, mais il n'accepta pas, n'ayant aucune raison de s'enfuir.

Quand on apprit que je venais le chercher, on envoya Heidin faire une dernière tentative. Confiant, il lui raconta tout, y compris l'offre d'évasion.

– Je sais qui te l'a proposé. Méfie-toi, et fais toujours le contraire de ce qu'il te propose.

Quand on le libéra, il fut obligé de s'en aller à pied et dans la nuit pour chercher mon boutre. C'est alors qu'au bas de la montagne, il rencontra l'obligeant Somali qui lui offrit de l'accompagner à cause des Mimis. Se souvenant du conseil d'Heidin, il le planta là et disparut dans la nuit.

Se croyant poursuivi, ou l'étant vraiment, il se cacha dans une ancienne casemate dont la porte pouvait se verrouiller de l'intérieur. Hélas, elle le fut aussi de l'extérieur quand une avalanche de blocs de pierre condamna la porte. Sans le chien d'Heidin, il y serait mort sans que nul jamais sut ce qu'il était devenu.

Disparition de Zeït[1]

J'avais mis en chantier un cotre de vingt-cinq tonneaux pour remplacer l'*Altaïr*, dont le tirant d'eau de près de deux mètres sur lest, et deux mètres soixante-dix chargé, m'empêchait de pénétrer dans certains mouillages.

De plus, avec son gréement de goélette franche, il me fallait un trop nombreux équipage.

J'avais repris mon vieux charpentier Abdullah, avec sa jeune femme Alema ex-nourrice de ma fille Gisèle.

Prêt à partir pour le golfe de Suez, j'avais accepté de déposer le petit Mohammed, fils de mon charpentier, en passant devant Doubaba.

Cette escale imprévue me semble aujourd'hui avoir été un signe de la Fatalité.

J'appareillai avant l'aube, espérant déposer mon passager avant la nuit.

N'étant jamais entré dans ce mouillage, j'eus le tort de me fier aux affirmations de Mohammed. Je touchai un pâté de roches invisibles au crépuscule, sous quatre pieds d'eau. Par bonheur, la marée montait, ce qui permit de me dégager et de conduire l'*Altaïr* sur des fonds de sable où, une fois épontillé la basse mer le laissa au sec. Les avaries n'étaient pas graves, mais la réparation allait prendre trois ou quatre marées, une perte de deux jours.

1. *L'homme aux yeux de verre* (Éditions Grasset).

Pour occuper l'équipage, je fis gratter la coque, toute couverte d'algues. En même temps, Abdi entreprit un nettoyage de ma cabine.

Au moment où il émergeait sur le pont pour lancer par-dessus bord une pelletée de balayures, un rayon de soleil y fit briller quelque chose. Intrigué par cet éclat, j'arrêtai son geste. C'est ainsi que je retrouvai le verre de contact que j'avais depuis longtemps oublié.

Je l'avais acheté au début de cette innovation, mais ne pouvant les supporter, je les avais relégués au fond de mon tiroir à cartes, et bientôt je n'y pensai plus. À cette époque, de tels verres couvraient une grande partie du globe de l'œil, ce qui rendait l'accoutumance difficile. En raison du prix qu'ils m'avaient coûté, je les reléguai à nouveau dans un coin. Pouvais-je me douter du rôle qu'un jour ils allaient jouer !

À mon arrivée, un jeune homme m'amena un charpentier, et bénévolement, lui donna un coup de main pour hâter les travaux. À part moi, je regrettais que ce garçon ne fût pas à mon service.

Il avait été l'ami d'enfance d'une petite fille, Amina, que son père avait prise à sa charge à la mort de sa mère, une pauvre femme naguère abandonnée par un puissant personnage, parti à Hodeïda.

Quand la fillette eut douze ans, elle se révéla d'une rare beauté, et les prétendants ne manquaient pas. Le père de Zeït, sachant quels étaient les sentiments de son fils, pour sa compagne d'enfance, aurait voulu la lui donner pour femme. Il alla donc à Hodeïda demander le consentement du père. Croyant le fléchir plus aisément, il avait eu la malencontreuse idée d'amener avec lui Amina. Frappé par sa beauté, son père en estima la valeur marchande, si je puis dire.

Il la garda avec lui, sachant que le sultan de la ville en offrirait un bon prix. Il provoqua une rencontre fortuite pour qu'il vît la merveille. C'est ainsi qu'Amina, désespérée par son amour pour Zeït, devint l'épouse du Sultan Faredj.

Un Soudanais, Medan, un esclave brutal et sournois, pêcheur de nacre, tomba amoureux de la jeune épouse de son maître. Il avait fait plusieurs campagnes de pêche avec Zeït, à qui il avait appris le métier. La trouvaille d'une perle remarquable pêchée clandestinement par son élève donna lieu à une sombre histoire, et finalement, ils se séparèrent.

On imagine le cruel chagrin de Zeït en apprenant le mariage d'Amina. Il s'embarqua pour une longue et lointaine campagne de pêche au golfe Persique.

À son retour à Doubaba, il se croyait guéri de la blessure de son cœur, et tout en aidant son vieux père, il attendait la prochaine campagne pour s'embarquer. C'est à ce moment-là qu'il entra à mon service.

Jamais il ne fit allusion à sa petite amie d'enfance. Il me raconta seulement que son compagnon de pirogue Medan avait été malhonnête envers lui en lui escroquant une perle qu'il avait pêchée.

Dans la nuit, un coup de vent inattendu me surprit avant d'avoir pu changer la grand-voile. Le pic de misaine et le mât de flèche brisés, je réussis cependant à gagner la rade d'Hodeïda, malheureusement, la pirogue avait été enlevée quand, au moment du coup de vent, une lame traversière balaya le pont. Le bateau à peine mouillé, Zeït plongea et gagna la terre à la nage. Je fus un peu surpris de cette hâte, d'autant plus que son énervement depuis la veille me faisait craindre que le souvenir de sa fiancée perdue, son amie d'enfance Amina, n'y fût pour quelque chose.

À la visite de l'Omer Bahar qui me connaissait, j'explique son absence par la perte de notre pirogue, qu'il avait voulu remplacer d'urgence.

Il revint en effet avec celle d'un Soudanais, un ancien compagnon qui voulait vendre la sienne. Ce Soudanais n'était autre que Medan. Le sachant toujours au service du Sultan, il oublia tous ses griefs, espérant avoir par lui le moyen d'apercevoir Amina.

Les travaux de réparation commencèrent dès le lendemain, et Zeït, à qui son père avait appris le métier, faisait à lui seul le travail de deux hommes. Quand il me demanda la permission d'aller à terre le soir retrouver, disait-il, son camarade Medan, je ne pus la lui refuser.

Il arrivait ponctuellement chaque matin pour éveiller ses camarades, roulés dans leur chama comme des chrysalides. J'imaginais que mon maître d'équipage employait ses nuits au mieux de ses désirs, à en juger par sa gaieté et son entrain. Le travail n'ayant pas à souffrir de ces escapades nocturnes, je lui en laissai la liberté jusqu'au dernier jour.

Tout étant terminé, le départ fut fixé à l'aube du lendemain. La nuit venue, tous étaient à bord, sauf Zeït, bien qu'il m'eût formellement promis d'être là au coucher du soleil. Un tel manque de parole me parut inadmissible pour un homme tel que lui. Sans doute avais-je été trop naïf de le croire au-dessus des tentations et des entraînements auxquels succombent si aisément les amoureux.

Fatigué d'attendre, je finis par m'endormir, bien résolu à lui passer un magistral savon à son retour : mais à mon réveil, avant l'aube, il n'était toujours pas revenu. Le soleil se leva, et sa silhouette ne paraissait toujours pas sur la plage déserte.

Cette fois, je cessai de pester contre lui, inquiet d'une absence que l'hypothèse d'une bordée n'expliquait plus. J'envoyai deux hommes à terre visiter les divers mokaya et tous les lieux où l'on pouvait espérer retrouver sa trace.

Une heure après, un de mes enquêteurs revint, l'air consterné. À la muette interrogation de mon regard, il laissa tomber ce seul mot :

– Mabous (prisonnier).

Ce fut d'abord un soulagement, tant j'avais secrètement redouté un accident. Un coup de poignard ou un coup de lance est vite donné dans ce pays. Ensuite, j'étais bien aise que son retard ait été involontaire, tant j'aurais été vexé qu'il eût démenti mon jugement en manquant à sa promesse.

Je n'étais pas encore inquiet, persuadé qu'il s'agissait d'une infraction au règlement du couvre-feu. Sans doute avait-il été surpris par une patrouille après l'heure où nul ne doit circuler dans la rue sans porter une lanterne. Mis au violon pour la nuit, d'ordinaire, l'affaire se règle par une amende de quelques roupies. Mais alors, pourquoi Zeït, qui avait de l'argent, n'avait-il pas été relâché ? Sans avoir encore de raisons plausibles, je fus tout à coup oppressé d'une sourde angoisse. J'eus le pressentiment d'une catastrophe.

Vaines démarches

Je m'habillai en hâte pour aller chez le Cadi, qui devait sûrement connaître le fin mot de l'affaire.

Nous étions malheureusement un vendredi, jour férié musulman, qui laissait aux poules et aux chèvres le libre usage du tribunal. J'y allai malgré tout, dans l'espoir d'apprendre où il me serait possible de joindre le Cadi. Guidé par Aly Omar qui connaissait la ville, j'entrai dans une vaste maison à moucharabieh naguère somptueuse demeure, aujourd'hui apparemment abandonnée.

Dans la vaste salle du rez-de-chaussée, autour d'une medaha, quelques askaris, nonchalamment étendus sur la litière de Kat effeuillée durant la semaine, nous regardèrent sans cesser de ruminer la plante magique.

Aly s'adressa à l'un d'eux, qu'il jugea gradé à la manière dont son voisin lui offrait avec respect les pousses les plus tendres. À ma question, il hocha la tête et son geste lancé avec négligence vers la lucarne ensoleillée signifiait clairement que son chef s'en était allé Dieu sait où, comme la fumée de sa medaha. Sans un mot, il emboucha le tuyau de sa pipe, et son paisible glouglou voltigea dans le silence. J'accueillis par un sourire cette réponse désinvolte en posant devant lui quelques roupies. Il les prit tout naturellement, comme si j'eusse rendu la monnaie, puis, se tournant vers un téléphone à manivelle, il allait le saisir quand un cri arrêta son geste, tandis qu'une voix aigre, sortie d'un coin obscur, l'invectivait sans ménagements. Ces glapissements venaient d'une vieille femme accroupie, en train de traire une chèvre.

– Ne touche pas ! elle pond…

En effet, une poule derrière l'antique appareil faisait un tas grisâtre.

Le gradé haussa les épaules, et docilement attendit que la poule ait pondu. Je bouillais d'impatience devant ces hommes affranchis de la hantise du temps. Eussent-ils su, comme moi, qu'une vie humaine était menacée, leur fatalisme les eût laissés tout à leur indolence. Tout n'est-il pas écrit ?

Enfin, avec des cotcotcot assourdissants, la poule jaillit, battant des ailes dans un tourbillon de plumes, de poussière et de papiers.

L'œuf était là. Alors, en souriant, le gradé tourna la manivelle. Il fallut un bon quart d'heure pour apprendre que le Cadi était à son jardin, à deux kilomètres de la ville.

La marche eût été trop pénible par un tel soleil. À prix d'or, j'obtins une vieille rosse galeuse, qui marchait encore.

Tout cela nous mena à midi à la « maison des champs » de celui qui, peut-être, détenait le mot de l'énigme.

Dans une palmeraie de dattiers, un chameau aveuglé de lunettes de paille actionnait une rustique noria pour arroser les carrés de jeunes plants de dourah. Où était la maison ? Il n'y en avait pas… Enfin, un homme en djellaba de soie, sous une vaste ombrelle portée par un jeune esclave, me parut être celui que je cherchais.

Parler service à un fonctionnaire qu'on vient relancer le dimanche chez lui vous expose à un accueil indigné, sans préjudice d'expulsion immédiate. Jugez de ma surprise devant son sourire, avec toutes les banalités bienséantes dues à une « visite ».

Mohammed Safi, ainsi se nommait-il, pouvait avoir la cinquantaine, âge où l'Arabe entre dans la catégorie des chebas (vieux) ce qui, là-bas, est un honneur. Encadré d'un mince collier de barbe rougie au henné, son visage aux traits fins et racés appelait la sympathie, et sa parole mesurée, aux termes choisis, révélait le lettré.

Cet ensemble me réconforta par l'espérance d'une ébauche de sympathie qui allait peut-être réussir à me dévoiler le mystère de la disparition de Zeït.

Ma question ne parut pas le surprendre. Je le vis doucement sourire, et toujours avec cette courtoisie melliflue qui aurait dû me mettre en garde, il m'assura que mon protégé n'était ni au Habs (prison de droit commun), ni à la Chouki (salle de police, autrement dit, violon).

Savoir où Zeït n'était pas était peut-être un moyen de rechercher par élimination, mais il n'était pas le plus rapide.

En proie à la plus cruelle angoisse, je repris le chemin de la ville sur mon cheval efflanqué, comme un Don Quichotte sans illusions.

Chemin faisant, sous un soleil de feu, je cherchais à me donner un peu d'espoir. Qui sait si, en mon absence, mes hommes, eux aussi à la recherche de leur camarade, qui sait s'ils n'auraient pas apporté des nouvelles, même mauvaises, car tout vaut mieux que l'incertitude.

Je m'égarais dans les hypothèses les plus sombres ; imaginant mon malheureux Zeït tombé dans quelque embuscade. Je voyais son cadavre abandonné aux hyènes et aux vautours. Avec les histoires de femmes, on ne sait jamais ce qui peut advenir. Le souvenir de cette fiancée vendue en son absence vint alors orienter mes craintes : Zeït ne m'avait pas fait de confidences, mais le peu qu'il m'avait raconté pour expliquer son désir de coucher à terre suffisait à les justifier.

Je frémis tout à coup à l'idée que cet heureux rival pût être le sultan Faredj lui-même. L'infortuné Zeït se serait-il engagé dans une fatale aventure, en cherchant à revoir Amina ? L'attitude équivoque du Cadi ne me laissait maintenant aucun doute.

Alors, si le malheureux Zeït n'avait pas déjà payé de sa vie sa folle tentative, Dieu sait ce qui l'attendait ! Cet impitoyable sultan méritait assez d'être comparé à une variété orientale de Barbe-Bleue pour ne me laisser aucune illusion sur son sort.

Allait-il être aveuglé, avec Amina, selon l'impitoyable loi contre l'adultère ? J'avais eu l'occasion de soigner un malheureux auquel on avait d'abord coupé les paupières d'un coup de ciseau, avant de l'aveugler au lacta d'euphorbe. Par miracle, il avait échappé aux hyènes, grâce à son chien qui, après avoir rongé sa corde, arriva à temps pour le conduire à la côte.

Ce cactus, employé à cet horrible usage, est très commun dans la brousse, une goutte de sa sève sur la cornée transparente suffit à la rendre opaque en quelques minutes, comme l'œil d'un poisson cuit.

Ces exécutions se pratiquent à la tombée de la nuit, dans la solitude d'une brousse où nul secours n'est à espérer, mais les hyènes sont proches. Cette bête, en dépit de sa mâchoire plus puissante que celle du lion, est la plus craintive de toutes celles de la brousse. Elle est cependant agressive et féroce quand la proie est sans défense, telle qu'une vieille femme, un enfant, ou deux pauvres aveugles se tenant par la main. Elle attaque alors sans hésiter, arrachant d'un seul coup les entrailles pour les dévorer. On imagine ce que peut être l'agonie et la mort de ladite proie quand elle est attaquée vivante.

La révolte désespérée qui me bouleversa à l'évocation de ces horreurs où je voyais agoniser ce fier garçon plein de courage et de gaieté, me fit comprendre qu'en sus de la compassion, une affection profonde m'y attachait comme à un fils.

Prêt à tout tenter pour le sauver, sans m'arrêter aux risques d'une telle entreprise, je résolus à l'instant d'aller interroger le sultan lui-même… si déjà il n'était pas trop tard.

Sans m'inquiéter du protocole très rigoureux qui fixe les jours et les heures de son Divan, je me rendis au Palais, bien décidé à en forcer la porte s'il le fallait. Ma chance voulut que ce fût précisément jour de Divan. Cette audience publique, où n'importe qui peut se présenter, se tient d'ordinaire sur la Souk, mais en cette saison, à cause de la chaleur, elle avait été transférée dans la cour même du Palais.

En passant sous le porche obscur de l'entrée, je ne vis pas Medan accroupi, noir sur noir, dans un coin d'ombre. S'il avait ébauché un sourire, ses dents blanches de carnassier m'eussent peut-être révélé sa présence. Mais en ce moment, il ne songeait pas à sourire, non par remords de son crime, mais par l'incertitude où le tenait encore le silence de son maître.

Telle est la force du silence, où un coupable croit toujours sentir une menace, et bien souvent se trahit en se défendant de ce dont on ne songeait pas à l'accuser.

À l'ombre fraîche de la cour, les plaideurs, à grands renforts de gestes et de cris, défendaient leurs causes, tandis que le sultan impassible, le regard absent, ruminait les feuilles de Kat.

Quand il m'aperçut, il m'adressa un sourire et du geste m'invita à prendre place à son côté comme assesseur honoraire. En d'autres circonstances, j'aurais eu tout loisir d'exercer ainsi au passage ces honorifiques fonctions. La loi, en effet, estime que le passant étranger peut mieux que tout autre, juger équitablement le différend qui lui est soumis, son jugement ne risque pas, en effet, d'avoir été suggéré par d'occultes influences.

Que de fois en Éthiopie ai-je été ainsi arrêté au passage par des plaideurs pour juger leur différend, mais aujourd'hui, le sort de Zeït me préoccupait trop pour me laisser le loisir d'écouter leurs plaintes. Le sultan d'ailleurs semblait lui-même s'en désintéresser, à tel point que je me risquai à lui parler de l'inexplicable disparition de mon maître d'équipage.

Après lui en avoir répété plusieurs fois le nom, il feignit la totale ignorance d'une affaire aussi insignifiante. Sans se départir d'un ton de parfaite courtoisie teintée d'ironique indulgence envers l'étranger, il me fit comprendre par son air excédé qu'un sultan ne s'inquiète guère des fugues d'un vulgaire matelot. En manière de consolation, il me conseilla de voir le Cadi ou le chef de Police, puis sans transition, il parla d'autre chose, du beau temps, de la pluie, allais-je dire, bien qu'en ce pays il ne plût jamais.

Je compris que, par les voies officielles, je n'arriverai à rien. Autant chanter une aubade sous les fenêtres postiches d'un mur sans ouvertures. Partout ce serait le silence et les paroles oiseuses. La dalle du tombeau était retombée sur le malheureux. Il était déjà retranché du monde.

Trahison de Medan

En regagnant le porche d'entrée, je croisai une femme non voilée en raison sans doute de son âge. Elle me parut retenir des sanglots.

À sa vue, par une sorte d'intuition, j'imaginai qu'elle venait du harem, peut-être avec le secret espoir de me rencontrer. Je la saluai sans souci des usages et des convenances pour lui demander sans autre préambules :

– Je suis le père de Zeït, qui a disparu depuis hier et je le cherche. Amina sait peut-être où il est ?

Au nom de Zeït, elle leva les yeux, des yeux qui durent être splendides à en juger, en dépit du kohol délayé dans les larmes, et son visage s'éclaira. Après un regard circulaire pour s'assurer de l'absence de tout témoin, elle me saisit le bras et, très vite, entre haut et bas, elle me dit :

– Medan l'a trahi et entraîné dans un piège. Il est en prison avec Amina… Qu'Allah ait pitié d'eux…

– Où sont-ils en prison ?

– Je l'ignore… Medan – que sur lui tombe la malédiction du ciel – seul peut le savoir… Il est geôlier et aussi… bourreau pour les affaires secrètes…

– Sais-tu au moins s'ils sont vivants ?

– … Oui… Mais mieux vaudrait qu'ils soient morts…

Brusquement, elle se tut, rabattit son chama et s'éloigna, glissant comme une ombre sur ses pieds nus, avec le léger cliquetis de ses anneaux de cheville. Un groupe de bédouins allant au Divan l'avait effrayée. C'était fini, je n'en saurai pas plus long. Cependant, ces quelques mots de Rhodera, car c'était elle, venaient de confirmer la mauvaise impression que me fit Medan le jour où Zeït me l'amena avec la pirogue à vendre. J'avais maintenant la certitude que le malheureux Zeït était dangereusement compromis, perdu peut-être.

Dans ma rage impuissante, j'aurais crié de désespoir. C'est à ce moment précis que je passai devant Medan, toujours accroupi à son poste. Cette fois, sans le secours de son sourire aux dents blanches, je l'aperçus. Je m'arrêtai devant lui dans une attitude que je m'efforçais de rendre bienveillante, et je lui demandai à mi-voix en me penchant vers lui :

– Veux-tu gagner cent roupies ? Et, sans lui laisser le temps d'entamer le marchandage, j'enchaînai :

– Où est Zeït ?… Si, si, tu le sais. Ne fais pas l'imbécile avec moi. Je ne veux pas le faire évader, rassure-toi, ni rien faire pour le tirer d'une mauvaise affaire où il s'est engagé contre mon gré. J'ai seulement besoin de le voir, avant qu'il ne soit pendu, à cause du bateau que je viens de renflouer. Lui seul peut me renseigner sur un détail de la plus grande importance.

Comprenne qui voudra ce discours incohérent mais l'essentiel était de paraître indifférent au sort de Zeït. Sans doute Medan calcula que cent roupies seraient les bienvenues dans la machination qu'il projetait. Il se décida enfin à répondre.

– Si tu veux lui parler, il n'y a pas de temps à perdre… Je crains que cette nuit il ne soit déjà trop tard… Peut-être au moment de la prière d'El Dohor (midi) pourrais-je te conduire près de lui quelques minutes tout au plus… Ce que tu demandes est très grave, je risque ma tête, et cent roupies ne me la rendront pas…

– Soit, mettons deux cents, et n'en parlons plus…

Après un soupir, il parut se résigner à la fatalité.

– Al Allah !… Quand verses-tu l'argent ?

– Tiens, voilà toujours vingt-cinq roupies, le reste aussitôt après lui avoir parlé…

– Quand tu entendras l'appel du muezzin, viens dans la ruelle derrière le Palais… J'y serai, mais sois habillé comme un meskin (mendiant) pour passer inaperçu.

En retournant à bord, Aly Omar me rendit compte des résultats de son enquête à la Mokaya où il avait écouté ce qui se disait : un nacouda précisément racontait qu'un Soudanais avait loué sa zeima pour qu'il l'attendit toute la nuit au mouillage de Ras Katile, qui est le plus proche du lieu où d'ordinaire se font les exécutions « pressées » si je puis dire. D'autres détails permirent de comprendre le plan machiavélique de Medan pour enlever Amina en éliminant Zeït : amener les deux amants dans un piège où le sultan Faredj les surprendrait. Condamnés à être aveuglés, sa fonction de bourreau privé lui permettait d'épargner Amina pour revenir sur les lieux de l'exécution aussitôt après et l'emporter à la baie de Ras Katile.

Le sultan devant partir pour Teis, comme chaque année le jour où s'y tenait un Conseil au Divan de l'Imam, il choisit ce jour-là pour organiser un rendez-vous des deux amants, qui auraient ainsi la nuit entière.

Quand Zeït et Amina furent aux bras l'un de l'autre, il partit ventre à terre à la poursuite de son maître, l'informer qu'un étranger venu de la mer allait enlever Amina.

C'est ainsi que le couple, pris en flagrant délit, fut jeté en prison.

Après mon entrevue avec le sinistre Medan, l'idée de revoir Zeït me réconforta comme si elle eût été le prélude de sa délivrance.

Les yeux de verre

Sous l'effet de cette fugace euphorie, je pensai tout à coup à ces verres de contact si miraculeusement retrouvés l'an dernier. Mais où étaient-ils à présent ? Égarés peut-être ? Comme un fou, je courus vers le port où se balançait doucement l'*Altaïr*. Tous dormaient à cette heure chaude, il me fallut siffler un quart d'heure pour voir enfin le mousse émerger de la cale avant.

Jamais la pirogue ne me parut si longue à arriver, car midi approchait. J'avais si bien rangé ces verres que je ne les retrouvais plus. Ce fut Abdi qui me rappela la boîte du sextant. Les deux minces coupelles de cristal y attendaient l'heure marquée par le destin…

En toute hâte, je me fis un foutah (pagne) avec un morceau de vieille voile tout maculé de taches de mazout, et un de mes hommes me prêta une de ces ceintures yéménites qu'on enroule autour des reins en multiples tours, elle peut ainsi emmagasiner les objets qui d'ordinaire gonflent les poches.

J'y dissimulai mon colt, et une torche électrique, sans oublier la djembia qui est autant accessoire de toilette masculin qu'arme de défense. Mes hommes comprirent que ce travestissement allait servir à la délivrance de leur camarade, car je les entendis réciter les Fathas tandis que la pirogue s'éloignait.

Ruisselant de sueur, haletant après une course folle, j'arrivai sur le sable brûlant de la ruelle au moment où l'appel à la prière se mêlait au claquement d'ailes des pigeons effrayés.

Medan, accroupi près de la porte où nous avons vu entrer le malheureux Zeït, se leva à mon approche. Il me poussa devant lui et entra sur mes talons.

Le vantail refermé sans bruit, ce fut l'obscurité totale. J'entendis pousser un verrou, puis passant devant moi, il me mit dans la main un coin de son chama pour me guider. J'eus le temps de palper derrière moi la porte de ma main frôlant par chance la clé, je pus l'arracher, mais elle tomba dans le sable. Je n'eus pas le temps de faire mieux. Entraîné par le chama, je m'enfonçais dans le couloir sombre. Peu à peu, mes yeux s'accoutumant à l'obscurité, je m'efforçai d'en repérer le trajet. Un platras ramassé à l'entrée me permit de marquer mon passage en le traînant sur le mur. Je ne me souciais pas de rester pris dans ce labyrinthe au cas où Medan m'eût joué le mauvais tour de m'y abandonner.

Il s'arrêta devant une porte comme un soupirail taillé dans la pierre en voûte surbaissée…

Je me félicitai d'avoir emporté ma lampe électrique quand il fallut s'engager dans l'étroit escalier qui faisait suite à ce trou noir. En descendant les marches inégales creusées dans le roc, le quinquet fumeux de mon guide projetait sur les murs des ombres fantastiques, et mettait en fuite d'innombrables cafards noirs et luisants comme des dattes.

Une porte bardée de fer nous barra la route. Sa clé restée dans la serrure me parut avoir été laissée là pour ne pas révéler la fonction de porte-clé de celui qui m'accompagnait. Cette précaution suffit à me convaincre que ce Medan n'était pas seulement portier, mais geôlier, et très probablement à l'occasion exécuteur des secrètes sentences du maître, autrement dit, son bourreau privé.

Aussitôt la porte ouverte, ce caveau obscur me souffla au visage une abominable puanteur, de latrine et de charogne. Le rayon de ma lampe électrique fit apparaître le malheureux Zeït accroupi à demi nu au milieu d'un grouillement de cafards. Son poignet droit, fixé à sa cheville gauche, le contraignait à rester toujours courbé, dans une attitude si pénible qu'elle devient un douloureux supplice. J'avais déjà vu couramment employé en Éthiopie ce mode barbare d'entrave infligé aux récidivistes d'évasion. Les malheureux, incapables de marcher, doivent se faire porter sur les épaules par un camarade simplement enchaîné aux chevilles. Ils peuvent ainsi suivre les détenus qui vont dès le matin par les rues d'Addis Abeba mendier leur nourriture. La nuit, on les délivre de cette douloureuse position. Pourquoi infligeait-on à Zeït le martyre de cette précaution, bien superflue au fond de cette tombe ?

Au son de ma voix, il releva la tête, et sa pauvre figure s'éclaira d'un sourire comme si j'apportais la délivrance. Hélas, il n'en était pas question !...

Medan, comme s'il eût craint le regard de cet homme enchaîné, était resté sur le seuil. Feignant alors un brusque recul devant cet odieux spectacle, je l'aveuglai de ma torche en le bousculant vers l'escalier. Buttant sur la première marche, il tomba en arrière. Avant qu'il se relevât, j'avais arraché la clé restée à l'extérieur et je refermai la porte.

Medan était armé de sa djembia, mais il avait vu la crosse de mon colt à ma ceinture. D'autre part il risquait trop en provoquant le moindre incident. D'une voix mal assurée, il me dit à travers la porte close :

– Fais vite, la prière se finit... Dépêche-toi, ou je t'enferme au verrou !...

Je ne perdis pas de temps à l'écouter. Il fallait faire vite. Fort heureusement, Zeït était intelligent et sa confiance en moi telle qu'il se prêtait à tout sans la moindre hésitation. D'ailleurs, sans que j'aie dit un mot, à mon premier geste, il comprit mon intention de protéger ses yeux. De plus, il était assez courageux et stoïque pour endurer les pires souffrances.

Après avoir retiré de ma bouche les deux coupelles que j'y avais dissimulées, surtout pour les avoir tièdes et humides, Zeït, de sa main libre, m'éclaira avec ma torche pendant que je m'efforçais de les introduire sous ses paupières. J'y réussis enfin, non sans lui avoir infligé un cruel supplice.

Il supporta sans un tressaillement cette opération, dont je n'avais pas oublié les douleurs en dépit de toute l'habileté de l'opticien.

À peine avais-je terminé qu'il me sourit, bien qu'il souffrît encore, pour m'assurer qu'il y voyait très bien.

Que ne supporterait-il pas pour sauver ses yeux !... Et puis, n'était-il pas de la race de ces hommes qui, à l'âge d'être guerriers, subissent en chantant l'épreuve des mutilations rituelles, tout comme les filles, à l'âge de six ans, doivent sourire et chanter, elles aussi, pendant que la matrone extirpe le clitoris avec le tranchant d'un éclat de verre !

L'opération terminée, en dépit des coups de pied que Medan ne cessait de frapper dans la porte, j'enregistrai ce que Zeït me révélait en toute hâte sur son rôle infâme.

Le sort d'Amina était la grande préoccupation de ce malheureux. Il ne doutait pas qu'elle ne fût condamnée à subir l'horrible mutilation des femmes adultères, sans avoir, comme lui, la protection des verres. Le pauvre garçon était à tel point désespéré que je craignis qu'il ne les enlevât pour renoncer à l'espoir de survivre sans elle. Je dus le réconforter en lui disant que j'avais aussi le moyen de la sauver. L'impatience croissante du geôlier « enfermé » à l'extérieur me dispensa fort à propos de commenter ce pieux mensonge. Medan, fou de rage, me criait maintenant qu'il allait tirer le verrou et m'abandonner dans l'oubliette.

Il n'eût pas manqué de le faire, et même sans me prévenir, s'il ne m'avait pas su armé. Ayant seul accès dans la prison, il m'y aurait poignardé, après quoi il avait tout loisir de faire disparaître mon cadavre.

Quand j'ouvris, je le tins ébloui dans le rayon de ma torche pour éviter toute surprise, et mon Colt à la main, je le laissai fermer la sinistre porte.

En haut de l'escalier, quand je lui remis la contre-valeur des roupies en pièces d'or moins encombrantes, il parut calmé, mais il se disait très inquiet à cause de mon retard, qui m'exposait à de fâcheuses rencontres. En conséquence, il me recommanda de l'attendre jusqu'à ce qu'il se soit assuré de l'absence de l'askari de garde pour filer sans être vu. Il comptait sur mon ignorance des lieux pour être sûr de me tenir là. Vêtu en vagabond comme il l'avait exigé, et incapable d'expliquer ma présence en ces lieux interdits, mon compte eût été bon avec la brutalité coutumière des askaris. Comment aurais-je expliqué ma présence ? Un coup de crosse m'eût défoncé le crâne sans que nul ne s'en inquiétât.

Je ne perdis pas une seconde à envisager de telles éventualités, je courus vers ce dédale de couloirs où les traces de craie me guidèrent heureusement jusqu'à la porte. La clé était encore là où elle était tombée. Sans m'inquiéter de ce qu'il pouvait y avoir dans la ruelle, je sortis, fermai à clé (la serrure avait été parfaitement graissée) et d'un pas nonchalant, bien pénible à conserver quand on voudrait courir, je gagnai enfin la plage où m'attendait Aly Omar avec la pirogue…

Antichambre de l'enfer

La machination de Medan se dévoilait donc tout naturellement, à la lumière de tous les renseignements recueillis de part et d'autre.

Par ses fonctions de bourreau, il pouvait épargner Amina, et l'enlever au dernier moment pour rejoindre le bateau préparé pour sa fuite.

Ce n'était là qu'une hypothèse, mais je n'avais pas le choix, elle seule s'appliquait à la situation. Il fallait donc me préparer à agir en fonction de sa réalité.

Sans aucun doute, les condamnés seraient amenés hors de la ville aux premières heures de la nuit, pour éviter la curiosité de la populace, toujours avide de tels spectacles.

Sous toutes les latitudes et de tous les temps, « Panem et circenses » sont les meilleurs dérivatifs des réactions de la bête humaine.

Je fis appareiller à l'instant même l'*Altaïr* avec Abdi et quatre hommes pour qu'ils puissent atteindre le mouillage de Ras Katib avant la nuit. Quant à moi, je restai à terre avec Aly et deux hommes.

La nuit enfin venue, j'envoyai mes deux Somalis se poster dans la ruelle, à proximité de la porte de service du Palais. Agiles comme des singes, souples comme des couleuvres, ils avaient l'art de se dissimuler et d'autant mieux que la teinte de leur peau les confondait à la nuit.

Ils attendaient pour venir me signaler le départ des condamnés… si départ il y avait.

Aly Omar, grâce à son ancien métier de courtier (entre autres avatars) m'avait procuré un assez bon cheval dressé à être monté.

Tout était prêt, mais l'attente rongeait mon optimisme. Le silence s'étendait peu à peu sur la ville, les rues étaient désertes, plus rien apparemment ne devait plus retenir le convoi des condamnés, et cependant, mes Somalis ne paraissaient toujours pas. Je me pris à douter de mes hypothèses : qui sait si le malheureux Zeït n'avait pas été tout simplement égorgé dans son cachot ? J'avais beau me dire que ce dénouement brusque aurait ruiné le machiavélique projet d'enlèvement, rien ne parvenait à me réconforter. Au comble du découragement, j'imaginais le convoi sorti par une autre porte : n'avais-je pas fermé, et jeté la clé de celle où attendaient des sentinelles ? J'allais me résoudre à partir à tout hasard vers le lieu du présumé supplice, quand un de mes Somalis surgit de la nuit : essoufflé de sa course, il expliqua rapidement qu'une troupe d'askaris, sortis par la porte principale, conduisait deux prisonniers hors de la ville vers la piste de Katib. Son camarade était sur leurs traces.

Je repris courage. Ma première hypothèse était donc toujours valable.

Le mousqueton Mauser en travers de la selle, et une guerba d'eau pendue à l'arçon, je piquai des deux, mon Somali coureur de brousse me suivait, accroché à la queue de mon cheval.

Les chevaux, là-bas, sont dressés à ce genre de remorque, qui permet à ces infatigables coureurs de suivre pendant des heures un cheval lancé au grand trot.

Sortis de la ville endormie, il fallut ralentir cette folle allure pour repérer les traces. Le Somali, malgré l'obscurité, arrivait, avec ses yeux de lynx, à suivre les empreintes laissées par la troupe.

Nous rejoignîmes assez vite notre homme de liaison qui nous attendait. Invisible dans la nuit, il avait approché suffisamment la troupe pour la dénombrer et saisir des bribes de conversations. Elle se composait de quatre askaris armés, avec le Wakil du Sultan et Medan. Ils se rendaient bien au lieu ordinaire des exécutions. Les deux prisonniers avaient été débarrassés de leurs entraves, qui ralentissaient par trop leur marche, mais malgré tout, je compris que j'avais tout loisir de les dépasser même en faisant un crochet le long de la mer. Grâce à mon cheval, j'arriverais bien avant eux en vue du patibulaire plateau. De plus, je voulais voir si le zaroug, et l'*Altaïr* étaient bien arrivés dans la baie. Quand j'atteignis le rivage, la nuit très noire ne m'eût pas permis de les voir, si la flamme d'une mouffa (four rudimentaire ménagé dans un tonneau) ne me les eût signalés.

Je n'avais plus maintenant qu'à remonter à l'Est à travers la brousse. Un lit de rivière à sec me parût devoir mener au ravin qui entoure le plateau, mais de nuit, tout se confond, hélas ; d'autres lits de galets, affluents de ce fleuve sans eau, me laissèrent dans un grave embarras du choix. Si près du but, allais-je m'égarer bêtement ? Quel ravin suivre ? Au moment où j'allais prendre celui qui s'enfonçait dans l'inconnu sur ma droite, un hennissement m'arrêta net. Il me sembla venir du ravin de gauche. La bête invisible avait sans doute senti ma monture. Par trois fois, elle hennit et je tremblai que mon cheval ne lui répondît. Sans doute était-il dressé à rester muet comme le sont les chameaux transporteurs de contrebande.

J'ignorais que Medan ait prévu un cheval, mais ce hennissement me fit instantanément comprendre mon manque de logique. Comment, en effet, envisager l'enlèvement de cette femme sans avoir un moyen de l'emporter à travers quatre kilomètres de brousse ? Aucun doute que ce cheval ne fût là pour l'attendre avec son bourreau.

Je mis pied à terre et mousqueton à la main j'avançai prudemment suivi de mes deux Somalis traînant ma bête par la bride.

L'obscurité était telle que je faillis passer sous le ventre du cheval. Une silhouette humaine, effrayée par ma brusque apparition, se dressa et se serait enfuie si je ne l'avais rassurée d'un salut amical. C'était un esclave chankalla, probablement assez simple d'esprit, que la peur rendait encore plus stupide. Déjà désemparé par son isolement dans la nuit où le hurlement des hyènes lui semblait tout proche, mon arrivée inattendue le terrifia comme l'apparition du diable.

J'eus quelque peine à lui faire entendre que je venais en ami de Medan pour lui donner de nouvelles instructions.

Ne doutant pas que ce cheval fût là à l'intention d'Amina, je jouai cette carte :

– Tu n'as plus peur, maintenant ?… Alors, écoute bien ce que je vais te dire : si Medan ne pouvait pas accompagner lui-même la femme, c'est toi qui dois la conduire à la baie de Ras Katib où attend le zaroug… Tu es au courant, je pense ?

– … Oui… un peu… mais c'est Medan qui doit lui-même…

– Naturellement, mais à cause du Wakil, il pourra être retardé, c'est pourquoi il t'envoie l'ordre de partir aussitôt que je t'aurai amené la femme…

J'eus l'impression que toute mon histoire le dépassait ; Medan lui ayant dit de l'attendre, il ne comprenait pas autre chose. Ne pouvant perdre un temps précieux à tenter d'apprivoiser cette brute ahurie, je laissai un de mes Somalis avec lui pour qu'il le fît agir le moment venu selon mes ordres. Je lui confiai le Mauser à toutes fins utiles, ne gardant avec moi que mon Colt.

Le ciel depuis un instant s'éclairait comme à l'approche de l'aube, mais il n'allait pas recevoir le soleil, seulement la lune, qui devait se lever ce jour-là vers minuit. Cette imprécise clarté suffit aux fauves et aux carnassiers nocturnes, pour surprendre les antilopes broutant dans les clairières. Les hurlements des hyènes se rapprochaient en effet, comme les bourreaux de la dernière heure. Je compris alors pourquoi on avait attendu cette heure tardive pour l'exécution de l'impitoyable sentence…

En toute hâte, suivi de mon second Somali, je remontai le ravin. Grâce à cette vague clarté du ciel qui facilitait la marche dans les rocailles et les buissons, je fus bientôt devant les falaises et les éboulis de roches friables qui entourent le plateau. En dépit des obstacles, je réussis à grimper jusqu'au sommet. Il m'apparut alors comme une vaste clairière d'environ une centaine de mètres de diamètre, entourée de cactus épineux. La lune, encore basse sur l'horizon, n'éclairait que le centre de ce terrain découvert.

En émergeant sur cette terrasse naturelle, je buttai contre une masse ronde que je pris pour une pierre blanche. La repoussant négligemment du pied, elle se retourna, le hideux rictus d'un crâne humain me fixa de ses orbites vides. Ce témoignage eût suffi à me renseigner, si j'avais eu le moindre doute sur la destination de ce sinistre lieu.

L'exécution

Aucun bruit ne trahissait l'approche de la troupe, qui cependant ne pouvait tarder à arriver. Je profitai de ce retard pour tenter de découvrir à quel endroit la piste accédait à cette manière de donjon. Tant bien que mal protégé dans l'ombre des hauts cactus, j'atteignis l'extrémité opposée où un grand trou noir s'ouvrait comme un porche dans la ceinture épineuse. Le sentier y aboutissait. Je n'eus pas le loisir de prolonger mes investigations, interrompues par la brusque arrivée de mon Somali, qui me dit avoir entendu approcher l'escorte. En toute hâte, je regagnai la brèche qui m'avait permis d'escalader le plateau. Je pus alors apercevoir dans le bas la petite troupe qui cherchait l'entrée « carrossable ».

Des bruits de voix et des appels me firent comprendre que la troupe avait retrouvé le passage.

Dissimulés derrière un épais buisson, prêts à nous laisser glisser dans le ravin en cas d'alerte, nous étions très bien placés pour voir ce qui allait se passer, du moins pouvais-je le croire.

Ce mamelon se prêtait parfaitement à ses fins patibulaires. Entouré comme il l'était de pentes abruptes, le danger de chute s'aggravait par la nature friable du terrain, qui provoquait des avalanches de pierres et de gravats. Le poids d'un homme trop près du bord de la falaise schisteuse provoquait un éboulement.

Ces dangers semblaient être là pour précipiter dans le vide le malheureux aveugle qui, à tâtons, cherche à fuir les hyènes.

La troupe émergeant sur le plateau arrêta mes réflexions. Par malheur, elle se plaça de telle sorte que malgré toutes nos acrobaties, il nous était impossible de rien voir. Il ne nous restait qu'à écouter… et à entendre.

Sachant ce qui se passait, mon imagination interprétait tous les bruits en évoquant les plus hallucinantes images.

Nous écoutions le hurlement des hyènes qui, peu à peu, se rapprochaient quand, tout à coup, un cri de femme nous frappa en plein cœur, puis un hurlement étouffé nous donna un frisson d'épouvante, en imaginant l'horrible chose qui le provoquait.

Une plainte lugubre, une sorte de lamentation, nous arrivait, coupée par l'invocation clamée aux heures dernières, quand tout espoir est perdu !

La illa illallah !… la illa illallah…

Je l'avais entendue dans la tempête, sur le navire en perdition, mais jamais cette prière d'agonisant ne m'avait paru aussi lugubre.

Les tortionnaires devaient être partis, car en général ils s'éloignent au plus vite pour laisser le champ libre aux hyènes, derniers bourreaux de la mise à mort.

Maintenant toutes proches, leur hurlement, avec ces éclats intermittents de ce rire diabolique, couvrait les lamentations. Cependant, elles n'avançaient pas, retenues par notre présence qu'un sens mystérieux leur faisait percevoir. Leur troupe impatiente était en contrebas tout autour du plateau.

Il fallait agir vite. Je sortis de ma cachette et je vis tout de suite Amina penchée sur Zeït. Elle sursauta à mon approche, mais elle me reconnut, donc, elle voyait !…

En paroles hachées par l'émotion, elle me dit :

– Partons vite… il va revenir… Il m'avait prévenue qu'il m'épargnerait si je consentais à m'enfuir avec lui… J'ai accepté, car Zeït avait pu me dire que tu lui avais donné un grigri pour protéger ses yeux… Il va donc arriver… Mais lui ?… Ses yeux ? ajouta-t-elle en désignant Zeït dont je lavais de mon mieux les paupières.

– Ne crains rien, ses yeux seront sauvés, mais toi, tu dois filer au plus vite avec Fara…

Me tournant alors vers le Somali, je lui ordonnai de conduire Amina là où étaient les deux chevaux, et de revenir aussitôt avec le mien.

Sans m'étendre plus longtemps en discours, je lavais les yeux de Zeït. Les paupières étaient à tel point tuméfiées que j'eus bien de la peine à leur enlever les verres de contact.

– Tu y vois ?

– … Non… tout est noir…

– Bien sûr, c'est la nuit… Lève la tête.

– Ah ! amdoul illah ! les étoiles !… et il fut secoué de sanglots, tant la joie le suffoquait.

– Peux-tu marcher ?

– Oui, maintenant, je peux… Mais Medan ?

– Qu'il aille au diable… filons avant son retour.

– Non, il doit payer.

En vain, j'essayai de vaincre son obstination, et le temps passait. Je ne m'expliquais pas que Medan tardât tant à venir récolter le fruit de son crime.

Zeït me fit observer qu'il ne pouvait abandonner les askaris, et surtout le Wakil, sans éveiller les soupçons.

Il ne pourrait s'enfuir qu'à un étroit défilé où il fallait marcher en file indienne. Là, Medan étant esclave, il devait passer le dernier. Dans ces conditions, nul ne s'aviserait immédiatement de son absence. Ce passage étant à peu près d'un kilomètre, il ne pouvait être de retour avant un quart d'heure. Ce qui eût été trop tard pour sauver Amina des hyènes, mais il lui avait recommandé de courir aussitôt après le départ du Wakil au cheval qui l'attendait au fond du ravin avec un guide.

Malgré toutes ces raisons rassurantes, Medan pouvait s'être enfui plus tôt, il pouvait surgir d'un instant à l'autre.

Zeït, prenant ma torche, en projeta la lumière au sol et tout de suite retrouva la petite calebasse où il restait encore un peu de lacta d'euphorbe. À peine l'eût-il ramassée que la lueur d'une lanterne clignotant à travers les branchages révéla le retour de Medan.

J'eus tout juste le temps de m'aplatir dans les buissons quand le rai lumineux balaya le terrain. Il s'arrêta devant Zeït à nouveau accroupi, surpris qu'il ne soit pas dévoré par les hyènes. Devant sa victime, qui continuait à gémir, il s'arrêta pour l'injurier. Peut-être voulait-il se donner du courage tant sa lâcheté lui faisait encore craindre un homme aveugle et sans défense.

– Où est Amina, fils de chien ?… Ah, tu ne veux pas répondre…

Au moment où il levait sa cravache, Zeït se dressa d'un bond, et lui arracha sa torche. Medan sauta de côté, croyant tromper l'aveugle. Mais cet aveugle le suivait.

Alors, l'idée que cet homme y voyait encore le terrifia, comme l'assassin devant sa victime sortant de la tombe !

Pris de panique, il voulut fuir vers le sentier, mais Zeït lui barra le passage et marcha vers lui, la calebasse en main.

Je suivais la scène, prêt à abattre Medan s'il avait eu une arme à feu, mais il n'avait même pas sa djembia !…

Fou de peur, il reculait vers le précipice, demandant grâce à celui que, l'instant d'avant, il avait torturé sans pitié. Si le Wakil ne l'en eût empêché, il n'aurait pas hésité à couper les paupières avant de lui brûler les yeux… et maintenant, cet homme implorait la pitié !…

Acculé au précipice, il tomba à genoux pour supplier encore…

Cette détresse était si poignante que malgré moi la compassion me fit, une seconde, oublier l'infamie. Tout à coup résolu à l'abattre, j'allais tirer quand, dans un hurlement de douleur, il bascula en arrière et roula dans le ravin, tandis que Zeït rejetait la calebasse vide : dans la fraction de seconde où ma torche éclaira la face de Medan, il lui avait lancé en plein visage le lacta aveuglant.

Nous étions là immobiles pour laisser s'enfuir l'horreur de cette scène, comme après une blessure, on laisse s'apaiser peu à peu la douleur…

Que d'heures tragiques, que de cruels chagrins, que de désespoirs sont ainsi emportés par le cours inexorable du temps au bienheureux océan de l'oubli, l'Éternité inconcevable aux mortels…

Tout à coup, du fond de ce ravin où bondissaient des fantômes noirs, monta un cri, un cri humain dont jamais je n'oublierai la déchirante détresse, et ce fut la curée, avec ces éclats de rire diaboliques quand la puissante mâchoire arrache les entrailles…

Justice était faite.

J'eus quelque peine à conduire Zeït et Amina à la baie de Ras Katib, tant la détente nerveuse après une telle épreuve les laissait dans une demi-inconscience. Ce ne fut que rendu à bord que Zeït sortit enfin de sa torpeur. Quant à Amina, revenue elle aussi à son état normal, je ne pouvais la garder à bord. Ce fut la zeima louée par Medan en vue de son enlèvement qui la ramena à Doubaba.

Mort de Voiron[1]

Mon voyage fut sans histoire, mais à mon retour à Obock, je tombai en plein drame pour y jouer malgré moi un rôle de détective amateur.

À cette époque, les nécessités de la guerre avaient fait de notre ancienne capitale de la Côte des Somalis une sorte de camp d'instruction pour les recrues indigènes. Le poste était commandé par le capitaine Benoît secondé par deux lieutenants, Aublin et Voiron. Ce dernier m'avait toujours été particulièrement sympathique. Un dévoyé peut-être, une tête brûlée comme disent les redresseurs de torts, mais on sentait une nature généreuse à travers ses enthousiasmes souvent exagérés, toujours irréfléchis.

L'étrange regard de ce grand garçon pâle me sembla un défi lancé à son Destin.

Le sergent somali Ismaïl avait amené une jeune mitgane fort belle, Alema, à Voiron, qui la garda comme maîtresse. Cette fille avait été promise à Fara, qui s'était engagé pour la payer avec sa prime.

Une fois la fille installée chez Voiron, Ismaïl, séduit, regretta de l'avoir sacrifiée au bon plaisir de son lieutenant. Il tenta, nonobstant, sa chance, mais Alema qui n'oubliait pas Fara se refusa. Ismaïl avait donc deux

1. *Les deux frères* (Éditions Grasset).

rivaux, qui mettaient obstacle à ses secrets désirs : Voiron et Fara.

Frustré par son frère Doalé qui déserta avec douze autres recrues il se résigna… provisoirement.

Les déserteurs arrêtés à Raheita en territoire italien, Voiron fut chargé de les ramener à Obock à la tête d'un détachement de gardes somalis.

Dans la nuit qui précéda son départ avant l'aube, j'entendis trois coups de feu du côté de la Résidence où devait se réunir le détachement. J'imaginai une fantasia pour fêter le départ.

En m'éveillant au premier rayon de soleil, je vis, du haut de ma terrasse, accourir le lieutenant Aublin.

– On vient d'assassiner Voiron… Au moment du départ, un garde lui a tiré trois coups de fusil dans le ventre… Il est mort, et je viens vous demander de la part du capitaine Benoît si vous pouvez le transporter à Djibouti avec votre bateau ?

Je montai à la Résidence.

Voiron est couché sur un angareb. La mort a mis sa sérénité sur cette belle tête pâle, sculptée dans la cire vierge. Sous les plis du drapeau, le corps de ce pauvre rengagé, de ce raté, qui sentait sa déchéance, fait penser aux chevaliers de marbre, sur la dalle des tombeaux aux cryptes des cathédrales.

Je vois arriver entre deux gardes le malheureux Fara, menottes aux mains, suivi du sergent Ismaïl.

Je salue le capitaine en lui confirmant que je suis à sa disposition pour transporter le corps de Voiron.

– Mais voici votre prisonnier, je vous laisse…

– Non, non, restez, au contraire, votre connaissance de la langue me sera précieuse.

Je procède donc au premier interrogatoire.

– Pourquoi as-tu tiré sur ton lieutenant ?

– Je n'ai pas voulu, c'est le coup qui est parti, quand il a saisi mon fusil par le canon.

– Il était donc chargé ?

– Je le croyais vide. Quand je suis sorti de prison, à 5 heures, je l'ai pris au râtelier où je l'avais mis en entrant.

– Et, à ce moment, il n'y avait pas de cartouche ?

– Je n'ai pas regardé. Je savais que je l'avais vidé et graissé.

– Alors, où as-tu mis les cartouches que tu as retirées ?

À cette question, il hésite, enfin il répond :

– Dans la cartouchière que je porte en allant à la chasse.

Je la fais apporter. Il y a une dizaine de cartouches dont la pointe de la balle a été coupée pour faire affleurer le plomb. J'en passe une au capitaine qui s'écrie :

Mais c'est une balle dum-dum ! C'est interdit, qui a fait cela ? Est-ce toi ?

Fara acquiesce de la tête.

– Pourquoi ?

– … Pour la chasse… avec la balle ordinaire, les antilopes blessées s'enfuient trop loin…

J'eus à ce moment la conviction qu'un autre fusil avait tiré les deux derniers coups, bien que le sergent Ismaïl affirmât « avoir vu » Fara tirer. Cette affirmation me parut sonner faux.

– Avez-vous fait saisir tous les fusils, capitaine ?

– … Non. Rien ne pouvait faire penser à un autre coupable…

– Bien entendu, mais ce que nous venons de voir doit nous faire penser autrement, ne croyez-vous pas ? Voudriez-vous prier Aublin, qui est armurier, d'examiner tous les fusils ?

En attendant les résultats, nous allons examiner le cadavre, ses blessures ne pouvaient provenir de balles dum-dum, dont l'orifice de sortie est énorme.

Enfin, les gardes envoyés à la recherche des balles après leur impact au sol, en trouvèrent deux, tordues, mais normales.

Aublin vint rendre compte : aucun fusil n'avait fait feu, sauf celui de Fara.

J'aperçus le sergent Ismaïl.

– Apporte-moi ton fusil…

Il me le passa avec un étrange sourire, qui me parut signifier : « Tu peux l'examiner, tu en seras pour tes frais. »

Le canon était fraîchement graissé, alors que tous les autres portaient de légères traces de poussière.

– Quand l'as-tu donc graissé ?

– Je le graisse tous les jours.

Je priai le capitaine de consigner ce détail.

Ce brave homme me sembla déçu par la tournure que risquait de prendre cette affaire. N'allait-il pas perdre un assassin fait sur mesure, qui lui assurait la vedette dans la répression d'une tentative de rébellion ?

Il se rasséréna quand je le priai de ne faire aucune allusion à mon intervention, ne fût-ce qu'à titre d'interprète.

Je connaissais trop les sentiments de l'administration à mon égard pour ne pas craindre que toute marque d'intérêt au sort de Fara ne lui fût néfaste, une fois jetée en pâture à une Justice « dirigée » que trop souvent, hélas, certains gouverneurs mettent à leur service.

Au temps révolu de nos colonies, il suffisait d'envoyer en congé le magistrat de carrière pour nommer à sa place un docile administrateur soucieux d'avancement.

J'embarquai la victime sous son catafalque, et son assassin à fond de cale.

J'aperçus, au moment du départ, une femme voilée accroupie sur la plage. C'était Alema, cause involontaire de ce drame, qui attendait la voiture postale. Elle n'abandonnait pas celui qu'elle aimait et qu'envers et contre tous, elle appelait son mari.

Elle le suivait, comme le chien fidèle…

Pendant la traversée d'Obock à Djibouti le lieutenant Aublin raconta comment les choses s'étaient passées :

Lors du départ de son frère Doalé avec les douze autres recrues, Fara ne fut pas désigné, le capitaine Benoît préférant le garder encore en raison de sa fonction de chasseur d'antilopes qui lui assurait un ravitaillement en meilleure viande que celle qui arrivait de Djibouti à demi corrompue.

Puni de quelques jours de salle de police Fara devait être libéré après le départ du détachement qui devait ramener les déserteurs.

Quand Voiron réunit les gardes sur le terre-plein devant la Résidence Fara sortit, prit son fusil au râtelier et tenta de se joindre au détachement. Voiron peut-être un peu éméché voulut brutalement le chasser en lui enlevant son fusil qu'il saisit par le canon. Le coup partit blessant Voiron au ventre et aussitôt après deux coups de feu l'achevèrent.

Bien que Fara s'en défendît, le sergent Ismaïl, qui était derrière lui, affirma l'avoir vu tirer ces deux coups mortels.

La fuite

De plus en plus convaincu de l'innocence de Fara, je me décidai à demeurer quelques jours de plus à Djibouti.

Je logeais sur mon bateau pour éviter le plus possible les promiscuités de la ville, et les tracasseries des fonctionnaires. Je ne tardai pas à en recevoir des nouvelles, par une convocation à témoin, émanant d'un juge d'instruction par intérim, c'est-à-dire d'un fonctionnaire en tenant lieu.

En nettoyant la cale de mon bateau, mes matelots trouvèrent un vieux chama, sans doute laissé là par Fara après son voyage à fond de cale.

Abdi reconnut l'étoffe toute maculée de sang. En l'examinant, je remarquai deux trous dont l'un, légèrement brûlé, attestait leur origine : deux coups de feu tirés presque à bout portant à travers l'étoffe.

D'après les témoignages indigènes, Fara le portait sur les épaules, au moment où les deux coups de feu achevèrent Voiron. Incontestablement, ils avaient donc été tirés derrière lui, ce qui expliquait le tir plongeant révélé par l'impact des deux balles sur le sol. Je tenais là, pensai-je, une pièce à conviction toute en faveur de l'accusé.

Je l'emportai avec moi à la convocation du Juge.

Je me trouvai en présence d'un jeune administrateur qui me gratifia d'un sourire énigmatique. Dès les premières questions, je compris que, pour lui, l'affaire était – ou devait être – une tentative de rébellion matée par le courage du capitaine Benoît, et la présence d'esprit du sergent Ismaïl.

Un peu agacé par mon mutisme, où j'attendais l'occasion de sortir ma pièce à conviction, il se décida à parler.

– Enfin, monsieur de Monfreid, vous qui avez prêté votre concours à l'interrogatoire préliminaire dirigé par le capitaine Benoît, vous qui connaissez, paraît-il, le caractère indigène, que pensez-vous des mobiles du crime ?

– Pour l'instant, je l'ignore, mais la découverte de l'assassin permettra…

– Comment, la découverte… Auriez-vous le moindre doute sur la culpabilité de cet indigène, pris sur le fait ?

– Eh bien, oui, monsieur le Juge, j'ai des doutes, et non des moindres : ce n'est pas lui qui a tiré les deux coups qui ont achevé ce pauvre Voiron, et en voici la preuve.

Je dépliai le chama pour lui en montrer les deux trous.

Il éclate de rire :

– Votre naïveté me surprend ! Comment n'avez-vous pas compris que ces trous si éloquents ont pu avoir été faits bien avant, au cours d'une de ces randonnées de chasse ?

– Alors, monsieur le Juge, vous pouvez vraiment croire que ce demi-sauvage ait été capable d'un aussi subtil machiavélisme ?

– Méfiez-vous des apparences, surtout d'un coupable qui s'efforce de paraître ce qu'il n'est pas. Seuls doivent compter les faits.

– Je crains en effet qu'en cette affaire, l'apparence des faits ne soit plus trompeuse que celle de ce prévenu que vous appelez coupable.

– Doutez-vous qu'il le soit ?

– Si mon opinion devait entraîner une sentence, mon devoir serait de douter.

– Ce qui signifie ?

– Que le devoir est d'instruire avant de condamner. En d'autres termes, chercher à démontrer l'innocence avant la culpabilité…

– Vous avez manqué votre vocation d'avocat, mais, ne l'étant pas, l'intérêt que vous prenez à cet assassin me semble bien étrange. Tenez-vous-le pour dit… Vous pouvez disposer, monsieur de Monfreid… au revoir…

J'y répondis d'un sourire, et en passant la porte, je lui dis :

– À vos ordres, monsieur le Juge, et… « À Dieu vat » comme disent les marins.

Je devais me tenir à carreau, cependant il m'était pénible d'abandonner ce malheureux sans défenseur et sans défense.

Cette affaire passionnait les indigènes, et mes matelots me tenaient au courant de ce qui se disait dans les mokayas.

J'appris ainsi le déplacement du gardien-chef de la prison, suspect de sympathie pour le prisonnier Fara. Il fut remplacé par le sergent Ismaïl, ce témoin à charge qui condamnait Fara sans discussion.

Quant à moi, ma conviction était faite. Sa haine du roumi qui lui avait pris la femme qu'il convoitait l'avait amené à tenter sa chance en escomptant une de ces colères sans contrôle de Voiron. Il avait mis une cartouche dans l'arme laissée au râtelier par Fara… Advienne que pourra ! Une dispute dans l'obscurité pouvait aboutir à une catastrophe… Il suffisait que le coup de feu partît accidentellement pour qu'Ismaïl, placé immédiatement derrière Fara, tirât sur Voiron. Ces coups de feu seraient mis au compte de celui qui avait tiré le premier.

Tout cela, pour moi, était clair, et un innocent allait payer ce crime de sa vie.

J'allai voir la malheureuse Alema qui, parmi ses griefs contre Ismaïl, lui reprochait de se régaler de la nourriture soignée qu'elle apportait chaque jour à Fara.

Croyant simplement plaisanter, je dis :

– Tu n'as qu'à y mettre une forte purge, et on rira bien…

Je dis cela devant un oncle de Fara, qui haïssait Ismaïl. Employé aux ateliers du chemin de fer, le contremaître le sachant sérieux l'envoyait souvent à la réserve chercher du ferrocyanure de potassium pour cémenter des pièces en fer. Il l'avait mis en garde, en le prévenant du danger de toucher à main nue à un aussi violent poison.

C'est à ce cyanure qu'il pensa sur ma plaisante suggestion de purgatif.

Il réussit à emporter un petit paquet de ces cristaux bruns et chargea un des gamins qui, chaque matin, balayaient la prison, de dire à Fara de ne pas toucher au plat qu'on lui apporterait le prochain vendredi, car un célèbre sorcier l'avait envoûté pour que le gardien tombât endormi. Il devait alors prendre sa tenue, et s'en aller à la plage de Boulaos.

Ce gamin, chasseur à l'hôtel Rhigas, arrêté après le couvre-feu avec bon nombre d'autres, était condamné à huit jours de « chouki » (prison), et ainsi arrosait les jardins du Gouvernement, et balayait les cellules pénitentiaires.

Le vendredi, Alema apportait du poulet au carry, fortement aromatisé de cardamone, et abondamment saupoudré de cyanure.

Le sergent renifla l'alléchant parfum quand Alema versa le poulet et sa succulente sauce sur la fadeur du riz pénitentiaire. Pour dissimuler son impatience, il lui dit :

– Tâche d'arriver à l'heure, sinon ta cuisine du diable ira empoisonner les chiens…

Il ne croyait pas si bien dire !…

Il emporta l'écuelle dans le chemin de ronde, où la sentinelle faisait les cent pas.

Quand elle eut disparu à l'angle opposé, le sergent s'arrêta devant la porte de la cellule, et mordit à pleines dents dans la cuisse de poulet. Il ne prit pas garde, tout d'abord, au goût étrange de cette sauce si parfumée et pimentée à souhait. Il en avala plusieurs bouchées avant que son mauvais goût l'arrêtât. D'ailleurs, le planton allait repasser. Il ouvrit au moment où le muezzin clamait aux quatre vents du ciel l'appel à la prière.

Il trouva son prisonnier faisant les rakas habituelles qu'un croyant ne saurait interrompre.

Il allait déposer l'écuelle, quand une violente douleur à l'estomac lui arracha un cri, fort heureusement couvert par la voix du muezzin. Il chancela, tournoya, et s'abattit, cognant sa tête à l'angle d'un escabeau.

Fara, sans s'inquiéter des convulsions, lui arracha sa veste et se coiffa de son tarbouch. À la porte du chemin de ronde, il laissa passer la sentinelle, et sortit. Il ferma la porte à clé, qu'il lança par-dessus le mur. La figure cachée par le chaîna pris à Ismaïl, il marcha tranquillement vers la sortie.

Devant le corps de garde, grâce à Alema qui se tenait devant la porte en répondant à leurs propos, il passa sans être vu.

Son cœur bondit quand elle le sentit passer derrière elle. Cependant, elle se contint pour lui donner le temps de se perdre assez loin dans la foule. Enfin, elle se décida, laissant les deux askaris éberlués. Confondue à la foule, elle disparut dans le crépuscule.

Un pêcheur les embarqua et la pirogue disparut dans la nuit.

Puérile vanité

La vente, en trois ans, de douze tonnes de hachisch, m'ayant rapporté au delà de toute espérance, je dus songer à sauver ce capital d'une dévaluation que tout faisait prévoir. L'occasion d'un placement me fut offerte, à Djibouti, par une affaire à renflouer.

Un Italien, Repici, avait créé une centrale électrique, mais comme tous les créateurs ou inventeurs, il était incapable d'exploiter ses inventions.

Il y avait alors un trésorier-payeur nommé Lombardi, arriviste féroce, doublé d'une cupidité sans scrupule. Il affectait le genre trivial pour affirmer les opinions démocratiques auxquelles il devait sa substantielle prébende.

Tous les soirs, il réunissait quelques amis, dont Repici, et jouait gros jeu avec un tenace succès.

Par contre, Repici, son ami le plus cher, perdait comme tous ceux qu'entraîne à la ruine la passion des cartes.

Lombardi convoitait l'usine électrique pour y établir son fils, mais elle était grevée de plusieurs hypothèques, consenties à des taux usuraires. Le régent Tafari était un des principaux créanciers, qui attendait son heure pour l'acculer à la faillite.

Conscient du danger, Repici chercha un prêteur capable de l'affranchir de la meute de ces chacals affamés.

Lombardi fit en sorte de me rencontrer « par hasard », bien sûr. Notre entrevue se termina sur un ton où tout autre, plus perspicace, eût senti la menace.

– En un mot, vous demandez ma complicité pour ruiner votre ami Repici ?

– Ah ! Ah ! je vois, vous voulez être seul à faire le coup. Mais prenez garde à un jeu au-dessus de vos forces.

– Non, monsieur, je ne joue aucun jeu. Je veux simplement sauver Repici des requins qui évoluent dans son sillage. Avec un aventurier de ma sorte, on peut enlever le masque n'est-ce pas, et s'asseoir sur les scrupules ?

– Vous ne manquez pas d'impertinence…

– Non, dites d'insolence, car les individus de votre espèce ne méritent pas autre chose.

– Je vous croyais plus intelligent, et si un masque est tombé, c'est le vôtre. J'ai pris souvent votre défense, à propos de vos tristes exploits, et empêché, jusqu'ici, l'administration de vous traiter selon vos mérites, mais dès lors, tant pis pour vous… Allez vous faire pendre ! Et ce n'est peut-être pas une simple façon de parler…

Je l'entendis éclater de rire tandis que je descendais l'escalier de bois de la trésorerie.

Quand je parlai à Marill de cette mémorable visite, il ne me cacha pas son inquiétude. Lombardi, par son influence sur le gouverneur Chapon Baissac, dont il était l'âme damnée, était une puissance occulte contre laquelle j'allais me briser.

Cependant, les mois passèrent sans que rien ne confirmât les craintes de Marill. Les parties de bridge continuaient chez Lombardi. Repici haussa les épaules quand je lui révélai ce que m'avait appris mon entrevue avec le trésorier.

– Je sais tout cela depuis longtemps. C'est un bandit, mais vous avez eu tort de l'attaquer en face. Avec ces gens-là, il faut de la prudence : à fourberie, fourberie et demie. Je le méprise, je le sais capable de tout, même d'un crime s'il ne court aucun risque, mais je me garde de lui laisser deviner ce que je pense, car tel qu'il est, avec toute sa ruse, il peut être utile… Repici était bien Italien…

Après l'avoir affranchi de ses multiples créanciers par un prêt de cinq cent mille francs, je finis par lui racheter sa centrale électrique de Djibouti, et sa minoterie de Diré-Daoua, en Éthiopie. Peut-être y eut-il un élément de puérile vanité dans un tel placement, qui risquait de m'éloigner de la mer, joint à la satisfaction de « boucher un coin » à la haute société de Djibouti qui ne voyait en moi qu'un aventurier besogneux vivant à l'indigence, allant nu-pieds et sans casque. Un minable déchet, qui voyageait en 3e classe, parce qu'il n'y en avait pas de 4e…

Certes, le « coin » fut bouché quand le minable que j'étais hier se révéla millionnaire. En dépit du soleil, les casques, jusque-là vissés sur les têtes méprisantes des notables, ne manquèrent pas de me saluer d'aussi loin qu'ils m'apercevaient. Peu importait que mon genre de vie restât ce qu'il avait été.

Le régent Tafari réagit tout autrement. Jusqu'ici, peut-être, le souvenir du temps où il n'était que Dedjaz (Préfet) de la province d'Harrar, me valut-il des relations amicales ou que j'interprétai comme telles. Dès qu'il me sut propriétaire de cette minoterie qu'il convoitait, il résolut de m'en dépouiller à la première occasion.

À la suite d'une tournée de conférences en Italie, qui me mit en rapport avec les milieux politiques, je pressentis que le Duce attendait son heure pour s'emparer de l'Éthiopie.

Il fallait donner à ce peuple, étouffé dans ses étroites frontières, des territoires où il puisse travailler autrement qu'au service de l'étranger.

À mon avis, le seul moyen de réduire le danger serait le protectorat d'une grande puissance, mais la France et l'Angleterre ne pouvaient fournir la main-d'œuvre nécessaire à l'évolution de l'Éthiopie, qui n'en a pas, et ne peut pas en avoir parmi les races de nomades totalement réfractaires à son autorité.

Confiant dans la sympathie que m'avait laissée Tafari au temps où il n'était que Dedjaz, c'est-à-dire gouverneur de la province d'Harrar, j'eus l'imprudence de lui conseiller une entente avec l'Italie avant qu'elle ne réalisât ses projets belliqueux. Sans doute m'écouta-t-il de bonne foi, mais son entourage le persuada que j'étais à la solde de l'Italie.

Rien dans son attitude ne pouvait me faire supposer une telle interprétation de ma démarche, à moins qu'elle ne lui fût suggérée après coup par ses conseillers levantins, qui attendaient l'occasion de me supprimer.

Le miroir brisé

À quelque temps de là, alors que j'étais à mon jardin d'Araoué, un incident qui aurait dû me coûter la vie me sembla avoir été provoqué à défaut de cette occasion qui, sans doute, tardait trop à se présenter.

J'avais l'habitude, après mon dîner, de jouer du piano la fenêtre ouverte. Je m'avisai qu'un bosquet de bananiers avait été récemment taillé. J'en fus surpris, le bananier ne se taillant pas.

J'y allai, et tout de suite, je constatai que, bien dissimulé au centre de ce buisson, on voyait ma fenêtre à peine distante d'une quinzaine de mètres. Toutes les branches dont le feuillage se fût interposé avaient été soigneusement taillées. L'idée me vint alors qu'un tireur placé là, invisible dans la nuit, pouvait tirer sur moi, assis au piano, bien éclairé par ma lampe. J'eus d'abord l'idée de déplacer le piano pour être hors de la trajectoire, quand le gardien de nuit me demanda la permission de la semaine pour aller, disait-il, voir je ne sais où un parent malade. Ce gardien était abyssin, et jamais un serviteur ne trahira son maître tant qu'il est à son service. Pendant ses jours de congé, il pouvait se considérer comme libre.

Au moment de déménager le piano, mon image apparue dans l'armoire à glace me suggéra une autre idée. Elle me fit sourire, comme s'il se fût agi d'un jeu. Aidé par Abdi, je déplaçai le piano et l'armoire, de telle sorte que ce fut mon image qu'un observateur apercevait depuis le buisson de bananiers. Je refermai soigneusement le volet pour que nul ne s'avisât d'un changement.

Une toucoul à usage de débarras était à une vingtaine de mètres des bananiers. À l'intérieur, sur des pieux solidement fixés au sol, j'installai mon fusil de chasse calibre 12 pointé vers la cachette au centre des bananiers.

La nuit venue, après avoir chargé l'arme avec deux cartouches de chevrotines, j'enfermai Abdi avec mission, d'abord de ne pas s'endormir, puis d'écouter, et aussitôt qu'il entendrait un coup de feu, d'appuyer sur les gâchettes du fusil, l'une après l'autre, bien entendu, car, simultanément, l'arme éclaterait.

Après le dîner, je me mis donc au piano, comme d'habitude. Au-dehors, les grillons habitués à ce concert faisaient vibrer l'air transparent et calme de la nuit. Brusquement, ils se turent au moment où, las d'attendre, j'allais moi aussi fermer le piano. J'amorçai *la Marche Funèbre* de Chopin, quand la glace vola en éclats. À la seconde même, deux autres coups de feu partirent de la toucoul… Abdi ne s'était pas endormi ! Je courus aux bananiers… Le gardien de nuit râlait, criblé de chevrotines.

Je fus surpris de voir arriver deux Abyssins, qui nous aidèrent à porter le blessé. Leur mule était là, prête à le transporter à Harrar.

Sur le moment, je crus à leur sollicitude envers un compatriote, mais plus tard, je compris qu'ils craignaient qu'il ne parlât. Ces deux zabanias (porteurs) n'avaient pas été envoyés pour ramener le cadavre (car il mourut en chemin) de leur complice, mais pour témoigner en affirmant qu'un chifka (bandit) m'avait assassiné.

Le coup était manqué. Tafari devait se résigner à attendre une prochaine occasion.

Expulsion

Quand j'embarquai à Djibouti pour un court séjour en France, au moment où le paquebot levait l'ancre, le consul abyssin, flanqué de l'huissier, me signifia que le retour en Éthiopie m'était dorénavant interdit.

Il me fut impossible de revenir à terre en renonçant à mon voyage, toutes les vedettes étant parties, sauf celle du Consul…

Le Duce[1]

Arrivé en France, j'imaginais que le Quai d'Orsay interviendrait pour me défendre, mais hélas, il y avait à la tête des Affaires d'Afrique Alexis Léger qui, je ne sais pourquoi, me haïssait à mort.

Armgart, lors d'un long séjour en France, s'était liée d'amitié avec une Équatorienne, femme de Paul Rivet qui dirigeait le Musée de l'Homme. Sous le signe de l'anthropologie, Armgart et moi fûmes introduits dans ce milieu très fermé, où nous rencontrons l'abbé Breuil, le grand maître de l'art pariétal, qui devint un ami fidèle, et parrain de mes enfants.

Croyant l'hostilité de Léger causée par un malentendu, Rivet et Breuil allèrent lui rendre visite pour que le Quai d'Orsay protestât contre mon expulsion arbitraire qui, du même coup, portait atteinte à notre prestige.

C'est au cours de cette visite qu'Alexis Léger osa m'accuser d'avoir écrit et signé de son nom une lettre où il me chargeait d'une mission officieuse auprès du Négus !…

Malheureusement pour lui, Breuil et Rivet me connaissaient assez pour me juger totalement incapable de pareilles infamies. Indignés d'une aussi flagrante

1. *Guerriers de Ogaden* (Éditions Grasset).

calomnie, ils demandèrent en vain à voir ce faux, jamais ils n'eurent de réponse…

Quant aux autres hauts fonctionnaires du Quai, tels que M. de Saint-Quentin par exemple, ils emboîtèrent le pas de leur chef de file, et de très bonne foi sans doute, ne jugèrent pas opportun, compromettant même, de prendre la défense d'un aussi peu intéressant personnage.

J'étais totalement abandonné. Alors, à moi de me défendre, seul contre tous… pour ne pas changer.

Si j'étais l'indésirable aventurier pour les grands pontifes du Quai d'Orsay, le public me connaissait déjà un peu, grâce à Joseph Kessel que j'avais accompagné, dans son reportage au journal *Le Matin* sur la route des esclaves. Lui ayant donné à lire mon journal de bord pour qu'il y puisât des sujets de romans, il me le rendit :

– Non, mon cher, ce serait du plagiat, c'est magnifique !

Et ainsi, grâce à lui, « Les Secrets de la mer Rouge » furent publiés.

C'est à cette époque, en 1935, que je fus invité en Italie pour y donner quelques conférences sur l'Éthiopie, en suite desquelles Mussolini manifesta le désir de me rencontrer à Rome, au Palais Venezia qu'il avait choisi peut-être pour sa sombre architecture, qui exprime le dédain de toute vanité comme le froc de bure des moines.

À l'heure exacte, un huissier me fait signe. Je le suis. Au fond d'un cabinet, se tient un homme en redingote qui tourne vers moi une belle figure de prélat romain. Est-ce « lui » ? Non, il y manque quelque chose, et puis, sa main est posée sur le bec-de-cane d'une porte. Lentement, la profondeur d'une pièce immense semble s'ouvrir à mesure que le lourd vantail tourne sans bruit sur ses ferrures… Enfin, la salle entière se déploie, vaste comme une nef de cathédrale.

Là-bas, tout au fond, devant une table massive, qui semble toute petite, le Duce est debout, lointain.

J'avance résolument, bras tendu en salut à la romaine et il répond par le même geste… la liaison est faite.

J'approche dans la salle sonore, et l'homme semble grandir miraculeusement. Séparés maintenant par la table, il n'y a plus que Lui, et Lui, c'est son regard.

Mussolini ne ressemble pas aux images que nous connaissons, bien qu'elles reproduisent exactement ses traits.

Il y manque cet effluve puissant qui émane de son regard quand une conviction profonde s'affirme dans ses prunelles brunes.

Son français est impeccable et sans accent. Ainsi en est-il pour l'anglais et l'allemand.

Je lui parle avec tendresse de la vieille Éthiopie, où mon cœur s'est déchiré à tant d'épines !

Le Duce ferme les yeux, et son visage prend une expression pathétique, comme s'il contenait la force latente d'une volonté surhumaine.

D'un timbre de voix un peu voilé, il me dit lentement, pendant que son poing se pose lourdement sur la table :

– J'irai jusqu'au bout…

Le chien désespéré

À la suite d'un article de l'*Intran* à propos de la mort du jeune administrateur Bernard, Jean Prouvost, alors propriétaire de *Paris-Soir*, me jugea capable d'un éventuel reportage si la guerre éclatait en Éthiopie.

Je partis donc pour Mogadiscio rejoindre l'armée du maréchal Graziani, qui attendait, l'arme au pied.

J'emmenai ma fidèle Ford 12 CV, montée sur pneus increvables. Je savais par expérience qu'il est pratiquement impossible de rouler plus d'une demi-heure dans la brousse africaine à cause des épines de mimosas. Je donne en passant la recette, à toutes fins utiles.

On fait une pâte très claire, en émiettant du carton ou du cordon d'amiante dans de l'eau. Un demi-litre de cette bouillie (très claire) introduit dans la chambre à air rebouche instantanément les trous. Non seulement ceux des épines, mais tous autres, quel que soit leur diamètre.

Deux jours après mon arrivée, l'ordre d'ouvrir le feu arriva enfin. Partis avant l'aube, je me trouvai seul, le matin, en compagnie des chars d'assaut et autochenilles increvables. Tout le reste était bloqué par des crevaisons. Je m'en fus à la voiture de Graziani expliquer mon invulnérabilité.

Toute l'armée adopta ce procédé et je fus célèbre un peu à la manière de MM. Godillot, Gibus, et consorts. Il y eut la « Minestra Monfré » (soupe Monfreid) pour nourrir les pneus.

Rien ne peut donner une idée de ce que deviennent les pistes après le passage d'un corps d'armée motorisée. La poussière y atteint tout de suite des profondeurs telles que le véhicule, après avoir patiné dans un nuage de poussière, y reste pris, à demi enseveli.

On imagine l'effet d'un de ces orages torrentiels des tropiques sur cette poussière prête à faire du mortier.

L'État-Major, équipé de tous les perfectionnements de la guerre moderne, n'avait pas prévu cet adversaire. Tel le général Hiver qui, en Russie, sonna le glas de la gloire napoléonienne, la poussière et la boue auraient pu sauver l'Éthiopie pour peu qu'elle eût été défendue.

C'est ainsi que nous fûmes immobilisés plus de quinze jours par une inondation.

Enfin, le terrain finit par s'égoutter, et tout laissait prévoir la reprise de notre marche.

Depuis quelques jours, ou plutôt quelques nuits, on entend un chien aboyer au loin, dans cette solitude où les hommes ne doivent pas aller. C'est une plaine où, depuis la dernière bataille, tant de corps sont restés sans sépulture. Les feux follets, telles leurs âmes errantes, ont longtemps tournoyé sur la fange des marais, comme de grosses lucioles.

Les doubats (soldats somalis) écoutent, tout pénétrés du mystère de ces histoires. Moi aussi, je suis pris par ces contes merveilleux, et la nuit autour de moi se peuple de fantômes. Nous attendons la clarté de la lune, qui se lèvera vers 9 heures.

Le vieux berger nous raconte que le Dedjaz Barahé (général d'avant-garde) a disparu. Sa mule est revenue seule au camp. On essaya de suivre sa trace, mais l'inondation avait tout effacé.

Enfin, le ciel blanchit ; la lune va paraître. Chacun retient son souffle. Le globe lumineux émerge des cimes de la forêt… Alors, monte de la terre un hurlement, le hurlement à la mort du chien perdu, déchirant, désespéré, sinistre, et ce cri de détresse passe sur nous comme un frisson d'épouvante, car il exprime l'éternelle souffrance.

Le retour du soleil balaie de nos esprits tous les fantômes. Le lieutenant et moi nous regardons, un peu confus de nous être laissé aller à toutes les imaginations des contes de nourrice du vieux berger. Cependant reste un fait, les aboiements d'un chien. Il faut aller voir si cet animal existe, et comment et pourquoi il vit dans cette brousse solitaire.

Nous avançons en ligne déployée sur un front d'environ cent cinquante mètres pour augmenter les chances de tomber sur ce que nous cherchons.

La fange noire du marais desséché, durcie par le soleil, est fendue profondément de larges crevasses où le pied risque de s'engager.

Enfin, le terrain se relève, et nous arrivons à ce qui a dû être un îlot au moment de l'inondation. Un aboiement furieux me fait sursauter, et j'eus un mouvement de frayeur au souvenir des contes fantastiques de la veillée précédente.

Quelques pas encore, et nous nous trouvons devant un chien jaune, très ordinaire, de cette race matinée de chacal. La bête est extrêmement maigre et pourrait ainsi faire figure de fantôme. Elle reconnaît des hommes, elle hésite entre la fureur et l'accueil amical. Sa queue se relève, ce qui présage de bonnes dispositions. Mais, au premier pas en avant, sa voix se fait hargneuse, les babines se retroussent, montrant les crocs.

J'essaie de l'apaiser de la voix… c'est en vain. L'animal recule vers un mimosa, et je vois alors contre le tronc une forme étendue… un homme, un cadavre.

Le chien est maintenant tout près, résolu et farouche pour défendre le mort… c'est son maître, c'est le Dedjaz Barahé !

Sans doute arrivé sur cet îlot, le blessé n'a pas eu la force d'affronter encore le marécage ; vaincu par la souffrance, épuisé par l'effort surhumain, il s'est couché là pour mourir. Son fusil est près de lui, il est mort avec toutes ses armes, comme un preux.

Depuis vingt jours, son chien monte la garde, le défendant des vautours pendant le jour, des chacals et des hyènes pendant la nuit.

De quoi cette pauvre bête a-t-elle vécu ? Sans doute, des vautours trop audacieux qu'elle a saisis, car plusieurs dépouilles jonchent le sol.

Nous voudrions approcher, mais le chien devient féroce. Un doubat se fait mordre cruellement à la cuisse.

Je fais alors éloigner les Noirs qui semblent l'exaspérer, et je reste seul avec le lieutenant.

Le chien se calme, en effet. Je tends la main très doucement, il la flaire, recule, avance à nouveau, et finit par prendre confiance.

Je lui pose la main sur la tête, il me lèche, se couche, on dirait qu'il pleure. Il a compris que nous ne voulions pas de mal à celui qu'il garde.

Le lieutenant fait creuser une fosse à quelque distance, là où nous trouvons un terrain meuble.

Le chien est étendu près du cadavre ; on dirait qu'il attend sa résurrection. Il nous regarde d'un air presque joyeux. Nous allons lui rendre son maître… Il a confiance… J'ai le cœur serré. Le lieutenant ne dit rien : ce serait si bête de pleurer… Enfin, la fosse est prête, mais comment porter cette momie ? Elle va se briser, car les vêtements sont dévorés en dessous par les termites… Au premier geste pour toucher à ces restes, le chien reprend sa fureur. Jamais nous n'en finirons, et cependant, je ne puis me décider à rudoyer ce chien squelettique qui nous tient tête courageusement, croyant que nous voulons du mal à celui pour qui il n'a pas cessé de lutter pendant vingt jours…

Le lieutenant me regarde de ses yeux bleus très doux. J'y vois perler une larme, et sa main lentement se pose sur la crosse de son revolver…

J'ai compris… il a raison. Nous ne pouvons séparer ce chien de ce cadavre. Il hurlera, désespéré, à la place où il n'y aura plus rien à garder, plus rien à aimer… Non, la pauvre bête ne mérite pas cet abandon. Me blâme qui voudra, j'ai fait cela comme un devoir sacré envers l'amitié fidèle, la plus belle vertu qui rende l'homme digne de se donner un Dieu.

Maintenant, la nuit, le chien désespéré ne hurle plus. Il est couché pour l'éternité à côté de son maître et la solitude de la terre africaine gardera le secret de cette tombe.

Ras Hailou

Les armées de Graziani ne sont plus qu'à une cinquantaine de kilomètres d'Harrar, et au Nord, celle de Badoglio à une journée de marche d'Addis, mais ni l'une ni l'autre ne semblent vouloir avancer, comme si elles eussent attendu un événement décisif pour éviter un massacre.

En effet, le Négus Tafari était prisonnier de sa garde, qui voulait le contraindre à se mettre à la tête de ses troupes, comme de tout temps il en fût ainsi. Ces rudes guerriers, anciens soldats de Ménélik, ne pouvaient tolérer que leur Négus fît la guerre par téléphone, caché dans la grotte de Fitché à quatre-vingts kilomètres d'Addis, comme un lièvre en son gîte. Du côté anglais, pour éviter la honte de la lâcheté de leur poulain, ils lui firent comprendre qu'il devait mourir en héros, tel celui du Poète :

– « Que vouliez-vous qu'il fît contre trois ?

– Qu'il mourût !... »

Quand, après le bombardement de Dessié par les Italiens, Haïlé Sélassié se réfugia dans la grotte de Fitché, à 80 km d'Addis Abeba, un curieux personnage se trouva parmi les équipes d'ouvriers affectés au nettoyage et à l'aménagement de cet impérial refuge. D'origine cubaine il parlait couramment l'anglais, et il semble bien qu'il tînt de l'Intelligence Service la protection dont il jouissait. Je n'ai rien pu apprendre de son passé, ni même son véritable nom. Je dus me contenter de celui de Delval.

La grotte, après la fuite des singes, abritait toujours des pigeons.

Un soir, Delval en captura un couple, et disparut.

Quelques jours après, alors que dans le silence, les pigeons roucoulaient au bord des nids dans les hauteurs de la voûte rocheuse, un tintement argentin sembla traverser l'air.

L'Empereur s'effraya, comme si une intervention surnaturelle se fût révélée.

Les zabanias, inquiets eux aussi virent alors un des pigeons portant au cou une petite chose brillante. Je l'abattis : c'était une petite clochette, et un mince rouleau de parchemin était fixé à une patte. L'Empereur comprit que c'était probablement un message, et s'en empara pour le vérifier. Il le déroula, et ainsi déploya une petite photo 4 × 4 d'une de ces peintures dites « Éthiopiennes » depuis que le Russe réfugié Dietrich leur a appris ce genre d'industrie, seule et tardive manifestation de l'art éthiopien.

Cette photo représentait le suicide de l'Empereur Théodoros à Magdala, préférant mourir plutôt que de se rendre à Lord Napier (1868).

L'invitation était claire.

Or, Tafari n'entendait pas mourir, avec les millions enfermés dans les banques anglaises. Sa garde était peu nombreuse, il provoqua une attaque de cavaliers gallas au cours de laquelle, après avoir coupé sa barbe, il s'enfuit, laissant son likemakoua (son sosie) se faire tuer avec toute sa garde, qui croyait défendre son Négus.

Un train l'attendait, stoppé en pleine brousse, avec l'Impératrice et le prince héritier, qu'il devait conduire à Djibouti s'embarquer sur un croiseur anglais l'« Enterprise ».

En raison de l'insécurité de la brousse infestée de chiftas (bandits), aussitôt après la frontière, je montai à Diré-Daoua en chemin de fer. J'y arrivai précisément quand le train spécial destiné à l'Impératrice entrait en gare.

Quelle ne fut pas la stupéfaction générale en apprenant que l'Empereur s'y trouvait aussi. Il emmenait avec lui le Ras Hailou, ce puissant Roi du Gondar qui avait failli lui ravir son trône. Il était encore enchaîné, non par nécessité, le malheureux étant incapable de marcher depuis qu'Haïlé Sélassié lui avait fait rompre les os dix ans auparavant. Voici comment on procède :

Le patient est étendu, avec bras et jambes en porte-à-faux, puis, avec une barre de fer, on frappe un coup sur la face antérieure des cuisses. Les deux fémurs ainsi rompus ne se ressouderont que partiellement, et le malheureux ne peut plus se tenir debout qu'avec des béquilles, mais le plus souvent, il agonise lentement.

Les mêmes fractures sont infligées aux deux humérus.

Cette atrocité fut ordonnée en 1934 au cours d'un dîner de gala, où l'on trinquait à la gloire de cet Empereur féru de progrès après tant de siècles de barbarie…

Un chambellan éthiopien s'était penché à l'oreille de son souverain, qui, entre deux sourires, ordonna de rompre les os d'un vieillard.

J'avais vu Hailou dix ans plus tôt, imposant, majestueux et autoritaire, un vrai Ras d'Éthiopie, qui savait combattre et mourir plutôt que de se rendre.

Aujourd'hui, il semblait plus petit, la face ravagée par la souffrance, et les cheveux blancs.

Je l'entendis gémir, pendant qu'on brisait ses fers, puis, il s'en alla, soutenu par deux serviteurs sans que la foule le reconnût, sauf un petit homme qui le salua avec le respect dû à un grand Roi.

C'était Ato Taclé Wariat, l'ambassadeur éthiopien à Genève.

Il accourait, ne pouvant croire que le Roi des Rois abandonnât ainsi son pays, laissant sa garde se faire tuer en défendant son likemakoua (son sosie).

La « Bouche-de-Roi » sur la plate-forme du wagon-salon l'empêcha de monter. Il dut saluer l'Empereur à la portière : position aggravée encore par sa petite taille, mais soulevé par l'indignation, Taclé trouva des mots émouvants… Il semblait grandir à mesure que l'autre devenait pitoyable. Il parlait d'une voix forte, qu'un brusque silence laissait résonner comme le bronze. Un Éthiopien lettré, à qui je dois tant de précisions sur la mystérieuse histoire de son pays, m'en donna la traduction :

– Tu nous a blessés à mort, comme le Ras Hailou, dont après dix ans, tu viens de briser les chaînes sans pouvoir lui rendre la liberté, car ses membres sont rompus. C'est ainsi que tu as brisé ce qui nous tenait debout devant l'ennemi, la Foi en notre Empereur. Tu as offensé Dieu, et c'est nous qui expierons ta faute.

La face terreuse s'était reculée dans l'ombre du wagon, tandis qu'à contrevoie, un page courait ordonner le départ du train.

Le convoi s'ébranla lentement, lourd des six wagons chargés d'or.

La foule silencieuse regardait s'éloigner le feu rouge du dernier wagon, tache sanglante qui s'enfonçait dans la nuit.

Tant de morts ! Tant de dévouements ! Tant de courage, tant d'espoir, pour aboutir à ce train chargé d'or, qui emportait aussi toute l'âme éthiopienne…

Tentative de fuite[1]

Me voici de retour dans mon jardin d'Araoué.

Les caféiers sont en fleur, en une nuit, toute la fête est éclose, miracle de la pluie de septembre si ardemment attendue par la brousse couleur de cendre et toutes les bêtes assoiffées, résignées à subir les lois implacables de la Nature qui féconde et qui tue.

Je souris à la Vie, si belle, si calme, si limpide, et dans un élan de gratitude, je me joins à l'hymne joyeux qui monte de la terre comme une action de grâce. Mais je suis de l'espèce maudite, et mon sourire s'évanouit au souffle glacé de la raison. Ai-je le droit d'oublier qu'il y a le monde, et mes semblables ? Hélas, non. Je suis captif et victime, en fin de compte, de tout ce qui me permet de sentir la beauté de l'instant présent.

Ces Gallas primitifs ignorent ce qui me charme, et m'attriste, tout à la fois inconscients d'une félicité qu'un jour ils sacrifieront au nom du Progrès pour apprendre qu'ils sont malheureux.

Le bruit d'une moto vient me rappeler qu'il n'y a plus sur terre un refuge où se puisse oublier la condition humaine. Le motard me remit un pli du gouverneur d'Harrar, mon ami Gorini. La France a déclaré la guerre à l'Allemagne. L'absence de commentaire mit le comble à mon inquiétude.

Qu'allait faire l'Italie ?… Il fallait savoir.

Je partis à l'instant même pour Harrar.

Gorini est un homme de haute taille qui, par moments, semble se voûter de peur de heurter un lustre, ou le linteau d'une porte. De longs séjours en France, et son mariage à une Française ont achevé d'effacer le peu qui lui restait du caractère italien.

1. *Du Harrar au Kenya* (Éditions Grasset).

Merveilleusement doué, il n'était pas seulement virtuose, il était musicien. Promu à de hautes fonctions diplomatiques, il y renonça pour se vouer à la carrière coloniale dès la conquête de l'Éthiopie.

Tout de suite, nous fûmes en sympathie, sous les signes de la musique et de la peinture. Jamais un mot sur la politique de son pays, mais je compris que notre silence avait les mêmes raisons.

Armgart, ma femme, la mère de mes enfants, était morte l'année d'avant, à Paris, après une longue et cruelle maladie. Elle seule pouvait lire mes manuscrits qui, de ce fait, s'accumulaient. Je fis le voyage de France pour y découvrir un Champollion, capable de déchiffrer les mystérieux hiéroglyphes de mes essais littéraires. C'est ainsi que je retrouvai une compatriote catalane, naguère script-girl au temps où furent tournés « Les Secrets de la mer Rouge ».

Oui, il y eut un producteur qui jugea mon premier livre digne de l'écran. Malheureusement, il confia à Carlo Rim le soin d'en tirer un scénario « selon la formule ». Il fit en sorte de m'éloigner pour me laisser ignorer le massacre de mon œuvre, jusqu'au moment où je ne pouvais plus user de mon veto. Mais tout cela est une autre histoire.

Cette jeune femme vint me rejoindre à Harrar, au moment où la France rentrait en guerre, la « drôle de guerre », qui allait bouleverser le monde. Elle se nommait Madeleine Villaroge.

La nouvelle de la capitulation de la France m'atterra. J'allai à l'instant même voir Gorini, le seul ami capable de me comprendre. Je le trouvai tout aussi bouleversé que si cette capitulation eût été celle de sa patrie. Nous étions l'un et l'autre anxieux. Qu'allait faire l'Italie ?

– Alors, vous croyez à la guerre ?

– Hélas, elle est inévitable… J'avais préparé ma démission, mais il est trop tard. Je n'ai pas le droit de déserter dans cet instant où l'Italie joue son destin. Mais vous… à votre place, j'irais à Djibouti… Serrons-nous la main, cher ami, au seuil du précipice où des forces aveugles nous entraînent… Peut-être l'humanité va-t-elle à jamais s'y engloutir…

Si notre devoir nous oppose en ennemis, gardons le souvenir de notre amitié…

Spontanément, nous nous embrassâmes, et je partis sans me retourner.

Oui, il fallait partir. Djibouti était fidèle au maréchal Pétain. Peut-être pourrais-je me rendre utile à la cause de cet homme, qui sacrifiait tout pour sauver des millions de Français…

Ici, encore une fois, une puissance tutélaire allait me barrer la route. Il était écrit que je n'irais pas à Djibouti.

J'équipai ma Ford pour ce long voyage, et dès l'aube, Madeleine et moi quittâmes, peut-être pour toujours, ce paisible jardin où j'avais espéré pouvoir oublier la mortelle folie des hommes.

Au seuil des déserts somalis, la route grimpe à flanc de coteau. Un officier italien nous arrêta au bas de ce précaire passage, mais le laissez-passer donné à toutes fins utiles par Gorini lui rendit le sourire.

– Passez vite, mais ne comptez pas retrouver la route si vous étiez obligé de rebrousser chemin, tout est miné, prêt à sauter d'un instant à l'autre.

– In bocca lupo ! Filez…

Nous roulons maintenant dans le désert rocailleux, où la route est sans cesse coupée transversalement par les caniveaux creusés pour l'écoulement des eaux à la saison des pluies. Au passage de l'un d'eux, alors que la voiture remontait la pente, le moteur s'emballa et elle revint en arrière… L'axe de transmission venait de se rompre ! panne irréparable…

Nous voilà privés de moyens de transport en plein désert, à trente kilomètres de la partie de route qui a dû sauter depuis longtemps.

Le lendemain matin, un avion anglais nous a repérés, et nous arrose de mitraille. Nous arrivons à nous protéger, grâce à la protection de gros rochers, et au fait que les balles tirées d'un avion en vol n'arrivent jamais verticalement. Enfin, nous croyant morts, il disparut.

Il faut tenter le retour à pied, avec un léger bagage d'eau et de nourriture pour deux jours. Prions Dieu de ne pas rencontrer une de ces bandes de déserteurs somalis, organisées en bandits de grands chemins.

Tout à coup, un nuage de poussière monte à l'horizon sud. C'est un camion venant du côté d'Afden… Sera-t-il monté par des déserteurs ? Non, c'est un Italien, le dernier qui avait tenté de rallier Diré-Daoua.

À mon offre de cinq mille francs pour nous remorquer, il stoppa son moteur. Après avoir tourné notre Ford, je pris son volant. Aveuglé de poussière, mais le cœur joyeux après tant d'angoisse – tout est relatif – nous arrivons à la route à flanc de montagne. Rien n'avait encore sauté, mais à peine engagés sur la partie surplombant la plaine, je sentis l'odeur du pulvérin comme si des mèches brûlaient. Je m'étais gardé de révéler au chauffeur ce que m'avait dit l'officier, de crainte que la peur ne lui fît abandonner la remorque pour passer à toute vitesse.

Tandis que nous continuions à rouler, je me demandais pourquoi les mèches avaient brûlé sans mettre le feu aux mines.

À vingt kilomètres de Diré-Daoua, la remorque cassa une dernière fois. Maintenant trop courte, il fallut laisser là notre pauvre Ford.

Le chauffeur nous mena au cimetière des voitures, où je pus découvrir une camionnette du même type. Un mécanicien démonta le pont arrière. N'ayant pas le temps d'en retirer l'axe qu'il devait remplacer, de peur d'être surpris par le magasinier, il chargea le pont entier et nous filâmes dans la nuit jusqu'à ma Ford.

L'axe retiré, on le présenta à la place de celui qui était brisé… Consternation, son pignon d'attaque avait un autre pas que celui de notre différentiel.

Plus rien à faire. Nous n'avions plus qu'à abandonner la Ford et revenir à Harrar.

C'est pendant ce voyage que tout à coup je compris la gaffe majuscule que le mécanicien et moi avions commise.

Comment n'avions-nous pas pensé remplacer purement et simplement le pont arrière entier ! Il était écrit que je n'irais pas à Djibouti. La puissance tutélaire nous avait empêchés de voir la solution toute simple du problème.

Retour du Négus

De retour à Araoué, je me rassurai relativement à l'arrivée des Anglais. Je la jugeais impossible du côté des plaines de Bissidimo, que surplombait mon jardin. Plus de deux cent mille hommes étaient là, pour défendre le Harrar. Tout le versant de la montagne qu'un éventuel agresseur aurait à gravir était occupé par des nids de mitrailleuses, et la piste minée à chaque passage dangereux.

Quand je fis part de mon optimisme à Gorini, il eut un étrange sourire.

J'en compris le sens quand les Anglais furent signalés à quelques kilomètres de la montée où serpente la route. Alors, rien n'avait donc sauté ? Les camions, chargés de soldats noirs, avançaient sans rencontrer d'obstacles. Quand la colonne s'engagea au flanc de la montagne, je vis éclore des drapeaux blancs à chaque nid de mitrailleuses, et la route en lacets ne sauta pas…

Le haut commandement italien livrait le Harrar sans coup férir. Cependant, quelques officiers fidèles au Duce auraient tenté de faire leur devoir. C'est pourquoi l'Intelligence Service avait réussi à remplacer, dès leur expédition, les caisses de détonateurs par des imitations inoffensives. Le cordeau Bickford brûlait jusqu'au bout, et la mine ne sautait pas…

J'avais arboré un magnifique pavillon français sur ma maison, espérant en sa protection. Le lendemain de cette conquête d'Harrar, un officier anglais vint me signifier d'avoir à abandonner ma maison pour être logé à la ville. Pendant cette visite, les soldats noirs de sa suite embarquaient poules et lapins et arrachaient tous les légumes du potager. Quand je me plaignis de ce pillage, l'officier haussa les épaules en me disant avec un vague sourire :

– C'est la guerre !…

À Harrar, les hommes furent déportés, embarqués pour une destination inconnue, et les femmes parquées dans un camp. Tandis que les soldats noirs, tous originaires du Kenya, de la Rhodésie ou de l'Ouganda, étaient logés à leur place.

Je fus logé avec Madeleine à l'Hôtel de la « Croce del Sud », à mes frais, bien entendu.

Le Négus fut remis en possession de son Empire, qu'il avait défendu comme l'on sait.

En dépit de sa solennelle déclaration qui proclamait sa clémence, je ne fus pas sans inquiétude, mais par ailleurs la guerre ne semblait pas tourner à l'avantage des Alliés. L'incertitude de l'avenir me garantissait pour l'instant de la vindicte impériale.

J'achetai à un Italien qui allait être déporté un cheval et une carriole pour aller chaque jour à Araoué, et bien souvent, j'y passais la nuit.

Gorini, par sa connaissance de l'anglais, n'avait pas été inquiété en raison des services qu'il leur rendait. Mais, en sa qualité de gouverneur d'Harrar, il dirigeait les Finances. À l'arrivée des Anglais, il brûla le Trésor, soit environ vingt millions de lires. Un haut fonctionnaire, qui aurait préféré partager l'aubaine, le dénonça aux Anglais, et aussitôt, il fut déporté, et ainsi, je perdis un ami.

On se familiarise avec un danger constant. J'avais fini par oublier la haine du Négus. Un incident vint me la rappeler : j'avais passé la journée à mon jardin. Trop fatigué pour rentrer à Harrar, je résolus d'y coucher. Mais à 9 heures du soir, Madeleine, inquiète des allures suspectes d'un policier placé au village, insista pour partir discrètement.

Le lendemain matin, notre jardinier Kabir arrive tout bouleversé à l'hôtel : des chiftas avaient attaqué la maison, croyant que je m'y trouvais.

Pour se consoler d'avoir manqué un coup qui eût été sans doute bien payé, ils entreprirent le pillage, mais ils furent interrompus et mis en fuite par une intervention assez originale : j'avais trouvé dans une grotte un crâne humain fossile. Je l'avais placé dans le haut d'une armoire, sur un tas de couvertures de laine.

Quand les prétendus chiftas ouvrirent cette armoire, les couvertures de laine leur plurent plus que tout. Au moment où, bras levés, ils en tiraient une, le crâne roula sur eux, brisant du même coup leur lanterne.

Déjà assez émotionnés par leur intrusion chez moi, qui passe pour un peu sorcier, cette tête de mort leur sautant à la figure déclencha la panique, et toute la troupe s'enfuit.

Sur le moment, le côté comique de l'affaire m'empêcha d'en envisager la gravité. Elle m'était envoyée comme une leçon, dont je ne sus pas profiter. Mais il était écrit que mon heure n'était pas venue.

Les semaines passèrent, sans que rien ne vînt m'alarmer. Cependant, pour prévenir le renouvellement de semblables tentatives, toujours à craindre avec les bandes de chiftas armés de tout ce que les Italiens avaient abandonné à l'arrivée des Anglais, j'installai tout autour de ma maison des pétards au chlorate de potasse, que des fils tendus à travers les caféiers faisaient exploser au passage d'un visiteur nocturne.

Le policier placé au village par les autorités éthiopiennes – la police de la province ayant été confiée au Négus – n'était là, disait-il, que pour me protéger. Sous prétexte de mesures générales, lesdites autorités locales m'avaient retiré mes armes. Mon policier, qui affectait à mon égard une attitude des plus amicales, venait me voir presque journellement. Un après-midi, il vint avec un collègue, un inspecteur, me dit-il, chargé du désarmement des indigènes.

– Et de moi-même, ajoutai-je en souriant. Mais, si je n'ai plus de fusil, j'ai ça…

Je le conduisis derrière ma maison, où j'avais tendu un piège à lions à l'intention d'un fauve, sans doute un léopard de belle taille selon la dimension des empreintes. Après avoir ôté le cran de sûreté du bout d'un bâton, je touchai l'appât.

Les terribles mâchoires d'acier, capables de broyer la jambe d'un homme, se refermèrent comme si elles eussent bondi hors de terre. L'inspecteur et son collègue sautèrent en arrière, terrifiés. Alors, d'un air détaché, je leur dis :

– J'en ai plusieurs, tendus un peu partout. Malheur à qui s'aventurera la nuit, aux environs de la maison.

Les deux Abyssins s'en allèrent, non sans avoir demandé si je resterais là cette nuit. Malgré tout, j'étais à cent lieues de soupçonner le moindre danger, et la nuit venue, ma femme et moi allâmes nous coucher.

Les chiftas

Nous avions élevé une grosse mangouste d'Afrique, Ruiki, qui dormait à nos pieds, sur notre lit. Une lanterne dite « tempête » restait allumée toute la nuit. Ce jour-là, le boy qui, depuis des années, garnissait chaque soir cette manière de veilleuse, et en réglait la flamme, le fit de telle sorte qu'elle finit par s'éteindre, et la chambre fut plongée dans l'obscurité. Ce fut le premier de la série de miracles qui nous sauvèrent cette nuit-là, où ma mort avait été décidée.

Le charmant inspecteur devait pénétrer jusqu'à ma chambre et lancer une bombe sur le lit. Il n'y était jamais entré, mais la clarté de la lanterne devait l'orienter.

Il pouvait être 10 heures du soir quand la mangouste grogna. Malgré la marche silencieuse de l'homme sur ses pieds nus, la vigilante bête en avait perçu la présence, dans la seconde d'hésitation où le laissa l'obscurité.

Éveillé instantanément, je criai, avec cette intonation contondante que donne le danger :

– Min anta ! (qui est là !).

Ne sachant pas si, en dépit de ce retrait des armes, je n'avais pas gardé un revolver, il s'enfuit jusqu'à la véranda, où il resta embusqué à l'extérieur de la porte, laissée grande ouverte.

Je bondis à sa poursuite, tenant à la main une torche électrique éteinte. Au moment où je passais le seuil, il me saisit le poignet, croyant que ma main tenait une arme, je lâchai la torche et refermai la porte. J'avais eu le temps de voir, dans la vague clarté de la nuit, plusieurs silhouettes d'askaris de la police éthiopienne.

Sans prendre le temps de nous vêtir, Madeleine et moi sautâmes dehors par une fenêtre de derrière, où les assaillants n'osaient pas se risquer, en souvenir du piège à lions.

J'étais à peu près nu, et ainsi peu visible la nuit par la couleur foncée de ma peau, fortement hâlée, mais Madeleine, avec sa chemise blanche, se voyait de loin. Aussitôt aperçue, un des askaris lui lança une bombe, et à moins de dix mètres, il n'aurait pas manqué son objectif si le second miracle ne se fût produit : une branche de caféier toucha la bombe, qui explosa à mi-trajectoire.

Momentanément confondus dans l'ombre des caféiers, je déclenchai au passage mes pétards en touchant les fils tendus, donnant ainsi l'impression de plusieurs tireurs égaillés dans les taillis obscurs.

Après une course où la pauvre femme se mit les pieds en sang, nous nous arrêtâmes dans un buisson de cactus. J'écoute la nuit : le silence, et, l'un après l'autre, les grillons font à nouveau vibrer leurs élytres.

Que faire ? Revenir ? Non, une telle agression ne peut en rester là. Ce calme est un piège.

D'autre part, impossible de rester là, demi-nus, jusqu'au matin. Harrar n'est qu'à huit kilomètres, trois heures de marche dans ce chemin creux où de hautes haies de cactus font une obscurité de cave.

Au moment où je me levais pour partir, le craquement d'une brindille brisée m'arrêta, et je vis une silhouette s'avancer vers notre cachette à travers les hautes herbes. Quelque chose me bondit dans les jambes : la mangouste Ruiki, qui, après le départ des agresseurs, avait suivi notre trace avec ce flair subtil qui capte les odeurs à la pointe des herbes. Elle avait fait comprendre au boy de la suivre. Le pauvre Moumé était tout tremblant.

– Mais enfin, où sont-ils ? lui demandai-je.

– J'ai entendu le chef ordonner à ses askaris d'aller se poster le long de la route d'Harrar pour vous abattre tous les deux à coups de fusil.

Ce fut là le troisième miracle ! Sans l'intervention de Ruiki, nous étions perdus.

Quand l'an dernier Madeleine lui donnait le biberon, pouvait-elle imaginer qu'elle tenait sur son giron l'instrument de notre destin ?

Départ pour le Kenya

Après un coup si bien monté, dont le succès était certain, il allait y avoir une trêve pour le faire oublier en attendant une occasion favorable pour se débarrasser de moi.

Les autorités éthiopiennes qui, peu à peu, reprenaient tout en main, ne manquaient pas à tout propos de me témoigner leur sympathie, allant jusqu'à laisser deviner des opinions secrètes, favorables au gouvernement de Vichy.

Pour un peu, à les entendre, on aurait pu croire que le Négus, soucieux de l'avenir, me tint en réserve au cas où ses actuels protecteurs perdraient la guerre. Voulait-il ainsi m'amener à me compromettre par des propos imprudents ?

N'y parvenant pas, sans doute trouva-t-on des témoins bénévoles pour affirmer m'avoir entendu parler comme l'eût fait un espion italien. La calomnie, dont il reste toujours quelque chose, est admise sans contrôle dans tous les conflits sociaux, guerre ou révolution. Je me demande même si, pour mieux affirmer mes activités subversives, on ne me rendit pas responsable d'attaques de patrouilles anglaises au moment de la prise, si je puis dire, d'Harrar.

Bref, un beau matin, un lieutenant anglais vint m'arrêter, et sans en pouvoir tirer une explication, je fus jeté dans une ancienne écurie, ou porcherie. La porte se referma avec violence, me laissant dans une obscurité totale, complètement ébloui après l'aveuglant soleil du dehors.

Alors, une voix m'interpella en italien d'un coin de ce tombeau, où je ne voyais rien.

– D'où venez-vous ?

En même temps, la faible lueur d'un briquet me fit distinguer une forme humaine étendue sur une mauvaise natte. C'est un « maréchalé » de carabiniers.

Je me présente. On devient vite amis au fond d'une oubliette, on n'a pas le choix. Je m'informe des usages :

– Va-t-on m'apporter un lit ?

– Voyez le mien. Si vous n'avez pas de couverture, je ne sais comment vous allez supporter le froid de la nuit, couché à même ces pavés disjoints, entre lesquels grouille la vermine.

– Impossible que les Anglais soient à ce point dépourvus d'humanité.

– Oh, ils sont peut-être plus humains ailleurs, mais ici, on ne séjourne guère…

– Alors, où va-t-on ?

– Je préfère ne pas vous le dire…

Un soupçon fulgure tout à coup.

– Serait-ce l'antichambre de…

– Oui… Mon sergent est parti hier, à l'aube… J'ai entendu la salve…

De quoi diable m'a-t-on accusé pour justifier une « justice » aussi sommaire ? Oui, je sais, c'est la guerre…

– Et vous êtes là depuis quand ?

– Bientôt huit jours… On m'aura oublié.

Ce prétendu oubli me rassure. Le fait d'avoir mis là un condamné à mort faute de place ailleurs ne signifie pas que je doive être fusillé à l'aube sans jugement.

Tandis que le maréchalé me raconte son odyssée, je ne l'écoute pas, absorbé dans la contemplation des tôles de la toiture. L'idée de l'évasion me possède en voyant leur intervalle avec les murs. En soulevant quelques pierres… Le maréchalé m'a deviné.

– Non, caro mio, rien à faire : de l'autre côté, c'est le corps de garde des Djambos (nom donné aux soldats noirs par les Italiens : Djambo signifie bonjour en souhaéli).

– Et pour pisser ? Comment fait-on ?

– Les cochons n'avaient besoin de rien. Mais il vaut mieux taper sur la porte quand passera la sentinelle. Ça fait une petite promenade.

Je tente aussitôt l'expérience. Mais là aussi, rien à faire. Ce vaste pissoir pour le camp où sont enfermées deux cents personnes P.O.W. est en bordure de la sinistre enceinte de barbelés ; je suis à quelques mètres de la liberté, un saut, et je serais dehors… avec accompagnement de mitrailleuse, elle est là, toute prête…

J'avais réintégré ma porcherie depuis une heure, quand le verrou grinçant me fit sursauter. La porte s'ouvre, et derrière un lieutenant j'aperçois Madeleine, chargée de couvertures.

Je pus sortir dans la cour, escorté d'un Djambo baïonnette au canon. Elle raconte :

Aussitôt après l'arrestation, elle courut chez le général Prat, décidée à le voir coûte que coûte.

– Impossible… Il est dans le bain.

Elle bouscule le boy éberlué et pénètre au moment où le général, enveloppé dans son peignoir, prenait le thé après son bain.

En ce temps-là, Madeleine avait à peine trente ans, et le paroxysme de son excitation lui donnait une beauté sauvage, qui sidéra le général. En telle occurrence, il suffit d'un impondérable pour faire basculer la balance, et ce fut du bon côté. Il prit le parti de rire de cette aventure qui, peut-être, lui remit en mémoire l'histoire de Charlotte Corday. Car le général, par exception, était lettré et comprenait le français.

Il renvoya Madeleine avec promesse de faire faire une enquête. Il n'était donc pas question de me fusiller.

Le lendemain, je devais être transféré à l'hôpital, transformé en dépôt de P.O.W.

Me voilà dans le troupeau. J'ai perdu ma personnalité, tous mes droits, je suis le n° 79137, et ce nègre qui m'escorte peut me frapper s'il lui plaît, me tuer au moindre prétexte. J'entrevois Madeleine à travers la poussière. Elle sanglote, la tête dans ses mains, avec d'autres femmes qui, de loin, suivent leur mari que, peut-être, elles ne reverront plus…

Arrivé enfin à cet hôpital-prison, je suis séparé de Madeleine, qu'un Djambo empêche d'entrer.

Casé au premier étage, près d'une fenêtre qu'il suffit d'ouvrir pour respirer l'air de la liberté. Au-dessous, un fossé sépare le mur du niveau normal du sol, mais de la hauteur de ma fenêtre, en prenant assez d'élan, on peut atterrir sur l'autre versant du fossé. C'est un saut de plus de trois mètres, mais en tombant à quatre pattes, il est faisable sans risque de se casser un membre. Il y a bien un Djambo qui monte la garde d'un bout à l'autre du bâtiment, mais souvent, il s'arrête à une extrémité de son va-et-vient. La nuit, je sais combien il est difficile de viser…

J'en étais là de mes réflexions quand un infirmier au brassard à croix rouge survint tout essoufflé. Je reconnus Zuppo, un Italien qui venait souvent à mon jardin d'Araoué.

– Non, je ne suis pas infirmier, j'ai seulement trouvé ce brassard, et ainsi, les Djambos me laissent aller partout. Je viens de la part de votre femme (pour tout le monde, Madeleine passait pour telle) qui vous supplie de ne rien tenter pour vous évader. Un officier anglais, qui paraît être votre ami (il est Irlandais, et déteste les Anglais), l'a prévenue qu'on attendait une tentative pour vous abattre.

Grâce à ce brave Zuppo, Madeleine put venir me parler sous la fenêtre, en donnant des cigarettes au Djambo.

Elle me fit jurer de ne rien tenter pour m'évader, sinon, dit-elle, elle mourrait d'angoisse. Bien à contrecœur, je fis le serment.

Je suis avec les P.O.W. âgés de vingt-cinq à trente-cinq ans, contraint de porter comme eux le barda de couchage, si je ne veux pas dormir à même la terre à chaque étape, car, paraît-il, nous allons partir pour embarquer à Mogadiscio, vers où ? mystère…

Avec mes soixante-quatre ans, je m'efforce de jouer le vieillard et je fais une drôle de figure parmi cette jeunesse. Me voilà sur le camion au milieu de la colonne arrêtée par un embouteillage. Madeleine tient dans sa main crispée comme celle d'une noyée le billet que j'ai pu lui envoyer. Elle m'a répondu sur une moitié pour que nous gardions cet ultime adieu comme une moitié de notre cœur.

Elle court toujours contre la roue sans lâcher ma main mais tout à coup, la route est libre et la voiture fonce dans un nuage de poussière, nos mains s'arrachent brutalement à leur étreinte, et je suis emporté…

Je puis voir encore la pauvre femme éviter de justesse le camion suivant et la poussière l'ensevelit. C'est fini, nous voilà séparés, peut-être pour toujours…

Le Chantilly

Arrivé à Mogadiscio, quand le convoi stoppe, j'aperçois un paquebot mouillé à un quart de mille de la rade. En dépit de son camouflage, je reconnais le *Chantilly* des Messageries Maritimes, ce même paquebot qui m'amena à Djibouti quand j'y fus envoyé par le *Petit Parisien* qui publia mon reportage sous le titre malencontreux de « Terres hostiles de l'Éthiopie » qu'on lui donna sans me consulter.

Un chaland nous mena contre la haute muraille de fer du vieux paquebot brûlante sous le soleil de feu. Quel enfer allons-nous trouver dans les cales où devront s'entasser plus de mille P.O.W., car nous arrivons les derniers en surnombre.

Je vois là-haut, sur le pont des premières, les officiers anglais boire des boissons fraîches, et je comprends le salut menaçant, poing fermé, des communistes, mais ai-je le droit ? Si j'étais à leur place, je trouverais sans doute tout naturel qu'on mette à fond de cale ce troupeau sale et malodorant que nous sommes.

Le camarade Jésus, qui fut l'ancêtre précurseur, montre aux esclaves sa main ouverte où devaient un jour saigner pour eux les stigmates de la Passion.

Zuppo a réussi à être mon voisin et il s'ingénie à me venir en aide, mon âge et ma tignasse blanche lui faisant imaginer les faiblesses du vieillard. Entassés dans une ex-salle à manger de 3e classe, deux cents hommes doivent vivre et dormir dans un espace prévu pour cinquante.

La chaleur est telle qu'en un instant tous sont à peu près nus. J'arrive à me glisser jusqu'au gaillard d'avant et grimpé sur un treuil, je puis voir la mer.

Elle me parle, quand j'écoute ruisseler l'étrave. C'est elle qui m'attire, qui m'appelle, comme le chant de la

Sirène… Oui, pourquoi pas ? La côte n'est guère qu'à dix ou quinze milles, les courants de flux portent en côte et le jusant leur est parallèle. Il s'agit de flotter dix ou douze heures dans une eau à plus de trente degrés. Seul, l'affaiblissement par osmose m'inquiète. Mais, le corps enduit de graisse, la peau sera imperméable…

Mais où trouver la graisse sur ce navire, où le moindre déchet est dévoré par les Djambos, fût-ce du suif. À côté de moi, un graisseur du treuil me donne la solution ; dans tous ceux du gaillard, j'en puis récolter suffisamment. Quant à la flottaison, quelques ceintures de sauvetage y pourvoiront, ensuite, quelques boîtes de lait…

Je descendis de mon perchoir, réconforté par l'espoir de cette évasion maritime qui, de toute façon, mettrait fin à une vie infernale.

Une voix m'interpella. Un capitaine unijambiste que j'avais connu à l'état-major de Graziani s'étonna de me voir là avec mes cheveux blancs. En raison de son invalidité, il était à l'infirmerie. Avec la complicité du médecin italien qui faisait toute la besogne du major anglais, il m'y fit admettre définitivement. Le lit avec des draps, la bonne nourriture et le calme loin de l'enfer des entreponts, me firent ajourner mon projet.

Parmi les malades de l'infirmerie était un Français d'origine corse, Foglieti. Il arrivait de Djibouti après une étrange et dramatique odyssée. Très grand, tout en jambes, tête ronde, les yeux rapprochés, le nez pointu et la bouche démesurément fendue, il rappelait un poussin de palmipède. Vingt-cinq ans à peine, il affectait les allures nonchalantes du félin au repos, et se donnait le genre silencieux.

Il parlait d'une voix caverneuse, ponctuée de points d'orgue, comme si ses paroles eussent hésité à émerger d'une telle profondeur : il était si grand qu'on craignait que la phrase commencée ne redescendît comme la colonne d'eau de la pompe désamorcée.

Dans sa prime jeunesse, il fut berger, et peut-être ce métier de solitaire lui laissa-t-il le goût du silence. Engagé à dix-huit ans, il fut affecté aux lignes fortifiées de l'Est, où une fille de brasserie au service de l'Allemagne le prit pour amant. À la déclaration de guerre, elle disparut. Croyant la retrouver à Djibouti, il y arriva au moment où l'Italie déclarait la guerre à la France. Le souvenir que j'y avais laissé le poussa à tenter les aventures hors série sur mer où il fut ramassé par les Anglais.

Un soir, alors que les malades jouaient aux cartes, Foglieti apparut dans la ruelle de mon lit, un doigt sur les lèvres.

– Ça va barder…

– Mauvais temps ?

– Non, la rébellion… Tout est prêt… À l'heure H le commandant sera bouclé dans sa cabine et les soldats anglais dans l'entrepont. Dès lors, le navire est à nous…

Je me demande s'il se fiche de moi, ou si le vin vendu par l'équipage ne lui a pas tourné la tête. Oui, le vieux bordeaux coulait à profusion grâce à des barriques destinées aux officiers en station au Kenya.

Comme je le regarde, embarrassé par le choix, il reprend, penché à mon oreille.

– Les Djambos laissent leurs fusils au râtelier à l'entrée du corps de garde sans la moindre méfiance. La plupart sont ivres, et les autres dorment. C'est un jeu de les surprendre et d'enlever les armes. Il y a à bord vingt officiers de marine, des mécaniciens, des radios, et cent cinquante militaires pour former l'état-major et les cadres. Le reste sera pris au dernier moment…

– Et ce dernier moment ?…

– Secret absolu, je l'ignore. Tout est entre les mains d'un lieutenant de vaisseau et d'un colonel…

– Enfin, voyons, Foglieti, êtes-vous certain qu'on ne vous fait pas marcher ? C'est du roman pour feuilleton ou cinéma américain.

– Précisément, voici ce qui nous assure du succès. Deux mille cinq cents P.O.W. contre vingt-cinq soldats anglais et cinquante Noirs.

– Oui, deux mille cinq cents Italiens, aussi passionnés de complots que prompts à la prudence.

À ce moment, une ombre glissa vers nous. Foglieti se déploya en hauteur. Tête et pipe disparurent dans l'ombre du plafond. C'était mon ami Zuppo.

– Ça va barder…

– Oui, je sais… mais comment êtes-vous au courant ?

– Tout le monde en parle…

Je sortis un instant après. Les militaires anglais disputaient un match de boxe et là-haut les officiers étendus sur des chaises longues buvaient la bière matinale. Personne ne se souciait des râteliers d'armes laissés sans surveillance.

Diable, me dis-je, cette équipée est capable de réussir ! De toute façon, ce sera la catastrophe. Rallier le Japon ? mais où se ravitailler en combustible ? en arraisonnant des cargos ? Alors, piraterie.

Devant l'imminence d'une telle folie, je fus tenté d'avertir le commandant, au risque d'être traité de fou, ou mis aux fers pour plaisanterie de mauvais goût.

Je me résignai donc à me tenir tranquille dans mon infirmerie. Or, il se passa une chose toute simple, que les conspirateurs n'avaient pas prévue.

Dans la nuit, le temps se gâta. Une grosse houle prit le navire par bâbord arrière, et comme il était sur lest, ce fut un abominable roulis-tangage auquel peu d'estomacs résistèrent. C'eût été la fameuse heure H. Mais hélas, les Italiens donnaient la réplique à leurs geôliers dans cette révolte inattendue des estomacs.

Le train de P.O.W.

Après treize jours de navigation, ce fut Mombasa et un train spécial nous emporta vers l'intérieur à travers la végétation luxuriante, miraculeuse aux yeux des Italiens, accoutumés aux déserts de la Somalie. Je les entendis s'exclamer :

– Per Bacco ! quelle colonie magnifique nous allons avoir après la victoire !…

Je pense à la manière dont Harrar fut défendue, et comment ils ont abandonné l'Éthiopie entière…

En dépit des protestations des joueurs de cartes, je pus tenir le store relevé pour me pencher à la portière et voyager ainsi le long de cette ligne qui coûta la vie à des milliers d'êtres humains à cause des épidémies et des lions mangeurs d'hommes.

Ce roi des animaux est le félin le plus prolifique, et en ces régions d'immenses forêts ou de steppes aux hautes herbes, les proies de tout poil assuraient une abondante nourriture à sa famille.

Une épidémie parmi les coolies indiens affectés à la construction de la voie ferrée décima les équipes. Chaque jour, les cadavres étaient évacués pour être enterrés. Mais les coolies chargés de ce pénible travail se contentèrent d'en laisser le soin aux lions, qui les dévoraient.

L'épidémie jugulée, les cadavres manquèrent. Alors, les lions s'attaquèrent aux vivants, pénétrant la nuit à travers les clôtures pour emporter leurs proies.

Après une nuit où j'endure le supplice du wagon, le train émerge au petit jour sur une plaine sans borne, une steppe d'herbe jaune brûlée par le soleil.

Une station s'annonce de loin par ses réservoirs de tôle. Il semble qu'une ville l'entoure. Ce serait bien la première fois qu'une gare serait dans l'agglomération dont elle porte le nom. Mais je me trompe, c'est un camp de prisonniers. Des centaines de baraques en carton bitumé s'alignent sur des kilomètres carrés.

À peine le train stoppé, ordre de descendre avec tous nos bagages. On nous conduit sur un terrain dénudé où déjà, à sept heures du matin, le soleil surchauffe la terre. Un appel, et nous restons là, alignés, debout, devant nos bagages. Les Anglais s'en vont prendre leur breakfast sans le moindre souci de ceux qu'ils laissent pendant deux heures se rôtir au soleil.

Il est près de midi quand commence l'inspection de nos misérables bagages. Je tremble pour mon papier à aquarelle, mes couleurs, et toutes mes notes de voyage. Un colonel anglais s'approche comme pour surveiller les militaires qui bouleversent ce que chacun a dû étaler devant lui. Je flaire un personnage important, et je reste bien en évidence sur ma valise. Je dois être lamentable, après cette nuit de wagon, avec ma maigreur et mes cheveux blancs, j'ai l'air d'un moribond.

Surpris par la présence de ce vieillard au milieu de ces jeunes soldats, il me demande si je suis souffrant, ma réponse en un jargon franco-anglais, en lui révélant ma nationalité, le surprend. Il passe sans faire de commentaire, mais un instant après, une camionnette m'embarque droit à l'infirmerie avec ma valise, que personne n'a inspectée.

Comme partout ailleurs dans les camps de P.O.W., un médecin italien y était attaché. Celui-ci, qui passait pour pro-anglais, m'accueillit avec un sourire entendu quand je lui dis que les Anglais n'étaient probablement pas responsables de ma détention arbitraire. Son attitude presque déférente me convainquit qu'il avait entendu des propos contre lesquels Zuppo m'avait mis en garde. Je passais pour un agent secret qui, sous les apparences d'un prisonnier, renseignait les Anglais. À bord du *Chantilly*, je n'y avais pas ajouté d'importance, mais ici, dans un camp de dix mille soldats, les passions politiques entretenues par quelques exaltés devenaient un réel danger.

Tous les soirs, le haut-parleur donnait le bulletin de la Radio de Rome. Nous étions au moment des grandes victoires de l'Allemagne : prise de Sébastopol, avance sur la mer Caspienne, et hécatombes de navires alliés. Ces bulletins extraordinaires déchaînaient des ovations enthousiastes. Des officiers anglais assistaient, impassibles, à ces manifestations frénétiques.

Cette attitude de ferme confiance, ce calme devant la défaite du moment me donnaient la mesure de la force de ce peuple, et dès ce jour, je ne doutai plus de la victoire finale.

Le matin, à 7 heures, il y avait « l'addunata » où tout le camp, divisé en sections, était aligné comme à la revue et chaque chef de baraque faisait l'appel.

Un silence absolu sur une troupe de dix mille hommes est toujours grandiose. On pouvait entendre une mouche voler. Alors, une voix criait :

– Viva il Duce ! et une clameur formidable répondait à chacun de ces saluts, avec dix mille bras tendus à la romaine.

À l'aube, le camp est désert, et je m'en vais sur le chemin de ronde, qui n'a pas moins de trois kilomètres de tour. La brousse sort lentement de son voile bleuâtre, des vols d'oiseaux passent, une clameur de joie salue le jour, tout s'éveille… Que je suis loin du camp ! J'ai oublié quand, tout à coup, des silhouettes patibulaires brisent les ailes de mon rêve… la clôture des barbelés…

Je me souviens d'avoir pleuré naguère à Neuilly, une nuit où dans le calme de la prime aube, j'ai entendu le cri de hyènes captives au Zoo du Jardin d'acclimatation. Elles clamaient au brouillard de la ville la plainte nostalgique des exilés.

La Croix-Rouge

J'étais là depuis près de quinze jours quand enfin je reçus une lettre de Madeleine, seule maintenant à Harrar. Elle m'annonça la mort de notre mangouste, Ruiki, tuée d'un coup de fusil par un inconnu, Abyssin, qui prit la fuite car, dans son désespoir, Madeleine l'aurait abattu. J'ai pleuré cette petite bête comme pour la mort d'un enfant. Était-ce en souvenir du miracle de nous avoir sauvés de la vindicte impériale ?…

Peu de temps après, je fus transféré seul, en compagnie d'un Djambo, au camp de Niery, au pied du mont Kenya. Là étaient détenus seulement des civils, et toutes les femmes en instance de rapatriement. J'en conçus aussitôt l'espoir d'être enfin de retour en Europe. Hélas, je n'étais pas Italien, et rien n'était prévu pour le rapatriement des Français.

J'avais écrit au représentant de la France libre, le commandant Prud'homme, qui faisait fonction de Consul à Nairobi. Les semaines et les mois passèrent sans qu'il daignât répondre. Je m'adressai alors à la Croix-Rouge, et huit jours après, j'eus la visite de son représentant, M. Brunier, envoyé par un homme qui, naguère, avait été mon manager lors d'une tournée de conférences en Suisse.

Il se nommait Thiébaut, et j'en avais gardé le souvenir d'un ami sincère.

Brunier m'assura que la bonne foi des Anglais avait été surprise. Les ordres me concernant venaient de Londres, ce qui expliquait l'impuissance des autorités d'Harrar. Il fallait donc que j'aie été accusé par un personnage considérable, dont la parole ne pouvait être mise en doute.

Avait-il, de bonne foi, répété les calomnies de mes ennemis personnels ? C'était probable, mais il était impossible de demander d'ouvrir une enquête à celui-là même qu'elle risquait de confondre.

Ma seule chance de salut était en la Justice anglaise. Elle serait lente, mais il ne doutait pas qu'elle ne fît la lumière.

Une autre lettre de Madeleine me révélait sa réception par le capitaine Tager, adjudant promu officier avec tant d'autres Résistants opportunistes.

Il représentait la France libre à Diré-Daoua. Madeleine alla le trouver pour offrir ses services comme dactylo ou infirmière, en attendant d'être autorisée à venir me rejoindre au Kenya. Après avoir déploré que les Anglais ne m'eussent pas encore fusillé, il lui offrit de la présenter à MM. les sous-officiers, qui manquaient de femmes. Voilà tout ce que pouvait espérer la maîtresse d'Henri de Monfreid…

Cet homme ne me connaissait pas. Il me haïssait. Pourquoi ? Le savait-il lui-même ? Non, c'est le primaire borné, l'ambitieux sans scrupule, qui hait tout ce qui le dépasse, type moderne du barbare qui va imposer au monde le nivellement par le bas. De tels individus ont fait bien du mal à la France libre, en exploitant la Résistance comme des bandits, qui éclaboussent de sang l'héroïsme des maquisards sincères.

Cette histoire vint aux oreilles des Anglais qui, dès lors, prirent Madeleine sous leur protection.

À cet ineffable consulat de la France libre, était attaché, je ne sais trop à quel titre, un certain Mono Hertzen que j'avais hébergé chez moi, à Araoué, et sur mon bateau quelques années auparavant, pour lui permettre de tourner un film, « Terres Perdues ».

Quand Madeleine fut informée par les Anglais de l'autorisation de me rejoindre au Kenya, Mono Hertzen, qui avait l'usage d'une camionnette, refusa de transporter au Consulat une malle où, avant de quitter Araoué, elle avait réuni tous mes manuscrits.

Enfin, quand le major commandant militaire anglais l'invita à se rendre à Djibouti pour embarquer sur le navire qui devait la conduire à Mombasa, Tager lui refusa le visa nécessaire pour descendre à Djibouti.

Le major alla le trouver.

– Sachez que Mme Villaroge est désormais sous notre protection, et n'a nul besoin de votre visa.

Pour clore cette histoire, j'ai quelque peu devancé l'ordre chronologique.

Revenons donc à Niery où, grâce à Brunier, de la Croix-Rouge, j'étais en semi-liberté en attendant que la Westminster Bank ait confirmé l'existence et le montant de mon compte. Une dizaine de jours après la visite de Brunier, le représentant de la France libre à Nairobi répondit à ma lettre, adressée trois mois auparavant à son Consulat. Mieux vaut tard que jamais !…

Une semaine plus tard, je fus appelé chez le Commandant du camp. En entrant, je reconnus le commandant Prud'homme, tant il me parut matérialiser le personnage que j'avais imaginé. Il ne se leva pas à mon entrée, bien entendu, mais nos regards se heurtèrent avec une mutuelle curiosité. Il attendait le ton de la présentation du major pour régler son attitude envers moi.

Il me parut être dans tout l'embonpoint de la cinquantaine. Sa large face eût été léonine avec des cheveux plus abondants et un nez moins retroussé et moins court. Un regard rieur lui donnait une expression gamine en dépit de ses efforts pour paraître grave, devant cet Anglais impassible et maussade. Ses mains me frappèrent, des mains d'étrangleur, comme le jugea plus tard Madeleine.

Pour faire oublier ce retard de trois mois pour répondre à ma lettre, il m'offrit de me loger dans sa propriété de Mawingo, où il ne venait qu'en week-end, s'excusant de ne pouvoir me prendre avec lui aussitôt. Il me donna les explications nécessaires pour y aller par mes propres moyens.

Je m'embarquai le lendemain, à la gare de Niery, sans escorte cette fois.

Il fallut plus de trois heures aux deux machines Mallet pour tirer le convoi de cinq wagons sur cinquante kilomètres de rampes très dures. Nous arrivâmes en gare de Nanyouki à la nuit noire.

L'éclairage des gares est assuré par le train qui s'y arrête, avec des lampes latérales fixées à chaque wagon. C'est une tête de ligne. Le train repartira demain matin, à 5 heures, en sens inverse. Mais les nouveaux voyageurs, la plupart venus de fort loin, embarquent aussitôt le train vidé, de sorte qu'il y a forcément bousculade entre la foule des arrivants et celle des partants.

Enfin, me voilà dehors, mon panier-chat à la main – car j'ai emmené ma chatte (je ne puis pas vivre sans un chat !). Dans l'obscurité, je patauge dans la boue. Enfin, voilà la route qu'il faut prendre à droite, jusqu'à la boutique de l'Indien qui doit me conduire à Mawingo !

Les phares m'aveuglent, je plonge dans un fossé plein d'eau bourbeuse, je trébuche dans des tas de gravats, toujours ébloui par ces maudits phares. Enfin voilà le village, mais tout dort, impossible de découvrir mon Saint-Christophe d'Indien. Je dois retourner à la gare, et dormir par terre, appuyé à ma valise.

Le jour se lève et cette fois, je trouve enfin la boutique de General Stores (fournitures générales), l'Indien me fait embarquer sur une camionnette.

Sans doute, sur ma mise aux vêtements fripés par huit mois de valise, ne m'a-t-il pas jugé digne de la voiture. Mais son dédain se fond en un sourire quand il entend miauler la chatte. Sans doute pense-t-il que c'est mon totem, ou un ancêtre réincarné.

Mawingo

Le domaine de Mawingo, à dix kilomètres de Nanyouki, est au flanc du mont Kenya. Rien n'en révèle la présence, et je me demande où nous allons dans ces immensités sauvages, quand tout à coup, au sortir d'une forêt, apparaît le palais enchanté.

Le bâtiment à un étage, dont nous ne voyons que les derrières, fait face à une vallée, devant le mont Kenya.

À l'appel du klaxon, un boy accourt. Je le reconnais, c'est un Somali de Djibouti, Saïd. Sa figure s'éclaire en me voyant, et surtout parce qu'il peut parler la langue des croyants que nul ici ne comprend, dans ce pays de païens et d'esclaves.

Il me conduit à l'appartement qui m'est destiné, celui de l'ancienne secrétaire : boudoir, salle de bains, et chambre somptueuse où flambe un feu de bois. Ma valise fatiguée, mon sac de matelot, ma chatte effarée, et moi-même crotté comme un barbet, faisons bien étrange contraste au milieu de ce luxe de palace-hôtel.

C'est en effet la seconde impression après le palais enchanté, que donne cette vaste demeure, avec ses douze chambres, leur boudoir et leur salle de bains.

Saïd très fier me fait visiter toutes les splendeurs de la maison.

Un immense salon, à cheminée monumentale, et vitrage de sanatorium, une bibliothèque, fumoir et salle de jeux. Enfin, une salle à manger de trente couverts, avec jet d'eau en miniature au milieu de la table ; tout cela meublé d'un confort ultra-moderne, avec éclairages indirects, peaux d'ours, de panthères et tabourets en pied d'éléphants.

Je suis éberlué, non d'admiration, car tout cela est sans âme, mais par l'immense fortune de Prud'homme. Cependant, je ne puis l'admettre, ou alors, je rêve et toutes ces splendeurs vont tomber en cendres…

Non, elles ne tombent pas en poussière, quand Saïd m'expliqua le mystère.

Prud'homme, jeune aviateur qui fit une traversée de l'Afrique au compte d'une firme nouvelle d'automobiles séduisit, par sa belle prestance, une Américaine multi-milliardaire. Pour fixer son trop séduisant époux, elle voulut acheter le site merveilleux où un ménage de compatriotes, M. et Mme Canari, avait un modeste bungalow. C'est là qu'il fallait construire une somptueuse résidence. Mais à aucun prix, ils ne consentaient à s'en défaire. La mort de M. Canari arrangea tout par une clause de son testament, imposant son incinération pour que ses cendres soient répandues sur le domaine. Comment faire ? Prud'homme, alors, proposa de s'en charger, grâce à son avion, à condition d'accepter de vendre le domaine.

La richissime Américaine, après une aimable lune de miel, ne tarda pas à être informée des frasques extra-conjugales de son bel aviateur ; de plus, elle l'avait jugé par-delà les apparences. Elle limita ses dépenses, en lui accordant sept cents livres par mois d'argent de poche, mais à chaque nouvelle infidélité, cent livres seraient retenues. En moins d'une année, Gabriel – ainsi se prénommait Prud'homme – n'avait plus rien pour se distraire. Il y eut divorce, sa femme ne lui laissant que le palace de Mawingo.

Heureusement, la guerre éclata, et la Résistance paya ce que ne payait plus l'épouse envolée. De plus, sur la foi d'une lettre qu'un secrétaire avait par erreur adressée au « commandant » Prud'homme, il garda ce galon imaginaire – car il n'était que capitaine.

Après que Saïd m'eut installé, je sortis visiter les alentours, où je trouvai toutes les terres en friche sans la moindre velléité de culture ; tout semblait être à l'abandon. Cependant, je vis un troupeau d'au moins une trentaine de vaches.

De retour, ce fut encore Saïd qui me renseigna.

Ce magnifique cheptel ne produisait, paraît-il, que quelques litres de lait, alors que je l'estimais capable d'en donner cent au bas mot.

– Mais enfin, qui donc gère ce domaine ?

– Le bouana Hook, un voisin, qui a sa ferme de l'autre côté de la rivière. Il dirige aussi d'autres domaines, dont les patrons sont à la guerre.

On ne le paye pas, alors, on ne peut pas lui faire de reproches. Il a des troupeaux si nombreux qu'il n'en sait pas le compte. Il ne doit pas être Anglais « asseli » (de race pure) parce qu'il vit comme les indigènes, avec une concubine noire, depuis qu'il a cassé sa femme anglaise…

– Comment, « cassé » ?

– Le bras seulement. Il est juif, mais ici, avec ces nègres fils d'esclaves et mangeurs de cochon, ça n'a pas d'importance. Le bouana (patron) Prud'homme ne lui donne rien, il paye seulement Thomas, un Noir qui est Korani (lettré, employé de bureau). Nous allons le voir à la laiterie.

En y arrivant, un grand diable athlétique me salue avec l'obséquieuse platitude du boy bien stylé. C'était Kitongo le chef berger. Je sentis tout de suite que j'allais avoir en lui un dangereux ennemi, si je me mêlais jamais de ce qui ne me regarde pas.

Parmi les simples bergers venus tout droit de la brousse, j'en pris deux à mon service : Kingori, comme boy, et Kassogo comme porte-fusil, en raison de ses qualités de chasseur. Ni l'un ni l'autre ne parlait une langue européenne, ce serait à moi d'apprendre la leur. Tous deux, pendant les sept ans que dura mon séjour, me furent dévoués comme le chien à son maître.

Enfin, Thomas arriva à son bureau. Il parlait anglais en s'efforçant à l'accent d'Oxford. Dents en or, souliers de danseur argentin, et obséquiosité du laquais bien stylé, mais le regard dont il m'accueillit me fixa sur la nature de ses sentiments. J'allais avoir en lui mon plus redoutable ennemi.

Quinze jours après mon installation, Gabriel arriva dans une magnifique Mercedes. M'étant rendu compte de la manière dont il était volé, je lui proposai de me charger des fonctions de manager pour justifier son hospitalité. Il accepta avec une évidente satisfaction, mais il ne me cacha pas qu'il fallait avant tout ménager la susceptibilité de son voisin Hook, dont il n'ignorait pas la dérisoire gestion de son domaine. Il ne voulait à aucun prix risquer de se brouiller avec un tel voisin, qui lui fournissait autant de chevaux de selle qu'il en devait offrir à ses innombrables amis, conviés à de spectaculaires week-ends.

Il me le représenta comme un vieil imbécile vivant à l'indigène, un juif sordide, mais très puissant par ses deux frères casés en bonnes places dans l'administration. Enfin, en dépit de ses minables apparences, il était très riche.

Tandis qu'il me dépeignait ainsi le personnage, il arriva sur un cheval mal étrillé, mais de belle race.

À peine l'eut-il aperçu, qu'il vola vers lui comme pour le serrer dans ses bras. Ces prévenances, après ce qu'il venait de me dire, me laissèrent rêveur…

– Précisément, je parlais de vous à Monfreid, qui, en manière de passe-temps, pourra alléger votre tâche.

– Oh, je n'ai pas besoin, tout marche très bien.

– Certainement, mais (il continua en anglais pour marquer l'aparté) la véritable raison, c'est de justifier la présence de Monfreid ici, autrement qu'à titre d'ami ; ça peut faire mauvais effet vis-à-vis des Anglais…

– Mais nous n'avons rien contre lui. Je connais toute l'affaire par mon frère, qui est Inspecteur des prisonniers de guerre.

– Oui, je sais cela par le major Reegs, mais mon Gouvernement lui reproche, à tort ou à raison, ses sympathies pour le Gouvernement de Vichy. Alors, la plus élémentaire prudence dans ma situation, me fait un devoir de me tenir à carreau.

– Comme les affaires sont compliquées, chez vous !… Il est vrai qu'avec deux Gouvernements… Chez nous, il n'y en a qu'un. Nous sommes Anglais, et cela suffit. Quand une chose est en ordre, on n'en parle plus, et M. Monfreid est en ordre, maintenant, et je suis satisfait s'il peut faire des petites choses à ma place.

– Je vous remercie, mon cher Raymond.

Puis, se tournant vers moi :

– M. Hook vous donnera ses directives, et la sympathie que je sens naître entre vous fera le reste.

Après le départ de son voisin, il me dit en souriant :

– Voilà l'affaire réglée. À vous de ne pas froisser ce vieil imbécile, qui ne s'occupe de rien et me laisse voler.

– Soit. Mais pour faire œuvre utile, il me faut les coudées franches. Je ne veux avoir affaire qu'à vous seul.

Et voilà comment je devins manager.

Le lendemain du départ de Prud'homme, je réunis le personnel, et je liquidai Thomas et Kitongo.

J'avais maintenant deux redoutables ennemis, d'autant plus dangereux qu'ils allaient être invisibles.

Je n'allais pas tarder à m'en apercevoir…

Chasse au phacochère

Gabriel, enthousiasmé du résultat obtenu, fit venir de l'Ogaden quatre hommes, de beaux gars athlétiques, et demanda deux Italiens du camp de Niery. J'en choisis parmi ceux dont j'avais été compagnon de captivité. Je tenais surtout à un maître maçon, Tino, qui resta par la suite un ami. Son camarade, du même village, Limoni, était un chasseur enragé.

Grâce à ce supplément de main-d'œuvre, je pus mettre de vastes terrains en culture. Malheureusement, il fallait combattre les singes, destructeurs par excellence.

Pour protéger un champ ensemencé d'une variété américaine de maïs, j'avais installé un épouvantail contre les oiseaux, attirés par les semences. Sachant que les épouvantails n'épouvantaient pas longtemps, j'eus l'idée de mettre une lanterne à son pied. Le troisième jour, le champ était dévasté, et la lanterne disparue. Ce n'était point l'œuvre des singes. Sûrement, Thomas et Cie étaient derrière.

Pendant ma sieste, un gamin, Zampa, sorte de petit voyou élevé et dressé par Thomas, vint me prévenir qu'un énorme phacochère était rembuché dans un bosquet voisin. J'y allai avec Kassogo pour le rabattre en cas de besoin.

La bête ne tarda pas à paraître. À ce moment, je m'avisai que Zampa avait disparu. Sans doute, pensai-je, aura-t-il eu peur.

Bien dissimulé dans un épais fourré, je laissai approcher l'animal. Au moment où j'allais tirer, un coup de feu partit à ma droite, et le phacochère tomba sur les genoux. Kassogo sortit alors de son fourré pour rabattre la bête, quand un second coup de feu éclata, cette fois à ma gauche, et Kassogo roula à terre. Je courus vers lui.

Il était évanoui, râlant avec une plainte sourde qui me rappela l'agonie d'Oubénèch à Deder.

En arrachant ses vêtements, je découvris une plaie énorme sous le sein droit. Je l'étendis sur le dos, et j'appelai, les deux mains en porte-voix.

Qui donc avait tiré, d'abord sur le phacochère, ensuite sur Kassogo ? Le premier chassait, sans aucun doute, alors, pourquoi avait-il disparu ?

Quant au second, le crime n'était pas douteux. Mais pourquoi avait-il tiré sur Kassogo, et non sur moi ?

Dans les instants de paroxysme nerveux, une sorte de clairvoyance fulgure avant l'intervention de la pensée. Cet homme devait être embusqué près du bosquet où m'avait conduit Zampa. Croyant le premier coup de feu parti de mon affût, il avait tiré sur Kassogo pour faire croire à une maladresse : en voulant achever le phacochère, j'avais tiré une seconde balle, et tué mon rabatteur. Et voilà comment on écrit l'Histoire.

Je jetai mon fusil pour courir donner l'alarme. Limoni faillit tomber quand je lui dis que Kassogo avait peut-être été tué.

– C'est toi qui as tiré le phacochère ? lui demandai-je.

– Oui…

– Qui t'a donné le fusil ?

– Saïd.

Je fus interrompu par la pétarade des motos de deux policiers anglais. Qui donc les avait prévenus ?

Le gradé me demanda d'un ton comminatoire :

– Où est le mort ?

– Il n'y a pas de mort, mais un blessé.

– C'est vous qui avez tiré ?

– Non. Voilà mon fusil. Vérifiez.

– Alors, qui a tué le phacochère ?

Limoni était blême. Car les P.O.W. détachés dans une ferme n'ont pas le droit de chasser, sous peine d'une lourde peine de prison.

– Sans doute celui qui a blessé mon boy.

Après de longs interrogatoires, l'affaire fut classée. Kassogo, soigné à l'hôpital de Nairobi, reprit vite connaissance. Quand j'allai le voir, je lui demandai pourquoi il n'avait pas dit à la Police qu'il avait reconnu le lieutenant de Thomas, Kitongo, au moment où il tira sur lui.

En réponse à ma question, il prit un chiffon sous son oreiller et me montra une balle de plomb ronde, calibre 12, en me disant :

– Je ne veux pas mêler les Anglais à cette affaire. Quand le chirurgien eut retiré la balle, je priai l'infirmier de me la donner. C'est elle qui fera justice.

De retour à Mawingo, Tino, l'homme silencieux et observateur, arrêta les commentaires de ses camarades.

– Le coup était monté depuis longtemps. Je me doutais bien d'une nouvelle tentative de sabotage, mais je ne l'attendais pas de cette sorte. Le jour de cet attentat, je travaillais à la clôture du grand pré, quand j'entendis les coups de feu. Je vis alors un Noir pédaler à toute vitesse vers Nanyouki. Je crois avoir reconnu Zampa…

– C'est lui qui est venu me chercher pour me conduire à la bauge du phacochère.

– Alors, plus de doute, il est allé prévenir le poste de police du camp. On lui avait donné la consigne de partir au premier coup de feu pour dire que vous aviez tué votre rabatteur, un native anglais !

Quand, à quelques jours de là, je racontai cette affaire à Raymond Hook, il me dit :

– Il ne faut pas parler de cette histoire à Gabriel. C'est mauvais pour vous, parce qu'il mélange tout dans sa tête. Alors, un jour, il dira que c'est vous qui tuez ses nègres.

C'est un très bon homme, c'est mon ami, mais quand il entre en colère, il devient fou… quelquefois même, sans être en colère, il le devient aussi, et ça, c'est mauvais !…

Quelques jours après cette affaire je dus aller voir Hook pour régler les comptes d'une expédition de pyrèthre. Quelle ne fut pas ma surprise en apercevant Kitongo dans la cour. Il me regarda avec une insolence narquoise, sans paraître le moins du monde troublé.

Je trouvai Hook qui finissait son breakfast.

– Kitongo travaille chez vous ?

– Oui, depuis déjà longtemps. Il était à mon autre ferme jusqu'à cette semaine. Il connaît bien son affaire.

Je compris qu'il l'avait pris aussitôt après son licenciement de Mawingo. Avait-il des raisons de le protéger, ou était-il simplement incapable de savoir jamais s'il était volé, avait-il voulu blâmer tacitement son renvoi en le prenant à son service ?

Je n'avais pas congédié le jeune Zampa pour ne pas révéler mes soupçons. Peut-être arriverai-je par lui à découvrir le coupable, ou plutôt à faire la preuve de sa culpabilité.

Quand Kassogo revint à pied de l'hôpital, il semblait avoir oublié sa dramatique aventure. Son fatalisme le dispensait de toute littérature, et ainsi, tout se nivelle dans une sereine indifférence. Mais, si le souvenir du danger s'efface, la haine demeure et couve, comme le feu invisible sous la cendre.

Il pensait à cette balle, qu'il gardait en souvenir sans doute du miracle auquel il devait la vie.

Un soir, le gardien de nuit me demanda la permission de s'absenter. Kassogo alors me dit qu'il ferait le nécessaire et ce fut Zampa qui fit l'intérim.

Sans doute avait-il deviné ce qui se tramait car ce soir-là, il ne remit pas le fusil en place…

Dans la nuit, je fus éveillé par un coup de feu du côté des cultures. Déjà plusieurs fois, les pétards et canons avertisseurs avaient été déclenchés par des lapins ou autres petites bêtes, mais cette fois, la détonation était différente. Je sautai du lit pour prendre le fusil de chasse. Son absence au râtelier me donna le pressentiment d'un malheur.

En approchant du grand champ de maïs, je vis le troupeau de vaches refluant en désordre par une brèche de la clôture. Un homme les chassait, et je reconnus Kassogo.

– Qui a ouvert la clôture ?

– Un homme est venu couper les fils de fer, alors, je l'ai abattu… Il est là.

Je reconnus Kitongo ; il était mort, sur le coup, tué par la même balle que, deux mois auparavant, il avait tirée sur Kassogo.

Il me raconta qu'ayant pris la place de l'épouvantail il avait pu le prendre sur le fait.

Quand la police vint enquêter sur les causes du meurtre, j'en écartai les fâcheuses conséquences en disant que, par erreur, j'avais donné une cartouche à balle au lieu de petit plomb pour charger le canon avertisseur.

J'étais donc délivré de la menace du mauvais coup de ce bandit, et rien ne me mettait en garde contre la vindicte de Thomas, ex-manager de Mawingo qui ne me pardonnait pas son licenciement.

En dépit de l'épuration du personnel, il restait un certain Djogona que m'imposait Prud'homme sous prétexte qu'il n'avait pas son pareil pour dépister le gros gibier. Quand les invités d'un week-end étaient jugés dignes d'une chasse, d'ordinaire réservée aux militaires américains, le voisin Hook envoyait sa cavalerie et Djogona pourvoyait de rhino, de buffle, ou d'éléphant. Il savait où les trouver et les rabattait à portée des chasseurs.

Il vivait aux confins du domaine, dans une bergerie en ruine, en compagnie d'une femme à demi sauvage et d'un couple de chiens-loups. Quand il rapportait une gazelle ou une antilope, on pouvait voir cette femme torse nu, les bras rouges de sang, écorcher et étriper l'animal.

Une lettre de Gabriel, mon patron, m'annonçait qu'un richissime américain, sir Archibald, viendrait à Mawingo pour chasser ce légendaire rhino blanc, ce solitaire redoutable que nul chasseur n'avait réussi à abattre. Entre autres instructions il me donnait celle d'aller voir son rabatteur, Djogona, seul capable de découvrir le vieux rhino.

Le voisinage de ce bandit ne laissa pas de m'inquiéter car, se sentant soutenu, et peut-être même encouragé, il tenterait certainement quelque autre mauvais coup.

Sir Archibald

Précédé d'une camionnette chargée de bagages, sir Archibald arriva à cheval, suivi d'un noir, également monté, en qui, malgré les lunettes de soleil et le casque, je reconnus Thomas. Il me fut présenté comme son secrétaire, embauché à son arrivée à Nairobi.

Un jeune homme au teint plus clair, que je ne connaissais pas, et qui ne me fut pas présenté, s'occupa de tous les détails de l'installation.

C'était un métis, nommé Bob, âgé d'une vingtaine d'années, qui revenait au Kenya après dix ans d'absence.

Je dois ici ouvrir une courte parenthèse pour expliquer qui étaient Bob et Margareth, tous deux nés et élevés au domaine de Mawa, voisin de celui de Mawingo.

John Perth qui fonda ce domaine, séduisit et déflora Djalia, la fiancée de son chef berger Karembo, un courageux guerrier Massaï que lui avait envoyé son ami Bentson. Karembo feignit ignorer le viol de la fillette, mais rumina sa vengeance en attendant son heure[1].

Lady Helena, femme anglaise de John Perth, méprisait profondément les « natives », comme la plupart de ses compatriotes.

1. *Serpent Rouge* (Éditions Grasset).

Ayant appris qu'elle était enceinte, à peu près au même terme que Djalia, Karembo, avec la complicité de tous les Noirs, substitua dans son berceau l'enfant de Djalia à celui de l'Anglaise.

Quand Thomas raconta ce que l'on sait du fameux rhino, sir Archibald se passionna à l'idée d'affronter l'invincible animal. Son arsenal comportait un express 404, capable de percer la cuirasse d'un hippopotame.

Selon les instructions de Gabriel, je lui amenai Djogona, qui lui promit de le conduire devant le redoutable animal, mais il avait besoin de quelques jours pour le chercher, seul, bien entendu, car la présence de sir Archibald ne manquerait pas d'alerter la bête, qui partirait sans esprit de retour.

L'impatient Nemrod dut se résigner à s'installer dans un appartement du Palace.

Dans une autre chambre Thomas et Bob avaient rangé les armes du patron. Chaque modèle de fusil avait son double pour que le chasseur ait toujours derrière lui, aux mains de son porte-fusil, une arme de rechange.

Djogona revint enfin, disant que le fameux rhino était rembuché précisément sur le parcours que sir Archibald se proposait de suivre. Mais, ajoutait-il, il fallait se hâter, pour être sur les lieux de bon matin. On partirait à l'aube.

Pendant la nuit, glissant sur ses pieds nus, Thomas entra dans l'antichambre de son patron. Les armes étaient appuyées contre le mur. La crosse, sur le parquet ciré, risquait de glisser au moindre faux mouvement dans l'obscurité. Il trouva à tâtons les deux express, et sans les déplacer, il s'assura en soufflant dans le canon qu'ils n'étaient pas chargés. La ceinture de cartouches était pleine, il en retira les deux premières et les remplaça par celles qu'il tira de sa poche. Pas le moindre bruit n'avait trahi sa présence quand il regagna sa chambre.

Le rhino solitaire

Au moment où sir Archibald partait de Mawingo, Bentson de son côté se mettait en campagne contre ce maudit rhino, qui terrorisait le village indigène de son domaine, et bouleversait ses champs de pyrèthre en pleine floraison. Sans être exactement renseigné, il avait pu situer la place où l'animal s'était rembuché. Il s'y dirigeait donc, allant vers le sud, tandis que sir Archibald y allait en sens inverse, conduit par Djogona.

Il arrêta la petite caravane dans une clairière, où Bob fit dresser la tente, tandis que les porteurs entravaient les chevaux dans une prairie naturelle.

Djogona passa devant, suivi de sir Archibald et de Thomas, portant le second fusil express. Il avait vu son patron charger son arme avec les deux cartouches mises par ses soins dans la ceinture.

Courbés dans les branches basses, ils s'engagèrent dans le lit desséché d'un ruisseau, cette fois avec sir Archibald en tête, fusil en main.

Djogona lui dit en un murmure à son oreille :

– J'ai vu la bête là, à cinquante mètres, dans ce buisson. Elle est couchée. Surtout, ne tirez pas avant de l'avoir bien en face au moment où elle se ramassera pour charger. Méfiez-vous de la cuirasse, qui, mouillée de rosée, risque de faire ricocher la balle si elle ne frappe pas à angle droit. Restez là cinq minutes, regardez votre montre, pour me donner le temps de contourner la bête et de la rabattre. Ne craignez pas d'approcher, tant que vous ne serez pas éventé. Tirez d'abord au défaut de l'épaule, puis en plein poitrail, un peu sur la gauche… Jamais à la tête, invulnérable par l'épaisseur du bandeau.

Sur ces derniers mots, il disparut.

Bien malin maintenant qui pourrait voir où il allait. Il chassait pour son compte les précieuses sacoches qui l'attendaient là-bas, sous la tente, avec cet imbécile de Bob… et en souriant, il fit glisser la lame de sa djembia dans son fourreau de cuir…

Sir Archibald estimant les cinq minutes écoulées, avança lentement. Derrière lui, Thomas laissait s'accroître la distance.

Tout à coup, un grand remous agita le taillis, et la masse grisâtre du rhino surgit, tête haute, humant l'air. Sir Archibald, très calme, épaula, serrant la crosse en prévision du violent recul de son arme, et pressa la détente… un claquement sec, un petit bruit dérisoire, immobilisa la bête, qui pointa sa redoutable corne vers ce mystérieux danger. Sir Archibald voulut doubler, mais encore une fois, le coup ne partit pas.

Cette fois, le rhino aperçut l'homme, et bondit en avant, grondant et soufflant.

Thomas se jeta de côté, hors de la trajectoire du monstre. Il vit sir Archibald jeter son arme inutile, et fuir devant la bête furieuse. Le second fusil eût-il été à sa portée, il n'aurait pas eu le temps d'en faire usage. Une seconde encore il allait être broyé, quand un coup de feu éclata. L'énorme masse roula sur elle-même, tandis qu'un homme bondissait hors du fourré.

Thomas reconnut Bentson, et avec une présence d'esprit digne d'un meilleur objet, il éjecta les deux cartouches de son fusil et les remplaça par deux autres, tirées de sa poche. De crainte que son geste ne parût suspect, il n'osa pas les chercher dans les feuilles mortes.

Sir Archibald ne paraissait pas ému. Il riait comme s'il se fût agi d'un simple accident sportif. Il serra la main à Bentson.

– Je vous dois la vie, n'est-ce pas ? Oui, c'est un miracle, après ces deux cartouches qui ont raté.

– Sans doute sont-elles restées trop longtemps dans votre fusil ?

– Non, je les ai mises ce matin, ainsi que deux autres, dans le fusil de mon porteur… Voyons si celles-là aussi sont mauvaises.

Les deux coups partirent.

– De plus en plus étrange, dit Bentson d'un air rêveur. Puis, il ajouta : Qui vous a remis le fusil ?

– Je l'ai choisi moi-même, ou plutôt, je l'ai pris au râtelier et la fatalité a voulu que ce soit celui-là.

Revenons à Bob au moment où il resta seul après le départ de Thomas avec Djogona et sir Archibald.

Ne pouvant ouvrir les sacoches, il en coupa la face interne, prit l'argent qu'il remplaça par des galets pesants et enfouit le magot au pied d'un arbre. En revenant à la tente il aperçut Djogona qui venait de quitter sir Archibald. Il se jeta sur le lit pliant, feignant de dormir. Djogona aperçut la selle avec ses deux pesantes sacoches qu'il croyait intactes. Sans s'occuper de Bob, il l'emporta, la mit sur le cheval de l'Américain, et s'enfuit à bride abattue.

C'est alors que Bob sortit en criant au voleur, au moment où Bentson ramenait celui qu'il avait sauvé in extremis. De loin, Bob le reconnut. Il s'empara d'un des chevaux laissés au pâturage et, à son tour, prit la fuite. Il s'avouait ainsi complice de Djogona, qui, sans sa fuite, eût été tenu pour l'auteur du vol.

C'est alors que j'arrivai de Mawingo avec Kassogo. J'en étais parti sur le pressentiment d'un malheur, tant l'attitude suspecte de Thomas m'avait entraîné à craindre pour la vie de son patron.

Bentson me montra les cartouches ayant fait long feu si mal à propos ; en les prenant dans ma main, je les sentis humides, et c'est en les essuyant que je m'avisai d'un petit trou de prime abord invisible dans le laiton près du culot. Je conclus à un sabotage.

– Oui, c'est évident, mais comment sans un outillage d'horloger aurait-on réussi une perforation aussi fine ?

Je me remémorai alors ce que m'avait appris une brochure intitulée le Tom-Tit, très en vogue au temps de mon enfance. Elle enseignait aux enfants l'art de fabriquer des jouets scientifiques avec n'importe quoi, sans aller chez le marchand : bateau à réaction avec un œuf vidé au préalable par un petit trou, etc. En l'occurrence, je me rappelai le moyen de percer un sou en bronze avec une fine aiguille à coudre engagée dans un bouchon de liège. Un coup de marteau, et l'aiguille traversait le métal. Sûrement, pensai-je, Thomas avait employé ce moyen. Il fallait le prouver. Je me gardai de rien dire, mais je tins le personnage à l'œil, aidé par Kassogo.

La nuit qui suivit la dramatique aventure que je viens de conter, Kassogo m'éveilla : Thomas venait de se glisser dehors et s'en allait probablement vers le lieu du drame de la veille.

Kassogo connaissait la forêt et les raccourcis alors que Thomas devait suivre la piste où il était parti avec la petite caravane. Je pus ainsi arriver à la clairière où avait campé sir Archibald.

Plus d'une heure déjà s'était écoulée quand enfin Thomas apparut.

Sans s'arrêter, il continua vers le lit du ruisseau où fut tué le rhino. Je pris mon revolver pour le suivre de loin. Bientôt, des éclats de torche électrique à travers les buissons m'orientèrent : courbé vers le sol, il cherchait dans les herbes. Je le vis ramasser un objet. Peut-être allai-je avoir la clé de l'énigme ? Je bondis vers lui, l'éblouissant de ma grosse torche électrique en même temps que Kassogo le ceinturait.

– Que fais-tu ici ?

– Vous le voyez, je cherche mon portefeuille.

– En pleine nuit ? L'as-tu trouvé ?

– Je n'ai pas eu le temps…

Alors, mettant la main dans sa poche, j'en tirai les cartouches qu'il venait de ramasser.

– Mais tu as eu le temps de ramasser ça…

– Ah oui, je les ai aperçues par hasard, qui brillaient dans l'herbe… Ce sont sans doute celles du fusil de sir Archibald…

Thomas s'était complètement repris, car, qui donc prouverait qu'il fût l'auteur du sabotage ?

À Mawingo, dans mon petit atelier de mécanique, j'examinai les cartouches ramassées par Thomas. Les mêmes petits trous y étaient, mais comment par un si petit orifice l'eau avait-elle pu pénétrer ? J'en fis l'expérience : j'en plaçai une dans l'eau bouillante, après quoi, je la plongeai dans l'eau froide, ce qui produisit un vide, qui aspira un peu d'eau, assez pour rendre le fulminate de l'amorce inerte. J'allai aussitôt dans la chambre de Thomas, où mes hypothèses se confirmèrent : je trouvai sous le lit un bouchon avec une aiguille cassée piquée au centre. Sans doute l'avait-il jetée après avoir manqué son coup de marteau.

Je ne veux pas entrer dans le détail des suites de cette affaire, elles nous écartent trop de l'histoire de ma vie pour en encombrer le récit. Thomas faillit être pendu pour tentative de meurtre, et j'en fus débarrassé par dix ans de « hard labour ».

Mort de Prud'homme

La mort de Prud'homme, devenu fou, m'affranchit de ces fonctions de manager fort peu à mon goût. La guerre nous empêchant de revenir en France, il fallut chercher un gîte.

Hook gérait, entre autres fermes de mobilisés, celle d'un de ses innombrables amis, et nous la proposa.

Elle était située au flanc du mont Kenya, à trois mille mètres d'altitude.

Il s'agissait d'une maison en bois, à plus de dix milles de Mawingo, située dans la partie la plus sauvage de la forêt. Elle était à 6 km de la station forestière où habitaient le Forest Officer et sa femme. « Ainsi, vous ne serez pas trop isolés » ajouta Hook avec un sourire engageant.

Je pris avec moi Kassogo et Kingori, notre boy. De plus j'emmenai les deux Italiens pour m'aider à l'installation dans cette manière de refuge de montagne.

Mes bêtes aussi suivirent. Pour rien au monde, je n'aurais abandonné ces humbles compagnons qui me consolent des hommes, surtout un couple de mangoustes, les Pitzi, nés d'une femelle prise au piège, et élevés au biberon par Madeleine.

Avant mon départ, Hook nous conduisit à Niery, où j'épousai Madeleine qui, depuis longtemps, passait pour ma femme.

Le camion était chargé au delà des possibilités, de sorte que mes deux boys et les deux Italiens durent s'accrocher tant bien que mal aux ridelles.

Le chauffeur indien, paraît-il, connaissait la place de cette fameuse maison de bois.

Ses regards inquiets vers le ciel de plus en plus nuageux me firent craindre que la pluie ne provoquât un obstacle insurmontable sur ce chemin forestier sans empierrement, que le moindre orage transformerait en torrent.

Le soleil était déjà aux deux tiers de sa chute vers les monts Aberdares. Il ne nous restait donc que deux heures de jour…

Hook, en me remettant une lettre pour le boy-master de ce domaine, me dit en manière de préparation :

– Oh, ce n'est pas comme votre maison de Mawingo. C'est plus petit, mais je crois que vous avez l'habitude de vous arranger.

– Vous m'avez dit qu'il y avait une table et des chaises, je crois ?

– Oui… certainement… mais peut-être les indigènes ont fait du feu… J'avais bien défendu de le faire, parce que la table avait encore trois pieds pour tenir appuyée au mur, seulement, ils ne sont pas toujours obéissants.

Enfin, la maison avait un toit ; c'était le principal par ce temps incertain.

Après un quart d'heure à travers la prairie sans aucune piste, nous arrivâmes sur le chemin forestier, et nous entrâmes en forêt. Il fallait en même temps veiller en haut et en bas pour éviter de défoncer le différentiel sur les roches ou de décapiter les superstructures du chargement aux branches basses.

Les gros nuages noirs montés de la plaine avaient depuis longtemps englouti le soleil. Des bandes d'antilopes traversaient la piste et disparaissaient dans le taillis. Toutes les bêtes cherchaient un refuge.

Un éclair blême secoua de sa lueur le précoce crépuscule de la futaie. Je comptai les secondes jusqu'au coup de tonnerre pour évaluer la distance au point de chute.

Il éclata dans un fracas de détonation qui roula au loin d'échos en échos pour annoncer l'orage à la nature entière.

Il fallait se hâter, la pluie allait tomber en cataractes pour transformer la piste en impétueux torrent.

La pente très rapide, avec ce terrain argileux, risquait de nous immobiliser dans ce fond de ravin où allaient se précipiter les eaux pluviales avec tout ce que l'érosion arracherait aux flancs de la montagne.

La grêle s'en mêla, avec d'énormes grêlons, qui tambourinaient sur le toit de la cabine.

Les Noirs riaient, à l'abri précaire d'un coin de bâche étendu sur leur tête.

Un arrêt eût été fatal ; jamais le camion ne serait reparti sur ce terrain glissant.

La piste maintenant descendait vers le lit de la rivière qu'il faudrait franchir à gué, et déjà, nous l'entendions gronder.

Le chauffeur voulut stopper pour ne pas risquer l'aventure, car s'il venait à être bloqué dans le lit du torrent, il ne tarderait pas à être emporté au feu de Dieu. Mais Tino le secoua, en lui criant à travers le fracas que le pont était fini.

En effet, une équipe de prisonniers, travaillant à la route forestière, l'avait renseigné la veille.

À travers le rideau de pluie, rien n'était visible. Impossible de voir si le pont existait. Mais il n'y avait pas à hésiter. Tino, voyant l'indécision du chauffeur indien, saisit le volant et lança le camion sur la descente, glissant plutôt qu'il ne roulait. Le sort en était jeté : si le pont n'y était pas, nous étions perdus. Tout à coup, des cris nous firent tourner la tête vers une vingtaine d'Italiens, blottis à l'abri d'une roche.

Ils nous crièrent d'avancer au plus vite, avant que le pont ne soit emporté. Tino accéléra, et, brusquement, le pont fut devant nous, son tablier de troncs d'arbres pas encore fixé était déjà au ras de l'eau furieuse… Emporté par son élan, le camion passa. Derrière nous, les troncs d'arbres se disloquèrent et le pont tout entier disparut dans les tourbillons boueux d'une masse d'eau sans doute libérée plus haut à la rupture d'un barrage accidentel.

Les Italiens sur l'autre rive ne purent nous rejoindre, mais Tino parvint à se faire entendre.

Quand ils apprirent où nous allions, ils levèrent les bras au ciel, sans doute ne concevant pas qu'on pût y loger une « signora ».

Leur baraque était là pour y passer la nuit, mais Madeleine avait hâte d'être fixée sur nos possibilités d'installation. Ils nous jetèrent par-dessus l'infranchissable torrent un quartier de gazelle, et nous crièrent : « In bocca lupo » quand le camion repartit.

L'orage était fini, et nous arrivâmes à Kokchak (ainsi se nommait le lieu-dit) quand brilla la première étoile.

Sur une terrasse naturelle, une cabane à toit de chaume semblait abandonnée… C'était la maison de bois annoncée par Hook ! le chalet !…

La forêt encerclait de toutes parts cette solitude, mais avec plus d'attention, on devinait en bordure de la futaie quelques paillottes délabrées.

Aux appels du klaxon, un indigène craintif hésitait, au seuil de l'une d'elles.

Le chauffeur indien l'interpella comme une familière connaissance, mais l'insolite présence de ces Européens le tenait à distance.

Enfin, il s'approcha, prit la lettre et se sauva en courant, sans doute pour la remettre à son destinataire, le boy-master.

Pendant ce temps, les Italiens, ma femme et moi regardions ce « chalet » en nous efforçant de conserver le sourire ; aucun de nous n'osait trahir sa déception, de crainte d'enlever aux autres tout espoir de s'accommoder de ce refuge forestier.

Pour éviter de trop réfléchir en attendant la clé, je fis enlever la bâche pour trouver les lanternes, car la nuit se faisait sombre, le ciel s'étant à nouveau couvert.

Il fallut d'abord décharger la cage à poules, la brebis « Boussie », son agneau, et bon nombre de caisses pour dégager celle où étaient les lanternes.

Les Ougandas continuèrent à tout décharger ; comme pour donner à cette arrivée un caractère définitif. Je crois bien que si le camion, si savamment arrimé, n'eût pas été déchargé, nous serions repartis sans attendre le boy-master.

Il arriva enfin visiblement mécontent des ordres du bouana Hook.

Kokchak

Le « chalet » était un magasin, où moisissaient de vieilles selles, des harnais pourris, jetés sur des ballots de sacs vides, et une multitude de ces choses sans nom, qui achèvent de retourner en poussière dans le silence des greniers.

Comme le boy-master hésitait à faire vider le local, je pris sur moi de le faire, me sentant en force avec mes deux Italiens et les deux athlétiques Ougandas.

Après un rapide coup de balai, je fis mettre le piano à l'abri de la pluie. Oui, j'avais un piano, cadeau de Prud'homme avant qu'il ne soit devenu fou.

Ce meuble sonore, qui protestait au moindre choc, impressionna les indigènes massés autour de la maison. Sans doute était-ce un coffre magique pour enfermer les djins (génies) et les démons.

Quand j'ouvris le clavier pour m'assurer que cet instrument sédentaire avait bien supporté le voyage, femmes et enfants reculèrent, comme si les touches d'ivoire eussent été les dents du monstre, et un accord plaqué sur les basses déclencha la panique.

Limoni, qui parlait le kissouhaéli, leur dit que c'était une machine à faire pleuvoir, qui éloignait éléphants, buffles et rhino dévastateurs.

Je dois avouer que ce piano, dans cette hutte de troncs d'arbres, au fond de la forêt africaine, faisait, si j'ose dire, une drôle de figure.

Cette étrange maison était sur pilotis, mettant ainsi le plancher à cinquante centimètres du sol. Nos deux mangoustes, les Pitzi, s'installèrent dans ce rez-de-chaussée, où nous les entendions gratter la terre et gronder, comme à l'approche d'un danger.

En ouvrant la porte, je vis briller dans l'ombre des couples de lueurs verdâtres. À l'éclat de ma torche électrique, trois bêtes, grosses comme des veaux, bondirent par-dessus la haie.

De crainte que les Pitzi, enfermées sous la maison, ne finissent par se frayer un passage, j'ouvris une petite trappe et elles sautèrent dans la pièce.

Tandis que ma femme tentait de les calmer, je sortis pour contourner la maison. Quand le rayon de ma torche balaya le toit, je vis une ombre s'enfoncer et disparaître dans le chaume.

Au même instant, un cri de Madeleine, à l'intérieur, me fit accourir.

Je la trouvai blottie dans un coin, pétrifiée de terreur, et sur le plancher, un gros serpent noir et jaune se tordait devant les deux mangoustes, la queue en bataille. C'était une vipère cornue, l'espèce la plus dangereuse.

Elle avait les vertèbres brisées par la terrible morsure d'une des mangoustes, qui maintenant jouaient ou se disputaient la possession de son cadavre pour en dévorer seulement la tête.

Si le reptile n'avait pas été venimeux, elles l'auraient simplement tué.

La battue[1]

Quelques jours après notre installation, Hook vint voir comment j'avais réussi à m'accommoder des ressources de Kokchak. Il profita de l'occasion pour nous présenter à nos voisins, le ménage du Forest-Officer.

Pour comprendre la nécessité d'une présentation en de telles conditions, il faut être anglais. Or, ma femme et moi étions français, et le ménage du Forest-Officer, originaire de l'Afrique du Sud, donc Boër. Lui, très blond et de petite taille, paraissait bien plus jeune que ses trente-six ans. Sa femme, Rosalie, était née dans la charrette bâchée, à roues pleines, tirée par six couples de bœufs à travers la brousse, sans la moindre piste. Tout de suite, elle sympathisa avec Madeleine.

Dans cette maison forestière, aux murs de forteresse à cause des éléphants, le ménage vivait comme au temps du grand Trek. Rosalie maniait le fusil comme un homme, et quand Pitter était absent, retenu par un incendie de forêt, elle défendait la maison, et surtout la bergerie, contre les fauves et les bêtes nocturnes.

Elle nous montra en souriant la peau d'un grand serpent noir, aussi redoutable que le cobra, qu'elle avait tué ces jours derniers dans des conditions particulièrement émouvantes.

1. *Cimetière des éléphants* (Éditions Grasset).

Elle nous conta l'aventure comme s'il se fût agi du plus banal incident :

Après avoir donné le biberon au petit Moven, qui en était encore là en dépit de ses deux ans, elle le laissa endormi à l'ombre d'un arbre.

Attiré par l'odeur du lait, le redoutable reptile se glissa sur le berceau alors que l'enfant tenait encore le biberon dans sa main.

Quand Rosalie revint, elle l'aperçut, la queue lovée aux pieds de son enfant. Sa tête triangulaire oscillait lentement en dardant sa langue fourchue, comme pour chercher d'où venait cette alléchante odeur de lait.

Au moindre mouvement de l'enfant, ou simplement effrayé par une cause extérieure, il le mordrait au visage.

La véranda était à dix mètres du berceau, mais s'approcher davantage risquait d'effrayer le serpent. Elle prit son fusil. La tête du reptile était à peine à dix centimètres de celle de l'enfant, et se rapprochait lentement, dardant toujours sa langue.

Un chatouillement que provoquât un geste du bébé, et c'était la fatale morsure !...

Appuyant son arme sur la balustrade, le coup partit, emportant la tête menaçante.

Ma femme était toute pâle, tandis que Rosalie riait et que Pitter fumait sa pipe.

Cimetière des éléphants

Le Forest-Officer, outre ses fonctions forestières, assumait celles de capitaine de louveterie, en ce sens que, de temps à autre, il était chargé de massacrer les éléphants qui ravagaient les cultures des fermes de la région. Le Games-Department lui adjoignait alors deux ou trois chasseurs appointés par ses services pour le seconder dans ces périlleuses expéditions. À l'occasion de l'une d'elles, il m'invita à y assister.

D'après les renseignements donnés par les gardes, cette harde comprenait six adultes et plusieurs jeunes, qui se tenaient dans la région des bambous, jungle inextricable où ces puissants pachydermes évoluent aisément, broyant comme fétus de paille ces gigantesques roseaux plus gros que des poteaux télégraphiques. Dans ces parages, un chasseur isolé risque les pires aventures, et jamais je ne les aurais tentées sans l'invitation de Pitter.

Je n'avais que mon fusil de chasse et un Mauser 7,9 qui pouvait traverser le corps d'un éléphant sans l'arrêter. Je n'avais d'ailleurs nulle intention d'user de ces armes, sauf en cas de force majeure.

Pitter et sa suite partirent sur la camionnette forestière, avec une équipe de Noirs et le matériel de campement. Avec Kassogo, je suivais sur ma Ford.

Après une journée de voyage en forêt, nous n'avions pas fait plus de quinze ou vingt kilomètres, tant la marche doit être prudente, avec des retours en arrière pour retrouver les passages. Nous campâmes enfin, à quelque distance d'un pont de troncs d'arbres qui permettait de franchir un ravin où bouillonnait un torrent.

Le matin, je m'éveillai, enfermé dans ma voiture, quand j'entendis démarrer la camionnette. Elle avait déjà passé le pont et gravissait le versant opposé.

Tandis que Kassogo préparait mon déjeuner, des coups de fusil éclatèrent au loin. L'instant d'après, un lointain crépitement, comme un incendie de forêt, me fit penser à une troupe d'éléphants. J'allumai une cigarette pour connaître la direction du vent, et nous garantir du risque d'être repérés. Je jetai ma cigarette, et, avec Kassogo, nous nous dissimulâmes dans les broussailles à contresens de la direction du vent, les éléphants ne pouvant arriver, pensai-je, que par le pont.

Bientôt, la terre trembla, et à la suite d'un vieux mâle, la harde s'immobilisa au bord du ravin, comme indécise. Ce fut celui qui semblait être le chef qui entraîna tous les autres à l'assaut du pont. En un clin d'œil, les troncs d'arbres furent arrachés, et finalement, le reste du pont s'écroula, aussitôt emporté par les eaux du torrent. Sans doute ces intelligentes bêtes avaient-elles voulu couper la route à leurs agresseurs, car la harde entière ayant franchi le torrent, disparut dans la forêt, du moins le croyais-je. Mais une des bêtes s'était attardée au fond du ravin, sans aucune velléité de suivre les autres. Elle gravit péniblement la rive où je me trouvais, et boitant fortement, elle disparut dans la futaie. Elle avait dû être blessée.

Les éléphants, dit-on, ainsi que d'autres animaux, s'en vont mourir à leur lieu de naissance. Les cimetières d'éléphants sont-ils une légende ? Peut-être pas, puisque le Gouvernement du Kenya en interdit l'accès, ou, tout au moins, la recherche. Je confesse humblement que les vetos gouvernementaux m'ont toujours inspiré le désir de n'en tenir aucun compte, et en cela, Kassogo m'en eût remontré, et d'autant plus en l'occurrence que son père en avait découvert un où se trouvaient des quantités d'ivoire. Malheureusement, il mourut ou fut massacré, en allant chercher son trésor.

Laissant la Ford à la garde de l'absolue solitude de ce lieu perdu, nous décidâmes de suivre la bête blessée à la trace laissée par son passage avec les branchages cassés et les grandes herbes foulées.

Pour assurer notre retour, alors que ces traces éphémères auraient disparu, il suffisait de faire des encoches aux arbres.

Munis de deux jours de vivres, nous partîmes ainsi à l'aventure. Après quelques heures de marche, j'entendis au loin des hurlements de hyènes, non pas d'une bête isolée, mais d'une meute comme en peut réunir un cadavre. Kassogo me fit observer que ces hurlements n'étaient pas ceux qui accompagnent la curée quand les hyènes dévorent une proie morte, ou hors d'état de se défendre.

Guidés par ces clameurs nous arrivâmes sur une étroite clairière au pied d'une falaise de terre rouge, une sorte de glissoir. Les hyènes, une vingtaine environ, étaient là en masse grouillante. Un barrissement, en coup de trompette, orienta mes regards vers une masse grisâtre. Notre éléphant était là, assis au pied de la falaise, autant que j'en pus juger à travers les buissons. Il tenait en respect les bêtes puantes avec sa trompe. Nous déchargeâmes nos armes sur la meute, qui s'enfuit, nous laissant devant l'éléphant qui, déjà, nous menaçait de sa trompe. Il était immobilisé, le train arrière pris entre deux troncs de sapins. La bête, cheminant en haut du talus, avait glissé sur la pente de terre rouge, en tombant malencontreusement entre les deux arbres à angle aigu. L'absence de défenses me révéla une femelle, et j'eus pitié de sa détresse.

Je ne sais pourquoi, croyant l'apaiser, je m'amusai à imiter son barrissement aux douces intonations, que j'avais entendu quand elle abandonna son petit aux soins d'une compagne lors du passage de la harde après la destruction du pont.

Les éléphants, en effet, adoptent les petits dont la mère ne peut s'occuper.

Ensuite, je poussai de l'herbe dite à éléphant, devant elle avec une longue perche pour éviter de me mettre à portée de sa trompe.

Kassogo mit fin à ce puéril divertissement, alerté par le bruit caractéristique des arbres de la forêt brisés par le passage d'une harde. Un barrissement assourdissant de la femelle blessée eut aussitôt sa réponse. La harde entière allait arriver à son secours.

Pas une minute à perdre. Nous dévalâmes la montagne, traînant une des hyènes précédemment tuées pour masquer notre odeur, qui ne manquerait pas d'entraîner notre poursuite.

Adieu, cimetière à ivoire…

La nuit nous contraignit à camper sous une roche. Kassogo traîna un tronc d'arbre mort devant notre abri pour avoir du feu toute la nuit et nous réchauffer quand l'air froid descend des hauteurs glacées du mont Kenya. Il fallait aussi se protéger de la visite d'un fauve. Je m'avisai que j'avais faim et soif, et nos provisions se réduisaient à quelques morceaux de sucre et du thé. Que n'aurais-je pas donné pour une croûte de pain ! Stupidement, je m'étais amusé à lancer à l'éléphant le peu qui nous restait, comme un gosse au Jardin des Plantes. Il l'avait d'ailleurs dédaigné, trop méfiant pour accepter quoi que ce fût de ces singes portant le tonnerre dans des morceaux de bois. Heureusement, ma torche fonctionnait encore assez pour chercher une bête nocturne, mais la fumée avait dû éloigner tous les rôdeurs de nuit pour qui elle est le précurseur des incendies de la forêt.

Il fallut nous éloigner, confiants dans la déclivité du terrain pour revenir à la roche hospitalière.

J'eus beau explorer les branchages où les oiseaux endormis sont faciles à capturer, rien ne se montrait. Tout à coup Kassogo m'arrêta, écoutant le silence. Nous étions près d'un énorme genévrier, dont le tronc n'avait pas moins de dix mètres de tour, c'est-à-dire trois mètres de diamètre. Il y appliqua son oreille et, souriant, s'empara de la torche. Il ne tarda pas à découvrir un orifice, un trou où passait aisément la main. Une ruche d'abeilles sauvages, donc du miel… mais il fallait le sortir de là. Ce fut très simple.

Par une ouverture à la base du tronc, Kassogo poussa un tas de mousse enflammée, et la fumée sortit à travers la ruche. Après quelques minutes, les abeilles gorgées de miel semblent ivres et ne piquent plus.

Après avoir ôté sa chemise, Kassogo plongea son bras nu dans l'arbre creux, et en sortit une dizaine de rayons, les uns pleins de miel, les autres, de larves. C'est ceux-là qu'il semblait apprécier. Il m'apprit que certains sorciers, se donnant pour centenaires, se nourrissent en grande partie avec les larves d'abeilles, en quelque sorte, de bouillie royale.

– Goûte, me dit-il, c'est meilleur que le miel.

Je fus surpris de leur goût très fin, rappelant celui de la noisette. Je dévorai un énorme rayon, crachant seulement la cire.

Cet étrange repas nous rendit la bonne humeur, dans une sorte d'euphorie. Était-ce simplement l'effet régénérateur du sucre, ou une vertu particulière à certaines fleurs ? Cela est le secret des abeilles.

J'avais l'impression d'être ivre, et sans Kassogo qui n'avait mangé que des larves, je n'aurais jamais retrouvé le ravin où était l'abri sous roche.

Le feu flambait encore, et je m'étendis sous le rocher. Dans cette torpeur, j'entendis au loin le cri d'un rapace nocturne, un hibou de forte taille qu'on aperçoit sur la fourche maîtresse d'un arbre, comme un nain vêtu d'un manteau blanc.

Sa tête, aussi grosse que celle d'un enfant, semble humaine avec ses yeux placés de face.

Le jour l'éblouit à tel point qu'on peut le saisir, s'il échappe, il heurte les obstacles. Par contre la nuit, avec son vol silencieux comme celui de la chauve-souris, il se meut sans jamais rien frôler.

La flamme agonisait, et, finalement, s'éteignit. Rassuré par le silence, je continuai à écouter l'ombre de cette forêt où tout semblait dormir. Cependant, ce hibou de mauvais augure se rapprochait. Après chaque silence, son cri devenait plus distinct. Puis, tout se tut, et je le crus envolé, quand le cri cinglant d'une mangouste déclencha un effroyable vacarme de l'autre côté des buissons qui nous clôturaient en aval.

À peine avais-je fait un pas que Kassogo me tira brutalement en arrière. Peu s'en fallut que je ne misse le pied sur une vipère cornue, déjà dressée, prête à la défense ou à l'attaque. Je la fauchai d'un coup de fusil à bout portant. La détonation fit cesser la bataille de l'autre côté du buisson. J'eus le temps de voir les queues blanches d'un couple de mangoustes qui s'enfuyaient, et je fus souffleté par l'aile du hibou entendu tout à l'heure.

Le petit drame qui s'était joué sans aucun bruit pendant ma somnolence était facile à reconstituer : le paquet de rayons de miel avait attiré le serpent, aussi friand de miel que de lait.

Il se glissait le long du rocher, tandis que les mangoustes, intimidées par le feu, restaient à l'affût pour bondir dessus. Le hibou les aperçut, fondit, serres ouvertes, sur l'une d'elles. L'autre, aussitôt, vint à son secours, et ce fut la bataille, qui n'aurait pas été à l'avantage du rapace sans mon coup de fusil à la tête de la vipère, ainsi qu'en témoignaient du sang et des plumes arrachées.

Kassogo découvrit le hibou dans le buisson voisin. Ébloui par la torche, il put le saisir, mais il lui prît la main dans sa serre et y planta les griffes avec tant de force qu'assommé il ne lâchait pas prise. Je dus couper la patte pour le délivrer.

L'aube n'allait pas tarder, l'étoile du matin était déjà haute. Enfin, le ciel s'éclaira. Il s'étendait sur les étoiles comme un tapis aux couleurs tendres, pour recevoir Sa Majesté le Soleil. Alors, brusquement, dans un tourbillon de claquement d'ailes des pigeons prirent leur vol. Leurs ailes blanches colorées par les premiers rayons de soleil chatoyaient comme des pétales de roses.

Puis tous ensemble ils plongèrent vers l'immensité des plaines, tandis que le globe rouge du soleil montait à l'horizon.

En arrivant à proximité de la voiture, une bande de babouins prit la fuite. Heureusement, la cabine était bien fermée, sinon je ne sais trop ce qui serait resté des coussins, à en juger par le toit et le capot, où, en de folles sarabandes, ils avaient étalé par d'onctueuses glissades, ce que les singes laissent choir négligemment. À défaut de cailloux, ils lancent tout chauds ces malodorants projectiles.

Mémoire d'éléphant

Un mois environ après cette originale partie de chasse je dus aller à Nanyuki, mais ma Ford refusa de partir, sa bobine étant grillée. Je pris la bicyclette, qui me permettait de suivre les sentiers plus courts que la route forestière.

Au retour, j'eus l'idée de prendre un raccourci peu fréquenté.

Au sortir d'un bosquet, en arrivant à une grande plaine j'aperçus à ma droite, à un demi-mille, une petite troupe d'éléphants. Le vent portait vers eux, mais sa lenteur me rassura par le temps que mettait mon odeur humaine pour y arriver : au moins dix minutes.

Je me courbai sur mon guidon pour me lancer à toute vitesse sur la courte descente vers le ruisseau que franchit un petit pont. J'étais surtout inquiet à la pensée que ces bêtes fussent les rescapées de la battue organisée par le Forest-Officer. Dans ce cas, elles seraient éminemment dangereuses.

Après le pont, un coude du sentier couvert d'une fine poussière fit déraper mon vélo. Je tombai sur la hanche droite si brutalement qu'une intolérable douleur m'empêcha de me relever : je venais de me casser le col du fémur.

Je parvins à me traîner hors du sentier, et me tenir assis, le dos contre un arbre, dans l'espoir de ne pas être vu par les éléphants au cas où, alertés par leur subtil odorat, ils tenteraient de me poursuivre.

Ma bicyclette au milieu du sentier suffirait peut-être à satisfaire leur désir de vengeance. Tandis que je faisais ces réflexions, j'entendis un bruit sourd, comme un martèlement de la terre, et j'aperçus la harde accourant vers le ruisseau.

Quand les éléphants furent au bas de la côte, je reconnus la marche claudicante de l'un d'eux, sans doute la femelle blessée, suivie de son petit. Plus de doute maintenant sur les intentions de ces bêtes.

Arrivés au bord du fossé assez profond où coule le ruisseau, ils s'arrêtèrent, flairèrent le pont, puis disparurent au fond du ruisseau où je les entendis s'ébattre dans l'eau, rare en cette saison.

Cette halte me rendit un faible espoir, allaient-ils reprendre leur marche ?

C'est alors que je vis émerger hors du fossé la femelle boiteuse, toujours suivie de son petit.

Elle flaira la piste, et comme je l'avais prévu, le vélo la mit en arrêt, hésitante. Quand elle m'aperçut. Elle dressa sa trompe pour flairer l'air, et s'avança vers moi.

Je ne sais pourquoi, à cet instant où je m'attendais à être piétiné, je répétai le cri que je lui avais adressé le jour où j'avais mis les hyènes en fuite. Elle s'arrêta, la trompe tendue vers moi, tandis que je répétais ce cri.

À cet instant où ma vie tenait à si peu de chose, j'eus la certitude que la bête m'avait reconnu, et ne me ferait aucun mal. Je crois même que je lui adressai un sourire, alors qu'elle n'avait qu'à faire un pas pour m'écraser.

Fut-ce ce sourire et le son de ma voix, avec le souvenir de sa délivrance, car là-bas, je lui avais souri en lui parlant, elle se retourna, mais cette fois, le malheureux vélo paya le mauvais tour qu'il m'avait causé. Elle le piétina, et, réduit à un paquet de fil de fer, elle le lança dans les arbres. Je la vis disparaître dans le lit du ruisseau. Bientôt après, toute la harde partait à sa suite vers la prairie, où mon passage l'avait alertée.

Seul maintenant avec mon atroce douleur, je m'avisai du danger auquel je venais d'échapper.

Ma situation, cependant, n'était pas brillante. Qu'allais-je faire dans cette forêt, sur cette piste où personne ne passe, sauf chaque jour le courrier à cheval du Forest-Officer. Je voulus regarder l'heure, mais ma montre elle aussi avait quelque chose de cassé.

À la position du soleil, il devait être 5 heures de l'après-midi. Donc, il était passé… Tant qu'il ferait jour, rien à craindre, mais au crépuscule, les hyènes sortiraient de leur tanière. Par un sens mystérieux, une bête blessée les attire, et je n'étais pas autre chose. Je me suis certes trouvé bien des fois en condition d'envisager la mort d'assez près et d'en philosopher pour m'en accommoder, le moment venu. J'ai même eu souvent la certitude que cette fois, ça y était, certitude inspirée par la raison contre l'incapacité de la créature à concevoir sa fin, la fin de sa conscience, tout comme elle ne conçoit pas son commencement.

Les bêtes, en ignorant ces deux termes, jouissent de cette éternité que les dieux refusèrent à l'homme, en lui donnant le Temps.

En ce moment, la mort ne m'effrayait pas, mais seulement la manière de mourir, sachant que la hyène dévore sa proie en lui arrachant d'abord les intestins…

L'espoir d'un secours envoyé par ma femme me soutenait encore, mais à la réflexion, il me parut vain. Pourquoi avais-je pris ce chemin, sur lequel on viendrait peut-être en désespoir de cause, mais trop tard ?…

Je pensai bien à faire du feu, mais à cette saison sèche, je risquais de provoquer un incendie, dans l'impossibilité où j'étais de me mouvoir pour l'arrêter à son début… mais, après tout, ne valait-il pas mieux mourir ainsi que par la dent des hyènes ?

Ces pensées furent interrompues par le galop d'un cheval qui venait de franchir le petit pont du ruisseau. Il passa devant moi, sans cavalier, la bride arrachée, mais je pus reconnaître le cheval gris que le Forest-Officer envoyait chaque jour à Nanyuki porter et prendre le courrier.

Le boy avait dû l'attacher pour aller retrouver des copains. Une cause quelconque l'ayant effrayé, il avait tiré au renard jusqu'à rupture de sa bride. Après quoi, il revenait à son écurie ; guidé par cet instinct qui oriente certains animaux, il avait pris le plus court chemin.

Sans aucun doute, il passerait devant Kokchak ; alors, si la chance voulait qu'on l'aperçût, peut-être aurait-on l'idée de suivre ses traces ?

C'est en effet ce qui arriva. Ma femme, au bruit de ce galop, vit passer la bête échappée, et aussitôt imagina que ma bicyclette l'avait effrayée. Un écart ayant désarçonné le boy, le cheval s'était enfui.

À l'instant même, Tino et Limoni partirent sur sa trace, et ainsi, me trouvèrent alors que finissait le court crépuscule.

Hook, aussitôt prévenu, arriva avec sa camionnette pour me conduire à l'hôpital, ce que je refusai, préférant être chez moi, où la nature saurait, tant bien que mal, me raccommoder.

Après deux mois d'immobilité, d'abord sur des béquilles, je pus me lever, et bientôt reprendre mes activités.

Entre-temps, le maître de Kokchak, démobilisé, fut enchanté de trouver en arrivant un manager bénévole, dont la femme remplaçait avantageusement son cuisinier indigène non seulement par sa cuisine française, mais surtout par l'économie de toutes dépenses. Il était en quelque sorte comme en pension, défrayé de tout, même du blanchissage. Sans doute estimait-il que tout lui soit dû, en dédommagement de son hospitalité.

Les cases que nous avions construites, les terrains défrichés, plantés en pyrèthre, et enfin, un vaste séchoir perfectionné, tout cela ne comptait pas.

J'ouvre ici une parenthèse, à propos de ce séchoir qui permit au boy-master de réaliser un crime parfait pour se débarrasser d'une encombrante belle-mère.

Ce séchoir se chauffait au charbon de bois pour éliminer les risques d'incendie, toujours à craindre avec les flammes des feux de bois.

Sa belle-famille vint le voir pour obtenir l'argent que la vieille exigeait chaque mois. Le gendre accueillit ces exigences avec l'aimable sourire de celui qui sait n'avoir jamais à les satisfaire.

Le règlement en question remis au lendemain, la vieille femme se disant fatiguée du voyage, son gendre plein de prévenance l'installa avec son époux dans le séchoir encore tiède. Il savait bien que dans moins d'une heure, il serait refroidi.

Il eut soin de laisser bien en évidence le sac de charbon de bois… à toutes fins utiles, sans rien préciser, bien entendu.

La vieille ne tarda pas à grelotter. Alors, son mari ne trouva rien de mieux que lui faire du feu. Le charbon était là, et les allumettes précisément à côté… Quelle douce chaleur ! Et le couple s'endormit à jamais affranchi des soucis de ce monde…

Nouvelle demeure

Ma femme et moi commencions à être las du sans-gêne de notre « propriétaire », qui insensiblement, nous traitait en domestiques ; nous imposant des week-ends où il hébergeait à nos frais des jeunes gens aux allures assez équivoques. Sans doute espérait-il varier les plaisirs avec Tino, dont la totale ignorance lui parut être bon-vouloir. Une invitation plus explicite le laissa avec un œil poché.

Nous profitâmes de l'incident pour abandonner Kokchak et nous installer dans un ancien campement de bûcherons, où il restait les quatre murs d'une assez vaste maison. Aidé de quelques Italiens, je lui fis un toit. Enfin, nous ne dépendions plus de personne, et c'est là que nous demeurâmes trois ans, loin des humains, mais au milieu des bêtes dites sauvages qui, un mois à peine après notre installation, totalement rassurées, se laissaient approcher. Cette confiance m'interdisait de chasser, au moins dans les environs, non comme passe-temps, mais pour notre nourriture.

Les fonds reçus de Londres, grâce auxquels Madeleine avait été autorisée à me rejoindre, étaient épuisés. Dans un coin de forêt, près d'un ruisseau, j'avais à grand-peine défriché de quoi faire un potager, mais les singes m'enlevèrent tout espoir d'y récolter des légumes.

J'eus donc recours à la chasse pour me procurer la farine, le sucre et le reste, en échangeant la viande d'antilope dans les camps de prisonniers italiens. Malheureusement, ces grands herbivores sont invisibles le jour. La nuit, avec une torche électrique, le reflet de leurs yeux les révèle, et la couleur de ces doubles lucioles permet de les identifier. Quant à les tirer, la difficulté de viser dans l'obscurité est un grave obstacle. Je résolus le problème en fixant sur mon fusil une torche dont le faisceau lumineux était exactement parallèle à l'âme du canon.

J'étais ainsi certain que la balle frapperait au centre du cercle lumineux sans avoir le souci de viser.

Je pus ainsi assurer notre ravitaillement sans trop de difficultés, et ma femme réussit à faire des manteaux avec les peaux tannées à l'alun.

Enfin, la guerre était finie, mais les passages pour l'Europe étaient encore impossibles à obtenir. En France, sévissait l'épuration, qui embastillait impitoyablement tous ceux qui avaient continué à exercer leur métier pendant le gouvernement de Vichy sous le prétexte d'avoir collaboré. Or, n'ayant jamais caché mes sentiments pour le Maréchal, je craignis que ce ne fût un prétexte pour s'assurer de mon silence.

Ma femme réussit à obtenir un passage à Air France en 1947 pour trouver un gîte à mon retour. Un de nos amis, qui avait organisé pour moi, avant la guerre, une tournée de conférences, l'accompagna dans le Berry où, à Ingrandes, elle acheta une vieille résidence datant d'Henri IV.

L'année suivante, j'arrivai à mon tour sans être inquiété le moins du monde, pour m'installer dans cette maison, sans me douter que là, tout comme en Afrique, les Puissances occultes qui orientent notre destin devaient se manifester.

Puisque j'avais quitté les bords de la mer Rouge, où mon nom devait rester attaché, je venais, sans l'avoir cherché, d'en retrouver une autre…

Je n'appris cela que trois ans après mon retour, quand on me présenta à un très noble personnage, qui m'invita, aimablement, à lui rendre visite.

– Mais où habitez-vous, Monsieur ?

– Toujours au bord de la mer Rouge…

– Oh ! c'est un peu loin, répondis-je, croyant à une plaisanterie.

– Non, à dix kilomètres à peine.

En effet, un grand étang se nomme la mer Rouge !…

La Réunion

Je croyais bien mes aventures finies ; il ne restait plus qu'à mettre blanc sur noir mes derniers souvenirs. Mais hélas, je ne suis pas fait pour prendre une retraite !

Mon fils Daniel était à la Réunion, architecte départemental, et peut-être ce retour aux régions tropicales éveilla-t-il l'inconsciente nostalgie du pays de son enfance. Il me supplia de venir le voir, et un beau matin, je pris l'avion.

Mon baptême de l'air remonte à plus de trente ans. J'ai survolé l'Ogaden sur des avions militaires. Ensuite, ce fut l'Éthiopie, le Kenya, les Indes. Dix ans à peine, mais quel progrès ! Alors que je me croyais en banlieue, voilà les Alpes étincelantes de neige, avec le mont Blanc qui se voile la face d'un lambeau de nuage, comme vexé d'être regardé de si haut par ces pygmées qui, d'ordinaire, se hissent si péniblement sur ses flancs.

Le vaisseau aérien dans la nuit pique vers la terre guidé par l'onde magnétique : il s'enfonce sans rien voir dans le gouffre, et tout à coup, Khartoum apparaît comme les étoiles d'un ciel renversé.

En sortant de l'avion à l'air climatisé, la touffeur de la nuit africaine m'enveloppe, et je retrouve le vent humide et chaud venu de la mer Rouge, avec la meute de tous mes souvenirs.

Je revois au ciel les étoiles amies qui naguère marquaient les heures de la nuit quand, abrité sur la rade foraine j'attendais l'étoile du matin et la brise de terre… Mais, assez de souvenirs… ma barque n'est plus là… Je suis dans le troupeau des passagers passifs, conduits et surveillés, comme des prisonniers.

Une heure du matin, le troupeau remonte l'échelle, et à nouveau, fauteuils, ceintures, défense de fumer… L'ouragan des hélices, et c'est l'assaut du ciel.

C'est par une nuit noire et sous la pluie que j'atterris à la Réunion. Ses hautes montagnes surgies de la mer masquent le ciel, mais les lumières de Saint-Denis répandues sur ses pentes scintillent comme de fantastiques constellations.

Mon fils m'attend au bas de l'échelle, et dans les présentations bafouillées à la foule des inconnus, nous arrivons à sa voiture.

La maison est à flanc de montagne, à quatre cents mètres au-dessus de la ville que je vois scintiller sous la pluie. Inévitable visite de l'appartement, et enfin, au lit, car ces deux nuits de fauteuil m'ont passablement abruti.

Ce matin, le ciel est nettoyé ; le soleil se lève, et l'immensité de la mer se déploie à mes pieds, une mer déserte, sans une voile de pêcheur, car l'île n'a pas de port naturel. Partout, l'Océan moutonne au souffle de l'alizé. Sa longue houle vient briser au pied des falaises ou déferle sur des plages hérissées de récifs. Ce sont ces côtes inhospitalières qui ont protégé si longtemps ce coin de paradis terrestre de l'invasion humaine.

Ce n'est en effet qu'en l'an 1505 qu'elle fut visitée par l'amiral portugais Mascarenhas.

Aucun habitant, mais par contre, une faune abondante qui, n'ayant jamais rencontré l'homme, ne le redoutait pas. Mascarenhas compara l'île au paradis terrestre, avec ses manguiers, ses arbres à pain, ses bananiers et ses cocotiers, poussant à quelques mètres du rivage. Partout, des eaux vives tombent en cascades du haut des falaises, et d'étranges oiseaux, une variété de gallinacés à la chair savoureuse qui venaient se poser sur les épaules des marins, le bronte, aujourd'hui disparu. Il va sans dire que les Portugais firent un abominable massacre de toutes ces bêtes confiantes en la bonté de toutes créatures car il n'y a jamais eu de fauves ou autres bêtes carnassières, ni de reptiles venimeux. L'insécurité des mouillages obligea les Portugais à s'éloigner de l'île, et un siècle passa sans que cet éden soit à nouveau visité.

L'île ne reçut des habitants qu'au XVIIe siècle. À la suite de troubles survenus à Fort-Dauphin. On y déporta douze condamnés, sans autre viatique que de rudimentaires outils de jardinage.

Le contremaître du navire jeta à la mer pendant la nuit une truie qui gagna la côte, et fut l'aïeule de tous les cochons noirs actuels.

Grâce aux ressources naturelles de leur terre d'exil, ils vécurent à la manière de Robinson dans une vaste grotte, derrière le rideau d'une cascade tombant du sommet de la falaise.

Après quelques années, un vaisseau du Roi toucha l'île et retrouva ces hommes gras, vigoureux et bronzés comme des naturels des Indes, car ils vivaient complètement nus. Colbert, dans le but de peupler l'île, y envoya un lot de rosières choisies à l'orphelinat du Couvent de la Pitié. Trois seulement arrivèrent à destination, les autres ayant été mariées d'urgence à chaque escale.

Ces trois femmes débarquées veuves convolèrent aussitôt et de nombreux intermèdes de veuvages leur permirent de contenter bon nombre d'époux.

À l'arrivée de mon fils, aucune piste n'avait été aménagée pour atteindre l'intérieur de l'île en voiture. Dans certaines parties, les habitants des plaines entourées de montagnes n'avaient jamais vu la mer.

Très fier de son œuvre d'ingénieur des ponts et chaussées, Daniel me conduisit au Grand Benard, de près de trois mille mètres d'altitude où, au temps des esclaves, on envoyait ces pauvres diables chercher la glace. Partis de là-haut avec une charge de quarante ou soixante kilos, il n'en arrivait guère que le dizième chez les maîtres.

Les abords du petit glacier vus de loin semblent être une étrange ville par les tas de pierre qui marquent les tombes des esclaves morts de froid et d'épuisement après ces ascensions de plus de dix heures, à travers une brousse souvent inextricable et des déserts de scories volcaniques.

J'allai naturellement voir la maison de Mme Desbassyns, qui, vers 1830, était la plus riche des habitants de l'île. Je fus profondément ému des vestiges témoignant de la cruauté des punitions infligées aux esclaves. Par exemple, celui qui avait tenté de s'évader, était emmuré. Devant le malheureux, placé debout dans une sorte d'alvéole, un cercueil vertical, on bâtissait un mur ne lui laissant qu'une mince ouverture pour respirer… jusqu'à ce que mort s'ensuive.

Après la mort de Mme Desbassyns, la foudre brisa la dalle de sa tombe et faussa légèrement la roue majestueuse de la machine à élever l'eau jusqu'à la terrasse fleurie de la somptueuse demeure.

L'antique machine ne daigna pas s'arrêter pour si peu, mais depuis lors, à chacune de ses lentes révolutions, on entend comme une plainte lugubre, et les hautes falaises en répercutent l'écho comme une funèbre litanie.

On comprend que les esclaves qui réussissaient à s'évader dans les montagnes ne réapparussent plus. Là, dans des lieux inaccessibles, ils s'organisaient en tribus et devenaient de redoutables brigands, quand la chasse et la culture faisaient défaut. C'était les « nègres marrons » qui, de temps à autre, descendaient piller une ferme. En retour, il y avait des battues répressives, chasse à l'homme avec des troupes bien armées.

Au retour du Grand Benard, mon fils me montra une croix faite de deux troncs d'arbres dressée à l'extrême bord d'une falaise à pic de plus de mille mètres de hauteur. Elle commémore la tragique histoire d'une troupe d'esclaves marrons, qui, poursuivis dans la nuit par une de ces battues-chasse à l'homme, arrivèrent devant le vertigineux précipice. Soit emportés par leur course, soit préférant mourir qu'être repris, tous basculèrent dans le vide et s'écrasèrent sur les rochers.

Je rappelai la réflexion que me fit un vieillard à mon escale à Madagascar :

« Le Bon Dieu ne m'enverra pas en enfer, j'ai fait mon temps sur la terre. »

Le Rodali

Mon fils a invité un garçon de son âge, riche « fils à Papa » qui se promène sur son petit avion à deux places. Il m'invite à faire un tour par-dessus les montagnes pour voir la Réunion dans son ensemble.

Nous partons le matin de bonne heure du hangar réservé aux aviateurs de plaisance. Un mécanicien y est attaché pour vérifier les appareils dès leur retour et pour ne les laisser repartir que s'ils sont en parfait état. Le client, qui paie fort cher cette assurance, a pleine confiance. Quant à moi, habitué à voir toujours l'envers du décor, je suis moins optimiste.

Nous voilà au-dessus du Grand Benard, à quatre mille mètres d'altitude, quand je sens une odeur d'essence précisément au moment où mon pilote m'offre une cigarette. Encore une fois, mon ange gardien me sauve de la mort : un contact froid à ma main, et je la vois humide… d'essence !…

J'arrache le briquet de sa main.

– Malheureux, qu'allez-vous faire ! Il y a une fuite d'essence ! Coupez le moteur !…

Heureusement, notre grande altitude, et l'exiguïté de l'île nous permettent, haut la main, d'atteindre le terrain.

Quel soupir de soulagement j'ai poussé en mettant le pied sur le plancher des vaches !…

Pour me montrer les côtes telles que les aperçurent les navigateurs du temps passé cherchant en vain un mouillage, mon fils me fit connaître Guézi, passionné de la pêche côtière. Il avait un bateau, le « Rodali », à moteur, bien entendu, avec lequel nous pourrions voir l'île de l'extérieur, du moins en partie, car le tour complet n'a pas moins de cent quatre-vingts milles.

Pendant cette promenade, Guézi me parle d'une éventuelle conférence à l'île Maurice, à peine distante de cent milles, et s'enthousiasme à l'idée d'y aller avec son bateau.

– Songez donc à la publicité que provoquera cette prouesse, me dit-il entre la poire et le fromage.

– Prouesse à bon marché, car une traversée de cent milles n'a rien de sensationnel.

– Ailleurs, peut-être, mais pas ici où, depuis La Bourdonnais qui la fit en barque, personne ne l'a jamais tenté ! Bien que le Rodali, à huit nœuds, permette de la faire en une nuit, je ne m'y serais pas risqué seul, mais avec vous qui êtes marin…

– Un marin qui vous dit non. Si j'avais la barque de La Bourdonnais, je dirais oui, car elle avait une voile.

– Qui nous empêche d'en mettre une ?

– Possible, mais à savoir si votre bateau la portera ?

La soirée se passa en discussions, et finalement, je me laissai convaincre des possibilités de métamorphoser cette embarcation en fer, sans quille ni lest, en voilier de haute mer…

Après tout, une traversée de cent milles avec l'alizé et le moteur n'était qu'une promenade du dimanche.

Dès le lendemain, Guézi m'envoyait charpentiers, forgerons et un maître voilier qui était tapissier. Tous, par sympathie pour notre ami, étaient animés de la meilleure volonté mais totalement ignorants des choses de la mer. Je dus, en fin de compte, tout faire moi-même.

Nous fîmes une sortie d'essai, où la barque, par jolie petite brise, put revenir à son point de départ sans l'aide du moteur, c.q.f.d.

Quand Guézi demanda à la Marine sa patente de navigation, ce ne fut pas une petite affaire. C'était la première fois que, pendant toute sa carrière, M. Coullion avait à expédier un voilier hors des eaux territoriales. De crainte d'enfreindre les règlements, il les appliqua très exactement. Le tonnage n'y étant pas envisagé, le petit Rodali de huit mètres fut traité comme le stipule le regretté Colbert pour un vaisseau du roi à trois ponts. Il aurait fallu remorquer un chaland pour y embarquer ce qu'exigeait le règlement. Enfin, M. Coullion, qui ne l'était pas, ferma les yeux.

Nous allions être quatre à bord :

Guézi, armateur.

Daniel, maître d'équipage.

Fanfan, matelot.

Henry de Monfreid, Capitaine.

En fait de provisions, nous avions deux jours de vivres, cent litres d'eau, six bouteilles de porto et quatre boîtes de biscuits. Ce ne fut qu'une fois au large que je compris mon erreur relative à ces biscuits, n'ayant pensé qu'aux biscuits de mer et non à ces bagatelles pour faire boire et maintenir la soif. Je ne fis que rire de ma méprise, par ce beau temps, nous serions à Maurice le lendemain.

Nous sortîmes du port le soir, par légère brise d'est, et je donnai la route au compas.

Nous n'avions qu'une simple boussole à cardan, sans éclairage, ce qui m'obligea à bricoler une installation de fortune.

Dès les premières manœuvres, je compris que Fanfan, peut-être bon pêcheur, ignorait tout de la mer et de la navigation. Son effarement devant le compas m'inquiéta, je lui en appris l'usage. Il réussissait des nœuds indéfaisables, même à l'écoute qui, toujours, doit être prête à larguer. Alors, une manœuvre de quelques secondes demandait un quart d'heure…

Quand la lune se leva, son reflet sur la mer nous fit voir les énormes rouleaux de cette longue houle venue des immensités de l'Antarctique. Des risées plus froides s'insinuaient dans la tiédeur de l'alizé, avec une odeur de charogne, une odeur de mort… Allions-nous voir surgir le vaisseau fantôme, le Hollandais Volant avec son timonier squelette ? C'est alors que parut, soulevée par une énorme vague, la coque d'un navire, quille en l'air, portant des êtres fantastiques que je pris pour des hommes, mais la vision disparut dans la vallée liquide.

Muets de stupeur, retenant notre souffle, nous attendions qu'elle reparut… Elle émergea lentement sur la vague suivante… Cette fois, au cri que nous poussâmes, les mystérieuses silhouettes s'envolèrent, laissant le corps de la baleine crevée disparaître hors du reflet de la lune.

J'étais loin de me douter des conséquences qu'allait provoquer cette charogne flottante.

Il n'est que deux heures, encore quatre heures de nuit avant de pouvoir scruter l'horizon. Je suis assez soucieux, d'abord par le peu de confiance en ce Fanfan qui a tenu la barre sans se soucier de ce compas dont il ne comprend pas l'utilité ; puis, il y a les courants, dont j'ignore le sens, variable avec les heures de marées.

Peu à peu, je glisse vers la somnolence, mais Daniel à la barre, me crie :

– Voilà le phare…

Je me précipite… Non, c'est l'étoile du matin, ma fidèle amie. Le jour ne va pas tarder.

Enfin, le ciel blanchit, et des oiseaux blancs passent en nous saluant de leurs cris aigus. Ce sont des Pailles-en-queue. Ils ne dorment pas sur l'eau comme les goélands, donc ils arrivent de l'île Maurice. S'ils se sont envolés au chant du coq, ils ont approximativement parcouru une dizaine de milles. Enfin, un gros soleil rouge sort de la mer. De tous côtés, des paquets de nuages, mais aucun ne paraît envelopper une terre.

Le moteur s'arrête, panne sèche. Il reste encore un bidon de cinq litres. Ultime ressource pour un cas désespéré. Si j'avais vu l'île, je n'aurais pas hésité à en faire usage, mais l'horizon est vide. Nous avons été drossés par un courant pendant la nuit. Guézi alors se confesse : il s'est assoupi un temps qu'il n'a pas évalué, alors, sous l'action des voiles, la barque a filé grand largue cap au Sud. Quant à Fanfan, il ne sait pas au juste…

Dans ces conditions, où aller ! Revenir à la Réunion en prenant le cap opposé ne donnera rien, puisque j'ignore cette route, et où je suis.

Je vire de bord, et je mets le cap dans mon sillage. Avec l'alizé en poupe, je puis régler la vitesse à mon gré. Demain matin, nous saurons si les hautes montagnes de la Réunion sont visibles.

Hélas, elles ne le sont pas, bien que Daniel m'affirmât apercevoir une terre par Est tribord arrière.

Mais depuis le phare de l'île Maurice… il n'y a pas à hésiter, la seule chance de salut est de rallier Madagascar en faisant de l'Ouest, c'est-à-dire, vent arrière. Le drame commencera pour y aborder, car tout au long de la côte Est la barre est infranchissable sauf à certains estuaires de rivières, malheureusement invisibles du large.

Je suis surpris qu'aucun avion ne soit dès à présent à notre recherche. À la Réunion, le Gouvernement a certainement été informé de notre absence ce matin à Maurice, et je sais qu'un avion devait, en pareil cas, partir à notre recherche.

Pourquoi cette inertie ? J'en appris la raison à notre retour :

L'avion fut bien envoyé à notre recherche, mais il aperçut la baleine flottante, et la confondit avec un bateau chaviré, le *Rodali* sans aucun doute, maintenu en surface malgré sa coque en fer par une poche d'air. Le pilote fit son rapport, concluant à un naufrage corps et biens.

La nuit vint sans qu'un avion parut dans le ciel. Nous étions abandonnés, pensai-je, à notre triste sort… Donc, inutile de s'attarder dans ces parages : je hissai la voile et « à Dieu vat ! ».

Tout étant pour le mieux, huit jours de route étaient à prévoir avant d'apercevoir la Grande Île.

L'inventaire de nos ressources me fit évoquer le Radeau de la Méduse, pour peu qu'un calme nous immobilisât.

Les boîtes de biscuits se réduisaient à des « mézés » pour apéritif, il ne restait que trois ou quatre kilos de brisures de riz, agrémentées de crottes de rat, boutons de culotte et autres condiments, sans aucun moyen de cuisson. Le parfum d'eau de Cologne exhalé par Guézi me fit découvrir un flacon de sa lotion capillaire. Je la confisquai, et fabriquai un réchaud avec une petite boîte de conserve. Je pus ainsi cuire ces brisures, destinées à appâter le poisson. Pas question de s'en repaître, il fallait simplement empêcher l'estomac de se fermer, comme il arrive après un certain temps de jeûne, quand la faim a disparu.

Chacun recevait trois cuillerées de cette infâme colle de pâte, assaisonnée de porto…

Peut-être la ligne traînante nous procurerait-elle du poisson ? Hélas, en pleine mer, ce genre de pêche est vain. Il faut passer sur des hauts-fonds, ou près d'un récif.

Après quatre jours d'abstinence, cette faim qui, selon la légende, devait s'apaiser, nous donnait des rêves de poulardes truffées, dont nous sentions même le délicieux parfum.

Le vent mollissant, et à midi, ce fut le calme plat… Si, au grand large, il n'y a pas de poissons en liberté, j'y ai souvent rencontré des rémoras fixés à un objet flottant, planche, caisse vide, ou quelconque épave. Ce poisson porte sur la tête une large ventouse qui lui permet de se fixer ainsi sous la coque d'un navire. Certains atteignent de fortes dimensions. Peut-être y en avait-il sous notre barque ? Pour m'en assurer, je frappai sur la coque pour les effrayer et les voir un instant tournoyer autour de leur support pour s'y fixer à nouveau. Au premier coup de marteau, un vol de poissons volants jaillit de la mer, et lancés comme des flèches, passa par-dessus la barque. Par chance, la voile étant hissée pour nous donner un peu d'ombre, bon nombre la heurtèrent et tombèrent dans la barque.

Ces poissons ne volent pas, ils planent sur deux ailes fixes, et grâce à leur grande vitesse, franchissent aisément quinze ou vingt mètres. Ils sont toujours en bancs, et ces sortes d'envolées leur permettent d'échapper aux orques, cachalots, et autres carnivores du grand large et des grands fonds.

Deux ou trois fois plus gros que les sardines, ils en ont la chair très grasse et savoureuse quand elle est grillée sur la braise. Mais, eussions-nous disposé d'un barbecue que nous n'aurions pas attendu leur cuisson. Je dus intervenir pour en sauver quelques-uns, les autres furent dévorés crus, têtes et arêtes comprises.

Ce festin inattendu aurait pu nous être fatal, si le riz à crottes de rat n'eut pas maintenu nos estomacs en état de réceptivité.

L'irrégularité du vent rendait l'estime fort difficile, surtout sans loch pour évaluer la vitesse, ou plus exactement la lenteur du *Rodali*.

J'imaginai un procédé, que je signale à toutes fins utiles aux plaisanciers :

Notre coque ayant huit mètres, le temps mis à un objet flottant pour aller de l'étrave à l'étembot me donna très exactement la vitesse.

Pour évaluer notre route, orientée Est-Ouest, le retard du coucher du soleil par rapport à l'heure de la veille prise à ma montre me donnait, à quelques milles près, le nombre de degrés parcourus. Ayant gardé l'heure de la Réunion, à ma montre qui ne variait pas de plus de 5 ou 6 secondes en vingt-quatre heures, et avec un agenda qui donnait les heures de lever et de coucher du soleil, je pus noter vingt-huit minutes de retard, donc nous avions franchi quatre cents milles, à vingt milles près.

La côte tant espérée et redoutée ne devait pas être loin. Il fallait veiller attentivement, car la nuit, nous ne verrons pas la barre, que seul, son grondement pourrait nous révéler, mais je savais par expérience combien cette rumeur est difficile à percevoir quand elle est sous le vent, c'est-à-dire dans la position la plus dangereuse, puisque le vent vous y porte. Ce phénomène est dû à deux causes, d'abord le vent qui emporte le son, et ensuite la forme des vagues quand elles se dressent pour déferler concaves du côté de la terre, convexes vers le large.

Le vent souffle maintenant Sud-Est et les grains se succèdent. Devant nous, des amoncellements de nuages font prévoir la terre. Tout à coup, elle se révéla par une odeur de terre mouillée.

Je redoute les hauts-fonds, non par crainte d'y échouer avec leurs dix mètres de fond, mais par le danger d'y arriver, confiant à l'aspect des vagues, au moment où l'une d'elles déferle à l'improviste.

Dans une éclaircie apparaît la ligne ondulée d'une chaîne de collines, toute proche de la grève, avec des filaos dressés sur leurs sommets comme les impassibles sentinelles de ces lieux inabordables.

Pas le moindre signe de vie, tout est désert devant cette mer furieuse, où pas une voile ne se montre.

Nous naviguons parallèlement à ces brisants redoutables, et en arrière, au seuil de ces solitudes, les filaos se succèdent.

Enfin, à 13 heures, une masse sombre apparaît sur un promontoire, à l'embouchure d'une rivière, mais une barre infranchissable déferle en travers de l'estuaire.

Guézi, exténué, me demande de tenter de débarquer en sacrifiant le bateau. Il a déjà mis ses sandales en prévision des oursins. Il ignore que c'est la mort certaine, roulé et broyé par les masses d'eau qui tombent sur les coraux du récif côtier. Cependant, en cas de nécessité, je pourrais tenter de passer la barre comme je l'ai appris des contrebandiers Zaranigs, en mer Rouge, mais il faut une barque très légère capable d'atteindre une vitesse légèrement supérieure à celle de la houle. Quand je dis vitesse, le terme est impropre, car la houle est un balancement.

Le *Rodali* vent grand largue et moteur à plein régime, peut tout juste filer huit nœuds, c'est-à-dire la moitié de la vitesse de propagation de la houle. Le coucher du soleil met fin à mes hésitations. Il faut s'éloigner de cette côte maudite pour continuer à faire route Nord.

Le Verdon

Au moment où je mettais le cap au large, un grondement me fit lever la tête, un avion nous survolait. Quel réconfort et quelle joie de nous savoir enfin signalés !...

J'appris plus tard par quel miracle le *Rodali* avait été aperçu sur cette côte sans aucune piste, des mois se passant sans que nul être humain s'y égare.

J'appris plus tard que l'unique gendarme du poste de Manhoure informé par la radio de la disparition du

Rodali, le reconnut. Un coup de téléphone à Tananarive, et l'avion nous survolait.

Il parachuta un container qu'à grand-peine nous réussîmes à embarquer. Fébrilement, tremblants d'émotion, il fut à l'instant ouvert.

Un cri de joie salua l'apparition de boîtes de lait, sans doute… un coup de poinçon, et de l'eau claire en sortit !… eau de Vittel !… Ensuite, un paquet de fusées de détresse, des cataplasmes réchauffants, des sifflets, etc., mais rien qui se put manger…

Force nous fut de reprendre notre route Nord, parallèlement à cette côte inabordable, de plus en plus défendue par sa barre écumante, car le vent fraîchissait. Peu à peu, il tournait au Nord-Est. Il fallut border l'écoute pour tenir notre cap au Nord, mais avec cette coque sans quille, la dérive nous portait à la côte.

Quand la nuit sans étoiles nous eut engloutis, plus rien ne nous signalait la proximité de la terre. Les accus épuisés ne donnaient plus qu'une lueur de ver luisant, à la lampe d'habitacle, qui finalement s'éteignit.

La plus élémentaire prudence exigeait une bordée vers le large ; mais alors, nous risquions de ne pas apercevoir le phare de l'île aux Prunes qui signale la baie de Tamatave…

Tandis que, sous l'abri précaire du gaillard d'avant, je brûlais les dernières allumettes pour consulter ce qui nous servait de carte, Daniel, à la barre, me cria :

– Voilà le phare !…

Je bondis hors de mon abri. Un feu, en effet, était devant nous, alors que je me croyais à cinquante milles de cette tant espérée île aux Prunes… Je pris les jumelles de nuit, et je vis de chaque côté du prétendu phare les feux de position vert et rouge d'un navire venant droit sur nous. Impossible de nous écarter à temps de sa route. La barque tenait tout juste la toile en serrant le vent, mais si je me risquais à laisser tant soit peu porter, elle chavirerait… Je pensai alors à ce paquet de fusées que, hier dans la rage de ma déception j'avais failli jeter par-dessus bord. Quand je tirai l'anneau de fil de fer pour les enflammer, il sortit de l'eau sale. Enfin, à la troisième, la flamme rouge illumina le chaos noir de la mer.

Il était temps !… le feu vert de tribord disparut, et quelques secondes après l'énorme coque d'un cargo passa à quelques mètres de notre minuscule embarcation.

Le vapeur, machine stoppée, s'éloigna sur son erre, mais en nous tenant dans le faisceau lumineux de son projecteur. Après avoir parcouru un cercle qui le ramenait au même point, il put se placer au vent-à-nous, et nous interpeller au porte-voix, tandis que l'échelle de pilote était prête à nous embarquer. Guézi me suppliait d'approcher, mais, outre le danger d'amener le *Rodali* contre la muraille du vapeur roulant bord sur bord en travers de la lame, un marin n'abandonne pas son bateau, fut-il une barque, quand il peut naviguer.

Ce cargo était le « Verdon » des Messageries Maritimes. Il me donna ma position : Tamatave était bien plus proche que ne le situait mon estime.

Je parvins à me faire entendre. Je demandai que le Verdon signalât mon arrivée au pilote, pour qu'il vint au-devant de moi dès le lever du soleil.

Le commandant ayant compris qu'une tentative d'embarquement nous eût été fatale, nous cria :

– All right ! Bon voyage…

Le chadburn tinta. J'entendis les battements sourds de la machine… la masse noire se fondit dans la nuit, et à nouveau, nous étions seuls dans le noir, sur les énormes vagues qui poursuivaient leur route… Enfin, le feu de l'île aux Prunes parut.

Je constatai, grâce à ce point de repère, que d'insidieux courants nous emportaient au large… Adieu, Tamatave, adieu beaux rêves de nourriture et de repos.

Tous se taisent, la gorge serrée par l'angoisse, tandis que la foi naïve de leur enfance réveillée devant la mort, les contraint à prier le Dieu si longtemps oublié…

Je criai d'un ton que je voulais joyeux :

– Courage, mes enfants ! Voilà le courant qui va nous porter Sud. Je dis cela à l'aspect de la mer toute hérissée de courtes vagues échevelées, comme lorsque le vent souffle, à contre-courant.

Je sais bien que tout cela ne nous mènera à rien, mais mon cri d'encouragement rendra une illusoire espérance.

Le seul moyen d'échapper aux forces qui nous entraînent à la mort affreuse dans la solitude de l'océan est de monter le plus possible au vent, qui serait assez portant si nous avions une grand-voile ; mais, avec cette tempête, jamais cette barque sans lest ne pourra la porter.

Il faut risquer sans attendre, car le vent tend à refuser. Et puis, tout vaut mieux qu'agoniser peut-être des semaines dans les solitudes de l'antarctique.

Aucun ris à cette voile, cousue en toute hâte. Je vais tenter de la hisser debout au vent.

À peine le pic soulevé de deux mètres, une rafale s'engouffre dans la toile et la barque bascule sur tribord. À mon cri :

– Tous au vent ! parti comme un réflexe, tous ont compris. Un dixième de seconde d'hésitation, c'en était fait du *Rodali* et de nous tous !…

Tout étant relatif, nous eûmes un cri de triomphe.

Maintenant orienté au plus près, je fis hardiment hisser la voile à bloc, et le bateau alla de l'avant.

Moi seul pouvais comprendre quel péril nous côtoyions, car la moindre embardée hors du plus près serré, nous chavirions avant d'avoir largué l'écoute.

Enfin, l'aube livide éclaira la mer… À l'instant même un point noir bondit devant nous, fonçant dans les lames… la grosse vedette de haute mer du pilote. Passant à raser le *Rodali* on nous lança une amarre et un sac avec thermos de café chaud et du pain, tels que nous en avions vu en rêve.

Enfin, nous entrons dans la rade, et un quart d'heure après, le *Rodali* glissait sur l'eau calme du bassin, tandis que le grondement du récif s'éloignait.

Ce fut alors la détente nerveuse, ma gorge se serra, et j'éclatai en sanglots…

Le petit bidon de cinq litres d'essence nous permit de faire partir le moteur, et ainsi, le *Radali* arriva au quai de débarquement par ses propres moyens. Une foule se pressait en haut du petit escalier, mais j'étais trop épuisé pour m'étonner de cette affluence dès 8 heures du matin. Je ne me rendais pas compte du retentissement que la radio avait donné à notre disparition quand, après douze jours, elle annonça notre résurrection.

À peine avais-je posé les pieds par terre que le sol sembla se dérober, osciller et tournoyer au point de me faire perdre l'équilibre. D'abord vexé de faire ainsi figure d'homme saoul de si bon matin, je me rassurai en voyant mes compagnons tituber tout autant. Un bon Samaritain, en l'espèce M. Bosset, l'agent des Messageries Maritimes, nous emmena à bord du « Galieni » actuellement à quai, vide de passagers.

En dépit du super confort de ma cabine de luxe, et de la cuisine de gourmet que nous dévorons, après un jeûne de trappistes, j'ai hâte de regagner la Réunion. Mais il faut attendre huit jours, jusqu'au passage du courrier partant de Tananarive. Mon fils Daniel vient d'y arriver, et nous attend.

Madagascar n'a que très peu de routes.

Cette absence de réseau routier a donné naissance à des services aériens reliant entre eux tous les villages isolés.

Nous embarquons sur un de ces petits appareils de banlieue, si je puis dire, en raison de leurs fréquents atterrissages. À chacun d'eux embarquent des femmes qui s'en vont au marché avec poules, canards et chèvres.

Après avoir décollé, nous survolons à très basse altitude les pangalanes – série de marais et de lagunes en partie navigables qui borde, sur deux cents kilomètres, cette côte que le *Rodali* a si péniblement longée.

Elle me semble maintenant écumer de fureur impuissante tandis que nous fuyons hors de son atteinte. La mer a disparu, c'est la brousse brunâtre, écorchée de ravins boueux.

Pas un vestige de vie ne se révèle sur ces mornes solitudes où nul ne s'aventure, car, s'il n'y a pas de fauves, il y a les sangsues. Elles pullulent à tel point qu'il y en a sur les arbres d'où elles se laissent choir sur leurs victimes en quelques instants épuisées, presque exsangues. Peut-être est-ce là une des causes de l'absence de bêtes terrestres. Seuls, les crocodiles peuplent l'eau trouble des rivières.

Enfin, à cinquante kilomètres de Tananarive, on peut atteindre la capitale par une route : Daniel nous attend avec une grosse voiture.

Des indigènes portant sur leurs épaules un coffre surmonté d'un drapeau nous croisent. Ce n'est pas un enterrement, mais simplement la promenade annuelle du mort. Celui-ci n'a pas été enterré, mais placé dans un petit édifice plus ou moins important selon la fortune de la famille. Chaque année, à l'anniversaire de sa mort, on le lave et le nettoie selon l'état où il se trouve. S'il est squelette, on gratte les ossements, puis on promène l'ancêtre dans tous les lieux où il a vécu.

Je ne m'attarderai pas à décrire Tananarive, d'autres l'ont fait abondamment avant moi. D'ailleurs, cette ville de deux cent mille habitants n'a pas de caractère particulier, une couleur locale propre. Cependant en 1890, alors que j'étais encore à l'École alsacienne, mon camarade Le Savoureux, fils du Consul en cette ville, me racontait que la reine Ranavalo 1re rendait encore la Justice avec la noix vomique cousue dans une peau de poulet. Celui qui vomissait était innocent, c'est-à-dire, celui qui avait les moyens de payer le vomitif.

En attendant l'avion pour la Réunion, on me fit visiter le palais de la reine ; construit par Jean Laborde, puis retapé par des architectes du Second Empire, il n'a aucun intérêt en dépit de ses quatre tourelles qui rappellent les cheminées d'un calorifère.

J'y allai malgré tout voir la tenture qui dissimulait les ablutions plus ou moins hygiéniques du petit lever de la reine. Louis XIV recevait ses courtisans sur la chaise percée, mais la reine n'en avait pas. Ses courtisans attendaient avec ferveur que la Souveraine les aspergeât avec l'eau de ses ablutions.

Et voici ce qui décida de la reddition de la ville, lors de la conquête française : la reine Ranavalo III exhortait son ministre, le prince Rainilaiarivony à l'héroïque résistance, quand un obus perça le dossier d'un fauteuil voisin. Son émotion fut telle que le drapeau blanc fut à l'instant hissé sur le palais.

En sortant, accompagné du journaliste local Daumet, une ondée nous surprend.

– Par ce temps incertain, j'aurais dû prendre un golaz.

– Un quoi ? demandai-je.

– Ah oui, vous ne savez pas. C'est un parapluie. On dit ici golaz comme à Paris on dit pépin.

– Le nom de l'inventeur malgache ?

– Presque. D'ailleurs, voici l'histoire : Au temps des souverains malgaches, eux seuls avaient le droit et l'honneur d'en faire usage.

Après la conquête, un habile commerçant joua sa chance. Il fit venir de France, et de tous les pays où il pleut, un chargement de parapluies, après quoi il alla trouver Galliéni et lui demanda, au nom de la liberté, de publier un décret levant l'interdiction.

Ces perspectives politiques enchantèrent le général, qui légiféra incontinent, sans se douter qu'il faisait la fortune de Golaz.

À la publication du décret, ce fut une ruée générale sur le fruit jusqu'alors défendu. Chacun craignait qu'il n'en restât plus.

Mais toutes les villes, bourgs et villages avaient été approvisionnés, de sorte qu'en moins de deux semaines, deux millions de parapluies furent vendus tout en immortalisant le nom de Golaz, à la manière de Godillot, Gibus, et consorts.

En regagnant l'hôtel, nous croisons des « pousses » traînés par des Noirs aux robustes jambes, mais ils ne transportent plus de voyageurs, ce qui serait contraire aux principes d'égalité, et indigne des électeurs conscients et organisés qu'ils sont devenus sans l'avoir demandé. Alors, ces esclaves d'hier, tout déconcertés, de ne plus l'être, sont obligés, pour gagner tant bien que mal leur vie, de transporter poules, légumes, ou ordures. Malheureusement, ce fret rapporte dix fois moins que les voyageurs de naguère, et la misère est toujours mauvaise conseillère. Dès lors, ces anciens esclaves, hier sans souci du lendemain, sous l'autorité d'un maître, s'en donnent un autre inconsciemment, et la propagande communiste les incorpore dans son armée de mécontents, révoltés prêts à tout, n'ayant rien à perdre.

Le même principe de dignité de la personne humaine a aussi condamné la filanzane, le palanquin typique de la Grande Île, que les hommes portaient sur leurs épaules.

C'est infiniment regrettable, dans ce pays où il n'y a pas de routes, mais seulement d'étroites pistes uniquement praticables en filanzane ou à pied, avec des porteurs, anciens porteurs de filanzanes, transportant les bagages sur la tête.

C'est infiniment plus pénible, et irrémédiable, dans un pays où le cheval, ou même le mulet, n'ont jamais pu s'acclimater. Seul, le petit âne gris d'Afrique est utilisable.

En arrivant à l'hôtel, je trouve une invitation du résident, M. Soucadane, pour visiter en compagnie de l'administrateur Labat cet immense lac réalisé par le barrage d'une petite rivière.

Après quatre-vingts kilomètres de route abominablement sinueuse, dans d'étranges paysages d'estampes japonaises, le lac apparaît tout à coup miroitant à travers le sombre feuillage d'un bois de pins sylvestres.

Il s'étale comme une gigantesque pieuvre aux centaines de tentacules insinués dans le chaos des collines couvertes de forêts.

À cette altitude de deux mille mètres, le climat est assez froid pour convenir aux conifères, sauf le sapin.

Nous embarquons sur une forte pinasse à moteur, qui nous permettra d'explorer cet étrange lac, dont le rivage tentaculaire n'a pas moins de trois cents kilomètres.

Cette paisible navigation, après la tempête qui secoua le *Rodali* nous enchante, tandis que nous glissons au milieu de très curieux paysages, où la Nature ainsi surprise s'arrête sans aucune berge devant l'eau immobile et, semble-t-il, inexorable comme celle d'un déluge qui monterait insidieusement vers les derniers sommets d'où les hommes se sont enfuis.

Je suis frappé par la solitude de ces sites, et le silence de haute montagne, ou de régions polaires.

Les indigènes n'approchent pas de ces eaux limpides où les grands arbres engloutis tendent leurs branches vers la surface.

Cette frayeur est entretenue par une légende d'un monstre invulnérable qui hante ce lac. En effet, peu après sa création il y a environ un siècle, un navire chargé de bêtes sauvages fit naufrage après avoir quitté la côte de Zanzibar.

Un hippopotame, excellent nageur, aborda à la Grande Île où, grâce aux nombreux marais, il parvint au lac où il put oublier l'eau amère du détroit. Des indigènes le criblèrent de flèches, qui se brisaient sur sa cuirasse comme si le monstre eût été de granit.

Enfin, son hurlement, comme un coup de tonnerre, mit le comble à la terreur panique.

Un beau jour, il disparut, mais la légende resta.

Au retour, on me fit visiter le village de Mantasoa (prononcer Mantatehou) où sont tant de souvenirs de l'homme que fut Jean Laborde de 1830 à 1879, où il réalisa l'œuvre la plus extraordinaire de notre Histoire coloniale et même mourut pourrait-on dire, de l'Histoire humaine.

Jeté à la côte Ouest de la Grande Île par un naufrage où il fut le seul rescapé avec son domestique arabe, à demi nu et totalement ruiné. Mais lui restait son intelligence, son indomptable ténacité, et son courage.

Un Français, établi depuis longtemps dans l'Île, et ami du roi des Hovas, le jugea capable de combler les désirs du monarque, qui voulait près de lui un ingénieur capable de fabriquer des armes et de la poudre. Il y parvint à l'aide d'une encyclopédie, sorte de manuel technique. Il réussit d'abord à dresser les indigènes pour avoir une main-d'œuvre, ensuite, à partir du minerai de fer et du charbon de bois, il réalisa l'outillage. En moins de cinq ans, il parvint à couler des canons et à forer des canons de fusil.

À la mort du roi, son protecteur, le Premier ministre de la reine, prit ombrage des faveurs dont il jouissait, et travailla à sa disgrâce.

Devant les services inappréciables et quasi fabuleux qu'il avait rendus, l'entreprise était difficile, mais à la fin, la reine vieillissant, le ministre eut le dessus. Jean Laborde dut s'enfuir.

Ses biens confisqués, sa maison pillée, et son œuvre prodigieuse détruite, le laissèrent dans le dénuement total.

Il en est ainsi de tous ceux qui se dévouent au salut d'un peuple. Ils ont été, sont, et seront payés d'ingratitude.

Cependant, à la mort de la vieille reine, justice lui fut rendue par Ranavalo III. Courageusement, en dépit de l'âge, il releva les ruines accumulées en son absence.

Il aimait trop ce pays pour retourner en France. Il mourut à soixante-dix-huit ans dans sa maison de Mantasoa où, dans son jardin, sa tombe est un lieu de pèlerinage pour les jeunes Malgaches.

Je regagnai la Réunion, et trois jours après, je m'envolai pour la France.

De retour à ma vieille maison d'Ingrandes, j'oublie que je suis en Berry, tant j'arrive chargé de souvenirs. Ils revivent intensément au milieu de mon œuvre picturale où, pendant quarante ans, j'ai fixé par l'image et la couleur le reflet de ce que j'ai aimé, ou plus exactement de tout ce qui rendit ma vie digne d'être vécue.

J'ai voulu sauver le souvenir pour survivre en l'esprit de ceux qui viendront après moi.

Dans le désert immuable, ou sur la mer sans âge, je me suis confondu à leur pérennité où la vie, la conscience d'être, m'est apparue comme l'étincelle jaillie entre deux pôles, ces deux Infinis inconcevables.

Sous ma fenêtre, je regarde couler l'Anglin, qui s'en va vers la mer, et ainsi, malgré moi, je m'évade sans regret ni nostalgie du Passé, car ce Passé ne mourra pas dans le pôles, ces deux Infinis inconcevables, la naissance et la mort.

Toute mon œuvre, tant littéraire que picturale, fut écrite et peinte au jour le jour, sans autre prétention que sauver de l'oubli ce que la solitude m'a permis de voir, de découvrir et de comprendre d'un monde affranchi des servitudes grégaires où m'a entraîné le démon de l'aventure.

Pour me consoler de n'avoir pu faire partager mes émotions et mes enthousiasmes à mes amis lecteurs autrement que par le rêve, je veux garder pour eux ce qui subsiste de ses réalités originelles. Mais encore faut-il que tout cela me survive sans être dispersé aux quatre vents d'égoïstes intérêts. Un bien est plus difficile à conserver qu'à conquérir. C'est pourquoi, sans fausse modestie, j'ai voulu qu'une sorte de Musée protégeât mon œuvre picturale d'une dispersion aussi funeste que celle des pages d'un livre emportées par le vent.

J'ai donc aménagé les vastes greniers de ma vieille demeure d'Ingrandes pour y exposer les mille et une aquarelles qui attendaient de venir au jour hors de mes cartons poudreux [1]… Ce ne fut point par sotte vanité de l'imbécile qui s'admire, mais parce que j'aime mon

1. Depuis la disparition d'Henry de Monfreid en décembre 1974, le musée auquel il rêvait n'a pu être réalisé chez lui et ses œuvres ont été dispersées…

Mais une association a voulu respecter cette volonté, presque testamentaire, en créant, à Ingrandes, un musée Henry de Monfreid dans lequel, petit à petit, sont rassemblés quelques-uns de ses souvenirs. Avis aux amateurs !

Association Ingrandaise Henry de Monfreid. Mairie d'Ingrandes – 36300 Ingrandes.

œuvre, voilà tout, et d'autant plus qu'elle fut réalisée pour mes lecteurs, ces amis inconnus que j'imagine tels que mon virtuel compagnon de voyage, témoin et juge de mon comportement en toutes circonstances.

Je voudrais que dans ce livre ces amis retrouvassent un peu de leur rêve comme le sourire de la Marietta sur la plage ensoleillée de La Franqui, au lendemain de la tempête…

H. de Monfreid
Ingrandes, 1er mai 1973

Table

DU MÊME AUTEUR

Les Derniers Jours de l'Arabie heureuse
Gallimard, 1935

Le Lépreux
Grasset, 1935, 1997

L'Oncle Locamus ou Caroline chez les bourgeois
Grasset, 1954

Mon aventure à l'île des Forbans
Grasset, 1958

L'Exilé
Grasset, 1960

La Sirène de Rio Pongo
Flammarion, 1961

L'Abandon
Grasset, 1961

Combat
Grasset, 1963

L'Ornière
Grasset, 1967

L'Escalade
Grasset, 1970

L'Homme aux yeux de verre
Grasset, 1974, 2009

Le Radeau de la Méduse ou Comment fut sauvé Djibouti
Grasset, 1974

Testament de pirate
Grasset, 1977, 2009

L'Homme sorti de la mer
Grasset, 1977, 1998

Pilleurs d'épaves
Grasset, 1978, 1997

Le Trésor des flibustiers
Grasset, 1978, 2009

L'Enfant sauvage
Grasset, 1978, 1994

Abdi, l'homme à la main coupée
Grasset, 1978, 1994

Le Récif maudit
Flammarion, 1978

La Route interdite
Grasset, 1979

La Cargaison enchantée
Grasset, 1979

Le Mystère de la tortue
Grasset, 1980, 2009

Karembo
Grasset, 1981, 2001

Djalia ou la Revanche de Karembo
Grasset, 1981, 2001

Le Serpent rouge
ou la Dernière Mission de Karembo
Grasset, 1981, 2009

L'Esclave du batteur d'or
Grasset, 1981, 1995

Sous le masque Mau-Mau
Grasset, 1981, 2011

La Poursuite du Kaïpan
Grasset, 1984, 2003

Journal de bord
Arthaud, 1984

Aventures d'Afrique
Grasset, 1988-1989

Aventures en mer Rouge
Grasset, 1988-1991

Les Secrets de la mer Rouge
Grasset, 1991

Aventures et légendes de l'Afrique à la mer Rouge
Grasset, 1991-1993

La Croisière du hachich
Grasset, 1994

Aventures de mer
Grasset, 1994

Le Cimetière des éléphants
Grasset, 1994

La Cargaison enchantée
Grasset, 1995

Les Deux Frères
Grasset, 1995

Le Dragon de Cheik Hussen
Grasset, 1995

Les Triomphes de l'âge
Stock, 1995

Le Drame éthiopien
Grasset, 1997

Légendes de Madjélis et autres contes
Grasset, 1997

Du Harrar au Kenya
Grasset, 1998

Écrits d'aventurier
Vol. 1 : Lettres d'Abyssinie
Flammarion, 1999
Vol. 2 : Lettres de la mer Rouge
Flammarion, 2000

Mer Rouge
Grasset, 2002

Cœur de singe et larmes de crocodile
Le Sorbier, 2005

Saga africaine
Grasset, 2006

Aventures extraordinaires
1911-1921
Arthaud, 2007

Le Naufrage de la Marietta
Éditions Trabucaire, 2007

La Perle noire
Grasset, 2009

Le Roi des abeilles
Grasset, 2009

Wahanga ou La vallée de la mort
Grasset, 2011

L'Envers de l'aventure
Vol. 1 : La Vocation de Caroline
Vol. 2 : Caroline chez les bourgeois ou L'Oncle Locamus
Vol. 3 : Le Capitaine à la casquette blanche

Vol. 4 : Le Cap des trois frères
Vol. 5 : L'Exilé
Vol. 6 : L'Abandon
Grasset, 2011-2012

Hymne à la mer
Arthaud, 2012

Trilogie de la mer Rouge
Grasset, 2014

COMPOSITION : IGS-CP À L'ISLE-D'ESPAGNAC
IMPRESSION : CPI BRODARD ET TAUPIN À LA FLÈCHE
DÉPÔT LÉGAL : JUIN 2014. N° 115452 (3004861)
IMPRIMÉ EN FRANCE